산돌 키우기

한승원 자서전

산돌 키우기

문학동네

일러두기
* 이 책은 『표준국어대사전』 및 『고려대 한국어대사전』을 기준으로 한글 맞춤법을 통일하였으나, 많은 부분에서 저자의 표현을 최대한 살렸습니다.

서문

어머니 꽃구경 가요./제 등에 업히어 꽃구경 가요.//세상이 온통
꽃 핀 봄날/어머니 좋아라고/아들 등에 업혔네//마을을 지나고/들
을 지나고/산자락에 휘감겨/숲길이 짙어지자/아이구머니나/어머
니는 그만 말을 잃었네.//봄 구경 꽃구경 눈감아버리더니/한 움큼
한 움큼 솔잎을 따서/가는 길바닥에 뿌리며 가네.
　—「따뜻한 봄날」(『다른 하늘이 열릴 때』, 문학과지성사, 1987) 부분

김형영 시인의 「따뜻한 봄날」을 가수 장사익이 한 서린 소리로 노래
할 때마다 나는 슬퍼지곤 한다.

얼마 전에 내 아버지 어머니를 땅(역사)에 묻었다. 머지않아, 나도 내
아들딸에 의해 그렇게 묻힐 터이다. 세상의 모든 아들딸들은 자기 아버
지 어머니를 역사 속에 묻는다.

어린 시절에 고려장* 전설에 대하여 들었다. 신화와 전설을 만들어내

---

* 고려장 법은 고려시대에 시행된 바 없다. 한국, 중국, 인도, 일본에 퍼져 있는 전설일 뿐이
다. 효를 가르치기 위한 인도의 『잡보장경』과 중국의 『효자전』에 엇비슷한 이야기가 전해지
는데, 일본에서는 후카자와 시치로의 소설을 각색한 영화 〈나라야마 부시코〉가, 한국에서
는 〈고려장〉이라는 영화가 만들어진 바 있다. 고려장은 일제 식민 강점기에 일본인들이 전

는 것은 그 민족의 집단무의식이다. 나는 그 전설에서 아들의 등에 업혀 가는 어머니가 자기를 버리고 귀가할 아들이 길을 잃을까봐 돌아갈 길 굽이굽이에 솔잎을 따서 뿌리듯 이 글을 쓴다.

이 책에서의 진술은 내 평생의 시간들을 시시콜콜 여행하기인데, 그 시간의 여러 굽이굽이가 이미 나에게 도굴당했고, 그 장물들은 도서관과 내 서재의 진열장에 있다. 이븐 할둔Ibn Khaldūn(이슬람의 사상가)이 말했듯, 그땐 그랬는데 그것들이 나의 미래를 만들었다.

오래전, 영산강을 탐사하려고, 전라남도 일대의 25,000분의 1 지도 조각들을 넓은 거실 바닥에 늘어놓고 붙이니 그 강의 전체적인 조망이 가능해졌다. 나목이 된 노거수老巨樹를, 목포에서 담양 쪽으로 가로눕혀 놓은 듯싶은 영산강을 일 년여에 걸쳐, 담양 북편의 시원에서부터 목포 앞바다까지 흘러가면서, 강의 잔가지들에 주렁주렁 열린 신화, 전설, 정치, 경제, 문화의 풍경들을 읽어냈듯이, 나는 나의 강을 그렇게 탐사하기로 했다.

'나'라는 생명체는 어떻게 만들어지고, 누구에게 어떤 호혜를 입으며 성장하고, 언제 무슨 상처를 입었으며, 그것은 어떤 흉터와 외상 후 스트레스 장애(트라우마)로, 무슨 색깔, 어떤 무늬와 결과 옹이들이 생성되고, 그것들이 내 성정과 사상과 삶의 역정을 어떻게 굴절시켜왔고 지금 어떤 자세로, 외계로의 먼 여행을 준비하고 있는지를 진술하기로 한다.

아마도 나의 마지막 진술이 될지도 모르는 이 책은 (『아라비안 나이트』의 저술자가 그랬듯) 내가 이야기를 통해 삶의 빛을 얻고, 순전히 이야기의 힘으로 살아왔음을 증명해주는 것일 터이다.

국 각처 옛 무덤의 도자기들을 도굴하면서, 우리 민족을 야만 민족으로 날조하려고 그 이야기를 퍼뜨린 것이다.

어려운 시기에 이 책을 내준 문학동네 여러분에게 고마움의 악수를 보낸다.

2021년 매화 향기 속에서
해산토굴 노인 한승원

차례

고통을 비틀면 빛이 방울방울 흘러나오는데
그것은 새가 되어 태허太虛라고도 불리는
창공으로 날아간다

태몽

내가 태어나고 자란 집의 뒤란에 늙은 유자나무가 있었다. 늦가을이면 향기 물씬 풍기는 샛노란 유자를 한 구럭씩 따곤 했는데 어머니는 그것을 머리에 이고, 시오리 길 저쪽의 대덕장으로 가서 팔아 식구들의 고무신을 사다 신기곤 했다.

봄에 유자꽃이 하얗게 피면 꿀벌들이 잉잉거렸다. 다산성의 그 열매는 콩알처럼 자잘했을 때부터 많이 떨어졌다. 한학자이신 할아버지는 강낭콩 알만한 낙과들을 주워 말려두었다가, 감기 들면 약탕기에 신우대잎, 생강, 파뿌리, 감초, 말린 유자 껍질과 함께 넣고 달여 마셨다.

스물네 살의 어머니는 어느 날 뒤란 옹달샘으로 물을 길으러 가다가 땅바닥에 떨어진 유자 하나를 주웠는데, 그것이 여느 유자와 달리 샛노랬고 어른의 두 주먹을 합쳐놓은 것만큼 컸다고 했다. "하늘복숭아같이 탐스러운 유자를 주워 치마폭에다가 담았는디 그게 바로 니가 내 뱃속에 들어온 꿈이었어."

어머니는 그 이야기를, 내가 무슨 일을 하다가 실패를 하고 절망에 빠져 있을 때마다 들려주곤 했다. 그 유자가 여느 유자보다 더 크고 탐스러웠듯 그 꿈으로 인해 어머니 뱃속에 들어온 내가 당연히 여느 사람과 다른 특출한 삶을 살게 될 거라는 예언이었다. 귀에 못이 박히게 여러 번 들었던 그 이야기는 내 영혼에 투영되었다가, 도전적인 성취의 의지로 변주되곤 했다. 음습한 고독, 혹은 어둠의 함정에 빠진 듯 절망해 있을 때, 빛을 찾아 나가는 동력으로 작용하곤 했다.

만월에 대한 추체험

중천에 뜬 둥근달을 머리에 인 채 잠든 갓난아기를 등에 업고, 시오리 길을 걸어서 집으로 돌아오곤 한 스물다섯 살의 어머니를 머릿속에 떠올린다. 갓난아기의 오른쪽 허벅다리 한가운데를 깊이 파먹어들어가는 알 수 없는 습진이 생겼으므로 어머니는 그 아기를 업고 병원엘 다녔던 것이다. 지금도 내 오른쪽 허벅다리 한가운데에 만월 모양의 흉터가 있다. 그걸 보면, 아기 업은 어머니가 병원에서 돌아오며 머리에 이고 오곤 한 그 샛노란 달이 머리에 그려지고, 그때마다 내 몸안에 알 수 없는 빛과 바람이 일곤 한다.

늦은 가을의 어느 초저녁에, 뒷동산 밤나무 숲에서 작은 쇠갈퀴(김 긁는 데 사용하는 갈퀴)를 이용해, 가랑잎을 긁어 바구니에 담고 있었다. 다섯 살 적의 일이라 기억한다. 등뒤에서 나를 지켜보는 누구인가가 있음을 느끼고 돌아보니, 황금색 쟁반 같은 달이 떠 있었다. 검은 그림자를 드리운 나목들이 나를 에워싸고 있었는데, 나의 검은 그림자도 그들 가운데 섞이고 있었고, 알 수 없는 어떤 두런거림인가가 있었다. 그 무렵 아득하게 먼 집 쪽에서, 나를 부르는 소리가 들렸다. 그게 산골짜기의 숲에서 메아리 되어 있었다. 나는 갈퀴와 가랑잎 가득 든 바구니를 들고 집을 향해 걸었다. 달그림자들이 누워 있는 숲을 지나, 경사진 언덕을 미끄럼 타듯이 내려가자, 달빛을 온몸에 뒤집어쓴 사람들 한 무리가 우리집 마당 가장자리 흙담에 기대서서, 나를 불러대고 있었다. 내가 "응?" 하고 대답을 하자, 두 여자가 달빛을 머리에 인 채 나를 향해 달려왔다. 어머니와 큰누님이었다. 어머니가 나를 덥석 끌어안았다. "아이고, 내 새끼! 갈퀴나무를 많이도 긁었네!" 하고 오달져하면서 엉덩이를 토닥거렸다. 집으로 돌아오자 나를 에워싼 식구들 중 삼촌이 말했다. "도깨비가 업어 가면 어쩌려고 거기에 갔냐?" 그 말에, 내 속에 무엇인가를 주입하던 검은 숲 그림자들을 떠올렸다. 그 달그림자는 평생 동안 내 의식 속에서 알 수 없는 작용을 한다. 그것은 나를 문득 깨어나게 하는 알 수 없는 그림자 영상이다.

푸른 어둠

마당 끝의 남새밭 가장자리에 자그마한 거룻배 모양새의 방죽이 있었는데 거기에서 뱃놀이를 즐겼다. 방죽은 뒤란 옹달샘에서 흘러 고인 것인데, 어른들이 허드렛물로 사용했다. 쇠죽 쑤는 물로도, 새끼 꼴 짚을 적시는 물로도, 머슴이 세수하는 물로도.

띄우곤 하는 배는 뒤란 언덕에서 댓잎을 따다가 만든 것이었다. 댓잎 배 만드는 법을 가르쳐준 것은 머슴이었다. 배를 띄우고 두 손을 방죽 가장자리에 짚고 엎드려 입바람을 후 불면 배가 나아갔다. 방죽 저편 기슭으로 멀어져간 댓잎 배를 끌어당기려고 한 손을 뻗쳤다가 물로 거꾸러져 머리를 깊이 처박았다. 물을 코와 입으로 꿀꺽꿀꺽 삼키며 짙푸른 어둠 속에서 허우적거렸다. 얼마 동안이나 그랬는지 알 수 없었지만 그 시간은 삶과 죽음의 갈림길이었는데, 그것은 푸른 어둠의 시공이었다. 지금의 내가 있다는 것은 그 짙은 푸른 어둠 속에서 허우적거리다가 간신히 물 밖의 밝은 세상으로 기어나온 때문이다. 못 나왔다면 그 방죽에서 주검으로 떠올랐을 것 아닌가. 방죽에서 살아나온 나는 울며 어머니에게로 달려간 기억만 있다.

이후 물 무섬증이 생겼다. '아득하게 느껴지는 짙푸른 어둠'에 대한 공포증이다. 그것은 단순히 물에 대한 공포증으로 한정되지 않는다. 어

른이 된 다음 바다의 부두 주위에서 수런거리거나 소용돌이치며 출렁
대는 짙푸른 물너울과 강물과 호수가 무서워지곤 했다. 여자와의 깊은
만남에서도 그 시공이 아득한 짙푸른 어둠으로 인식되어 어지럽고 무
서워질 때가 있고, 수많은 대중들 앞에 섰을 때 짙푸른 물너울 어둠을
느끼곤 하고, 그 물에 빠져 죽게 되지 않을까 겁내곤 했다.

무지개색의 광망光芒

아득한 짙푸른 어둠과 더불어, 내 의식 속에 작용하곤 하는 빛살光芒이 있다. 양지바른 곳에 앉아 눈을 반쯤 감았을 때 속눈썹 사이로 날아드는 무지개 빛살이다. 바야흐로 동화기童話期에 들어 있던 나는 그 빛살이 만든 어떤 신비한 세계를 즐겼던 듯싶다. 속눈썹들 사이에서 굴절되는 찬란한 붉은색, 노란색, 파란색, 보라색 들이 뒤섞인 홀로그램 같은 그 광망.

한반도가 일제의 식민 지배에서 풀려나던(해방) 해의 늦은 봄날 오후, 우리집의 양지바른 서편 모퉁이에서, 일곱 살인 나는 여섯 살 위인 작은 누님에게 등짝을 두 차례나 얻어맞은 기억이 난다. 작은누님은 손 맞잡이인 세 살 터울의 남동생(나의 형)보다 여섯 살 아래인 나를 더 사랑했다. 맛난 것, 엿이나 떡이나 알밤이 생기면 나에게만 몰래 주곤 했다.

작은누님은 무슨 심부름인가를 보내려고 나를 소리쳐 불렀는데, 대답이 없자 이 방 저 방을 다 뒤지며 찾았던 것이다. 혹시 측간이나 우물에 빠져 죽지 않았을까 하는 생각까지 하며 온 집안을 발칵 뒤지다가, 양지바른 모퉁이에서 느긋하게 몽상에 잠겨 있는 나를 발견했다. 나는 푸른 하늘 위를 지나가는 흰구름과 날아다니는 새들을 보다가, 거슴츠레하게 뜬 눈의 속눈썹 사이로 날아드는 무지개 색깔의 햇살陽光에 홀려* 있었다.

나를 찾은 순간, 작은누님은 사랑하는 동생의 아무 탈 없음으로 인한 반가움과 능청스럽고 태연스럽게 꿈꾸고 있는 듯싶은 나의 태도에 애증이 교차하여 나의 등짝을 두 차례나 때렸던 것이다.

아잇적에 발견한 '아득한 짙푸른 어둠'과 '홀로그램의 무지개 빛살'은 평생 내 의식 속에서 교차하면서 내 삶을 여러 모양새로 지배하는 원초적인 힘이었을 터이다.

---

* "눈 지드런한 아이"라고 아버지는 나를 꾸짖었다. '지드런하다'는 '기다랗다'의 전라도 사투리이다. 눈이 기다랗다는 것은, 무언가를 오래 응시하며 생각에 잠겨 있느라 동작이 느린 것을 말한다. 아버지는 행동거지가 느린 나를 보면 속이 터지셨던 모양이다.

'귀먹쟁이'라는 놀림

작은누님의 발설로 인해, 나는 의뭉스러운 아이, 알 수 없는 짓을 하는 엉뚱한 아이로 낙인이 찍혔다. 거기다가 무슨 생각에 빠져 있다가 어른들의 말을 알아듣지 못하곤 하는 나를, 작은누님과 형은 "귀먹쟁이"*라고 타박했다. 그 말이 퍼져나가, 작은누님 또래, 형 또래, 내 또래 아이들은 나를 "귀먹쟁이"라고 놀렸다. 화를 내고 울면서 저항을 했지만 그들은 놀리는 것을 즐겼다.

누군가와 대화중에 나 혼자만의 무슨 생각, 지나간 말의 한 대목에 대하여 곱씹어 생각하기와 거기에 멍히 빠져들기를 하다가 상대방의 다음 말을 듣지 못하곤 하는 버릇이 있었다. 그것은 초등학교 중등학교 시절을 거쳐, 어른이 되고, 늙어가는 지금까지도 이어진다. 고등학교 다닐 적에, 자췻집 앞에 사는 여자친구의 오빠는 나를 감성이 매우 둔한 아이, 말귀를 얼른 알아듣지 못하고 멍해져 있곤 하는 아이로 생각했고, 문학을 하겠다고 나선 나에게 충고를 했었다. "감성이 예민한 나도 문학에 실패했는데, 너는 감성이 둔해서 안 된다. 하더라도 실패하게 될 거다." 어른이 되었을 때, 한 선배는 나의 딴생각 잘하는 버릇을

---

* 귀먹쟁이는 청각장애인의 사투리이다.

알아차리고, 혹시라도 자동차 운전을 하지 말라고 경고했고, 아내는 밥 상머리에서 "당신은 어떻게 음식맛을 느끼면서 잡수시는 거요?" 하고 타박을 하곤 했고, 둘러앉은 자식들에게 "네 아버지 또 딴생각하신다" 하고 속삭이곤 했다.

일곱 살 전후는 현실적인 일과 상상의 세계가 섞바뀌는 동화기였다. 가령 연필심이 부러졌는데, 그때 만일 파랑새 한 마리가 날아가는 것을 보았다면, 파랑새가 연필 촉을 잘라먹었다고 말을 하는 등의. 그 시기에 나는 할아버지의 방에서 형과 함께 한문을 배우고 할아버지의 글 읽는 소리와 옛날이야기와 모질게 힘을 써서 뀌는 방귀 소리를 들으며 자랐다.

공출供出

해방되던 해 1945년 봄과 초여름은 일제 식민 통치가 엄혹하던 때였고, 제2차세계대전 중이었다. 일제는 그것을 성스러운 대동아전쟁이라 선전하면서, 식민지인 한반도에서 인적人的 물적物的 총동원령을 내렸고, 그것을 공출이라고 말했다.

인근 마을 여자들 몇을 일본 공장에 취직을 시켜주겠다고 데려갔는데, 나중에 들으니 그들 중 일부는 전쟁터에서 군인들에게 강제로 성노예 노릇을 한 거라고 했다. 마을에는 과년한 여자들을 찾아보기 힘들었다. 여자를 공출해 간다는 소문이 돌자, 마을 어른들은 딸이 열다섯 살이 넘으면 시집보낸 것이다.

아버지는 열아홉 살인 당신의 여동생(고모)과 열여덟 살인 큰딸(큰누님)을 서둘러 시집보냈다. 한 해에 두 차례나 거듭 두 여자를 시집보내다보니 아버지는 매젯감과 사윗감을 제대로 점검하지 못하는 우를 범했다. 대덕장터 옆 연평마을로 시집보낸 막내 고모의 남편(고모부)의 한쪽 눈 검은자위에 무명씨가 박혔다는 사실을 살피지 못한 것이었다. 고모의 혼례식을 치를 때 마을 사람들은 그걸 알고 수군거렸는데, 막내 고모는 첫날밤을 치른 이튿날 아침에야 신랑의 한쪽 눈이 장애인 것을 알았던 것이다. 어찌할 수 없이 가마 타고 시집을 가기는 했지만, 며칠 뒤 친가에 온 막내 고모는 울고불고 소동을 일으켰는데, 아버지는 "어찌할 것이냐, 그냥 살아라. 눈이 그래서 그렇지 남자는 똑똑하단다" 하고 달래 보냈다.

할아버지는 아버지에게 "니 딸 같았으면 눈 하나 없는 놈한테 주었겠냐?" 하고 타박을 했다. 삼촌이 징용에 간 것을 두고도 할아버지는 "마을 유지네 어쩌네 하고, 어협 조합 총대도 하고 면소에 출입도 하는 놈이 징용 가는 동생도 하나 못 빼낸 바보 멍청이!" 하고 담배통으로 놋쇠 화로를 두들기면서 한탄과 원망을 하곤 했다.

초여름 날, 동네의 한 청년이 머리에 빨간 아침해 모양의 일본 국기 그려진 머리띠를 하고 가슴에는 '武運長久무운장구'라고 먹글씨 쓰인 흰 천을 가새질러 두르고 병대兵隊에 갔다. 사람 공출, 징병이었다. 동네 사람들은 창호지에 그린 일본 국기를 손에 들고 흔들며 그 청년을 환송했다. 회진으로 건너가는 나루터까지 따라가서 나룻배에 올라타는 청년에게 손을 흔들어주었다. 나도 동무들을 따라 거기엘 갔었다. 그 청년을 앞장서 가는 것은 일본도를 허리에 찬 검정 제복의 순사였다. 순사 얼굴에 검은 나비 모양의 콧수염이 새까맸다.

며칠 뒤 그 콧수염 순사가 우리집 마당으로 들어섰다. 뒤에는 이장과 마을 '외침소리장이'가 따랐다. '외침소리장이'는 마을 회의를 소집할 때, "다 들어보시오, 오늘 저녁 잡수시고 한 집에 한 사람씩 동각으로 나와주시오" 하곤 했다. 울력을 나오라고 독촉할 때나 나락(벼) 공출을 독려할 때도 그는 외침 소리를 했다.

순사는 아버지에게 곡간 문을 열라고 명했고, 아버지는 활짝 열어주었다. 곡간 안은 텅 비어 있었다. 이미 공출을 할 만큼 하고 남은 것은 찧어서 식구들과 밥을 지어먹은 것이라고, 순사에게 말했다. 순사의 콧수염이 예리한 눈빛과 함께 파르르 떨렸다. 순사는 아버지를 버려둔 채 뒤란으로 돌아갔다. 뒤란 너머에는 언덕이 있었고, 언덕 위에는 대나무가 촘촘히 자라 있었다. 순사는 언덕과 대밭을 살폈다. 아버지는 말없이 서 있기만 했다. 구마모토라는 그 순사는 조선 사람이지만, 일본 사람보다 더 독하다고 소문났다. 그는 아랑곳하지 않고 대밭 속으로 들어갔다. 댓잎들이 수북한 곳을 방망이 끝으로 헤쳐보기도 하고, 발로 쿵쿵 디뎌보기도 했다. 대밭에서 아무것도 찾아내지 못한 순사는 사랑방 앞 툇마루 가장자리에 놓여 있는 놋쇠 화로를 손가락질했다. 마을 '외침소리장이'는 그것을 들어다가 가마니 속에 넣었다. 가마니 속에는 마을에서 강제로 거둔 놋쇠 그릇들이 가득차 있었다.

　순사가 돌아간 뒤, 작은누님은 오래전의 며칠 밤 동안, 아버지와 어머니가 대밭 저쪽에 굴 하나를 파고 거기에 나락 가마니를 숨겼다고 속삭였다. 훗날 어머니는 말했다. "젊은 우리들은 꽁보리밥을 먹어도 되지만 느그 할아버지는 입이 짧아서 반드시 쌀을 얹어드려야 하니께……"

물 찬 제비처럼, 비행기처럼 날아가기

　그해 초가을의 어느 한낮에, 일본으로 징용 갔던 삼촌이 돌아왔다는 소식을 듣자마자 나는 비탈진 골목길을 달려내려갔다. 두 팔을 일자로 벌리고 몸이 붕 떠오르도록 두 발로 땅을 번갈아 걷어찼다. 나를 환희에 잠기게 하는 어떤 일이 일어났을 때 나는 그 물 찬 제비처럼 달리기를 즐기곤 했다. 그것은 하늘로 떠가는 구름을 헤치고 날아가는 것이었다. 마당에서 혼자 놀 때도 두 팔을 벌리고 날듯 선회하곤 했다.

　삼촌과 나의 만남은 삼촌의 집 뒤편의 사장 마당에서 이루어졌다. 일본에서 돌아온 삼촌은 나를 보자마자 눈물을 줄줄 흘렸다. 큰 발동선을 타고 귀국하다가 고장이 나서 몇 날 며칠 떠돌며 죽을 뻔했다가 살아왔으므로 그렇게 울었던 것이다. 삼촌은 나를 번쩍 들어올려 목말을 태웠다. 삼촌의 머리 위에서 나는 세상이 어지럽게 기우뚱거리는 것을 보았다.

하늘

　할아버지는 내 속에 하늘을 심어주려 했다. 『천자문』의 첫대목 '天地
玄黃천지현황 宇宙洪荒우주홍황 日月盈昃일월영측 辰宿列張진수열장'을 "하늘 천,
땅 지, 감을 현, 누른 황, 집 우, 집 주, 넓을 홍, 거칠 황, 날 일, 달 월,
찰 영, 기울 측, 별 진, 별 수, 벌일 열, 베풀 장"이라 가르치고, 그것에
대한 해석을 해주었다.

　'하늘은 그윽한 곳이고, 땅에서는 생명이 솟아난다' '우주는 한없이
넓고 헌걸찬 풀에 덮여 있다' '해와 달은 차면 반드시 기운다' '하늘의
별들은 자기의 길을 따라 흐른다'.

　'玄현'이란 글자를 '검을 현'이라 하지 않고 '감을 현'이라 가르치고,
'宿숙'이라는 글자는 '잠잘 숙'이지만 여기서는 '별 수'라고 읽어야 한다
고 하셨는데, 우주 현상을 철학적으로 가르친 것이었다. 그 밖의 것들
은 나중에 다 알게 될 거라 하고, 『명심보감』 천명편天命篇을 가르쳤다.
"학교에 들어가 신학문을 공부하게 될지라도, 천명편, 이것만은 달달
외워두어야 한다."

　"하늘에 순응하는 사람은 살고 하늘을 거역하는 사람은 죽는다(順天
者순천자는 存존하고 逆天者역천자는 亡망이니라)."

　"하늘에 죄를 지은 사람은 용서해달라고 빌 곳이 없다(獲罪於天획죄어천

이면 無所禱也무소도야니라).”

　“하늘의 들으심天聽은 고요하여 소리가 없으니 창창한 하늘 어느 곳에서 찾을 것인가? (하늘의 들으심은) 높지도 아니하고 또한 멀지도 아니한지라, 모두가 다만 사람의 마음속에 있는 것이니라(天聽寂無音천청적무음 蒼蒼何處尋창창하처심 非高亦非遠비고역비원 都只在人心도지재인심).”

　“사람들의 사사로운 말도 하늘은 우렛소리처럼 듣고, 어두운 방에서 남을 속이는 마음을 가질지라도 하늘은 번개처럼 빨리 알아챈다(人間私語인간사어 天聽若雷천청약뢰 暗室欺心암실기심 神目如電신목여전).”

　“악행을 일삼고도 이름을 (착하게) 드러내는 자가 있다면 비록 사람들은 그를 해하지 못할지라도 하늘이 반드시 그를 벌할 것이다(若人作不善약인작불선 得顯名者득현명자 人雖不害인수불해 天必誅之천필주지).”

　“오이를 심으면 오이를 얻고, 콩을 심으면 콩을 얻는 것이니, 하늘의 그물은 넓고 넓어서 성기기는 하나 줄줄 세지 않는 법이니라(種瓜得瓜종과득과 種豆得豆종두득두, 天網恢恢천망회회, 疏而不漏소이불루).”

　그 무렵 나에게는 주체할 수 없는 개구쟁이로서의 거들먹거림이 있었다. 그 거들먹거림으로써, 나를 애옥해하며 으스러지게 안아주곤 하시는 할아버지를 희롱했다. “천망이 회회하여” 이 대목에서 ‘회회’를 다섯 번 여섯 번씩, 어떤 때는 열 몇 번씩이나 거듭하여 “회회회회회……” 하고 소리 높여 외었다. 할아버지는 당신을 희롱하고 있음을 알아채고 담배통으로 놋쇠 화로 시울을 치며 “고얀 놈!” 하면서도 웃음을 참지 못하고 코를 찡긋하셨다.

행동거지 느린 괴짜 선비의 하늘 공부

머리가 영리하기는 한데, 어떤 한 대목에 의혹을 가지면 그것이 횡 뚫어지게 파야 직성이 풀리는 성정을 가진, 행동거지 느린 괴짜 선비가 있었다. 그 의혹이 풀리지 않으면 절대로 다음 단계로 나아가지를 못하곤 했다. 매우 만학이었던 그는 서당에서 『천자문』 첫대목 "하늘 천天, 땅 지地, 감을 현玄, 누를 황黃" 네 글자만을 십 년 동안이나 파고 있었다. 함께 공부를 시작한 다른 동문들은 천자문을 떼자마자 『소학』 『논어』 『맹자』 『대학』 『중용』 『시경』 『주역』 쪽으로 나아가고, 빠른 동문은 『노자』와 『장자』를 읽는데, 그는 그 네 글자에 걸려 더 나아가지를 못하고 있었다.

어느 날, 선생이 서당 아이들에게 '천天'이란 글제를 내주며 시를 지으라고 명했는데 그 선비가 다음과 같이 지었다. "천지현황을 십 년 읽었으니天地玄黃 十年讀 언재호야를 언제 읽을거나焉哉乎也 何時讀."

동문들이 읽은 천자문의 마지막 부분 '어찌 언焉, 어조사 재哉, 어찌 호乎, 어조사 야也'를 귀동냥으로 배운 것이었다. 그가 제출한 글을 보고 난 선생은 그 괴짜 선비에게 말했다. "이제는 다음 줄 '우주홍황'으로 나아가거라." 괴짜 선비가 얼른 대꾸하지 않고 있었으므로 선생이 물었다. "대관절 너는 어찌하여 '천지현황' 네 글자에만 줄곧 매달려 있는 것이냐?" 그가 선생 앞에 머리를 조아리며 고백했다.

"스승님, 앞으로 나아가지 못하게 저를 이때껏 붙잡고 놓아주지 않은 것은 '하늘天은 감玄고 땅地은 누르다黃'는 것입니다. 제가 보기로는 하늘은 한없이 높고 푸르고 깊은데, 왜 하늘은 '감색'이라고 가르치는 것이며, 또 땅에는 푸른 들판과 푸른 산과 바다가 있는데, 그 땅을 왜 누르다고 가르치신 것입니까? 제가 그냥 '하늘 천'이라고 읽었다고 해서 하늘을 다 알아지는 것은 아니고, '땅 지'라 읽는다고 해서 땅을 알게 되는 것도 아니지 않습니까?"

선생이 속으로 '하, 이 자식 말하는 것 봐라' 하고 부르짖는데, 그 선비가 말을 이었다. "하늘이 감색이라 하는 것은 그윽하다玄는 것 아닙니까? '누를 황黃' 자는, 그 누르다는 색깔을 말하는 것이 아니고, 땅에서는 생명이 솟아나오고 자란다黃는 것 아닙니까?"

선생은 뒤통수를 한 대 얻어맞은 듯싶었다. '느리고 아둔하다고 여긴 그 선비가 훈장인 자기보다 한 차원 높은 생각을 하고 있는 것 아닌가.' 잠시 혼돈에 빠져 있는데, 그 선비는 청산 골짜기를 흐르는 물같이, 술술 말을 이었다.

"선생님께서는 『장자』를 읽는 저의 동문에게, 세상은 그윽함으로 가득차 있는데 그 '그윽함'을 형상화시킨 것이 '도道'라고 가르치셨습니다. 그 동문이 그윽한 것에 대하여 더 자세히 설명해달라고 하자, 선생님께서는 태허太虛를 말씀하셨습니다. 태허가 무어냐고 하니까 선생님께서는 한없이 깊고 푸른 것, 우리를 낳아준 어머니의 깊은 품 같은 것, 이 세상을 낳아준 알 수 없는 세상의 기원이라고 하셨습니다. 또 선생님께서 『중용』을 읽는 동문에게 '천명天命'에 대한 이야기를 하신 것을 들었습니다. '군자는 홀로 있을 때에 삼가고 예를 지키는데 그게 천명'이라는 것이었습니다. 거기에서 선생님은 두 가지 말씀을 하셨습니다. 주자朱子는 그 천명을 '본연지성本然之性'이라고 풀이했는데, 다산 정약용이 그게 아니고 '하늘과 함께하기 때문(즉 가슴에 하늘을 품고 살기 때문)'이라고 했다는 것이었습니다. 주자가 말한 '본연지성'을 반박한 정약용의 말에 의하면, 본연지성이란 것은 불교의 선종禪宗 스님들이 주장하는 잘못된 거란 것입니다. 원래 깨끗한 몸으로 태어난 사람이 자라면서 더러운 탐욕의 옷을 더덕더덕 껴입고 살기 마련이므로 도를 닦는다는 것은 본연의 깨끗한 성품誠心으로 돌아간다는 것이니까, 그렇게 스님들 식으로 해석하면 안 된다고 했습니다. 정약용은 군자는 홀로 있어도 하늘과 함께 살기 때문에 예를 지킨다고 해석해야 한다는 것입니다. 정약용의 그러한 해석은 천주학의 원리를 따르는 것 아닙니까? 그리고, 선생님께서는 또 다른 동문에게 '밥이 하늘食而天'이라는 말을 하셨습니다. 왜 우리가 먹는 밥이 하늘입니까? 선생님께서는 『명심보감』을 읽는 또다른 동문에게 '하늘에 죄를 지으면 빌 곳이 없다'는 것도 가르치셨습니다. 대관절 하늘이란 것은 무엇입니까. 저는 하늘이 너무 어렵고 무섭습니다."

선생은 버럭 화를 내며 "너 이놈! 나는 너에게 더 가르칠 것이 없다. 너는 이미 알 것을 다 알아버렸느니라" 하고 그 괴짜 선비를 쫓아내버렸다.

그 괴짜 선비는 장차 어찌되었을까. 그 이야기는 어린 나로서 알 수 없는 어떤 세계를 품고 있었다. 그 이야기는 '하늘'을 평생 측량할 수 없는 경외의 세계로 여기게 만들었다.

이 대목은 할아버지가 들려준 아물아물한 이야기에 나의 추체험이 보태진 것이다. 먼 훗날 내가 소설 『다산』을 쓰면서 알아차렸다. 그 괴짜 선비가 생각하는 하늘에 대한 경이와 외포가 조선조 후기의 청년 지식인들, 이벽, 이승훈, 정약전, 정약종, 정약용 등을 천주교 속으로 빨려들어가게 한 바로 그것인지도 모른다는 것을.

할아버지의 하늘과 아버지의 땅

할아버지는 나에게 하늘을 가르치고 싶어하셨는데, 아버지는 나에게 땅을 가르치고 땅을 사서 물려주려 하셨다. 할아버지는 꿈같은 이상적인 삶을 사신 분이었고 아버지는 현실적인 삶을 사신 분이었다.

할아버지는 하늘을 존중하고 숭엄하게 생각하고 경외했으면서도 다른 종교를 가지지 않았다. 불교에도, 천주교에도 들지 않으셨다. 당신의 아들 내외(나의 아버지와 어머니)가 한때, 이웃집 김재계 선생*의 권유로 천도교에 입교했고 독실한 신도생활을 했음에도 할아버지는 거기에 들지 않았다.

공자 맹자는 하늘을 가르치면서도 천국에 대한 이야기를 하지 않았다. 할아버지는 당신 어머니(나의 증조할머니)가 천관사에서 백일기도를 하여 당신을 낳았다는 것을 알고 있었고, 당신 어머니의 불자로서의 신심을 받들고 살았으면서도 불교 신도가 되지 않았다. 증조할머니가 영면하셨을 때, 유언에 따라 할아버지는 관 앞에서 천수경을 내내 읽어드렸다고 나의 어머니는 말했다. 할아버지는 하늘天命을 숭엄한 마음誠心

---

* 김재계 선생은 일제 강점기에 손병희 선생이 창도한 천도교 구파 중앙금융관장(오늘의 총무원장)으로 활동하다가 나중에 독립운동을 했다는 혐의로 감옥에 들어가 전기고문을 당하고 별세하였다.

혹은 정심正心으로 생각지 않았을까, 그것을 당신 어머니의 불자로서의 깨끗한 마음(자비)과 상통한 것이라고 생각지 않았을까.

연鳶

 나는 할아버지 무릎 앞에서 글을 읽다가, 아버지가 구독한 신문의 가장자리에 할아버지가 써준 글씨를 본떠 쓰곤 했다. 할아버지의 글씨는 단아하다고 소문나 있었다. 형은 할아버지가 받아준 글씨를 오랜 동안 진중하게 임모했지만 나는 그러지 못했다. 형이 미처 한 줄도 다 임모하지 못하는 사이에 나는 대충 괴발개발 다 써버리고는 오줌 누러 간다는 핑계를 대고 도망쳐 나와, 헛간에서 연을 만들곤 했다. 연 종이는 할아버지 궤상 속에 들어 있는 한지를 훔친 것이었다. 마을 사람들이 써 달라는 혼서지나 축문을 쓰거나 부적 따위를 그리기 위해 차곡차곡 넣어놓은 것이었다.

 뒤란 언덕의 신우대를 베어다가 병어연에 쓸 살대를 깎았다. 머슴이 날을 세워놓은 낫을 이용했다. 할아버지가 끼니 때 남긴 쌀밥 한 숟가락을 미리 감춰두었다가 살대와 종이를 붙이는 풀로 사용했다. 연줄로 쓸 실은 작은누님이 엮는 발장(김 말리는 도구) 틀에서 풀어왔다.

 헛간에서 어른들 모르게 연 만들기는 조마조마하면서도 신명나는 일이었다. 완성한 연을 가지고 뒷등 언덕으로 가서 동무들과 함께 하늘 높이 날렸다. 찬바람 세찬 하늘에는 연들이 경쟁하듯 날았다. 연싸움도 했다. 내 연이 날아가는 것을 보며 나는 두근거리는 가슴을 주체할 수 없었다. 할아버지가 가르쳐준 하늘 세상 속으로 나의 분신인 연을 날리고 있는 것이었다.

어느 날 건장에서 할아버지의 김 벗기는 일을 돕다가, 뒷등에서 하늘 높이 날아오른 연들을 넋 놓고 바라보고 있는데, 문득 나타난 아버지가, "'눈 지드런해가지고' 뭘 그렇게 보고 있느냐고, 연 띄우는 것은, 아무짝에도 쓸모없는 짓이다" 하고 꾸짖었다. 종이를 허비하는 것, 귀중한 실을 연 날리는 줄로 활용하는 것, 공부하거나 어른들의 일을 돕지 않고 시간을 헛되게 쓰는 것은 싹수없는 행실이라는 것이었다. 그렇지만 할아버지는 내가 연 만들어 띄우는 것을 짐짓 눈감아주셨다.

나는 방패연 만들기에 자신이 없었으므로 병어연만 만들었다. 병어연에는 양쪽에 날개를 붙이고 꼬리를 길게 달아야 했다. 어른의 가르침 없이 동무들의 말만 듣고 처음으로 만든 연은 자꾸 돌다가 가라앉곤 했는데, 많은 시행착오를 통해 하늘 높이 날리는 방법을 터득했다.

네모난 연의 줄을 다는 곳을 정하는 데 많은 고민을 했다. 위의 줄보다 아래의 줄이 이 센티쯤 길어야 하는데, 그것 둘을 모아 잡고 훑어내려가 연의 표면에 댔을 때, 병어연의 한중간에 닿아야 하는 것이었다. 그래야 하늘 높이 나는 것이었다. 나중에 알고 보니 그것은 황금비율과 관계된 것이었다. 연 날리기로 인해 내 가슴에 하늘이 싹트고 있는 것이었는데 아버지는 그것을 모르고 있었다.

한번은 띄우던 연을 가지고 집에 들어가려 하는데, 마당에서 아버지의 목소리가 들려 멈칫했다. 연을 들고 들어가면 코가 납작하게 꾸중들을 터이므로 집 앞 텃밭의 구석에 연을 놓아두고 자잘한 돌과 나뭇가지로 덮어놓았는데 그날 밤 내가 잠든 사이에 비가 내렸다. 이튿날 아침 눈을 뜨자마자 달려가보니 연은 빗물로 인해 처참하게 처져 있었다. 가슴 쓰라림을 안은 채 나는 헛간에서 또 연을 만들었다.

여의주를 삼킨 소년

　어촌의 한빈한 집에서 태어났지만, 명랑하고 영특한 열여섯 살의 미남 소년은 『논어』『맹자』『대학』을 거침없이 읽어내고 바야흐로 『중용』을 읽고 있었다. 서당은 바닷가의 높은 산 중턱에 있었다. 아침 일찍 서당에 와서 선생이 가르쳐준 대목을 그날 해질 무렵까지 외어 바치고 땅거미 내릴 무렵에 산 아래의 바닷가의 집으로 돌아가곤 했다. 집과 서당 사이에는 낮에도 어두컴컴할 정도로 숲이 칙칙한 고개 하나가 있었는데, 고갯길을 오갈 때에는 두려움을 이기려고 소리 높여 글을 외우곤 했다.

　한데 어느 날부터인가 소년에게 해맑은 웃음이 사라졌고, 가르쳐준 글을 제대로 외어 바치지 못했고, 얼굴이 창백해졌고, 가끔 멍해져 있곤 했다. 선생은 소년을 불러앉히고, 혹시 어디 아픈 곳이 있느냐, 집안에 무슨 말 못할 성가신 일이 생겼느냐고 물었다. 소년은 도리질을 했지만 선생은 수상하게 여겼다. 그가 혹시 어떤 여자를 짝사랑하고 있지 않을까. 어떤 여자가 이 순진한 총각의 넋을 빼놓은 것이 아닐까.

　선생은 서당이 파한 다음 돌아가는 소년의 뒤를 미행했다. 소년이 고개를 넘어가는데 한 소복 차림의 아리따운 여인이 숲속에서 나타났다. 여인은 소년을 안고 입을 맞추었다. 오랜 동안 애무를 나누고 나서야 여인은 소년을 보내주었다. 소년이 산 아래로 사라진 뒤 여인은 한 마리의 여우로 변해 숲속으로 사라져버렸다. 백년 묵은 여우인 것이었다. 백여우는 사람을 홀려 간을 빼먹는다는 말이 전해오고 있었다. 서당으로 돌아온 선생은 불안해서 깊은 잠을 자지 못했다.

이튿날 전보다 더 핼쑥해진 소년은 서당에 들어서자마자 글을 읽었는데 목소리가 낭랑하지 못했다. 그날 배운 것을 제대로 외어 바치지도 못했다. 선생은 집으로 돌아가려 하는 소년을 불러앉히고 조곤조곤 말했다. "내가 하는 말을 신중하게 들어라. 사실은 내가 어제 네 뒤를 밟았고 네가 누구를 만나 무슨 짓을 하는지 모두 지켜보았더니라. 언제부터 그 여인과 그랬으며, 이때까지 네가 한 행실들을 손톱만치도 속이지 말고 모두 말해라."

소년이 머리를 조아리고 떨리는 목소리로 말했다. "그 여인은 저를 만나기만 하면, 얼싸안고 입을 맞추는데, 자기 입속에 들어 있는 사탕 같은 구슬 하나를 제 입속에 넣어줍니다. 그 순간 제 가슴은 달달한 박하사탕을 먹은 것처럼 환해지고 눈에는 하늘의 총총한 별들이 주먹만큼 커다랗게 보입니다. 별들은 푸르기도 하고 누르기도 하고 붉기도 한데 그것들은 일정하게 운행을 합니다. 그것이 보이는 순간에는 무지개 속으로 날아가는 듯 황홀해집니다. 그때 그 여인은 섬섬옥수를 제 옷섶 속에 넣어 가슴을 만집니다. 그러다가 헤어질 때는 제 입속에 넣어준 구슬을 되가져갑니다."

'아, 구슬!' 하고 선생은 속으로 부르짖었다. 그것은 천리天理를 통달하게 하는 깨달음의 여의주如意珠, 백년 묵은 여우만이 가지고 있는 것이다. 선생은 소년의 손을 두 손으로 감싸 잡고 말했다. "너는 내가 이제부터 한 말을 엄중하게 듣고 반드시 그대로 실행해야 한다. 오늘 돌아가면서, 그 여자가 그 구슬을 네 입에 넣어주거든 눈 딱 감고 꿀꺽 삼

켜버려라. 그런 다음 땅을 내려다보지 말고 반드시 하늘을 쳐다보아라. 내 말 명심하여라. 만일 내 말대로 하지 않으면 너는 목숨을 잃게 된다."

소년을 보내고 난 선생은 소년이 못 미더워 멀찍이 떨어져서 미행했다. 칙칙한 숲속에서 나타난 소복한 여인은 전날처럼 소년을 얼싸안았다. 소년을 애무하며, 입속에 구슬을 넣어주었다. 소년은 선생의 말대로 그것을 꿀꺽 삼켰다. 그것이 목구멍을 통해 위장 속으로 들어간 순간, 선생의 당부대로 하늘을 쳐다보았다. 소년의 눈에 운행하는 별들의 세상이 보였다. 한편, 그 여인은 맥을 잃고 땅바닥에 쓰러지더니 한 마리 여우로 변하면서 힘을 잃고 죽었다.

할아버지가 말했다. "그 여의주를 삼킨 소년은 훗날 하늘 세상의 모든 것을 꿰뚫어보는 천문박사가 되었고, 세종 임금의 사랑을 받은 신하가 되었단다. 그 사람이 바로 장영실이란다."

하느님의 암행

　한 고을의 아흔아홉 칸 집 부자는 머슴들을 다섯 명이나 두고 종처럼 부렸다. 머슴들은 종처럼 들일을 했고, 그들의 아내들은 그의 집 허드렛일을 하고 밭에서 김을 맸다. 거기에 드난살이를 하는 마을 아낙들서넛을 부렸다. 그 부자는 몇천 두락의 문전옥토에 농사를 지었는데 해마다 풍년이 들었다. 비가 제때에 내리고, 착하고 근면한 머슴들이 거름 주고 김을 잘 매준 까닭이었다. 가을이 왔고 벼가 노랗게 익었다. 머슴들과 사들인 놉(삯을 받고 일을 해주는 사람)들이 벼를 베고 있었는데, 비단옷 입은 주인이 감독을 했다.

　부자 주인의 아들 하나는 독선생을 들여 맡기었는데, 다른 아들 하나는 마음에 맞는 다른 선생에게 공부하러 다닌다는 핑계를 대고 읍내 기생집 출입을 일삼았다. 부자 주인은 한 손에 회초리를 들고 있었다. 일꾼들이 게을리한다 싶으면 회초리로 호되게 후려쳤다. 일꾼들은 부자 주인이 논둑에 서 있는 한 허리를 펴지 않고 땀 뻘뻘 흘리면서 일을 했다.

　지나가던 허름한 옷차림의 삿갓 쓴 나그네가 그 논둑 가에 모습을 드러냈다. 나그네는 부자 주인에게 정중하게 예를 갖추고 말했다. "대단한 풍년이구려. 어르신께서는 아주 복이 많으십니다."

　부자 주인은 거연하게 수염을 쓰다듬으며 말했다. "허허, 내가 임금

님 다음가는 사주팔자를 타고났다고 돌아가신 선친이 그랬습니다. 그
래서 조상 복, 재복, 인덕, 머슴 복이 많다고요."

나그네가 "일꾼들이 아주 착하군요" 하고 말하자 부자 주인이 콧방
귀를 뀌고 말했다. "천만에요…… 내가 이렇게 감독하고 서 있지 않으
면 저놈들은 판판 놀기만 합니다. 저것들은 노예근성이 있어요. 두들겨
맞아야 정신을 차립니다. 이놈들이 다 내 복, 내 덕에 먹고사는 놈들입
니다."

나그네가 말했다. "주인장께서 그렇게 말씀은 하시지만 저 일꾼들 덕
에 부자로 사시는 것 아닙니까? 저 불쌍한 일꾼들이 사실은 하느님 아
닌가요?"

"무슨 말씀을!" 부자 주인이 말했다. "내가 저것들을 먹여 살리니까
내가 저것들의 하느님이지요. 저것들은 내가 먹으라면 먹고 굶으라면
굶어야 하고, 죽으라면 죽어야 하는 놈들입니다. 나는 저것들의 왕이기
도 하고 하느님이기도 하고 부처님이기도 합니다." 나그네는 웃으면서
항의하듯 말했다. "주인장, 그것은 그렇지 않습니다요. 생각을 바꾸십
시오. 밥이 하늘이고, 일하는 자가 하느님인 겁니다."

부자 주인은 성을 벌컥 내며 나그네를 향해 말했다. "어디서 이런 불
쌍놈이 굴러와서 감히 내 앞에서 못된 주둥이를 놀리고 있는 것이냐!"
나그네는 지지 않고, "주인장, 제발, 제발, 하느님을 섬기듯 일꾼들을
섬겨야 합니다" 하고 나서 산모퉁이로 사라졌다.

부자 주인은 화를 참지 못하고 나그네 뒤통수를 향해 노발대발했는
데, 그날 밤 번개 치고 뇌성벽력을 하며 비가 억수로 내렸고 홍수가 졌
고, 부자 주인의 모든 논에 베어놓은 벼가 다 떠내려가버렸고 아흔아홉
칸 집도 물에 잠겨버렸다. 그 나그네가 하느님이었던 것이다.

할아버지는 말했다.

"하느님은 늘 바쁘지만 가끔 틈을 내서 암행어사처럼 세상 여기저기를 돌아다닌단다. 경우에 따라서는 행려 걸식을 하는 거지 차림을 하고 다니고, 어떤 경우에는 나그네 시인처럼 삿갓을 쓰고 허름한 두루마기를 걸치고 지팡이를 짚고 다닌다. 또 어떤 경우에는 그냥 보통의 이웃집 할아버지나 할머니의 모습으로 마을을 돌기도 하고, 장애가 심한 어린 거지 아이나, 나병 환자처럼 피고름 흘리는 불쌍한 모습으로 돌아다니기도 한다. 세상인심을 세세히 살핀 다음에는 번개처럼 하늘로 날아가서, 벌을 줄 사람에게는 벌 벼락을 주고 복을 줄 사람에게는 복 벼락을 준다. 하느님의 벌은 준엄하다. 천둥을 동반한 벼락을 때리기도 하고, 억수로 비를 퍼부어 홍수가 지게 하기도 하고, 무서운 병을 퍼뜨리기도 한다. 복을 받아야 할 사람에게는 풍년이 들게 하고, 과거에 합격하도록 출제된 문제와 해답을 꿈에 암시해주기도 하고, 숲 칙칙한 산길을 가는 경우에는 호랑이를 시켜 호위하게 한다. 착하고 외로운 처녀나 총각에게는 좋은 짝을 만나게 하고 돌보아줄 사람 없는 불쌍한 늙은 병자에게 명약을 먹여 낫게 해주기도 한다."

개다리소반

　부엌의 살강 위에는 검은 옻칠을 한 개다리소반 하나가 놓여 있고, 그 옆에는 투박한 분청사기 밥그릇 두 개와 국그릇 두 개와 반찬용 접시 넷, 숟가락 둘과 젓가락 네 짝이 있었는데, 평소에 가족들이 사용하지 않았고, 가끔 부리는 놉들을 위해서도 사용하지 않았다. 그 개다리소반에 대하여 어머니가 말했다.

　열일곱에 시집와서 부엌일을 익히기 시작한 어머니는 그것들이 궁금했지만 아무에게도 물을 수 없었는데, 어느 늦은 봄날 아침에야 그 궁금증이 풀렸다. 식구들이 모두 아침밥을 먹고 있는데, 구중중한 해진 옷에 쑥대같이 머리 부수수한 젊은 남자가 한쪽 다리를 절름거리고, 지팡이를 짚어가며, 바야흐로 떠오르는 해를 등진 채 사립 안으로 들어섰다. 그는 허름한 바가지 하나를 왼손에 들고 있었다. 안방 툇마루에서 밥을 먹고 있던 시할머니가 그를 보자마자 "어서 오시게. 얼마나 시장하신가" 하고 나서 부엌의 어머니(손자며느리)에게 말했다.

　"새악아, 저 양반 사랑방 툇마루로 모시고 밥상 차려드려라. 살강 위에 있는 소반에다가 깨끗하게 차려라. 소반 옆에 있는 밥그릇이랑 국그릇이랑 숟가락이랑, 그것들 내려서 차려드려라." 어머니가 그 남자를 사랑방 툇마루로 모시자, 그는 지팡이를 기둥에 기대놓고 툇마루에 올라앉았다. 어머니는 부엌 살강 위의 소반, 밥그릇 국그릇 따위를 이용해서 밥상을 차렸다. 밥이 부족하였으므로 어머니는 자기가 먹던 밥을 퍼서 그릇을 채웠다. 밥상을 들어다가 사랑방 툇마루에 놓아주자, 그 남자는 달게 빠른 속도로 먹었다. 국 한 모금, 밥알 한 톨, 김치나 깍두기 하나 남기지 않고 모두 먹어치웠다. 이날 아침 어머니는 누룽지를 긁어서 배를 채워야 했다. 어머니가 숭늉을 떠서 들고 가자, 그 남자가 지팡이를 짚고 절름거리며 사립으로 나가고 있었다. 개다리소반을 들고 부엌으로 오자 시할머니가 물었다. "그 양반 숭늉이랑 다 마시고 가셨냐?"

어머니가 "숭늉 들고 가니께 벌써 사립으로 나가셔버렸어요" 하고 대답하자 시할머니가 바야흐로 밥상을 물리고 있는 텁석부리 머슴을 향해 "만석아, 싸게 가서 그 양반 모시고 오너라" 하고 말했다. 만석이 골목길로 달려나가서 구중중한 행색의 남자를 데리고 왔다. 그는 어리둥절한 채 만석의 뒤를 따라왔다. 시할머니가 그를 향해 "이 사람아, 밥을 먹었으면 숭늉을 마시고 가야지" 하고 어머니에게 "어서 숭늉 가져다드려라" 하고 명했다. 숭늉을 마시고 난 그는 시할머니를 향해 몇 번이나 굽실굽실 절을 하고 사립 밖으로 나갔다. 시할머니가 그의 뒤통수를 향해 말했다. "밥 얻어먹을 데 없으면 언제든지 오소" 하고 짠하다는 듯 혀를 끌끌 차고 나서 어머니에게 말했다. "소반하고 밥그릇 국그릇 깨끗하게 씻어 살강 위에 다시 올려놓아라."

시할머니는 구걸하러 온 거지들을 거지라고 말하지 않았고, 그들이 올 때면 언제나, 그들이 손에 들고 있는 바가지에 밥을 담아주지 못하게 하고, 살강 위의 소반과 밥그릇과 국그릇을 사용하게 했다.

밥값

　"사람은 하늘 무서워할 줄을 알아야 한다" 하고 할아버지는 말했다. "하늘 조심하듯이 일꾼들을 조심해야 하는 것이다. 성인이 '밥이 하늘食而天'*이라고 말씀하셨다. 밥을 성스럽게 생각해야 한다. 하루 일하지 않으면 하루 밥을 먹지 않아야 한다. 밥 만드는 일은 성스러운 것이다. 사람은 밥값을 하고 살아야 한다. 농부는 농사 잘 짓는 일이 밥값이고, 어부는 고기 잘 잡는 일이 밥값이고, 머슴은 주인집 일을 성실하게 하는 것이 밥값이고, 의사는 병 고치는 일이 밥값이고, 공부하는 사람은 공부하는 것이 밥값이고, 자식은 효도하는 것이 밥값이고, 임금은 백성을 가엾게 여기고 잘 다스리는 것이 밥값이고, 벼슬아치는 못 사는 백성들을 살피고 도와주고 청렴하게 사는 것이 밥값이다."

---

　* 사마천의 『사기』, 「역생육가열전酈生陸賈列傳」에, 항우(項羽)와 유방(劉邦)이 쟁패를 벌이고 있을 때 역이기(酈食其)가 유방에게 건의하기를 "王者以民为天 , 而民以食为天(왕은 백성을 하늘로 삼고, 백성은 먹는 것을 하늘로 삼는다)"라 했다. 이것을 바탕으로 세종의 말 "식위민천(食爲民天)"도 나오지 않았을까.

할머니의 주검

할아버지와 함께 할머니의 주검을 보았는데 그것은 보얀 안개 속 같은 기억이다. 아니 추체험으로 인해 내 영혼에 투영된 것인지 모른다.

가뭄이 계속되고 있었다. 아버지는 들안 논에 물을 대러 가고, 어머니는 하루 전에 아기(나의 세 살 아래 동생)를 낳았으므로 집에서 몸조리를 하고 있었고, 할머니는 산골 다랑이논에 물을 푸러 갔다. 아침 밥상을 물리자마자 할아버지는 물 푸는 할머니의 손을 갈아주러 가려고 집을 나섰다. 네 살짜리인 내가 할아버지를 따라나섰다. 할아버지는 나를 떨쳐버리지 못하고 앞세우고 갔다. 가파른 오솔길에 들어섰을 때 내가 다리 아프다며 업고 가자고 떼를 썼다. 몸 허약한 할아버지는 나를 업고 몇 걸음 걸어가다가 내려주면서 걸어가자고 달랬다.

산골 다랑이논이 가까워지면서 길은 더 가팔라졌다. 나는 다시 어부바하자고 떼를 썼다. 할아버지는 평소에 현기증이 심한 할머니의 안위가 걱정되었지만 나를 차마 떨쳐놓지 못해 업고서 허위허위 가파른 길을 올라갔다.

계단식으로 만들어진 다랑이논들 가운데 가장 넓은 논머리에 오종종한 방죽이 깊게 패어 있었다. 가까이 가는데도 물 푸는 소리가 들리지 않았다. 할아버지는 불길한 예감이 들어, 나를 떼어놓고 달려갔는데,

할머니는 방죽 물속에 누워 있었다. 울면서 달려간 내 눈물 어린 눈에 할머니의 시신이 굴절되어 들어왔다. 할머니는 흰 치마저고리를 입고 있었고, 풀린 머리칼들이 까만 수초처럼 물길을 덮고 있었다. 할아버지는 인근의 논에서 김매는 농부들을 불러 할머니의 시신을 건져냈다. 할머니의 얼굴은 짙은 안개 속에 들어 있는 듯 아물아물했다.

초등학생 시절, 출타했다가 귀가하는 할아버지를 사립까지 나가서 마중 인사를 하곤 했는데, 그때 할아버지는 나를 가랑이 속에 넣고 어기적거리며 "이놈아, 너 때문에 느그 할머니 잃어버렸어야!" 하고 목멘 소리를 하곤 했다.

흉년인 한여름에 치른 오일장葬

한여름의 가뭄 속에서 닷새 동안에 치른 할머니의 장례, 짚불 연기 속의 일처럼 아물거리며 소용돌이치는 북새통에 대한 기억을 나는 가지고 있다. 나의 기억인지, 훗날 어머니가 지긋지긋해하며 들려준 이야기로 인한 추체험인지 애매하다.

세살 터울인 내 동생이 태어난 임오년(일제강점기인 1942년)의 한여름은, 흉년이 거듭되고 있는데다 가뭄이 이어지고 있었다. 정부의 구휼정책이 전무한 한빈한 마을에서 논 열 마지기 밭 스무 마지기를 짓는 우리집에 초상이 나자 '건 초상이 났다'고 동네방네 소문이 났다. '걸다'는 말은, 이것저것 맛깔스러운 먹을 것들이 많다는 말이다. 마을의 모든 사람들이 초상집에서 세끼 밥을 다 얻어먹으려고 몰려들었고, 마당 한가운데에 모닥불 피워놓고 밤을 새는 상두꾼들과 어울려 밤참까지 먹으려고 들었다. 상두꾼을 위해 내놓는 밤참은 팥죽이었다.

첫날 큰 돼지 한 마리를 잡고, 걸음 잰 사람 몇을 시켜 팔십 리 길을 달려 장흥 읍내 장의사에서 상포와 꽃상여를 사왔다. 워낙 갑자기 당한 초상이라, 관이 준비되지 않았으므로 거두장이(큰 톱으로 널빤지 만드는 기술자)로 하여금 송판을 내리게 한 다음 목수를 불러서 관을 짰다.

아기를 낳은 뒤 붉은 이슬이 채 걷히지 않은 스물아홉 살의 어머니는 곡간의 비상식량을 모두 털어 조문객들과 상두꾼과 마을 사람들을 위해, 대소가 아낙들과 더불어 밥을 짓고 국을 끓여 내고 떡을 넉넉하게 해야 했다. 회진포구 도가에서 막걸리와 소주를 사와야 했다. 사랑방에서는 할아버지와 동문수학한 도반들이 창호지와 비단에다 만장輓章을 썼고, 안방에서는 바느질 솜씨 좋은 아낙들이 상복을 지었다. 몰려드는 조문객들에게 일일이 두건을 만들어 씌워야 하고, 대소가 사람들 모두에게 상복을 입히고 배불리 먹여주어야 했다. 마을 사람들은 남녀노소를 불문하고 몰려들어 고기와 술과 밥을 먹어댔고, 개들도 몰려들어 꼬리를 가랑이 사이에 넣고, 사람들 눈치를 보며 음식 찌꺼기를 먹어댔다.

물에 빠져 죽은 할머니의 관은 마당 가장자리에 두었고, 그 옆에 차일을 치고 상방을 차렸다. 상두꾼들은 밤에 마당 한가운데에 장작불을 피우고, 소의 풍경을 흔드는 선소리꾼을 따라 장작불 둘레를 돌면서 상엿소리를 했다. 초경 이경 삼경 사경 오경을 아뢰었고, 그때마다 상주들은 제물을 올리고 곡을 했다. 사흘째 되는 날 돼지 한 마리를 더 잡아야 했다.

흉년 한여름에 오일장을 치르고 났을 때 곡간은 텅 비어버렸고 장례로 인해 감당하기 힘든 빚을 졌다고, 훗날 어머니는 고개를 회회 저으며 말했다. "입 달린 사람들은 모두 쉬파리같이 몰려들어 인정사정이 없이 먹어대고, 밥과 돼지고기를 알게 모르게 훔쳐가고…… 그 장례를 치르면서 진 빚 때문에 몇 년 동안이나 허리띠를 졸라매야 했는지 모른다…… 부자! 부자! 아이고, 말이 좋아 부자다. '든 거지 난 부자'라는 말이 그때 우리집을 두고 하는 말이었다!"

이야기의 힘

소설가는 '이야기의 힘'으로 살아간다. 이야기를 하다가 밑천이 떨어지면 죽기 때문에 사력을 다해 그걸 끊임없이 지껄여야 한다. 『아라비안나이트』의 화자가 살기 위해 천 일 동안 이야기를 계속했듯이 나는 평생 동안 소설을 하루도 빠짐없이 썼다. 모든 이야기는 이야기를 하는 사람부터 구제한다고 나는 생각한다. 인간의 윤리(모럴)를 내포하고 있는 모든 이야기는 신통한 힘을 가지고 있다. 어린 시절 할아버지에게 들은 이야기들은 평생 동안 내 삶을 지배하고 나를 구제했다.

한 영감이 한밤중에 혼자서 거룻배를 타고 밤바다로 낚시를 하러 갔더란다. 그날 밤에는 이상하게 고기들이 입질을 잘 해주었지. 미끼 끼운 낚시를 던지면 고기가 물고, 그것을 끌어올려 구럭에 담고 또 던지면 물었다. 크기가 팔뚝만한 보구치(민어과의 일종)였다. 어깨와 팔이 뻐근해지고 옆구리가 아리도록 보구치를 거듭 끌어올렸다. 짐작컨대 한 아흔아홉 마리쯤은 잡은 듯싶었을 때, 영감은 잠시 아픈 허리와 옆구리 운동을 하고 나서 고기 구럭을 넘겨다보았다. 이게 웬일인가. 구럭 안에는 보구치가 한 마리뿐이었다. 영감은 깜짝 놀라 사방을 두리번거렸다. 그때 뱃머리에 걸터앉은 시꺼먼 도깨비가 히히히 웃었다. 순간 영감은 이때껏 도깨비한테 우롱을 당했음을 알았다. 한 마리를 잡아 구럭에 담아놓으면 도깨비가 그 고기를 영감 모르게 가져다가 물속의 낚시에 꿰어주곤 한 것이고 그 짓을 아흔여덟 번이나 거듭한 것이다. 도깨비는 팔다리를 한없이 길게 뻗을 수 있다고 하지 않던가. 영감은 자기를 희롱한 도깨비한테 주먹을 부르쥐고 덤벼들었다. "너 이 자식, 나한테 죽어봐라." 그러자, 도깨비가 달아나며 말했다. "너무 화내지 마라, 그동안 행복했지 않으냐, 한 마리나 아흔아홉 마리나 그것이 그것이니라."

　나는 이것을 이야기 시로 써서, 나의 첫 시집 『열애일기』에 수록했고, 가끔 강연할 때 인용하기도 한다. 이 시에는 선문답禪問答 같은 '역설逆說'과 '반전反轉'이 들어 있다. 역설paradox은 진리를 도출하는 기묘한 언술言術이고, 반전은 엎어치기처럼 뒤집어 메어침으로써 독자를 깜짝 놀라 깨닫게 하는 마술적인 가르침이다.

　불교 『원각경』에 "달을 보라면 달을 볼 것이지 왜 손가락을 보느냐"라는 말이 있다. 모든 시나 소설(이야기)이 '손가락질'을 하는 짓이라면 속에 들어 있는 주제는 '달'이다. Paradox는 'para(벗어나다, 초월하다, 뛰어넘다)+doxa(말)'로 나누어볼 수 있다고 딸이 오래전에 가르쳐주었다.

　위의 "한 마리나 아흔아홉 마리나 그것이 그것"이란 이야기는 주제를 손가락질해주는 말인데, 그 말이 가리키는 달(주제)은 허공에 떠 있다. 인간이 이야기(손가락질)를 만들어 전하는 것은 '달'을 보여주기 위해서이다. 달은 구경究竟의 진리이다. 이야기의 힘은 그것이 내포하고 있는 달로 인한 것이다.

　불교의 초기 경전들은 관념적인 논리를 사용하지 않고, 아주 쉬운 이야기를 통해 전하는데, 무진장한 힘(달)을 가지고 있다. 할아버지의 이야기들은 그 경전들처럼 무진장한 힘으로 내 미래 삶의 기틀을 다져준 것이다. 어린 시절에 동화 한 편 읽지 않았지만 시인 소설가가 된 것은 할아버지에게서 들은 많은 이야기들과 그것들이 내포한 '달' 때문이라고 생각한다. 달은 최고로 아름답고 향기로운 인간의 윤리이다. 내가 쓴 시에 이야기성이 가미되곤 하는 것은 할아버지의 초기 경전 같은 이야기들 때문이다.

할아버지의 방

할아버지가 거처하는 방은, 늘 마을 사람들과 이웃집 노인과 뜨내기 나그네로 들끓었다. 마을 사람들은 할아버지의 이야기를 들으려고 몰려들었고, 이웃집 노인은 잘 자리가 없어 오신 것이고, 나그네 품꾼과 행려 장수들은 하룻밤 묵어가려고 찾아온 이들이었다. 어떤 때는 지필묵 장수나 사주쟁이나 족보꾼들이 찾아와 머물기도 했는데, 그때는 할아버지의 명에 따라, 어머니가 그들의 저녁밥을 '한동자'*로 차려내곤 했다. 할아버지는 사람의 귀천을 차별하지 않고 받아들이고 베풀었다.

6·25전쟁이 한창일 때는 황해도에서 피란 온 검은 도포 차림의 중년 남자가 찾아와 할아버지와 더불어 『정감록 비결』에 대하여 논하기도 했다. 나는 애매모호하게 말해지는 그 비결의 신통함과 혹됨에 대하여 궁금해했다.

겨울철 내내 할아버지 사랑방은 설설 끓었다. 머슴이 소죽을 쑤는 김에 장작불을 넉넉히 지피곤 한 것이었다. 나그네들과 이야기판을 벌이는 할아버지 옆에서 나는 잠을 자곤 했다.

---

* 밥때가 지난 뒤에 들어선 손님에게는 새로이 밥을 지어 대접하지만, 한창 식사중인 때에 염치 불고하고 찾아든 손님인 경우에는 어머니가 식구들이 식사중인 방으로 들어와 십시일반으로 밥 한 그릇을 만들어냈다.

할아버지는 먼저 이야기 하나를 하고 나서 나그네들에게 이야기를 시켰다. 할아버지는 나그네의 이야기를 듣고 마는 것이 아니고, 당신이 이야기를 이어 했다. 나는 잠들지 않고 귀를 쫑그리고 들었다. 이야기 속에서 긴 겨울밤이 깊어갔다. 내 영혼에 깊이 각인된 것들을 몇 개 소개한다.

귀신과 동침한 과거꾼

한 젊은이가 과거를 보러 가다가 깊은 산중에서 날이 저물었다. 인가를 찾아가야 하는데 노독으로 인해 더 걸을 수 없었다. 여우가 짖어대고, 풀벌레들이 울었다. 두려움에 빠져 있는데, 별로 멀지 않은 곳에서 반딧불처럼 파르스름하게 깜박거리는 불빛이 눈에 들어왔다. 그 불빛을 향해 어둠을 헤치며 나아갔는데 숲속에서 작은 초옥이 나타났다. 초옥 부엌에는 소복 차림의 젊은 여인이 밥을 짓고 있었다. 젊은이는 헛기침을 하고 나서 "저는 과거를 보러 가는 사람인데 하룻밤 묵어가도록 허락을 해주십시오" 하고 청했다. 여인은 젊은이에게 다소곳이 절을 하고 그를 방으로 들였다. "그렇잖아도, 제 시아버지께서 출타하시며, 아무 날 아무 시에 한 과객이 날 저물어 오실 테니 잘 모시라 당부하셨사옵니다." 여인은 소쇄할 물을 가져다주었다. 젊은이가 얼굴과 손발을 씻고 나자 밥상을 들여주었다. 젊은이는 배가 고팠으므로 달게 먹었다. 여인은 아랫목에 젊은이의 잠자리를 펴주고 나서 윗목에 등잔불을 밝히고 앉은 채 바느질을 했다. 젊은이는 피곤하던 차였으므로 자리에 눕자마자 곧 잠이 들었다. 꿈인지 생시인지 모르는 결에, 젊은이는 자기의 품속으로 파고들어오는 여인과 뜨거운 사랑을 나누었고 깊은 잠 속으로 빠져들었다. 젊은이는 으슬으슬 추워 잠에서 깨어 일어났는데 날이 밝아 있었다. 순간 소스라치게 놀랐다. 그가 하룻밤 묵은 작은 초옥과 그와 사랑을 나눈 여인은 온데간데없고, 그는 자그마한 무덤 앞의 상석 옆에 누워 있었다.

송아지만한 개 이야기

까마득한 옛날, 산적의 괴수魁首가 부하들을 시켜, 그 나라의 권력 실세인 정승의 곱고 아리따운 무남독녀를 납치해 갔다. 하늘을 나는 새도 떨어뜨리는 권력과 부를 쥐고 있는 그 정승은 비밀리에 포졸들을 풀어 딸을 구해내려고 들었다.

산적 괴수는 지략이 출중하고 무술에 능할 뿐 아니라, 신출귀몰하고, 칼 잘 쓰고 날고 기는 부하들을 거느리고 있었다. 그는 겨드랑이에 날개가 달려 있다고 했다. 포졸들은 산적의 괴수를 포획하려고 산으로 들어가기는 했는데 모두 산적들에게 잡혀 죽고 돌아오지 못했다. 마침내 정승은 그 사실을 임금에게 고하고, 정예의 군부대를 산으로 들여보냈다. 군졸들은 한 달여를 산적들과 싸웠지만 패했고, 나라가 기울 지경이 되었다. 정승은 마지막 수단으로 삼천리 방방곡곡에 방(광고)을 붙였다. "산적 괴수를 죽이고 내 딸을 구해온 자에게는 내 재산을 반분하고 사위로 삼겠다." 오래지 않아 납치되었던 딸이 돌아왔다. 딸은 수척해지기는 했지만 몸이 상하지는 않은 듯싶었다. 그 딸은 혼자 온 것이 아니고, 송아지만한 개 한 마리와 함께 왔다. 그 개가 그녀의 치맛자락을 물고 온 것이었다.

개는 당시 나라 안에서 흔히 볼 수 없는, 털 색깔이 거무스레하고 다리가 길었고 눈알이 놀놀했다. 요즘의 셰퍼드 모양새였다. 정승은 집사에게 "저 개에게 고기와 밥을 넉넉히 먹여 보내라" 하고 명했다. 집사는 개를 융숭하게 대접했다. 개는 주는 밥과 고기들을 배불리 먹고 나서 돌아가려 하지 않고 정승의 방문 앞에 엎드려 알 수 없는 표정을 지은 채 서서히 꼬리를 흔들었다. 집사가 하인을 시켜 개를 밖으로 내보내려고 했지만, 개는 옴짝달싹도 하지 않았다. 집사는 하인들에게 몽둥이를 들고 개를 두들겨패서 쫓아보내라고 명했다. 하인들이 몽둥이를 들고 몰아내려고 들었을 때, 개는 간단히 껑충 뛰어 피하고 하인들의 몽둥이를 앞발로 쳐버렸다. 집사는 정승에게 그 사실을 고하고, 은밀히 활을 쏘아 개를 처치해야 할 듯싶다고 말했다.

정승은 그 개가 보통의 개가 아니란 사실을 알아챘다. 신출귀몰하는 산적을 물리치고, 겨드랑이에 날개 달린 괴수에게서 딸을 구해온 영특한 개가 아닌가. 그 개는 "산적에게서 내 딸을 구해온 자에게는 내 재산을 반분하고 사위로 삼겠다"는 방을 보고 딸을 구해 온 것이다. 그 개는 개의 형상을 하고 있지만 개가 아닌 어떤 영물인지도 모른다. 정승은 개를 딸의 방으로 들여보냈다. 개와 딸은 아무런 소란도 일으키지 않았다. 방에서는 딸의 행복해하는 웃음소리가 흘러나왔다. 오래지 않아 딸에게는 태기가 있었고, 여러 달 뒤에 순산을 했다. 태어난 아기는 남자아이였는데, 머리털과 눈동자는 놀놀하고, 코는 매부리코였고, 몸이 헌칠하면서도 강건했다.

"그 남자아이가 바로 미국 사람들의 시조였단다" 하고 할아버지는 이야기를 매듭지었다.

1970년대 중반, 엄혹한 군사독재 시절에 「폐촌廢村」이란 소설을 썼는데 그 소설에는 내밀한 상징과 비유를 동원해야 했다. 당시 반미감정을 드러낸 소설을 쓰면 반공법 위반으로 감옥에 갔다. 한 소설가는 「분지」라는 소설을 썼다는 죄로 오랜 동안 감옥살이를 하며 재판을 받았다.

내 소설 「폐촌」에는 밴강쉬와 미륵례라는 두 거인 남녀 주인공이 등장한다. 그들은 운명적으로 부부로 살아야 마땅한 남녀 거구巨軀들이다. 남자 주인공인 밴강쉬는 판소리 〈변강쇠 타령〉의 주인공*을 연상하여 설정한 인물인데, 아버지와 형들이 남로당에 가담해 활동하다가 죽었고, 여주인공 미륵례는 '변강쇠'의 짝인 '옹녀'를 연상하며 설정한 인물인데, 오빠들이 경찰이었고, 미처 섬으로 피하지 못하고, 인민군과 부역자들에 의해 숙청을 당했다.

해방공간의 이념대립과 갈등으로 서로 원수가 된 두 인물은 각기 다른 보통 사람들과 결혼을 했는데, 맞지 않는 궁합으로 인해 부부생활을 오래하지 못하고 이혼을 할 수밖에 없었다. 미륵례는 외지로 시집을 갔다가 소박을 맞고 전전하다가 고향으로 돌아오는데 커다란 잡종 셰퍼드 한 마리를 데리고 들어와서 살았다.

밴강쉬도 많은 여자와 살림을 차려보았지만 그 여자들은 모두 도망을 갔다. 그는 돌아온 미륵례와 인연을 맺으려고 들었는데 그녀가 데리고 사는 개가 그들의 만남을 이루어지지 못하게 했다. 결국 그는 그 개를 제거하고 미륵례와 합방한 다음 평화로운 삶을 산다는 설정이다.

이 소설에서 잡종 셰퍼드는 '신화적이고 야만적'이라는 비유와 상징성을 지니는 설정이다. 이 소설을 통해 나는, 한반도의 비극적인 분단 상황과 그것의 극복과 화해 문제를 제시하려 했다. 거기에서 주제를 도출하는 데 사용되는 장치, 혹은 소도구로 활용된 개를 어린 시절 할아버지에게서 들은 개 이야기에서 가져온 것이었다.

---

* 변강쇠는 옹녀와 사랑을 나누지만 장승을 뽑아다가 아궁이에 불을 지피고 동티가 나서 죽는 파격적인 인물이다.

왜소한 할아버지

할아버지는 백오십 센티가 다 못 되도록 몸이 왜소하고 허약했고 글만 읽었다. 향교에서는 체구가 왜소하다고 할아버지를 받아주지 않았다. 나의 증조할아버지는 당신의 아들(나의 할아버지)에게 살림살이를 물려주지 않고, 당신의 손자(내 아버지)에게 물려주었다.

할아버지는 젊어서 농촌이나 산촌의 이 마을 저 마을을 떠돌며 서당 훈장 노릇을 하다가 늙어서는 벗들하고 어울려 풍월을 했다. 시 짓고 술 마시고 노래하듯이 글 암송하고⋯⋯ 마을 사람들에게 단방약을 처방하고, 토정비결과 사주를 보아주고, 궁합을 보아주고, 사주단자를 써주고 부적을 그려주었다.

아버지는 일제 때 잠시 사립 양영학교 선생을 하다가,* 일제가 양영학교를 폐쇄하자, 농사도 짓고, 어업도 하고, 장사도 하여 재산을 늘렸다. 할아버지는 어려서는 당신 아버지에게서 용돈을 타 쓰고 어른이 되어서는 아들에게 용돈을 타서 쓰고, 사랑방에서 서당을 열어, 동네 아

---

* 양영학교는 천도교를 창설한 손병희 선생 밑에서 중앙금융관장(총무부장)을 지낸 김재계 선생이 1925년 마을 앞에 설립한 2년제 영재 양성학교인데, 아버지는 26세 때부터 그 학교가 일제에 의해 강제 폐교될 때까지 교편을 잡았고, 거기에서 학생인 어머니와 만나 결혼을 했다. 장편소설 『달개비꽃 엄마』(문학동네, 2016) 참조.

이들에게 글을 거저 가르쳐주며 살았다.

아버지는 현실적이고, 할아버지는 비현실적이었다. 어린 시절의 나는 두 분의 현실적인 삶과 비현실적인 삶 사이에 놓여 있었다. 지금도 내 삶은 그 연장선상에 있다. 소설가의 삶에 대하여 그리스의 소설가 니코스 카잔차키스는 말했다. "한심한 영혼아, 너는 돈을 주고 빵과 고기와 포도주를 사 먹지 않고, 하얀 종이를 꺼내 빵, 고기, 포도주라고 쓰고 그 종이를 먹는구나." 할아버지야말로 그런 비현실적인 분이었다.

할아버지의 이야기보따리는 무궁무진했다. 토끼전, 심청전, 춘향전, 삼국지, 호랑이 이야기, 도깨비 이야기, 지네 귀신 이야기, 간사한 여우 이야기, 토끼와 두꺼비 이야기 들은 불교의 초기 경전 같은 것으로, 지금도 내 삶을 지배하고 있다.

금덩이 이야기

　장대하고 힘세고 착하고 지혜로운 남자가 무과武科 시험을 보려고, 한양을 향해 길을 나섰다. 신들메 단단히 하고, 두루마기에 갓을 쓰고 괴나리봇짐을 짊어지고, 산을 넘고 물을 건너고 들판을 휘질러갔다. 그 남자는 칼 쓰기, 창 쓰기, 말타기, 수박 치기, 씨름을 잘했고, 배포도 의협심도 대단했고, 병법을 통달했고, 세상을 뚫어보고 경영하는 지략이 남달랐다.

　깊은 산을 벗어나 바야흐로 들판으로 나섰는데 날이 저물었다. 여독으로 피곤했고, 배가 고팠다. 산을 등지고 들판을 향해 앉아 있는, 높은 성 같은 담에 둘러싸인 거대한 기와집 여남은 채가 날아갈 듯한 추녀들을 마주대고 있었다. 솟을대문 앞으로 다가갔는데, 대문이 닫혀 있었다. 남자는 대문을 두들기면서 "여봐라! 아무도 없느냐!" 하고 소리쳤다. 거듭 두들기며 소리쳤을 때에야 문이 열리고, 머리 땋아 길게 늘인 과년한 여자가 초롱불을 들고 나와 슬픈 목소리로 말했다. "우리집에서는 묵어가실 수 없는 끽긴한 사정이 있습니다. 빨리 들판 건너 다른 인가를 찾아가십시오."

　남자는 대문간에서라도 묵어가게 해달라고 통사정을 했지만 여자가 잘라 말했다. "우리집에서 묵게 되면 손님의 목숨이 위태롭습니다."

남자가 물러서지 않고 말했다. "보다시피 저는 힘이 장사이고 무술도 뛰어납니다. 무슨 일인지 모르지만, 두려울 것이 없으니 하룻밤 신세 지고 가도록 허락해주십시오."

여자가 마지못해 남자를 안으로 들였다. 널찍한 마당을 중심으로 집채가 둘러선, 말로만 듣던 '아흔아홉 칸'의 집이었다. 안채인 사칸 겹집과 중문 밖의 사랑채들과 종들이 거처하는 문간채들이 여럿 있고, 큼지막한 장독대와 곡간과 귀중한 살림살이를 저장하는 드넓은 광이 있었다. 집안에는 여자가 혼자 있을 뿐이고 으스스 음습하고 조용했다. 여자는 말없이 부엌으로 들어가 저녁밥을 지어, 안채 마루로 밥상을 내다주었다. 남자가 밥을 다 먹고 나자 여자가 그의 앞에 다소곳이 앉아 말했다.

"저의 집은 선조 대대로 내려오는 양반 가문의 부자이고, 할아버지 할머니 어머니 아버지에 오랍이 둘이나 되고 올케도 둘이었으며, 문간채에는 다섯 쌍의 젊은 종 부부가 살았습니다. 그런데 한두 달 전부터 한밤중에 정체를 알 수 없는 괴물 하나가 나타나서 종들을 한 사람씩 죽어가게 했고 그 시신을 어디론가 옮겨갔습니다. 이어 할아버지 할머니 아버지 어머니 오랍 올케 들을 차례로 다 죽게 하고, 오늘은 마지막으로 제가 죽게 될 차례이옵니다. 아니, 손님이 오셨으므로 괴물은 저를 제쳐두고 낯선 손님을 먼저 해칠지도 모릅니다."

남자는 그 괴물이 어떻게 생겼느냐고 물었고, 여자가 대답했다. "저는 밤이면 방안에서 숨어 떨면서 창구멍으로 내다보았는데, 별빛에 비친 괴물의 모양새는 눌눌하면서 검었고, 거대한 사람 형상을 하고 있었습니다. 약간 거무스레한 황금 색깔의 머리에 두 개의 뿔이 났고, 온몸에 금빛 털이 돋아 있고, 눈에서 이글이글 금빛 화광이 솟고, 걸으면 쩔그렁쩔그렁 쇳소리가 났습니다."

남자는 잠시 생각에 잠겨 있다가 낮고 부드러운 목소리로 말했다. "오늘밤에는 아무 걱정 마시고 아가씨 방에 들어가 마음놓고 주무십시오. 제가 지켜드리겠습니다."

그는 나무로 된 절구통을 들어다가 마당 한가운데 놓고 끌과 망치로 밑구멍을 뚫었다. 뒤란 대밭에서 대 한 그루를 베어다가 한 길 남짓한 대롱 하나를 만들었다. 그 대롱을 절구통 밑구멍에 끼웠다. 절구통 안에 숯을 담고 불을 피웠다. 불 위에 잎담배 한 가닥을 얹었다. 남자는 절구통 옆에 멍석을 깔고, 목침을 베고 누워 대롱 끝을 뻐끔뻐끔 빨았다. 담배 연기가 마당 안에 퍼졌다.

자정이 되자 어둠에 잠긴 광 안쪽에서 으스스한 바람이 일어나고, 거무스레한 금빛 괴물이 모습을 드러냈다. 잠시 마당 안을 둘러 살피던 괴물은 절구통 담배를 피우는 남자를 발견하고 멈칫했다. 남자가 근엄하게, 우렁찬 목소리로 말했다. "이리 요란스럽게 구는 네놈의 정체는 무엇이냐!" 괴물이 남자 머리맡으로 다가가 두 손을 땅에 짚고 머리를 조아리면서 독을 울려나오는 듯한 목소리로 말했다. "나리, 저는 광 안에 뿌리를 두고 있는 금덩이의 정령精靈이옵니다." 남자가 말했다. "금덩이의 정령이라니? 알아듣기 쉽게 자세히 말해보거라." 괴물이 말했다. "저의 내력을 소상하게 아뢰겠습니다. 이백오십 년 전에 이 집 선대의 어른이 중국, 여송(필리핀), 유구(오키나와), 인도와 무역을 해서 돈을 억수로 벌었는데, 금덩이를 실어다가 광 바닥에 은밀하게 깊이 묻어놓았습니다. 그런데, 광에 금덩이를 묻는 작업을 한 두 종이 그것을 발설하거나 훔쳐갈지도 모른다고 생각한 그 어른은 종들을 죽여 없앴습니다. 이후, 그 어른은 자식들 중 어느 누구에게도 금덩이 묻어놓은 사실을 유언해주지 못한 채 급사했으므로 저는 영영 햇빛을 볼 수 없게 되었고, 많은 세월이 흐르는 동안 바람을 쐬고 싶어 환장하는 병이 들게 되었습니다. 그 결과 저는 세상으로 나와 제발 바람을 쐬게 해달라고 이 집 사람들을 하나씩 붙잡고 통사정을 하게 되었습니다."

남자가 큰 소리로 꾸짖었다. "그런데 어찌하여 지금껏 이 집안의 수많은 사람을 죽어 나가게 했단 말이냐?" 괴물이 말했다. "나리, 저는 세상의 그 어떤 사람도 해치고자 하지 않았으며, 묻혀 있는 저를 꺼내다가 바람을 쐬게 해달라고 통사정하려고 다가가기만 하면 그 사람이 기절초풍하여 죽어버리곤 했습니다."

남자가 다짐을 받았다. "진정 너의 말이 사실이렷다?" "절대로 사실이옵니다. 당장에 광의 동쪽 구석 바닥을 한 자쯤 파헤쳐 저의 가엾은 살붙이들을 모두 꺼내 바람을 쐬게 해주십시오. 저의 넋은 이 세상을 휘휘 돌아다니면서 가난한 사람들을 도와주는 좋은 일을 해야 합니다. 이 세상에는 저를 필요로 하는 불쌍한 사람들이 수없이 많습니다." 말을 마치고 나서 괴물은 바람처럼 사라져버렸다.

남자는 여자와 함께 횃불을 밝혀 들고 광으로 갔다. 괭이로 바닥을 파자 싯누런 금덩이가 든 두 가마니가 모습을 드러냈다. 이튿날 그는 여자와 더불어 그것을 한양으로 싣고 갔고, 궁궐에 있는 임금에게 바치며, 금덩이 정령의 뜻에 따라, 세상의 모든 가난한 자들에게 나누어주기를 청했다.

할아버지는 그 이야기를 이렇게 끝맺었다. "임금은 금덩이로써 세상의 가난을 구제하고, 담력 대단한 그 남자를 야전군 대장으로 삼고, 그와 그녀가 부부의 인연을 맺고 살도록 해주었더란다."

경제적으로 무능한 할아버지는 손자인 나에게 많은 이야기를 들려줌으로써 시인 소설가로 키웠지만, 자식들에게 물려주기 위하여 금덩이를 은밀하게 광 속에 묻어둔 어떤 할아버지는 그로 인하여 멸문의 화를 당하게 되었다. 할아버지는 말했다. "돈이란 것은 칼하고 같은 것이다. 대장장이가 만든 칼을 아낙들이 손에 들면 좋은 요리를 하게 되지만, 강도가 들면 도둑질을 하거나 살인을 하게 된다. 돈이란 것은, 좋은 일을 하는 사람의 손에 들어가면 좋은 데 쓰이지만, 탐욕적인 음흉한 일을 꾸미려 하는 사람 손에 들어가면 세상을 파국으로 몰고 가는 데에 쓰인다. 성인의 가르침을 받지 못하여 무식한데다 마음씨 곱지 않고 인정이 메마른(윤리의식이 투철하지 못한) 사람이 가진 많은 돈은 마마 역신처럼 세상을 병들게 하고 썩어가게 한다. 세상의 모든 것은 흘러야 한다. 물도 흘러야 하고 돈도 권력도 흘러야 한다. 돈은 부자들에게로만 흘러가면 안 되고 못 가진 착한 사람들에게로 고루 흘러가야 한다. 돈은 가난한 착한 자들에게로 흘러 잘 쓰이면 세상이 화평해지지만, 불량한 부자의 돈궤 속에 쌓여 있으면 독을 뿜는 것이고, 세상을 더럽고 흉악하게 하는 것이다. 착하게 모든 것을 나누어야 한다. 기쁨도 슬픔도 괴로움도 더불어 나누어야 한다. 기쁨을 나누면 온 세상이 더욱 화락해지고, 슬픔과 괴로움을 모든 사람들이 나누면 그 슬픔과 괴로움이 깃털처럼 가벼워져 날아가고, 그 자리에 평화가 샘솟게 되는 것이다."

신성神性

할아버지 이야기를 들으러 온 재종 당숙이 할아버지에게 말했다.

"큰 동네 부자 구 아무개씨네는 포수 한 사람을 부린답니다. 그 포수는 천관산엘 가서 꿩이나 노루나 멧돼지를 잡아오곤 하므로 그 집 사람들은 노루나 꿩이나 멧돼지 고기를 상식한답니다."

구 아무개씨는 할아버지와 동문수학한 사람인데 논을 오십 두락이나 짓는 부자였다. 그날 밤 할아버지가 들려준 것은 나막신 장수 부부 이야기였다.

한 젊은 부부가 산골마을 움막에서 살고 있었다. 남편은 선대로부터 나막신 깎아 만드는 업을 물려받은 장인이었는데, 농사도 장사도 몰랐다. 아내는 남편을 위하여 산나물과 송이버섯과 약초를 캐오곤 했고, 남편이 맵시 좋게 제작해놓은 나막신과 함께 송이버섯이나 약초들을 장에 내다팔아 곡식과 간고등어 한 마리를 들여오곤 했다. 아내는 남편과 달리, 시장에서 흥정하는 법을 배워 알고 있었다. 흥정이란 이익을 보기 위한 삶의 한 방법인데, 자칫 사람을 영악하게 만들기도 하는 것이었다.

그들은 넉넉지 못하지만 행복하게 잘사는데, 안타깝게도 아기가 생기지 않았다. 그들에게 어느 날 기이한 일 하나가 일어났다. 아내 나이

서른아홉 살, 남편 나이 마흔 살 되는 해 봄이었다. 집 주위에 바야흐로 진달래꽃이 만발했는데, 아기 노루 한 마리가 집으로 들어왔다. 아기 노루는 다리 하나를 절뚝거리며, 나막신 깎는 공방으로 들어와 숨을 곳을 찾았다. 남자는 아기 노루가 쫓기고 있음을 알아채고, 나막신 깎으려고 쌓아둔 나뭇더미 뒤에 숨겨주었다. 잠시 뒤 포수가 공방 문을 열고, 새끼 노루 한 마리가 들어오지 않았느냐고 물었다. 남자는 시치미를 떼고 도리질을 했다. 포수는 고개를 갸웃거리며 사립을 나갔는데, 부엌에 있던 아내가 공방으로 들어와서 포수와 무슨 이야기를 했느냐고 물었다. 남자는 나뭇더미 속에 숨겨놓은 아기 노루를 가리키며 하마터면 큰일날 뻔했다고 말했다. 그의 아내는 깜짝 반가워하며 "아이고, 이 무슨 횡재요!" 하며 노루를 잡아 보신을 하자고 했다. 남편은 집으로 숨어든 산짐승은 돌려보내야 한다고 고개를 저었지만, 아내는 굴러든 복을 차내선 안 된다고 보챘다. "산신령님이 우리를 도운 것이오."

남편은 하릴없이 아내의 말대로 했다. 짐승을 도살할 마땅한 도구가 없었으므로 그는 나막신 깎는 날 예리한 자귀와 칼을 이용했다. 그들 부부는 노루 고기를 하루 세 끼 먹고, 남은 것을 다시 이틀 동안이나 더 먹었다. 산삼을 넣고 고아 며칠 동안 먹었다. 오랜만에 육식을 한 부부는 새삼스럽게 춘정이 동하여 진한 사랑을 나누었는데, 오래지 않아 아내의 몸에 태기가 있었다. 몇 달 뒤 아내는 달떡 같은 아들을 낳았다. 이목구비가 뚜렷하고 살색이 하얀 아들은 토실토실 잘 자랐고, 세 살 되는 해 봄부터 아버지의 공방에 들어와 놀았다. 아버지가 잠시 낮잠을 자면 자귀와 칼을 가지고 나막신 깎는 놀이를 했다. 부부는 아들 하는 짓을 오달져하며 즐겼다.

어느 날 아내가 나막신을 팔러 장에 갔다가 돌아오니 남편이 반듯하게 누운 채 목에 피를 흘리며 죽어 있었다. 나막신 깎는 자귀의 날이 목줄에 박혀 있었다. 아이는 선혈이 낭자한 아버지의 시체 옆에 누워 있었는데, 홍역을 앓기라도 하는 듯 온몸에 열꽃이 핀 채 땀을 흘리고 있었다. 해질 무렵 경기를 일으키며 아이는 숨을 거두었다.

아내는 인근 절에서 스님들을 불러다가 남편과 아이의 장례를 치렀다. 아내는 슬픔을 견디지 못하고, 미쳐 날뛰다가 나란히 만든 두 무덤 앞에 엎드려 땅을 치며 통곡했다. 착하게 살아온 자기 부부가 왜 이렇게 벌을 받아야 하는 거냐고 부처님과 하느님과 산신령을 원망했다. 그러다가 지쳐 혼수상태 같은 깊은 잠이 들었는데, 꿈인 듯 꿈 아닌 듯한 잠결에, 귀신 둘이 주고받는 말이 들려왔다. "지금 네 무덤 앞에 엎드려 자고 있는 저 여자가 사실은 더 악독하다. 나막신 깎는 자귀를 가지고 와서 그 여자도 목줄을 잘라 죽여라."

꿈에서 깨어난 여자는 혼겁을 한 채 산골짜기를 달려내려가다가 절벽 아래로 떨어졌다. 그녀가 깨어난 것은 절집에서였다. 절벽 아래를 지나가던 스님이 그녀를 업고 와서 간호를 하여 살아나게 한 것이었다. 스님은 그녀에게 참회의 기도를 하게 하고, 그들 부부가 잡아먹은 새끼 노루와 남편과 아들의 혼령들을 함께 천도해주어야 한다고 말했다. 그녀는 한겨울에도 개울에서 멱을 감고 정성을 다해 기도를 하곤 했다.

하얀 눈이 정강이 차게 내린 날 새끼 노루 한 마리가 암자 마당으로 걸어왔는데, 그녀는 그 노루를 보듬고 방으로 들어갔다. 어찌된 일인지 그녀의 젖무덤이 크게 부풀어오르고 젖꼭지에서 젖이 흘러나왔다. 그녀는 울면서 그 새끼 노루에게 젖을 먹여 키웠다.

할아버지는 말했다. "참회란 것은 깜깜한 방에 촛불을 밝히는 것하고 같단다. 참회는 헌 사람을 새 사람으로 만들어준다."

할아버지와 아버지의 서로 다른 눈

할아버지 방에서 형과 나란히 잠들었다가, 아버지와 할아버지가 도란 거리는 소리에 깼는데, 방에는 어둠이 가득차 있었다. 아버지는 출타했 다가 들어와 할아버지에게 귀가 인사를 하고 나서 당신의 잠든 두 아들 에 대하여 말하고 있었다. 아버지는 부연 창문을 등진 채 검은 그림자처 럼 앉아 있고, 할아버지는 당신의 궤상에 등을 기댄 채 마주앉아 있었다.

"큰놈은 야무진데 작은놈은 대가 물러요. 큰놈 눈망울 반짝거리는 것 보면, 앞으로 큰 소리를 한번 낼 듯싶어요…… 그런데 작은놈은 눈매 입매가 순해빠지고 고무 성질이어요. 즈그 외삼촌들을 닮았어요. 머리 는 명석한 듯싶은데 느리고 '눈 지드런해진' 채 말귀도 잘 못 알아듣고 맹한 것도 같고……"

"아니다" 하고 할아버지는 말했다. "작은놈 사주 관상에는 천파성天 破性이 들어 있다. 어떤 일에 집중할 때 보면, 아랫입술이 윗입술을 덮는 버릇*이 있다. 저놈 절대로 순한 것이 아니고 대가 무르지도 않고 느리 고 맹한 것도 아니다. 작은놈한테는 거역拒逆의 성질이 숨겨져 있다."

---

* 훗날 소설 『동학제』(고려원, 1994)에서 전봉준을 그리려고 관상학을 공부했는데, '아랫입 술이 윗입술을 덮는 버릇'과 '거역'에 대한 것이 거기 있었다. 아랫입술이 윗입술을 덮는 버 릇, 그것은 이겨내려는 의지 같은 것이다.

어머니의 눈

　어느 날, 작은아들인 내가 외탁한데다, 대 무른 아이라고 하는 아버지의 주장에 대하여, 어머니는 내 어린 시절의 일화 하나를 예로 들어 절대로 그렇지 않음을 증명하려 들었다.

　형은 체구가 작았으므로 이웃집 동갑내기 아이들과의 사귐에서 늘 눌려 살았다. 사립을 마주한 이웃집 기호가 와서 형과 딱지치기를 하다가 다투었는데 형이 울었다. 부엌에서 김칫거리를 다듬던 어머니는 아이들의 싸움에 끼어들지 않으려고 지켜보고만 있는데, 그것을 본 세 살 아래 동생인 나의 태도가 수상했다. 내가 땅에 있는 새끼줄 한 가닥을 한데 사려 들고 딱지를 헤아리고 있는 기호에게 다가가더니 얼굴을 호되게 후려쳤다. 순간의 가격에 당황한 기호는 열없어, 얼굴이 빨개졌다. 그러나 자기를 때린 나에게 복수할 생각을 하지 못했다. 부엌에서 어머니가 보고 있다는 것을 안 것이었다. 기호는 무참하고 열없어, 눈을 내리깐 채, 딱지를 들지 않은 손으로, 옆에 있는 절구통의 시울만 쓸어 만지고 있었다.

장기와 여우 쫓는 지혜

　우리집의 사립과 기호네 사립은 맞닿아 있었다. 기호는 나보다 세 살 위지만 나와 같은 학년이었다. 나는 일곱 살에 입학했는데, 그는 열 살에 들어간 것이었다.

　우리 둘은 오전에 학교에 다녀와서 점심을 먹은 다음 사랑방 마루에서 장기를 두곤 했다. 할아버지와 이웃집 영감님이 두곤 하던 장기였다. 기호는 장기를 두면 늘 나에게 졌다. 나는 기호에게 차와 포 가운데 하나를 떼고 두어주었다.

　나는 코흘리개 시절부터, 할아버지와 이웃집 영감이 장기 두는 것을 구경하다가 배운 것이었다. 훈수를 두면 안 된다는 것을 몰랐으므로, 할아버지와 이웃집 영감이 장기를 둘 때 늘 훈수를 했다. "할부지, 말 죽어요" 하거나, "상으로 장을 쳐요" 하고 귀띔을 해드렸다. 맞은편의 이웃집 영감은 아픈 곳을 찔리기라도 한 듯 장기판만 내려다보며, "방정……!" 하고 불만을 토로하고 장기짝을 놓으면서 "조손이 함께 두는 통에 도저히 이길 수가 없네!" 했고, 할아버지는 나를 으스러지게 끌어안으면서 말했다. "오해 말소, 우리 아이 훈수 아니더라도 나 그 수를 진즉 읽고 있었네."

　기호와 나는 장기를 두고 나서 함께 꼴을 베러 가거나 땔나무를 하러 가곤 했는데, 갈림길에 이르러서는 어디로 가야 할 것인지 점을 치곤 했다. 내가 왼 손바닥에 침을 뱉은 다음 그것을 오른손의 가리키는 손가락으로 힘껏 내리쳐서 침방울이 많이 튀어가는 쪽을 택하는 점이었다.

그날 점을 친 결과로 가게 된 곳은 큰재산이었다. 큰재산 중턱의 벌판 주변은 정씨네 문중 소유였다. 그 산에는 여우들이 출몰했다. 그들은 숲속 너덜겅에 살았는데 낮에 우리들에게 모습을 드러내곤 했다. 여우는 혼자 다니는 아이의 넋을 빠져나가게 한 다음 간을 빼먹는 교활한 짐승이라고 기호가 말했다. 혼자 산에 갔다가 여우를 만나면, 그리하여 여우가 넋을 빼려고 주위를 빙글빙글 돌기 시작하면 재빨리 옷을 모두 벗어 벌거숭이가 되어야 한다고 했다. 왜 그렇게 해야 하느냐고 묻자, 그가 말했다. 사람이 자기 옷을 벗고 벌거숭이가 되면 여우는 "자기 껍질을 저렇게 손수 벗기는데 내 껍질인들 못 벗기겠느냐" 하고 겁을 먹고 달아난다는 것이었다.

산돌 키우기

　자기네 소유의 밭이 한 뙈기도 없는 기호네 형 기철은 뒷산의 정씨 문중 산의 산지기 노릇을 해준 대신에, 편편한 잔등의 땅을 얻어 개간했다. 아침 일찍이 산에 가면 해가 질 때까지 곡괭이와 괭이와 삽과 톱으로 소나무와 철쭉나무 진달래나무 노간주나무 따위를 쳐낸 다음 뿌리를 파내고 돌을 파서 굴려다가 밭둑을 만들었다.

　기호와 나는 산에서 땔나무를 해가지고 오다가 기철에게서 특이한 선물 한 개씩을 받았다. 차돌처럼 생긴 '산돌'이었다. 내 돌은 주먹 둘을 합친 것만큼 했고, 기호의 돌은 내 것의 두 배는 되었다. 돌의 한쪽 모서리가 개의 이빨들처럼 쭈뼛쭈뼛 들솟아 있었다. 그 이빨 모양새의 밑부분은 연한 자주색의 석영인데 끝부분이 약간 희면서 투명하고 무지갯빛이 감돌았다. 위에서 보면 진한 보라색으로 보이는데, 아래에서 쳐다보면 연한 보라색으로 보이고, 또 어찌 보면 남색이나 자주색으로도 보였다.

　"이 부분이 자란단다" 하고 기철이 산돌 키우는 법을 가르쳐주었다. "그늘진 땅속에 묻어놓고 쌀이나 보리 씻은 뜨물을 날마다 한 번씩 부어주어야 하는데, 그때부터는 절대로 파보아서는 안 되고 참을성 있게 자라나기를 기다려야 한다. 산돌을 키우는 사람은 남의 못자리 논에 돌을 던진다거나, 남의 감을 따먹는다거나, 남의 수수모가지를 자른다거나, 누구를 때린다거나, 뱀이나 개구리를 잡아 죽인다거나 그래서는 안 된다. 거지가 밥을 얻으러 오면 후하게 곡식을 퍼주기도 하고, 맛있는 것은 동무하고 나눠 먹고, 책도 돌려 보고, 모르는 것을 가르쳐주기도 하고, 싸우지도 말고, 양보를 하고…… 그래야 그 돌이 쑥쑥 잘 자란단다."

그 돌을 가지고 집으로 돌아오면서, 나는 내가 키운 산돌의 석영이 죽순처럼 자라서 담 위로 진한 보라색의 유리 기둥으로 솟아오른 모습을 상상했다. 마당 가장자리의 담 그늘에다 그 돌을 묻고, 밥을 짓는 작은누님에게 쌀 씻은 뜨물 반 바가지를 얻어다가 부어주었다. 이튿날 아침과 저녁에 두 차례나 쌀뜨물을 부어주었다. 잠을 자면서는 산돌 자라는 모습, 솟아오른 투명한 석영 기둥이 햇빛을 받아 번쩍거리는 것을 떠올렸다. 아랫집 기호의 것보다는 내 산돌이 훨씬 빨리 자라리라고 생각했다. 기호네 집은 우리집보다 가난해서 묽은 뜨물만 줄 것이고, 우리집은 부자여서 진한 뜨물을 줄 수 있으니까.

그로부터 닷새 지나서 기호가 땔나무를 하러 가다가 자기 손가락 한 마디를 가리키며 말했다. "내 돌은 이만큼 자랐는디, 니 돌은 얼마나 컸냐?" 나는 깜짝 놀랐다. 아직 내 돌이 자랐는지 안 자랐는지 확인해보지 못한 것이었다. 파보면 절대로 안 된다고 한 기철의 말 때문이었다. 나는 솔직하게 대답했다. "나는 아직 안 파봤다."

그날 산에서 돌아오자마자 살그머니 가리키는 손가락을 흙속으로 밀어넣어 산돌의 앙상한 표면을 더듬어보았다. 조금 자란 듯싶기도 하고 전혀 자라지 않은 듯싶기도 했다. 진한 뜨물을 받아먹은 나의 산돌이 그의 것보다 더 많이 자랐어야 마땅한 일인 것인데 왜 그럴까.

나는 나를 의심했다. 내 행실에 문제가 있어서 돌이 자라주지 않는 것인지도 모른다. 내가 혹시 심술을 부렸을까, 거짓말을 했을까, 거지한테 함부로 했을까…… 계속 삼가왔는데 왜 내 돌은 자라지 않을까.

이후 더욱 삼가면서, 누구한테든지 잘 웃어주고, 어른들 심부름을 잘하고, 밥 짓는 누님에게서 뜨물을 얻어다가 산돌 묻은 자리에 잘금잘금 부어주었다. 손가락을 밀어넣어 만져보지도 않고 참을성 있게 기다리기만 했다.

다시 며칠 뒤에 아랫집 기호가 "내 돌은" 하고 나서 가리키는 손가락을 내 앞에 내보이며 말했다. "이만큼 자랐는데 니 돌은 얼마나 컸냐?" 나도 모르는 사이에 살짝 거짓말을 했다. "내 돌은 쬐끔밖에는 안 자랐어."

학교에서 돌아와 흙속으로 손가락을 밀어넣어보니 전과 마찬가지였으므로 나는 기호에게 한 거짓말로 인해 가슴이 쓰라렸다. 나의 그 거짓말 때문에 내 돌은 자람을 멈추고 있는지도 몰랐다. 슬펐지만 절망하지 않고, 부지런히 뜨물을 받아다가 부어주었다. 내 돌은 일단 자라기 시작하면 기호의 그것보다 훨씬 빨리 크게 자랄 것이라는 희망을 가지고.

이러구러 몇 달이 지나갔다. 어느 날 나의 돌이 전혀 자라지 않은 것을 확인하고 나서 기호에게 물었다. "니 돌은 얼마나 자랐냐?" 그는 이번에는 허공에 한 뼘을 재 보이며 "이만큼 자랐어!" 하고 말했다. 나는 크게 자랐다는 그의 산돌을 한번 보여달라고 졸랐다. 그는 펄쩍 뛰며 거부했다. "절대로 안 돼. 나는 그것을 어두컴컴한 데다 숨겨놨어."

나는 속절없이 자라지 않은 내 돌을 더듬어 만져보며 슬퍼했다. 산돌이라는 것은 운명적으로 지독하게 가난한 집에서만 자라주는 모양이라고 생각하면서도 희망을 가지고 꾸준하게 뜨물을 부어주었다. 그러다가, 아홉 살 열 살 무렵의 아이들은 누구든지 산돌을 키우다가 실패를 맛본다는 사실, 기호도 사실은 나에게 거짓말을 하곤 했을 뿐 그도 실패했다는 사실을 깨달았을 때 나는 어른이 되어 있었다.

망구(83세)의 나이인 나는 내 토굴 뜨락에 산돌 하나를 묻어놓고 키운다. 그 돌이 내가 저세상으로 떠나간 다음에 보라색 자색의 유리 기둥처럼 자라기를 희망하며.

신필神筆

　사주쟁이가 온 날 밤 할아버지는 그와 더불어 경쟁하듯 이야기를 주고받았는데, 맨 먼저 하신 것이 추사 김정희의 신필*에 대한 것이었다.

　누군가가 추사 김정희의 주련 글씨를 받아왔는데, 깜깜한 밤이면 그 글씨에서 반딧불이의 파란 불빛이 난다는 말이 나돌았다. 추사는 그 소문으로 인해 은근히 자부심을 가지고 있었고, 자기도 모르는 새에 점차 오만해지고 있었다. 과천에서 노년을 보내던 어느 날, 그는 복사꽃 잎 흘러내리는 산골짜기 시냇물을 따라 발밤발밤 산책을 나갔다. 얼마쯤 가자 짙푸른 용소가 나왔다. 그 가장자리에 하얀 바지저고리 차림에 검은 머리를 땋아 늘인 소년이 소沼의 수면을 향해 좌정하고 있었다. 소년의 얼굴을 보는 순간 '아아, 선재 소년이다!' 하고 그는 속으로 소리쳤다. 선재 소년 이야기를 『화엄경』「입법계품」에서 읽은 바 있었다. 어찌된 일인지, 선재 소년의 앞에는 종이가 없었다. 옆의 편편한 바위 위에 벼루와 먹만 놓여 있었다. 벼루에는 진하게 갈아놓은 먹물이 담겨 있었다. 선재 소년은 붓끝에 먹물을 묻혀서 거울 같은 수면 위에다가 글씨

---

　* 이 일화는 할아버지의 이야기를 내 문체로 서술한 것이다.

를 쓰고 있었다. 비단 같은 수면 위에 까만 글씨가 선명하게 드러났다. 서투른 듯하지만, 소박하고 고졸하고 기굴奇崛한 글씨였다.

아니, 어떻게 수면 위에 글씨를 쓸 수가 있단 말인가. 물이 출렁거리는데, 먹물 글씨의 점과 획과 파임들이 어찌하여 물에 풀어지지 않는단 말인가. 추사는 선재 소년의 얼굴과 물위의 검은 글씨를 보며 '진흙으로 빚은 소가 강물을 건너가지만 물에 풀려 없어지지 않는다'는 선승의 화두話頭를 떠올렸다.

"春風大雅能容物 秋水文章不染塵 硯戶蒼苔馴子鹿 石田春雨種人蔘(봄바람 같은 큰 너그러움은 능히 세상의 만물들을 다 수용하고, 가을에 흐르는 물 같은 문장은 더러움에 물들지 않는다. 산골짜기의 집 푸른 이끼에 어린 사슴 깃들고 돌밭에 내린 봄비를 맞으며 인삼 씨를 들인다)." 선재 소년이 어찌 알고 물위에다 내 글씨를 임모하고 있는 것인가. 내가 쓴 것과 선재 소년이 쓴 글씨는 어떻게 다를까. 눈을 비비고 살폈다. 글씨의 점과 획과 삐침과 파임들이 그가 쓴 것과 비슷한 듯싶은데, 그것들이 살아 꿈틀거리는 것이 달랐다. 날이 갑자기 어두워지더니 밤이 되었고 하늘에 별이 반딧불처럼 수런거렸다. 그 글씨들의 표면에 수천 마리의 반딧불이가 붙어 일제히 불을 밝히는 것처럼 환한 형광이 일어났다. 동시에, 수천 개의 하늘 천사들의 편경과 공후인을 연주하는 소리가 들려오고 두리둥둥 두리둥둥 지령음地靈音이 들려왔다. 추사는 부르짖었다. "아아! 신필神筆이다!" 선재 소년은 옆에 놓인 젓가락 모양의 막대기 하나를 집어들어 자기가 써놓았던 수면의 대련 글씨들을 휘휘 저었다. 글씨들이 가뭇없어지면서 하늘의 음악 소리와 지령음도 사라졌다.

선재 소년이 다시 붓을 들더니 거침없이 썼다. 이번 것은 가로로 썼는데, 커다란 현판 글씨였다. 그 글씨를 보는 순간 추사는 경악했다. 그가 며칠 전부터, 어떤 모양새로 쓸까 궁리하고 있는 '板殿판전'이란 글씨였다. 그는 청사에 길이 남을 그 현판 글씨를, 해서도 아니고 전서도 아니고 예서도 아니고, 그러면서도 해서라고 할 수도 있고, 전서라고도 할 수 있고, 행서라고도 할 수 있고, 예서라고도 할 수 있는 그런 글씨를 쓰고 싶었다. 그런데 선재 소년이 바로 그 모든 것을 아울러놓은 글씨를 형상화시켜놓고 있었다. '아! 그렇다. 바로 저것이다!' 하고 속으로 소리쳤다.

선재 소년은 말없이 붓을 벼루 위에 걸쳐놓고 막대기를 들어 수면의 글씨를 휘휘 저어 사라지게 한 다음 몸을 일으켰다. 추사에게 자기가 앉았던 자리를 두 손으로 정중하게 가리켜주며 공손히 말했다. "대감마님, 여기 앉으십시오. 빈도는 은사이신 신호神毫 스님의 가르치심에 따라 글씨 수련을 하고 있는데, 암자에서는 종이를 구할 수 없으므로, 이렇게 날마다 물위에 글씨를 쓰고 있사옵니다. 신호 스님께서는 잠을 이기지 못하시고 잠시 암자로 올라가시면서, 오래지 않아 마을에서 추사 대감이 오실 것이니 대감에게서 글씨를 익히라고 하셨사옵니다. 청컨대 대감의 신필을 하교해주시옵소서."

선재 소년은 벼루에 걸쳐놓았던 붓을 추사에게 내밀었다. 추사는 선재 소년이 앉아 있던 자리에 앉아, 붓을 받아들었는데 두려워졌다. '수면 위에다 어떻게 먹글씨를 쓴단 말이냐!' 그의 두려움을 알아차린 선재 소년이 공손하게 말했다. "두려워하고 주저하는 것이 글씨를 망치는 법이라고 신호 스님께서 말씀하셨습니다." 그 말이 추사의 정수리를 쳤다. 추사는 붓에 먹물을 묻혀 들고 별빛이 일렁거리는 수면을 내려다보았다. 선재 소년이 말을 이었다. "써야 할 곳이 서판이든지 종이든지 바람벽이든지 바위이든지 수면이든지 하늘이든지, 분별하지도 말고 두려워하지도 말고, 오랜 동안 마음으로 상량商量하여온 글자들을 자신 있게, 금시조가 해룡을 대번에 훔쳐 잡듯 써야 한다고 신호 스님께서 말씀하셨습니다. 그것은 용기를 필요로 하는데, 그 용기는, 오천 권의 책 읽기로 말미암아 소매 속에 생긴 금강 몽둥이와, 안반수의의 깊고 긴 들이쉴 숨과 내쉴 숨이 형성시켜준다고 하셨습니다."

추사의 가슴속에서 뜨거운 김이 뭉클 치솟아올라왔다. 선재 소년이 말을 이었다. "가슴에 불쾌한 기운을 담은 채로는 절대로 좋은 글씨를 쓸 수 없다고, 신호 스님께서 말씀하셨습니다."

추사는 뜨거운 김을 억누르기 위해 잠시 눈을 감은 채 심호흡을 했다. 이윽고 평정심이 회복되었을 무렵 선재 소년의 말이 들려왔다. "신호 스님께서는, 손에 잡은 붓은 손아귀에 움켜쥔 참새와 같다고 했습니다. 사람 손에 잡힌 까닭으로 불안해진 참새의 가슴은 팔딱팔딱 뛰고 있는데, 그 팔딱거림이 붓끝을 떨게 하면 점과 획과 삐침과 파임은 온전하지 않게 된다고 했습니다. 한사코 손아귀 속의 참새가 편안해할 때까지 기다려야 하는데, 참새가 편안해할 때까지의 그 기다림이 아주 중요하다 하셨습니다. 기다리는 동안이 너무 길면, 손아귀의 뜨거움과 손바닥의 땀이 참새를 지쳐 늘어지게 하고, 뜨거움과 땀이 서리지 않게 하려고 너무 헐겁게 잡으면 새가 푸르르 날아가버리고, 너무 힘주어 쥐고 있으면 새가 맥빠져 죽게 된다 하셨습니다."

선재가 말한 그 비법은 어린 시절에 박제가 선생에게서 들은 바였다. "내 친구 가운데, 백동수라는 칼 잘 쓰는 사람이 있는데, 그가 이렇게 말했습니다. 칼자루를 너무 힘주어 잡으면 칼을 제대로 쓸 수 없으므로 상대의 칼에 찔려 죽게 되고, 그렇다고 칼자루를 너무 가만히 잡은 채 칼을 쓰면 상대방의 칼날을 막는 순간 칼자루를 놓치게 된다는 것입니다. 붓 잡는 법도 그와 똑같습니다. 칼잡이들이 겨눈 것을 벨 때, 주도면밀하게 보고 가늠한 다음 순간적으로 과감하게 베듯 글씨도 그와 같이 써야 합니다. 미적미적하고 있으면 김이 새나가버립니다."

추사는 붓을 수면으로 가져갔고, 一자로 가로획을 그었다. 모든 물고기의 몸은 한 번 움직일 때마다 세 번의 뒤틀림三轉이 있게 된다는 말을 떠올리며.

한데 추사는 당황하지 않을 수 없었다. 물에 그은 一자 획은 뜻한 바대로 그어지지 않았고, 붓에 묻은 먹물이 풀어져 거무스레하게 흩어지고 있을 뿐이었다. 선재 소년이 외치듯 말했다.

"아, 안 돼요! 지금 대감께서는 두려워하고 계십니다. 먼저 써낼 수 있다는 자신감을 가지시고 다시 시작하십시오!" 그 말을 듣는 순간 추사는 번쩍 눈을 떴는데, 꿈이었다.*

할아버지는 원교 이광사와 창암 이삼만의 글씨에 대한 이야기도 곁들였다. "참으로 알 수 없는 것은, 원교와 창암의 흘림체 글씨야말로 사람이 쓴 글씨라고 말할 수 없을 만큼 잘 쓴 것이니까 신필이란 말을 들어야 하는데, 그런데 그 두 사람의 글씨가 밤에 반딧불이 같이 빛을 냈다는 말은 들은 바 없소. 다만 추사가 말년에 쓴 글씨만 그렇게 반딧불이 빛을 내는 신필이라고들 야단이더라고요. 더욱 신통한 것은, 누군가가 여차로 추사 글씨에 덧칠을 했더니 다시는 밤에 빛을 내지 않더랍니다."

---

* 훗날 이 이야기를 장편소설 『추사』(열림원, 2007)를 쓰는 데 활용했다.

두꺼비와 토끼가 한 내기

할아버지의 이야기는 끝없이 이어졌다.

토끼와 두꺼비는 추석날 아침에 마을의 집집을 돌면서 송편을 구걸했다. 하늘은 청명했고 바람이 삽상했다. 마을 인심은 후해서, 바구니에 떡이 가득찼다. 행동거지가 날렵하고 영악한 토끼는 굼뜬 두꺼비에게 이날 골탕을 먹이고 그 떡들을 혼자 독차지하려는 마음을 품고 말했다.

"두껍아, 우리 내기를 하자" "무슨 내기?" "이 떡 바구니를 가지고 저 민둥산으로 올라가서 아래로 굴려놓고 누가 떡을 많이 줍는지 내기를 하는 거다. 더 많이 줍는 사람이 이기는 것인데 이긴 사람이 그 떡들을 다 차지하는 것이다." 토끼가 제시한 그 승자독식勝者獨食의 내기는 두꺼비 처지에서 볼 때 불공정하고 잔인한 것이지만, 두꺼비는 비겁하게 꽁무니를 빼기 싫었다. 두꺼비는 여느 때 동작은 느리지만 의뭉스러운 지혜가 있었고, 그 지혜에 대한 자부심을 가지고 있었다. "그래, 하자." 그들은 떡 바구니를 들고 높은 민둥산 정상으로 올라갔다. 오래전부터 불이 자주 나서 큰 나무들이 없는 산이었다. 정상에서 보니 계곡 아래가 아스라하게 내려다보였다. 토끼는 떡 바구니 앞에 앉은 채 떡 바구니가 데굴데굴 굴러내려가 멈출 지점을 눈으로 가늠해 살펴보고 나서, 옆에서 아직도 숨을 헐떡거리고 있는 두꺼비에게 내기의 방법을 설명했다.

"여기서 저 아래쪽으로 굴려놓고 '준비 땅!' 한 다음, 달려가 떡을 줍는 것이다." 그 내기의 규칙은 절대적으로 날렵한 토끼에게 유리한 것이지만 두꺼비는 기죽지 않고 당당하게 말했다.

"그래, 토끼 니가 굴려놓고 니 입으로 '준비 땅!' 하고 뛰어라."

토끼가 떡 바구니를 아래로 굴렸다. 뚜껑을 덮은 바구니는 기세 좋게 굴러갔다. 토끼는 자기 입으로 "준비 땅!" 하고 소리치자마자 떡 바구니를 쫓아갔다. 토끼는 이제 모든 떡은 자기 것이라고 생각했고, 황홀해졌다.

떡 바구니는 거침없이 굴러 계곡 맨 아래쪽 구석에 처박혔다. 토끼는 재빠르게 달려가서 떡 바구니를 가슴에 안았다. 한데 그것은 빈 바구니였다. 한편 두꺼비는 어슬렁어슬렁 걸어내려가면서 뚜껑이 열린 떡 바구니가 굴러가면서 흘린 떡들을 하나하나 주웠다. 어느 한곳에는 떡들이 무더기로 쏟아져 있었다. 떡 바구니가 바위 모서리에 부딪쳐 튕기면서 떡을 토해놓은 것이었다.

자기가 집어든 바구니가 텅 빈 것을 알아챈 토끼는 아차, 내가 미련했구나 하고 산정으로 치올라갔지만 그때는 이미 두꺼비가 모든 떡을 주워버린 이후였다.

할아버지는 말했다. "굴러가는 떡 바구니, 그것은 허울이고 허영이다. 대개의 사람들은 토끼처럼 허울을 좇는다. 지혜로운 사람은 천천히 실질적인 것을 생각하면서 행동하는 두꺼비처럼 삶을 사는 것이다. 빨리빨리 행동하지 말고 멈추어 생각하고 나서 행동하는 습성을 길러라. 남들이 굼뜨다고 흉허물을 할지라도 절대로 토끼처럼 경망하게 까불거리며 살지 마라."

토끼와 두꺼비의 두번째 내기

토끼는 두꺼비와의 내기에서 진 다음 분을 참지 못하고, 이제야말로 두꺼비가 반드시 패배할 수밖에 없는 내기 하나를 궁리해냈다. 사람이 가랑이를 크게 벌려야 간신히 한 걸음에 뛰어 건널 수 있는 '너비가 너른 개울의 이쪽 둑에서 저쪽 둑으로 건너뛰는 내기'를 고안해냈다.

토끼와 두꺼비, 둘은 토끼가 선택한 너비가 너른 개울의 서쪽 둑에서 동쪽 둑을 향해 나란히 앉았다. 그 개울의 폭을 보고 난 두꺼비는 곧, 토끼에게 질 수밖에 없는 내기라는 것을 알아차렸지만 절망하지 않았다. 그는 평생 어떤 일에서도 절망해본 적이 없었다. 자기 스스로 굼뜬 존재라는 사실을 잘 인지하고 살아가고 있는 두꺼비에게는 꾸준히 궁리 궁구하는 습성이 있었다. 두꺼비는 그 내기에 귀신같이 이길 수 있는 전략을 짰고, 토끼를 향해 말했다.

"야, 토끼야, 너는 나와의 내기에서 이미 진 바 있지 않으냐? 이 내기에서, 너와 내가 나란히 서서 뛴다면 내가 당연히 이길 수밖에 없다. 그러니 네가 한 발 앞에 서고 나는 한 발 뒤에 서서 뛰기로 하자. 내가 제시하는 조건대로 하지 않으면 나는 이 내기에 응하지 않겠다." 두꺼비의 말에 토끼는 자존심이 상할 대로 상했지만, 그는 두꺼비의 요청을 받아들이지 않을 수 없었다.

개울 서쪽 둑 가장자리에서 토끼가 한 발 앞에 앉고 두꺼비가 토끼의 뒤에 엎드렸다. 두꺼비가 토끼에게 말했다. "야, 토끼야. 준비되었으면, 네가 네 입으로 '준비 땅!' 하고 소리치고 나서 뛰어 건너라."

이 말로 인해 토끼는 화가 머리끝까지 치밀었지만 이를 악물고 참았다. 그는 두꺼비에게 참담한 패배를 안겨주고 나서 시원하게 골려주는 복수를 하려고 이를 갈았다. 토끼는 "준비 땅!" 하고 말하자마자 개울의 동편 둑으로 껑충 건너갔다. 그 둑에 살포시 안착하고 나서, 아직도 서편 둑에 앉아 있을 두꺼비를 향해 재빨리 팩 돌아앉으면서 빈정거리기부터 했다. "두껍아, 너는 언제 건너올래?"

그런데, 아직 건너편 둑에 엎드려 있어야 할 두꺼비는 보이지 않았고 그의 꽁무니 뒤편에서 두꺼비의 말이 들려왔다. "나는 진즉 건너와 있다." 과연, 토끼가 뒤돌아보니, 두꺼비는 두 걸음이나 떨어진 곳에 앉아 있었다. 어찌된 일일까.

사실은, 토끼가 "준비 땅!" 하고 외치는 순간, 두꺼비는 토끼의 꼬리를 입으로 물었던 것이고, 토끼의 힘찬 뜀박질을 따라 건너편 개울둑으로 날아갔던 것인데, 토끼가 그를 골려주려고 몸을 팩 돌리는 순간 토끼보다 두 걸음이나 더 앞쪽으로 뿌리쳐졌던 것이다. 토끼는 뜀박질을 하는 순간, 꼬리 끝을 누군가가 잡아당기는 듯싶었지만, 그것이 두꺼비의 술수라고 알아차릴 틈이 없었다.

할아버지는 말했다. "자기가 제일 영리하고 힘이 세다고, 제일 잘났다고 자만에 빠져 살면, 자만하지 않고 늘 궁구하고 사는 사람에게 패배하는 법이다."

토끼와 거북이의 세번째 내기

두 번이나 참패를 당한 토끼는 몇 날 며칠 동안 끓어오르는 울분에 스스로 들볶이면서 복수의 칼을 갈다가, 새로운 내기 하나를 고안해냈다.

이른아침에 동쪽에서 떠오르는 해를 누가 먼저 발견하는가의 내기를 하자는 것이었다. 두꺼비는 행동거지만 느린 것이 아니고 감각과 말도 느렸다. 떠오르는 해를 똑같이 발견했다 할지라도 토끼는 두꺼비보다 먼저 "해 떴다!" 하고 소리칠 자신이 있었다. 토끼는 두꺼비에게 제안했다.

"해 떠오르기 직전, 둘이 나란히 바닷가 모래 언덕에 앉아서, 동녘 바다를 보고 있다가, 해 뜨는 것을 보고, '해 떴다!' 하고 먼저 소리치는 쪽이 이기는 것이다." 토끼의 제안에 두꺼비는 오랫동안 생각해보고 나서 그렇게 하자고 수락했다. 둘이는 함께 밤을 새우고, 새벽녘에 바닷가로 나가서 모래 언덕에 나란히 앉았다. 그때 이해할 수 없는 기이한 일이 발생했다. 토끼는 동쪽 바다를 향해 앉아 있는데, 두꺼비는 서쪽 산을 향해 앉아 있는 것이었다. 토끼는 어처구니가 없었다. 먼동이 텄고, 이제는 곧 빨간 해가 모습을 드러낼 차례였다. 토끼는 두꺼비를 향해 빈정거렸다. "야 두껍아, 하느님이 너를 위해서 오늘 아침에는 해가 서쪽에서 뜨게 해주기라도 한다는 거냐?"

두꺼비는 아무 대꾸도 하지 않고 서쪽 산꼭대기를 응시하고 있었다. 동쪽바다 위로 붉은 노을이 핏빛으로 타올랐고, 바야흐로 해가 솟아오를 기미가 나타났다. 토끼는 "해 떴다!" 하고 소리칠 준비를 하고 있었다. 바로 그때 두꺼비가 느린 말투로 "해 떠었다!" 하고 말했다. 토끼가 깜짝 놀라 서쪽 산을 돌아보니, 그 산꼭대기에 붉은 햇살이 비쳐 있었다.

잠시 뒤 동쪽 바다 수평선 위로 해가 얼굴을 내밀었을 때 토끼가 "해 떴다!" 하고 말했지만, 두꺼비는 자기가 먼저 소리쳤으니 자기가 이긴 것이라고 했다. "그건 말도 안 돼!" 토끼는 두꺼비의 승리를 인정할 수 없었다.

티격태격하던 그들은 바닷가 움막의 늙은 어부에게 판결을 구하자고 입을 맞추었다. "어르신, 서쪽 산꼭대기에 해가 비친 것을 해가 뜬 것이라고 말할 수 있습니까?" 늙은 어부가 한참 생각을 해보고 나서 말했다. "두꺼비의 말이 맞는다."

나는 두꺼비가 이겼다고 그의 손을 들어준 늙은 어부의 판결에 대하여 어리둥절했지만, 할아버지는 세상 모든 일에 대하여, 늘 전부터 흘러온 대로 고지식하게 판단하기만 해서는 안 된다고 말했다. "뒤집어서 전혀 다른 방향으로 생각할 줄도 알아야 한다."

훗날 서울에서 대학에 다닐 때 아버지는, 겨울방학에 내려온 나에게 등록금과 용돈을 현금으로 주지 않고, 김 세 궤짝(300속)을 주면서, 서울로 싣고 가서 팔아 쓰라고 하곤 했다. 그 김 궤짝 셋을 회진포구에서 버스에 싣고 영산포 기차역으로 가 소화물로(남대문시장 어느 상회의 표찰을 달아) 발송해야 했는데, 회진에서 버스 타기가 힘들었다. 승객들의 짐들이 너무 많아 버스 차장하고 실랑이를 해야만 했고 차를 타지 못할 수도 있었다. 나는 그때 반드시 영산포역을 거쳐가야만 하는가 하고 반문했다. (해 뜨는 것을 보기 위해 반드시 동쪽 바다를 향해 앉아 있어야 하는가, 하는 두꺼비의 생각을 나도 했던 것이다.) 목포와 부산 사이를 왕래하는 연락선을 이용해 여수로 가서 전라선 기차를 이용하기로 마음을 바꾸었다. 영산포역까지의 버스 요금과 여수까지의 연락선 요금은 별 차이가 없었다. 연락선은 김 궤짝들을 얼마든지 실어도 대환영이었다. 나는 연락선 바다 여행을 멋들어지게 하고, 손수레꾼을 이용해 짐을 역으로 옮겨 발송한 다음, 여수항에서 황혼과 서대회 곁들인 저녁밥을 즐기고, 야간기차를 탔다. 그것은 낭만 기행이었고, 장차 소설의 소재로 사용되었다. 이후 소설 한 편 한 편을 구상하면서, 늘 두꺼비처럼 고정관념에서 벗어나기를 하곤 했다.

도깨비들의 성정性情

할아버지는 도깨비 이야기를 아주 재미있게 해주셨다.

도깨비 나라의 왕은 부하 도깨비들이 인간세상에서 일으킨 말썽 때문에 하느님한테 자주 꾸중을 듣곤 했다. 도깨비 나라 왕은 부하들이 그 엉뚱한 짓거리 할 생각을 애초에 못하게 하려고 도깨비들에게 밤마다 힘든 울력을 시켰다. 도깨비들은 계속 어떤 힘든 일인가를 하고 있어야만 엉뚱한 생각이나 행동을 하지 않게 되는 것이므로.

덕도와 우산도 사이에는 두 개의 둥그런 섬이 있는데 하나는 '큰 도리섬'이고 다른 하나는 '작은 도리섬'이었다. 두 섬 사이는 어른 걸음으로 이천 걸음쯤 떨어져 있는데, 밀물과 썰물 때엔 해류가 홍수 진 강물처럼 세차게 흘렀다. 도깨비 나라 왕은 예로부터 그 두 섬을 이용해서 도깨비들을 관리하여왔다. 초저녁에 휘하의 장수에게 "오늘밤 안으로, 두 개의 섬을 하나로 만들어놓아라" 하고 명령하는 것이다. 힘이 넘쳐나는 도깨비들은 충직하여 명령에 따라 미친 듯 열심히 일을 한다. 그들은 왜 이 일을 해야 하느냐고 따지지도 않는다. 그들은 한밤중쯤에 두 섬을 한 개의 섬으로 만들어놓는 것이다.

일이 끝나는 순간 도깨비 대장은, 일을 마친 도깨비들이 흩어져서 사람들 세상으로 가서 엉뚱한 사고를 칠까보아 "하나로 만들어놓은 섬을 다시 둘로 갈라 원상태로 만들어놓으라"고 명령하는 것이다. 자성이 없는 도깨비들은 '아니 왜 기껏 하나로 만든 것을 다시 둘로 갈라놓으라고 하느냐' 하고 불만을 토로하지 않고 지시에 따라 그것을 다시 둘로 만들고 원래대로 복구하는 작업을 하는 것이다. 그 일을 먼동이 틀 때까지 완성한다.

해가 뜨면 햇빛으로 인해 기가 급격히 쇠약해지므로 그들은 그늘 속으로 숨어들어야 한다. 그늘로 스며들지 않으면 그들은 소멸되는 존재(어둠 속의 허깨비)들인 것이다.

도깨비 나라 왕은 그의 부하들이 밤마다 반복하는 울력이 인간들에게 발각될까 걱정이 되었다. 부하 도깨비들이 엉뚱한 짓을 하여 인간들을 괴롭히지 않도록 어떤 중노동인가를 시키기는 시켜야 하기에, 인간들이 많이 살지 않는 외딴 곳으로 이끌고 가서 일을 부려야겠다고 생각을 하다가, 어느 날 문득 짙푸른 동해 바다 한가운데에 있는 독도를 생각해냈다. 도깨비 나라 왕은 도깨비 대장에게 동해의 독도로 몰려가서 울력을 하라고 명령했다. 도깨비들은 모두 독도로 몰려갔고, 그뒤부터는 덕도와 우산도 사이의 두 개의 섬은 지금의 모양새가 된 것이다.

독도를 지키는 수비대들이 알아채지 못해서 그렇지, 사실은 도깨비들이 두 개의 섬인 독도를 밤새도록 하나로 만들었다가, 그것을 해 뜨기 직전까지 다시 둘로 갈라놓는 작업을 하곤 한다.

할아버지는 우리 민족의 설화 전설 속에 깃들어 있는 도깨비의 존재에 대한 독특한 해석을 하고 있었다. "도깨비는 기묘한 성정을 가진 족속이다. 암수를 불문하고, 평생 동안 십대 청춘들처럼 피가 끓기 때문에 성정이 감당할 수 없도록 산만하다. 도깨비는 비이성적인 존재, 감성적인 존재이다."

도깨비는 인간세상에 끼어들어 사회질서를 헝클어놓곤 한다. 그들은 인간에게 시기 질투와 심술이 많다. 가령, 인간의 어떤 부부가 행복하게 사는 모습을 보면 도깨비들은 심술을 부려 골탕을 먹인다. 어떤 농부의 농사가 너무 잘되면 그것을 짓밟아놓는다든지, 고을 원님이 배고파 허리띠 졸라매고 사는 백성들을 동원해서 기껏 성을 쌓아놓으면 허물어뜨려놓기도 하고, 물을 가두기 위해 쌓아놓은 둑을 허물어뜨려놓기도 한다. 그런데 그 도깨비들의 성정을 잘 이해하고 그들을 잘 이용하기만 하면, 심술이 나서 기껏 허물어뜨린 성이나 보洑를 그들로 하여금 다시 쌓아놓게 할 수도 있는 것이다.

집단 무의식

우리 선인들은 어떻게 도깨비라는 존재를 상상해냈을까. 우리 민족 개개인에게도 그 도깨비들의 성정이 들어 있지 않을까. 어른이 된 다음, 나는 내 속에 도깨비를 닮은, 어둠 속에서 힘이 넘치는 무언가가 들어 있음을 느꼈다. 나도 알 수 없는 어떤 에너지였다. 카를 융의 무의식 세계에 들어 있는, 알 수 없는 나의 기운(생명력)이기도 하고, 그리스 로마 신화 속 디오니소스(바쿠스) 신 같기도 한 도깨비, 그것은 우리 민족의 집단 무의식의 소산일 터이다.

갑오 동학농민운동, 삼천리 방방곡곡에서 전 민족이 만세를 부른 3·1운동, 광주학생항일운동, 5·18의 저항, 2002년 월드컵 붉은악마, 최근의 촛불 혁명의 내부에 그러한 성정이 흘렀던 것 아닐까.

훗날 소설 「폐촌」의 밴강쉬(변강쇠)가 밤이면 미치도록 넘쳐나는 힘을 어찌하지 못하고 산으로 올라가 바윗덩이를 계곡 아래로 굴려내리는 짓을 했는데 그게 도깨비짓 아니었을까.

아버지의 방안통수* 치유법

"사람은 동물이라, 이리저리 움직여야 분수가 있는 법이다. 방안통수로 살면 세상을 살아가는 요령도, 능수능간能手能幹도 생기지 않는다. 농투성이나 갯벌투성이나 머슴들한테서도 배울 것이 많은 법이다." 아버지는 할아버지의 방에서만 생활하는, 초등학교 4학년생인 나를 마을의 사랑방으로 내몰았다. 아버지는 큰아들인 형은 할아버지의 방에서 자도록 놔두고, 작은아들인 나만 밖으로 내몰았던 것이다. 큰아들인 형과 작은아들 나에 대한 차별은 이후 계속되었는데, 나는 아버지의 지시를 따르지 않을 수 없었다. 아버지는 엄부嚴父였다. 저녁밥을 먹은 다음 나는 책보자기를 들고 마을의 한 사랑방으로 가서 자곤 했다.**

찢어지게 가난한 내 또래들과 열칠팔 살 전후의 머슴아이들(총각)이 모여 자는 사랑방이었다. 마을에서 두번째 부자라고 알려진 집의 사랑방이었는데, 쇠죽 쑤는 부엌에 딸린 방이므로 초저녁부터 방바닥이 후끈후끈했다. 그 집 머슴이 불을 지펴놓은 것이었다.

방문 앞의 툇마루 곁에 커다란 질그릇 오줌통이 있었다. 머슴아이들

---

* 외부 사람들과 사귀지 않고 방에만 콕 박혀 지내는 사람.
** 내가 6학년을 마치고 중학교 진학을 앞두었을 때, 아버지의 뜻을 알아차렸다. 형만 진학시키고, 나는 초등학교만 마치게 하고 일을 부리다가 결혼시켜 분가해줄 심산이었던 것이다.

은 그 통에 오줌을 갈겼는데, 시큼한 오줌 냄새가 방으로 날아들어오곤
했다. 집주인은 오줌통이 가득차면 그것을 측간의 합수통으로 옮겨 부
었다가 밭에 내다 뿌리는 것이었다.

몇몇 아이들이 나처럼 책보자기를 들고 모여들었지만 복습할 분위기
가 아니었다. 방의 주도권이 머슴들에게 있었다. 보리밥에 깍두기 김치
를 먹는 머슴아이들은 경쟁하듯 방귀를 뀌었다. 방귀를 뀌는 순간 성냥
불을 항문 가에 대면 픽 소리와 함께 파란 불꽃이 일어났다. 모두 손뼉
을 치며 웃어댔다. 가끔 편을 갈라서 하는 방귀 시합의 결과로 두부 사
내기 국수 사내기를 했다.

머슴아이들 수가 많았으므로 가새질러 칼잠을 잤다. 잠을 자면서는
입심 좋은 머슴이 이야기를 했다. 이 사랑방 저 사랑방*을 옮겨다니곤
하는 입심 좋은 머슴이 이야기를 하기도 했다.

호랑이와 소년

목탄을 연료로 하는 버스가 승객을 가득 태우고 오불꼬불한 비탈진
고갯길을 가고 있었다. 고갯마루에 이르렀을 때 중송아지만한 호랑이
가 앞을 가로막은 채 아가리를 크게 벌리고 "어홍" 소리쳐댔다. 운전사
는 차를 세우고, 저것은 산신령이라고, 누군가 하나를 내려주지 않으면
버스를 무사히 보내주지 않겠다는 것이라고 승객들에게 말했다.

자기가 그 누군가로 선택될지도 모른다고 생각한 승객들의 얼굴은
파랗게 질렸다. 만만하다 싶은 서로를 향해 내리라고 윽박질렀고, 그게

---

* 마을의 머슴들 가운데는 상머슴이 있고, 새끼 머슴이 있었는데, 상머슴은 상머슴끼리 새
  끼 머슴은 새끼 머슴끼리 어울렸다.

싸움이 되었다. 인맥과 지맥에 따라, 두 패로 나뉜 승객들이 서로를 치고받았다. 코에서 피가 터지고 입술과 이마가 찢어졌다. 그 싸움을 보다못한 소년 하나가, 제가 내리겠습니다, 하고 버스의 문밖으로 나가자 싸움이 그쳤고, 호랑이도 길을 비켜주었고, 버스는 오불꼬불한 고갯길 저 너머로 내려갔다.

호랑이는 버스에서 내린 소년을 향해 아가리를 크게 벌리면서 으르렁거렸는데, 그것은 잡아먹겠다는 것이 아니고, 하소연을 하는 것이었다. 소년은 호랑이의 뜻을 알아차리고, 크게 벌린 아가리 속을 들여다보았다. 호랑이의 아가리 안쪽 목구멍에 뼛조각 하나가 걸려 있었으므로 소년은 한 손을 아가리 속으로 넣어 그것을 끄집어냈다. 호랑이는 고맙다는 듯 고개를 깊이 숙이면서 소년 앞에 납작 엎드렸다. 호랑이의 뜻을 알아챈 소년이 등에 타자 호랑이는 좀전에 버스가 간 길을 따라 고개를 넘어갔다. 가파르면서도 울퉁불퉁한 신작로를 얼마쯤 가니, 아득한 절벽 아래에, 좀전에 간 버스가 굴러떨어져 누워 있고, 운전기사와 승객들이 모두 죽어 있었다. 호랑이는 소년을 그의 집까지 태워다주고 돌아갔다.

이야기를 마친 머슴이 말했다. "그 호랑이가 사실은 산신령이었는데, 자동차 사고가 크게 날 것을 미리 알고, 세상에서 제일 착한 사람을 살려주려고 그렇게 연출을 한 것이었단다."

머슴들의 도깨비

머슴들도 도깨비 이야기를 했는데, 거기에 등장하는 도깨비의 성정과 역할은 할아버지 이야기 속 도깨비의 그것과 상당한 차이가 있었다.

……한 고을 외딴 산기슭의 움막집에, 시어머니 과부와 며느리 과

부가 살았다. 젊은 며느리는 부엌 건넌방에, 시어머니는 안방에서 살았다. 며느리는 밤마다 슬프고 외로워서 소리를 죽여 느껴 울었다. 시어머니는 누군가가 며느리의 방에 드나들세라 귀를 쫑그린 채 잠을 사로자곤 했다.

시어머니는 아침을 먹자마자 며느리를 앞세우고 콩밭에 김을 매러 가기도 하고 고구마순을 놓기도 했다. 음흉한 장난을 즐기는 도깨비 한 놈이 며느리의 그림자에 모습을 감추고 따라다녔다. 두 과부가 한창 밭을 매는데 밭둑 잡풀 속에 깃들었던 꿩이 푸드덕 날아갔다. 며느리가 "아따 저놈 잡아 탕을 해묵었으면 좋겠소" 하고 말했다. 그녀는 소증을 앓고 있었다. 소증은 오랜 동안 고기를 먹지 못하여 어지럽고 묽은 침을 흘리곤 하는 증세였다. 시어머니가 "우리가 남의 살 맛본 지가 언제, 언제 적 일이냐?" 하고 넋두리하듯 말했는데, 그 순간 며느리의 그림자에 숨어 있던 도깨비의 눈이 반짝 빛났다.

그날 밤 그 도깨비는 자기 동무들과 함께 가엾은 과부들을 도와주기로 했다. 읍내 푸줏간으로 가서 은밀하게 갈비 한 짝을 훔쳐가지고 와서, 두 과부의 집 부엌문 앞에 던져주고는, 바야흐로 날이 새고 있었으므로 측간의 검은 그늘로 숨어버렸다.

아침밥을 지으려고 나간 며느리는 부엌문 앞에 떨어져 있는 쇠갈비 한 짝을 보고 깜짝 놀랐다.

이 대목에서 다른 머슴 하나가 끼어들어 이야기를 전혀 다른 쪽으로 이끌어가려고 들었다. 부엌문 앞에 도깨비들이 가져다놓은 것은 쇠갈비가 아니고, 남자들의 남근 한 무더기라는 것이었다. 그것은 공동묘지의 남자들 무덤에서 채집해온 것이었다. 여기서 두 머슴 사이에 입씨름이 벌어졌다. 처음 이야기를 시작했던 머슴의 입심이 더 좋았다. "도깨비라는 놈들은, 세상을 그렇게 부정적으로 야하고 심술스럽게만 사는 족속이 아니고, 다분히 의기 있는 족속"이라는 쪽으로 이야기를 전개했다.

부엌문 앞에 가져다놓은 것이 남자들의 남근이라고 주장한 머슴은 지지 않고 대들었다. 그는 도깨비라는 것들이 애초에 음험한 의지를 가진 심술 사나운 족속이라는 것이고, 원래 옛날이야기라는 것이 그러한 음담패설이어야 의미와 가치가 있고 재미있다는 것이었다. 그때 나이 가장 많은 머슴이 나서서, 나중에 끼어든 머슴에게 잠시 기다리라 하고, 처음 이야기를 시작한 머슴에게 먼저 이야기를 계속하라고 명했다.

부엌문 앞에 있는 쇠갈비를 발견한 며느리는 시어머니 방문 앞으로 가서 "어머님 이것이 뭔 일이요……?" 하고 고했다. 시어머니의 가슴이 덜컹 내려앉는 소리를 냈다. 시어머니는 꼭두새벽에 무언가 마당에 떨어지는 소리를 들은 듯싶었다. 그렇다면 나 몰래 며느리와 정을 나누고 사는 어느 놈이 간밤에 다녀가면서 가져다가 두었으리라 생각했다. 시어머니는 근엄한 목소리로 며느리에게 "너 이리 들어오너라" 했다. 만일 어느 놈이 쇠갈비를 가져다주고 며느리와 정을 통하고 갔다면 아직 며느리의 몸에 남자의 냄새가 묻어 있을 것이다. 며느리가 방으로 들어오자 시어머니는 며느리의 몸 여기저기에 코를 가져다대고 킁킁 냄새를 맡았다. 아무리 맡아도 불쌍하고 외롭게 찌든 과부의 괴죄죄한 냄새밖에는 나지 않았다. 그렇다면 그게 도깨비의 짓이 분명하다고 생각했다. 쇠갈비를 가져다준 도깨비는 필시 멀리 가지 않고 근처에 은신해 있으리라 생각했다. 시어머니는 그 도깨비에게 들으라고 갑자기 울음을 터뜨리면서, 말 반 울음 반으로 지껄거렸다.

"아이고아이고, 우리 뒷골 다랑이논에 쇠두엄을 좀 뿌려야 농사가 되거나 말거나 할 터인데, 소도 키우지 않은 우리가 무슨 수로 그리할 거나. 우리 과부 처지에는 꼭 좋은 수가 하나 있기는 있는디…… 아이고 아이고 어쩔거나." 며느리가 "아이고 어머님, 우리가 이때까지 무슨 요행을 바라고 살아왔소? 하늘이 무너져도 솟아날 구멍이 있다고 않든가요? 고정하시고 잠시 기다리십시오. 갈비탕이나 끓여 올께라우" 하고 달랬지만 시어머니는 아직도 울면서 지껄거렸다. "이 세상의 모든 길바닥이란 길바닥에 깔려 있는 개똥 쇠똥을 모두 주워서 우리 논에 깔면 농사가 아주 잘될 터인데, 아이고아이고……"

시어머니와 며느리가 그날 삼시에 갈비탕을 맛나게 먹고, 다음날 아침에 뒷골 논엘 가보니 논바닥에 쇠똥과 개똥들이 거렇게 깔려 있었다. 측간에 숨은 도깨비가 동무들을 데리고 다니며 세상의 모든 쇠똥과 개똥들을 주워 뿌려둔 것이었다. 그렇다는 것을 알아챈 시어머니는 논바닥에 주저앉아 땅을 치고 울면서 말했다. "아이고 하느님, 참말로 고맙고 황공하기는 하옵니다만, 우리 두 과부는 힘이 없어 땅을 파 일구지도 못하고, 소 부리는 인부를 사서 일굴 수도 없는데 어떻게 농사를 짓겠어요? 그래도 어쩔 것이요? 내일부터는 우리 과부 둘이서 죽으나 사나 괭이로 일구어봐야지라우."

다음날 아침에 가보니 그들의 다랑이 논바닥이 비단결같이 잘 일구어져 있었다. 시어머니는 교묘히 도깨비를 이용해서 해마다 평생토록 쇠고기를 맛있게 장복하고 살면서, 농사를 잘 지어 먹고 살았단다.

머슴들의 세계

　머슴들에게는 머슴들 나름대로의 독특한 세계가 있었다. 부잣집에 고용되어 살기는 하지만, 그들에게는 그들 나름의 체계와 질서와 정서가 있었다. 요즘의 노동조합을 연상케 하는 것이었다. 머슴들은 머슴들끼리 교통 교감하고 연대를 했고, 품앗이를 했다. 해마다 음력 2월 초하루는 오랜 옛날부터 향약에 머슴날로 정해져 있었다. 그들은 이날, 만사를 뒤로 미루고, 새옷을 차려입고, 물 좋은 산골짜기에 차일을 치고, 싱싱한 물고기를 잡아다가 회와 탕을 끓여먹으면서 술을 마시고 태평소를 불고 풍물을 치고 놀았다.

　우리집의 머슴은 아주 영리하고 일을 잘하기는 했는데, 나와 나의 형 사이를 갈라놓는 수작을 교묘하게 부렸다. 형과 의기투합하여 나를 외톨토리로 따돌리곤 했다. 머슴인 그가 행하는 일이 주인의 아들인 내 눈에 거슬릴지라도, 그것을 내가 어머니와 아버지에게 고자질할 마음을 품지 못하도록 조종하고 조율했다. 그는 나의 자존심을 이용했다. 고자질은 비굴한 짓이고, 일종의 의리를 배반하는 행위인데, 그것은 장차 큰사람이 되지 못할 소인 근성이라는 것을 내가 뼈아프게 인지하도록 하는 것이었다.

그는 나의 형하고 무슨 말인가를 속닥거리곤 했다. 그러면서 나에게는 가르쳐주지 말라고 속삭였는데, 일부러 그 소리가 내 귀에 들리도록 했다. 그게 나의 소외감과 질투를 촉발시키려는 얄팍한 꾀라고 알아챘으면서도 나는 그것을 어느 누구에게도 발설하지 않았다. 형은 야속하게도 머슴의 편에 서곤 했다. 머슴은 나의 부름(나는 그를 '아제'라고 불렀다)에 돌아보지도 않았고 말을 섞으려고 하지도 않았다. 나에게 토라져 있음을 노골적으로 드러내 보이곤 했다. 그는 나와 눈도 마주치려 하지 않으면서도, 형과는 방귀 끼기 내기를 했다. 나는 소외당하는 것이 슬프고 분했고, 그와 한통속인 형이 원망스러웠다. 형은 그와 의기투합해서 나를 소외시키고 골탕 먹이는 것이 통쾌한 듯싶었다. 형이 왜 그러는지, 나는 알고 있었다.

얼마 전 아버지는 형을 앞에 앉혀놓고 주판 놓는 법을 가르쳤다. 나는 형의 옆에서 구경을 했을 뿐인데, 형보다 먼저 주판 놓는 법을 체득하고, 형이 잠시 변소에 가는 틈에, 아버지가 보는 앞에서 주판으로 덧셈 뺄셈 곱셈을 해버렸다. 정작으로 배워 익혀야 하는 형이 그것을 터득하지 못하자, 아버지는 신경질을 내고 형의 머리에 알밤을 먹였다. 몇 차례 더 가르치려고 시도하다가 주판 모서리로 형의 머리를 땅 때리고 내던져버렸다. 우는 형을 보면서 나는 열없어 뒤통수를 쓸기만 했다.

나는 여러 면에서 형에게 미운털이 박혀 있었다. 어깨너머로 보고 따라 해버리고 매사에 앞장서곤 하는 동생인 나로 인해 형은 늘 열등감에 사로잡혀 있었다.

나보다 열한 살 위인 머슴은 논밭에서 일을 하다가 게으름을 피우고 싶은데 나의 눈 때문에 그러지 못했다. 형은 머슴의 행위를 그냥 보고 넘기는데 나는 머슴의 행위를 낱낱이 보아두었다가 어머니한테 귀띔을 해주었다. 꼭 한 번이었다. 물론 어머니는 내가 일러바쳤다는 말은 절대로 하지 않았고 그것으로 머슴을 꾸짖지 않았지만, 머슴은 눈치를 챈 듯 나의 눈을 무서워했다. 머슴은 그 무서움에 대한 복수를 전혀 엉뚱한 방식으로 나에게 앙갚음하곤 했다. 형을 교묘하게 이용해서 나를 따돌리는 것이었다.

　머슴이 나를 흘끔흘끔 살피면서 형에게 속삭이는 말들은 나의 머리에 어떤 의미망을 구축하면서 깊이 아로새겨지곤 했다. 지금 이 늙은 나이에도 그것들이 생생히 머리에 남아 있다. 따지고 보면, 우리집에서 오랜 동안 가족처럼 머슴살이를 하여온 그는 나에게 많은 것들을 가르쳐주는 반면교사였다. 그가 속삭임의 대상으로 삼은 형은 그의 말을 허투루 들었을지 모르지만, 늘 소외감에 젖어 산 나는 속속들이 기억했고, 그것은 내 인생에 여러모로 활용되곤 했다.

은혜로운 반면교사

눈 소복하게 쌓인 이른아침에 머슴과 형과 나, 세 사람은 물에서 건져낸 김 발장을, 남향으로 세운 건장乾場에 널고 있었다. 맞은편의 하얗게 눈 쌓인 산기슭 밭에 개 두 마리가 뛰어놀고 있었는데, 머슴이 형에게만 들으라는 듯 말했다.

"개의 눈에는 바람은 보이는데 눈雪은 보이지 않는단다."

머슴의 말을 듣는 순간, 개의 알 수 없는 세계, 신비한 의식구조에 대하여 생각했다. 그것은 오랜 동안 내 의식을 지배했다. 내가 어른이 되어, 조주 스님의 '개에게도 불성이 있습니까' 하는 물음에 '없다無'라고 말했다는 화두를 접했을 때, 폭죽 같은 환희가 솟구쳤다. 그것은 시 한 편이 되었다.

    ……개의 눈에는 바람은 보이는데
    눈雪은 보이지 않는단다.
    어린 시절 한쪽 눈에 하얀 목화씨가 박힌
    머슴에게서 들은
    알 것도 같고 모를 것도 같은 그 말을
    가슴에 품은 채

나 지금 팔십 고개를 오르고 있습니다.

개에게는 불성佛性이 있습니까.

없습니까.*

    —「개의 눈에는」(『이별 연습하는 시간』, 서정시학, 2016) 부분

---

* 조주 스님의 『무문관(無門關)』에 있는 말이다. 한 수좌가 조주 화상에게 "개에게 불성(수도를 통해 깨달음을 얻어 부처님이 되는 성정)이 있습니까, 없습니까" 하고 묻자 조주 대답하기를 단 한마디로 "없다"고 말했다. 그것에 대하여 조주는 이렇게 읊었다. '개의 불성이여,/온전한 제시 분명한 가르침인데/있다 없다는 관념 사이에 걸려서 주춤거리면/목숨까지 잃을 것이리라.'

형의 권력

아버지는 형에게 심부름을 시키곤 했는데, 형은 그 임무를 수행할 때마다 나를 불러내 앞장세우곤 했다. 엄한 가부장제 속에서, 싫든 좋든 형의 명을 따르지 않을 수 없었다. 아버지 어머니는 형이 나를 이용한다는 것을 알면서도 꾸짖지 않았다. 형으로서 동생을 제압하고 사는 행위를 당연하다고 생각하는 것이었다.

내 영육의 성장 속도와 감수성은 형보다 빨랐던 듯싶다. 형은 나보다 체구가 약간 작고, 얼굴 윤곽이나 거기에 뚫려 있는 구멍새들과 손발이 좀스러워 보였다.(할아버지와 아버지를 닮은 것이었다.) 그럼에도 불구하고 형은 동생인 나를 지배했다. 나를 제압하기 위해 어른들이 없는 자리에서 따귀를 치기도 하고, 정강이를 호되게 걷어차기도 했다. 나는 그 폭행을 어른들에게 고자질하지 않았다. 어른들의 장자 우선의 가정 질서를 인지하고 있었으므로, 내가 설사 고자질한다 할지라도 그것을 크게 꾸짖으려 하지 않을 거라고 생각했다.

몸의 크기로는 내가 약간 살가우므로 독한 마음 먹고 대거리한다면 결코 밀리지 않을 터였는데, 나는 그러지 않았다. 나는 집안의 장자 우선의 분위기에 적응하고 있었지만, 그 질서에 대한 불만을 속에 깊이 지니고 있었다. 그 불만은 내면에서 형보다 무엇이든지 더 잘해버리려는 의지로 작용하고 있었다.

형은 심부름의 목적지에 이르러 반드시 나를 이용했다. 아버지나 어머니는, 누구네 집에서 돈을 꾸거나, 어떤 물건을 빌리는 심부름을 수행하는 것이 동생인 나라는 것을 진즉 짐작하고 있었다. 그리하여 형과 나를 함께 다녀오게 하곤 했는데, 그것은 쌍둥이처럼 자라는 아들 둘을 은근히 자랑하려는 심사도 있었을 터이다.

한번은 먼 이웃 마을의 아버지 친구에게 돈을 빌리러 갔는데, 내가 앞장서서 들어가 꾸벅 절을 하고 나서 아버지의 말을 전하고 처분을 기다렸다. 그때 우리 형제를 대하는 아버지 친구의 반응에 우리는 당황하지 않을 수 없었다. 그는 우리를 번갈아 보고 "아이고 ○○ 아들, 둘이 다 아주 야무지게 생겼네, 그런디 누가 형이냐?" 하고는 우리가 대답할 사이를 주지 않고 나를 향해 "니가 형인 모양이구나. 얼굴도 훤하고 말도 또록또록 잘하고…… 아따, 한씨 집안에 인물 났네!" 하고 말했다. 나는 재빨리 도리질을 하며 "제가 동생이어요" 하고 말했다.

우리 둘이 함께 다니면, 대개의 사람들이 나를 형인 것으로 착각하곤 했으므로, 형은 늘 상처를 입곤 했을 터이다. 거기다가 형보다 세 살위인 누님이 자기의 손 맞잡이인 형보다는 나를 더 예뻐한 것이 탈이었다. 떡이나 수숫대나 옥수수나 엿이나 과자가 생기면 형에게는 감추고 나에게만 주는 것이었다.

형이 머슴과 한통속이 되어 나를 따돌리곤 하는 것은 나에 대한 그러저러한 미움 때문이었다. 그것은 한 핏줄인 형제로서의 의리를 배반하는 것일 터이지만 나는 탓할 수 없었고 어느 누구에게도 하소연할 수 없었다.

어머니는 당신의 장자인 형보다는 나를 더 예뻐했다. 내가 일곱 살 때 형을 제치고 산으로 소를 뜯기러 다니면서 망태에 송아지의 꼴까지 베어 오면 나를 얼싸안고 등을 토닥거리며 칭찬을 아끼지 않았다. 형은 소가 두렵다고 소 뜯기는 일을 하지 못하면서도, 그 일로 인해 칭찬받는 나를 못마땅하게 여겼고, 나를 더욱 미워했다. 일을 게을리하고 꾀를 부리는 머슴과 공모하여 나를 따돌렸다.

화살을 삼킨 눈

재 너머 덕산마을의 김씨 성을 가진 한 남자도 한쪽 눈이 장애였다. '평쉬'라고 불리는 그는 몇 차례 우리집에 심부름을 왔었는데, 어머니에게서 그가 한쪽 눈이 멀게 된 내력을 들었다.

대밭 옆의 움막에 살았던 여덟 살과 여섯 살짜리 두 형제는 대나무로 활과 화살을 만들어 놀이를 했다. 원통처럼 말아놓은 까만 어둠 담긴 멍석의 구멍 이쪽에서 형이 쏘면 동생은 저쪽 구멍 앞에서 기다렸다가 춤추며 날아오는 화살촉을 주워 형에게 건네는 놀이였다. 그 놀이를 하다가 동생 '평쉬'가 저쪽 구멍 앞에 얼굴을 대고 "성아, 화살이 어떻게 날아오는지 여기서 볼게 쏘아봐" 하여, 형이 쏘았는데 동생 평쉬의 한쪽 눈이 날아오는 화살촉을 받아먹었다. 그 이후 평쉬는 많은 아픔의 세월을 애꾸로 살게 되었다. 그의 형은 천연두로 죽었고, 동생이 그 집안을 이끌고 살았다.

어머니에게서 그 이야기를 들은 뒤 나는 늘 생각하곤 했다. 평쉬에게 그 화살촉은 무엇이었을까, 한 마리 새였을까, 꿈틀대며 날아다니는 한 줄기 무지개 빛이었을까, 바람처럼 날아다니는 알 수 없는 그 무엇이었을까. 내 눈에는 자꾸 허공에서 화살촉이 알 수 없는 빛이 되어 날아오고, 내 눈은 그것(알 수 없는 무지갯빛 환영)을 삼키곤 하는데, 그 순간마다 나는 진저리쳐지고 가슴이 아리고 쓰렸다.

　「날아오는 화살촉을 먹는 눈」이란 시를 2019년 썼고 시집 『꽃에 씌어 산다』(문학들, 2019)에 수록했다.

피리젓대

머슴은 가느다란 대나무의 매듭과 매듭 사이가 한 뼘 반 정도쯤 되는 부분을 잘라내서 피리를 만들어 불었다. 마을에서 피리 불 줄 아는 이는 우리집 머슴이 유일했다. 아랫입술을 맨 위쪽의 큰 구멍 언저리에 어슷하게 대고 윗입술을 살짝 열고 가슴에 담긴 바람을 불어넣어 소리를 내는 피리젓대였다. 부는 구멍이 하나이고, 창호지 조각을 붙여 떨게 하는 구멍이 하나, 두 손의 손가락으로 막았다가 뗐다가 하며 연주하는 구멍이 여섯 개였다.

나는 그것을 불어보고 싶어 미치겠는데 머슴은 피리를 만져보지도 못하게 했다. 그가 아버지와 함께 바다로 김을 뜯으러 갈 때는 쇠죽 쑤는 사랑채 부엌의 천장 짚더미 속에 그것을 감추어두었다. 그것 숨기는 것을 등뒤에서 지켜보는 나에게 그는 말했다. "나는 내 피리를 누가 손대면 금방 안다. 냄새가 나거든." 그럼에도 불구하고 그가 없을 때, 그것을 꺼내 불곤 했다. 그가 어떻게 소리를 내고 어떻게 연주하는가를 잘 보아두었던 것이다. 처음에는 소리를 낼 수도 없었지만, 몇 차례 시도를 하자 소리가 났다. 그가 곧잘 불곤 하는 곡조 하나를 그대로 연주했다. 그가 어떤 곡조를 한번 불면 그 곡조가 나의 모든 감각기관에 저장되곤 했던 것이다.

내가 어두컴컴한 사랑방 부엌에서 〈고향 생각〉을 연주하고 있는데, 작은누님이 들여다보고 "누가 부는가 했더니, 너로구나. 아따, 우리 동생 피리 잘 부는 것 보소" 하고 말했다. 작은누님이 머슴에게 내가 피리 분 것을 고자질할 리 없지만, 나는 겁부터 났다. 재빨리 피리를 짚더미 속에 넣어두고 돌아서다가 그의 말이 떠올라, 피리를 가지고 뒤란 옹달샘으로 가서 바가지로 물을 떠 피리 속과 바깥을 속속들이 씻고 헹구었다. 힘껏 물기를 뿌려버리고 사랑채 부엌 짚더미의 그 자리에 숨겨놓았다.

머슴은 들일을 마치고 들어오자마자 짚더미 속에서 피리부터 꺼내 보고는 나를 노려보았다. 피리에는 아직 물기가 남아 있었다. 그는 며칠 동안 나에게 눈길 한 번 주지 않았다. 나는 죄인처럼 그의 얼굴을 정면으로 보지 못했다. 저녁밥을 먹고 머슴들의 사랑방으로 자러 가다가 내 옆으로 다가온 그는 내 귀에 대고 "도둑괭이 새끼!" 하고 낮은 소리로 말했다.

그래도 나는 피리 불고 싶은 것을 참지 못하고, 그가 없을 때 꺼내 불곤 했다. 그가 잘 불곤 하는 〈고향 생각〉 〈목포의 눈물〉 〈노들강변〉 〈아리랑〉 〈양산도 타령〉을 연주했다. 피리 소리를 타고 내가 하늘나라로 둥둥 떠서 날아가고 있었다. 머슴은 피리를 측간 위의 더그매에 감추었지만 나는 귀신같이 찾아내 실컷 불었다. 오래지 않아 나는 그에 못지 않은 피리 연주자가 되었다.

피리젓대 만들기

어느 날 나는 내 소유의 피리 하나를 만들기로 작정했다. 그 작정을 하고부터 피리젓대 만들기에 알맞은 대나무를 찾아 헤매었다. 우리집 대밭에 있는 대들은 마디가 짧은 솜대였다. 미친듯이 찾아다니다가 드디어 굵기와 마디 길이가 알맞다 싶은 대나무를 발견했다. 아버지가 김발의 띠로 쓰려고 담양에서 들여다놓은 띠대(바닷물 속의 김발을 적당하게 떠오르게 하는 가느다랗고 기다란 참대)의 묶음 속에 들어 있었다. 아버지 없을 때 그 묶음을 풀고 대를 뽑아냈다. 실톱으로 필요한 부분을 잘라냈다. 톱질로 인해 우둘투둘한 부분을 머슴이 날 예리하게 세워놓은 낫으로 매끄럽게 다듬었다.

머슴의 피리젓대를 앞에 놓고 여덟 개의 구멍 뚫을 자리를 연필로 표시했다. 바지락 까는 칼로 구멍을 뚫으려 했는데 쉬이 뚫어지지 않았다. 궁리 끝에, 화로에 숯불을 일으키고 거기에 날카로운 쇠붙이를 달구어 구멍을 뚫자고 생각했다. 할아버지의 놋쇠 화로를 툇마루로 내왔다. 소나무 낙엽에 불을 지피고, 숯 가마니에서 숯을 한 바가지 꺼내다가 그 위에 올리고 부채로 부쳤다. 낫의 자루를 뽑아버리고, 송곳처럼 뾰족한 부분을 이글거리는 숯불 속에 넣어 달구었다. 빨갛게 달구어질 때까지 부채질을 했다. 그것이 달구어졌을 때, 걸레로 낫 궁둥이를 감싸쥐고 표시해둔 자리에 구멍들을 뚫었다. 대나무 표면이 검은 연기를 뿜으면서 뚫렸다. 하나 뚫고 나면 송곳이 식어버렸으므로 나는 다시 숯불에 열심히 부채질을 하여 달구어야 했다. 온몸에 땀이 났고, 이마와 콧등에서는 땀방울이 맺혀 떨어졌다.

그때 작은집의 '아기업게保姆' 순이가 아기를 업은 채 왔다. 그녀는 나보다 일곱 살 위인데 숨바꼭질 동무였다. 내 분투하는 모습을 보고 "아이고 땀이 비오듯하네" 하고 안타까워하며 내 땀을 손바닥으로 훔쳐주었다. 잠든 아기를 할아버지 방에 재워놓고 나와, 숯불에 부채질을 해주었다. 나의 얼굴에 흐르는 땀방울을 흰 저고리의 소매끝으로 훔쳐주었다.

구멍을 뚫고 나서는 바지락 까는 작은 칼끝을 숫돌에 날카롭게 갈아서 거멓게 탄 구멍 가장자리를 깎아냈다. 마지막으로 입술을 대고 부는 구멍의 가장자리 안쪽을 깎아 키웠다. 할아버지 방에서 창호지 한쪽을 잘라다가 침을 흠뻑 발라 떨림 구멍에 붙이고 시험 연주를 해보았다. 신통하게 소리가 났고 나는 환희를 주체할 수 없었다. 놋쇠 화로, 자루 뽑힌 낫, 바지락 까는 칼, 부채 따위를 치우려고 하지도 않고 나는 시험 취주吹奏를 했다. 순이가 찬탄했다. "아이고 너는 피리도 잘 분다!" 나는 무지개를 타고 하늘로 날아오르는 듯싶었다. 순이가 내 볼에 쪽 소리가 나도록 입을 맞추었다.

그 피리를 보물처럼 간직했다. 소를 뜯기러 가거나 꼴을 베러 갈 때는 구럭 속에 넣어가지고 산에 가서 쪽빛 바다를 내려다보며 불었다. 내가 알고 있는 모든 곡조를 다 불었다. 피리 소리는 이 산골짜기에서 저 산골짜기로 메아리를 일으키며 날아다녔다.

풀피리

큰재산 감멧골에 논이 한 마지기 있었는데, 거기엘 오갈 때 머슴은 풀피리를 불었다. 피리젓대를 손수 만들어 부는 나를 골리기라도 하듯이 풀 잎사귀 하나를 따서 입술에 대고, 〈아리랑 타령〉〈고향 생각〉을 귀신같이 표현했다. 그가 사용하는 것은 맹감(청미래)덩굴의 부드러운 잎사귀였다. 당장 그가 하는 대로 풀피리를 불고 싶었지만, 그가 없는 곳에서 해보려고 자세히 보아두기만 했다. 그는 잎사귀를 윗입술과 아랫입술 사이에 살짝 꼬부려 찌르고 입바람을 윗입술 쪽으로 세차게 불어 잎사귀의 끝부분이 떨어 소리가 나게 하고 있었다.

다음날 소를 뜯기러 가서 맹감나무 잎사귀를 따서 풀피리를 시연해 보았다. 처음에는 헛바람 소리만 났지만 몇 차례의 시행착오를 거친 끝에 소리를 낼 수 있었다. 양손의 엄지와 검지 끝으로 잡은 잎사귀 끝부분을 위아래로 올리기도 하고 내리기도 하는 정도와 양쪽으로 잡아당기는 힘에 따라 음정이 달라지는 묘법을 채득했다. 그러자 알고 있는 모든 노래를 연주할 수 있었다. 나의 풀피리 소리는 이내 끼어 있는 어웅한 산골짜기에서 메아리를 만들었다. 나는 그 메아리와 함께 흰구름 흘러가는 하늘로 날아갔다.

풀피리 부는 것을 자랑하고 싶어, 맹감나무 덩굴 잎사귀를 호주머니에 넣어가지고 집에 가서 불었다. 그 잎사귀 대신 사철나무나 유자나무의 부드러운 잎사귀를 따서 불기도 했다. 아기업게 순이는 놀라운 눈으로 나를 보며 "너는 못하는 것이 없다" 하고 칭찬했고 나는 황홀했다. 풀피리를 불다가 머슴에게 들켰는데, 그는 칭찬해주려 하지 않고 아니꼬운 눈초리로 나를 노려보며 "원숭이!" 하고 볼멘소리를 했다.

순이

젖먹이를 업거나 안은 채 키워서인지, 몸에서 갓난아기의 배릿한 냄새가 나곤 하는 순이는 머슴의 여동생이었다. 순이는 체구가 오동통했고 얼굴 살갗에 주근깨가 드문드문 있었는데, 그것은 옹달샘 근처의 장독대 주변에서 피는 주황색 나리꽃 속에 박힌 점처럼 약간 불그죽죽해 보였다. 속눈썹이 길게 휘어진 그녀는 작은누님하고도 다르고, 어머니와도 다르고, 제 오빠인 머슴하고도 다른 세계를 가지고 있었다. 어머니는 어머니대로 작은누님은 작은누님대로 나를 예뻐해주지만, 순이는 그들과 전혀 다른 방법으로 나를 예뻐했다. 그 예뻐함은 내 가슴을 저리게 했다.

어른들이 모두 들일을 나가고, 할아버지가 벗들과 풍월을 하러 가시고, 작은누님과 형이 학교에 간 다음 (나는 오후반이었으므로 오전에는 집에 있었는데) 집안이 텅 비면, 순이는 아기를 할아버지 방에 잠재워두고 나하고 숨바꼭질을 하곤 했다. 뒤란 옹달샘 근처 언덕에는 머위와 뱀딸기 풀이 지천으로 널려 있었다. 그 옆의 양지에서 우리는 각시 놀이를 했는데, 순이는 각시가 되고 나는 서방이 되었다. 깩살풀(풀각시 만들 풀)을 뜯어다가 비벼서 머리칼을 만들고, 그것을 수수깡 대에 묶어서 각시(인형)를 만들었다. 알락달락한 조개껍데기에 몽근 흙을 담고 풀잎을 뜯어다가 밥과 반찬을 만들어, 냠냠 먹는 시늉만 하는 것이었다. 밥을 먹은 다음 나란히 누워 자는 놀이도 했다.

아기가 깨어 울면 순이는 사랑방으로 달려가서 보듬고 더 재우려고 흔들어대며 코맹맹이 소리로 자장가를 불렀다. 아기가 다시 잠들면 순이는 아기를 자리에 재워놓고, 뒤란 양지바른 곳에서 하던 서방 각시 놀이를 이어 했다.

뱀딸기

남새밭 둑에는 뱀딸기 풀들이 우듬지에 새빨간 열매를 달고 있었다. 엄마의 젖꼭지에 빨간 물을 들여놓은 듯싶은 그것.

"뱀딸기는 눈썹을 하나 뽑고 나서 따묵으면 된단다." 순이는 자기 눈썹을 한 개 낚아채 뽑고 그걸 따먹었는데, 나는 내 눈썹을 뽑지 못하여 따먹지 못했다. 순이가 빈 입맛만 다시고 있는 내 눈썹을 뽑아주겠다고 해서 눈을 감고 기다렸다. 내 망막에는 진한 하늘색의 어둠이 맴돌았는데, 그녀가 나를 으스러지게 끌어안고 내 눈꺼풀에 코끝을 비비고 입술을 쪽 빨고 난 뒤 말했다. "니 눈이 너무 이뻐서 못 뽑겠다. 내 눈썹을 대신 뽑아줄게 따묵어라." 순이는 자꾸 자기 눈썹을 뽑아댔고, 우리는 눈썹의 개수에 따라 그것을 따먹고 또 따먹었다. 약간 쌉쓰름하면서도 뒷맛이 배릿하고 달콤한 뱀딸기였다. 배고픈 기가 가시게 따먹었는데, 갑자기 속이 매슥거려 토악질을 했다. 순이도 피처럼 빨간 즙을 토해냈다.

물아래 진 서방

해마다 정월 대보름의 하루 전날 밤에는, 마을 어른들이 앞산 너머의 넓바우 포구 갯바위 위에서 갯제海神祭를 모셨다. 제주祭主로 뽑힌 남자는 한 달 전부터 목욕재계하고 제물을 준비했다. 머슴은 갯제 모시는 바닷가에 형만 데리고 가고, 나를 데리고 가지 않을 태세였다. 나는 따라가고 싶어 환장할 것 같았는데, 머슴은 형을 상대로 갯제 지내는 이야기를 속닥거렸다. 그게 나에게 넉넉히 들리도록 함으로써 나를 약올리려는 것이었다. 나는 관심이 없는 척했지만, 머슴의 말들을 내 온몸에 뚫려 있는 모든 구멍(감각기관)으로 빨아들이고 있었다.

"우리 득량만 바다로 고기들이나 해의(김)를 몰고 오는 '물아래 진 서방'*은 넓바우 연안 '제일 엿개(제일 큰 여[암초]의 개포)'에 산단다. 갯제 지내는 데 따라가면 그 물아래 진 서방의 목소리를 들을 수 있다. '물아래 진 서방'이란 말은 바다 도깨비海神를 높여 부르는 말이다."

그 말을 듣고 나자 더욱 갯제 모시는 데에 가보고 싶어 좀이 쑤셨지만, 나는 머슴에게 나를 데려가달라고 조르지 않았다. 혹시 내가 조른다면, 너는 안 된다 하고 잡아떼면서 용용 죽겠지 하고 놀릴 터이다. 만

---

* '물아래 진 서방'은 표준어로 '물아래 긴 서방'이다.

일 내가 자존심이 구겨지더라도 따라가겠다고 했으면 데리고 가주었을 지도 몰랐는데, 나는 자존심을 구긴 채 그와 타협하고 싶지 않았다. 전혀 아무렇지도 않은 듯 참으면서, 속닥거리는 그의 이야기에 귀를 기울였다. 나는 자존심을 지키고 싶었다. 그에게 비굴하게 항복하고 타협하지 않겠다는 것이었다. 머슴과 나는 오래전부터 알 수 없는 감정싸움을 하고 있었다. 사실은 머슴이 나를 데리고 가고 싶었는지도 몰랐다. 내쪽에서 데리고 가달라고 조르기를 바랐는지도 몰랐다.

나는 나대로 삐쳐 있었다. 그에게 손톱만치도 아쉬울 것 없다고 나를 타일렀다. 피리도 손수 만들어 불고 있었으므로 그의 피리를 훔쳐 불지 않아도 되었고, 거기다가 머슴이 연주하는 곡조들은 그의 지도 없이도 내가 다 연주할 수 있었고, 풀피리도 그에게 못지않게 잘 불었다. 그의 여동생 순이는 자기 오빠보다도 나를 더 예뻐하고 있었다. 숨바꼭질을 할 때, 순이는 내 손을 잡아다가 자기의 옷섶 속에 넣어 둥둥하게 부풀어 있는 젖가슴을 만져보라고 했고, 마른 누룽지를 가져다주기도 하고 떡을 숨겨 가져다주기도 했다.

머슴은 가끔씩 나를 흘긋거리며 형을 상대로, 속닥속닥 갯제 이야기를 계속했다.

"마을에서 바다로 나갈 때는 잡귀 쫓는 액막이굿거리를 '깽매깽매 쿵덕쿵덕……' 치고 나간다. 가다가 샘이 있으면, '펑펑 솟아라, 자꾸자꾸 솟아라' 하고 샘굿거리를 치고, 총총한 별들을 향해서는 '별 따자 별 따자 하늘 잡고 별 따자' 하고 친다. 넓바우 바닷가에 이르면, 상쇠가 제사상 앞에 무릎을 꿇고 '물아래 진 서방'한테 비나리를 한다…… 우리 아버지가 살았을 적에는 우리 아버지가 상쇠를 했었다."

머슴은 가느다란 가성假聲으로 '진 서방'의 흉내를 내고, 비나리를 했다. 그 목소리에는 알 수 없는 귀기鬼氣가 담겨 있었다. "물아래 진 서

방! 하고 부르면, 검은 안개 덮인 제일 엿개 끝에서 '어이!' 하고 도깨비
가 대답을 하지…… 그럼 상쇠가 이렇게 비나리를 하는 거야…… 우
리는 해동海東 조선 전라남도 장흥군 신상리 2구 넓바우 개포 어민들인
디, 금년에는 '물아래 진 서방'이, 태평양 대서양 인도양 바다에서 도미,
숭어, 농어, 전어, 낙지, 주꾸미, 멸치떼를 쏴 쓸어서 우리 바다로 몰고
오소. 해의(김)는 우리 어민들의 모든 발簾에 소 자빠진 것같이 새까맣
게 자라게 해주소. 파래 매생이는 다른 동네로 보내고 먹장 같은 해의
만 자라게 해주소…… 그러면 제일 엿개에서 '물아래 진 서방'이 '어이
알았네' 하고 대답을 한다."

　머슴은 다시 나를 흘긋 보고 나서, 형을 상대로 속닥거렸다. "바다에
나가서는 도깨비라는 말을 절대로 입에 담으면 안 되고, 반드시 '진 서
방'이라고 불러야 한다…… 제사 뒤끝에는 제상에 놓인 돼지머리를 바
닷물에 풍덩 던진다. 그러고는 더이상 풍물을 치지 않고 조용히 마을
로 돌아온다. 그때는 조심해야 한다. 맨 뒤에 처지면 귀신한테 잡힐 수
가 있으니까. 원래 음력 대보름날 밤에는 세상의 모든 굶주린 잡귀신들
이나 도깨비들이 미친 듯이 설치는 거야…… 그러니까 너는 돌아올 때
내 손을 꼭 잡고 뛰어오면 된다."

　머슴과 형이 문을 열고 나가자 나는 따돌림당한 소외감과 부러움과
분노로 인해 속에서 울음이 밀고 올라왔지만 참았다. 그들이 갯제 모시
는 데 가고 난 다음 나는 혼자 할아버지의 방 아랫목에 누워 있었다. 내
머릿속에는 넓바우 연안 바닷가에서 마을 어른들이 갯제 지내는 모습
이 그려졌다. 둥근달은 휘영청 밝은데, 바닷물에는 하얀 달빛 조각들이
반짝거리고 그 속에서 '물아래 진 서방'이라 불리는 도깨비가 음산한
가성으로 대답을 하고 있었다. 손과 발을 한없이 길게 늘여 바다 깊은
곳에서 고기를 잡아낼 수도 있고 물위를 걸어다닐 수도 있다는 '물아래

진 서방'이라는, 그 초월적인 거무스레한 형상이 내 머릿속에 그려지고 있었다. 그 어지럽게 흐르는 영상에 깊이 잠겨 있다가 까무룩 잠들었다 깼는데, 내 옆에 형이 자고 있었다. 어느새 돌아왔을까.

훗날 성장해서, 나는 할아버지가 이야기한 도깨비와 머슴들이 이야기한 도깨비를 종합해보았고, 그것은 우리 민족의 집단 무의식을 표현해주는 것이라는 생각을 했다.

봄 보리밭에서

　이른봄의 가뭄이 계속되고 있었는데 어머니는 중촌 건너편의 보리밭에서 혼자 김을 매고 북을 주고 있었다. 겨울을 견디며 자란 보리 이파리들은 새파랬다. 바람이 불면 먼지가 보얗게 날았다. 아제라고 부르는 머슴이 제집으로 돌아간 다음 다른 머슴을 구하지 못하고 있었다. 작은집의 아기들도 다 자랐으므로 순이도 제집으로 돌아갔다.

　중촌마을에는 잔치가 벌어져 있었다. 김 수확 장원을 한 집의 노모 회갑 잔치가 있었다. 중촌마을 사람들은 술에 취하여 북장구를 치며 노래하고 춤을 추었다. 어머니는 그 잔치에 가지 않았다. 나는 학교에서 돌아오다가 김을 매고 있는 어머니 옆으로 가서 앉아 있었다. 어머니가 먼저 집으로 들어가라고 했지만 해가 지면 어머니와 같이 가려고 버티었다. 어머니 옆에 앉아만 있어도 포근해졌던 것이다.

　중촌마을의 회갑 잔치 마당에서 노랫소리가 들려왔다. "세월아 네월아 오고 가지를 말아라, 아까운 내 청춘 다 늙어간다." 어머니는 그 노래 한 대목의 가사를 구슬픈 목소리로 비틀어 불렀다. "세월아 네월아 어서 어서 가거라." 잠시 뒤 "나를 버리고 가시는 님은 십 리도 못 가서 발병이 난다"는 노랫소리가 들려왔을 때 어머니는 또 그 가사를 비틀어 불렀다. "나를 버리고 가시는 님은 발병도 안 나고 잘만 가더라." 나는 기존의 가사와는 전혀 다르게 가사를 비틀어 부르는 어머니의 오기 들어 있는 듯싶은 흥얼거림에 깜짝 놀랐다. 나중에 성장하여 알고 보니, 그게 '한恨'의 한 표현일 듯싶었다. 그 말을 훗날 단편소설 「아리랑 별곡」 결말에 그대로 썼다. 나는 소설을 쓸 때 결말부터 먼저 써놓는 버릇이 있다.

대개의 학자나 시인들이 우리 문학(소월의 시가 그 대표적인 것일 터인데) 속에 들어 있는 한을 정한情恨으로 해석하는 데 동의하지 않는다. 나는 그것을 우리 민족의 흥, 생명력이나 저항, 혹은 '운명 극복의 의지'라고 푼다.

어머니의 가사 비틀어 부르기, 그것은 정조와 해학과 철학적인 의식구조의 문제이다 싶다. 어머니는 쑥뿌리처럼 생명력이 강했고, 늘 진취적이었다. 어머니는 어떤 과부가 서방질을 했다거나 누군가가 도둑질을 했다거나 하여 흉보고 따돌리는 데에 더불어 휩쓸려 비쭉거리며 입방아질을 하지 않았다. '오죽했으면 그랬을까' 하고 가엾어하며, 오히려 따돌림당하는 사람 편에 서서 변호하고, 애옥해하며 그에게 다가가곤 했다. 그를 은밀하게 집으로 불러 따뜻한 밥을 먹이며 다독여주곤 했다. 어머니는 늘 입장을 바꾸어 생각할 줄 알아야 한다고 가르쳤다. 고정관념에 얽매이지 말고 뒤집어 생각할 줄 알아야 한다고 말하곤 했다.

어느 날 무슨 일로인가 어머니에게 꾸중을 듣고 매를 맞았는데, 회초리를 맞은 내 종아리에는 푸른 멍이 들어 있었다. 그날 밤 어머니는 내게 가까이 오라고 하더니 바짓가랑이를 걷어올리고 종아리를 들여다보고, 끌끌 혀를 차고, 멍든 자리를 만져주며 "뭔 에미란 년이 이렇게 독하게 회초리를 쳤다냐!" 하고 짠해하였다. 그러다가, 스스로를 자책했다. "매 때리고 나서 때린 자리를 만져주면 새끼가 간을 봐서 안 된다고 했는디……" 하면서 눈물을 머금고 나에게 당부하는 것이었다. "그러니께 이렇게 매 안 맞도록 미리 말 잘 들어야 한다." 어머니의 그 말에 나는 새삼스럽게 울었다. 어머니는 우는 나를 향해 타이르듯 "악아, 어떤 사람을 모자란 사람이라고 하는 줄 아냐? 사실은 세상 모든 사람들이 다 조금씩 모자란단다. 그런데, 자기가 모자란 사람이라는 것을 아는 사람은 모자란 사람이 아니고, 자기가 모자란 사람이라는 것을 모르는 사람, 자기가 무엇을 잘못하고 사는지 모르는 사람은 모자란 사람인 것이다" 하고 말을 했는데, 그 말을 나는 지금도 기억한다. 그것은 평생토록 나의 삶의 방향을 교정해주는 방향타 노릇을 한다. 나는 중대한 어떤 일을 결정할 때나 행동의 고비에서 "나 지금 모자란 생각 모자란 행동을 하고 있지 않는가" 하고 성난 얼굴로 내면을 들여다보곤 한다.

앞산도 첩첩하고

"앞산도 첩첩하고 뒷산도 첩첩한디 혼은 어디로 행하는가."

뒷산 기슭에서 한 청년의 카랑카랑하면서도 청승스러운 목소리가 들려왔다. 밭에서 김을 매는 사람들은 모두 그 소리 흘러내려오는 뒷산 기슭을 쳐다보았다. 자잘한 소나무숲 사이로 진달래꽃 한 타래가 산 위쪽으로 움직거리고 있었다. 미쳤다고 소문난 마을 청년이었다. 그의 아내가 아기를 낳다가 죽었는데, 그 슬픔으로 실성을 한 것이었다. 그는 자기 아내의 무덤을 여러 가지 꽃나무로 장식하고 있다고 소문나 있었다.

그 청년의 소리는 앞산 골짜기에 메아리를 일으키고 있었고 그것은 내 가슴에 아릿한 아픔 같은 금을 긋고 있었다. 어머니는 혀를 끌끌 차고 나서 말했다. "아이고, 사랑이 뭣인디 저렇게 정신까지 놔버렸다냐."

어른이 되어서 그 청승스러운 '앞산도 첩첩하고'가 명창 임방울이 부른 〈추억〉이라는 것을 알았다. 임방울의 소리는 한이 많다고 알려져 있었다. 나는 임방울 판소리에 반해 자주 듣곤 했고, 그의 소리 인생을 소설 『사랑아, 피를 토하라』로 썼다. 모든 음악은 음식하고 같아서 어린 시절부터 그 감성적인 향기와 맛에 길들여진다.

도깨비의 장난 같은 비라

아침에 학교 가다보면 골목길의 담벼락에 비라(전단지)가 붙어 있곤 했다. 글자 주변의 흰 바탕에 검은 반점과 얼룩들이 묻어 있었다. '이승만 괴뢰도당 물러가라' '민주주의 조선인민 공화국 만세' '김일성 장군 만세' '위대한 영도자 스탈린 만세'.

아침이면 천도교당 옆 우물 주변에 삼십여 명의 학생들이 모여서 열을 지어 행진하듯이 등교하곤 했는데, 그 우물가에서는 아침마다 놀이 아닌 놀이가 살벌하게 벌어지곤 했다. 4학년 이상의 학생으로서, 다른 아이들을 오래 기다리게 하고 뒤늦게 온 아이에게 무자비한 몰매를 가하는 일이었다. 힘이 센 한 아이가 가장 늦게 온 아이의 머리에 책보자기를 덮어씌우면 옆에 있는 다른 아이들이 책보자기 속에 든 아이의 머리를 주먹으로 때리는 것이었다. 아이들은 몰매를 때리면서 "야아!" 하고 함성을 질렀다. 보자기 속에 든 아이는 두들겨맞고 코피를 터뜨리는 경우도 있었다.

2학년인 나는 늘 꾸물거리다가 지각하곤 했다. 나보다 두 학년이 위인 작은누님은 진즉 뒷등 길을 이용해 학교에 가고 없었다. 지각한 아이의 머리에 책보자기를 씌우고, 몰매 때리는 아이들을 작은누님은 무서워했다. 한 학년이 위인 형은 꾸물거리는 나를 기다려주었다. 꾸물거

124

리는 이유는 책보자기 챙기기와 뒷간에서의 '응가' 때문이었다. 형은 책보자기를 등허리에 짊어진 채 뒷간 앞에 서서 "이 느림보 거북아, 얼른 나오너라, 오늘도 지각하것다" 하고 재촉했다. 형이 아무리 보채도 나는 나의 볼일을 다 보고 나서야 책보자기를 들고 나왔다.

형은 느린 나를 앞장세우고 뛰어가라고 재촉하며, 나의 등을 세차게 떠밀쳤다. 그 떠밀침으로 인해 넘어질 뻔하곤 했다. 우리 형제는 늘 달음박질을 쳐 골목길을 내려가는 것이지만, 우리가 천도교당 옆의 우물에 이르렀을 때는 열을 지어 등교하는 학생들 모습이 보이지 않았다. "오늘도 지각이다! 싸게 달려라." 형은 나의 뒤에서 씨알거리며 등을 걷어 밀었다.

학교에 도착하면 운동장은 텅 비어 있었다. 학생들이 모두 교실로 들어가 수업을 받고 있었다. 내가 교실에 들어섰을 때는 이미 수업이 시작된 뒤였다. 나는 말없이 나의 자리로 가서 앉았다.

찬란한 빛 바다

내 자리는 교실의 남쪽 가장자리 줄의 중간쯤에 있었는데, 하얀 햇빛 한 자락이 책상 위를 점거하고 있었다. 선생은 바야흐로 구구법을 이용한 곱셈을 가르치고 있었다. 나는 그것을 이미 알고 있었으므로 별로 흥미가 없었다. 내 눈을 끌어당기는 게 창밖에 있었다. 텅 빈 운동장 바깥 구석에 회전그네가 멈추어 있고, 그 너머로 펼쳐진 짙푸른 바다에는 찬란하게 반짝거리는 눈부신 하얀 빛 조각들이 질펀하게 널려 있었다. 수천수만의 물고기들이 떠올라 퍼덕거리는 듯싶었다. 그 번쩍거리는 것들이 나의 영혼을 사로잡았다. 그 찬란한 바다와 나는 이미 오래전부터 친숙해 있었다. 바다 멀리에는 군함 같은 섬들이 떠 있고, 포구에서 출발한 배는 돛을 달고 바다로 나가고 있었다. 그 배를 하얀 갈매기들이 따라갔다. 나는 바다의 찬란한 말을 듣고 있었다. 가슴이 설레는 것을 주체할 수 없었다. 바다로 가고 싶었다. 흰 모래밭에서 놀고 싶었다. 작은집 아기업게였던 순이 누나가 그리웠다. 순이와 함께 파도와 놀고 싶고, 모래밭에서 숨바꼭질을 하고 싶었다. '새야, 새야 물길어라, 꿩아, 꿩아 집 지어라' 하며 두꺼비집을 짓고, 은색 달랑게를 잡아가지고 놀고 싶었다. 나는 반짝거리는 바다에 넋을 빼앗기고 있었다. 그날도 나의 학교생활은 바다의 반짝거림으로 인해 황홀했다.

개근상

지각한 그날, 나는 선생님의 출석부에 결석으로 처리되어 있었다. 선생님이 출석 점호를 하는 때에 나는 막 운동장에 들어서고 있었고, 내가 뒤늦게 교실로 들어왔지만 선생은 나의 결석을 지각으로 표시하는 것을 깜빡 잊어버린 것이었다. 그와 같은 일이 늘 반복되었으므로 학년 말에 성적표를 받아보면 결석이 대여섯 개쯤이었다. 매 학년말에 나는 항상 우등상은 받지만 개근상은 한 번도 받지 못했다. 형과 작은누님은 개근상만 받을 뿐 우등상을 받지 못했다. 아버지는 개근상 못 받은 나를 코 빠지도록 꾸중했다.

일제 때 마을 앞의 사립 양영학교에서 교편을 잡은 바 있는 아버지가 중시하는 것은 개근상이었다. 개근상은 그 사람의 근면 성실함을 증명해준다는 것이었다. 아무리 영리하고 공부를 잘해도 근면 성실함을 인정받지 못하면 장차 좋은 사회생활을 할 수 없다는 것이었다.

나는 억울했다. 왜 개근상이 우등상보다 좋다는 것인가. 결석으로 인해 개근상을 못 받은 것이 아니고, 지각을 했을 뿐인데, 지각을 결석으로 처리한 것은 선생의 불성실이고 무책임인데.

훗날 어른이 된 나는 개근상이 우등상보다 좋다는 아버지의 말에 반발하는 삶을 살았다. 근면 성실함이 중요하기는 하지만, 단 한 번의 인간적인 실수도 하지 않고 받곤 하는 개근상은 자유로운 사유와 창의력의 고갈을 가져올 수도 있는, 융통성 없는 삶일 수도 있다.

공책 검사

아버지는 가끔 형과 나의 공책 검사를 하곤 했다. 공책을 보면 그 학생의 모든 것을 알 수 있다는 생각을 가지고 있었다. 그것은 개근상에 대한 생각과 같은 궤도에 있었다. 형은 공책으로 인해 훈훈한 칭찬을 받았고 나는 싸늘한 꾸중을 들었다. 형은 공책을 아주 깨끗하게 정리했다. 선생이 판서해준 것을 공책에 반듯반듯 정서를 한 것이었다. 반면에 나의 공책은 낙서장落書帳처럼 산만했다. 글씨가 지렁이 기어가는 듯, 괴발개발 쓴 것들이고, 바르게 정리된 것은 없었다. "생긴 것은 말끔하게 생긴 사람이 왜 이렇게 어지럽게 사냐, 이것을 글씨라고 쓰냐? 지렁이도 이렇게는 안 기어다닌다. 장차 무엇이 되려고 이럴까…… 느그 형 공책 보고 좀 배워라. 얼마나 질서정연하고 깨끗하냐. 느그 형 공책을 들여다보면 내 정신이 다 환해진다."

나의 어지러운 글씨에 대한 꾸중은 내가 고등학교 다닐 때까지도 이어졌다. 읍내에서 학교에 다니던 나는 편지로 용돈을 청구하곤 했는데 방학 때 고향에 가면 아버지는 나의 편지 글씨를 문제삼았다. "이 사람아, 어른한테 편지 쓸 때는 글씨 좀 반듯반듯하게 써라. 한 글자도 알아먹을 수가 없는데 돈 얼마 보내달라는 글자만 잘 알아먹게 썼더라."

아버지는 확언했다. "예로부터 남자는 신언서판身言書判이 좋아야 한다고 했다. 첫째는 풍채(체구가 헌칠하고 얼굴)가 좋아야 하고, 둘째는 말을 논리정연하게 해야 하고, 셋째는 글씨를 잘 써야 하고, 넷째는 그 인품에 대한 평판이 좋아야 하는 거야."

나는 속으로 반발했다. '저는 글씨로 먹고 살지 않을 거예요.' 그것은 곰곰이 나의 먼 미래를 만들고 있었다.

외할머니의 기침 소리

초등학교 3학년 때 사랑방에서 잠을 자다가 누군가의 자지러지는 기침 소리에 깨곤 했다. 안방에서 어머니와 함께 자는 외할머니의 해수 기침 소리였다. 관산면 죽청마을에 살던 외할머니는 완도의 섬에서 미역을 받아다가 당신의 둘째 딸인 우리 어머니의 손을 빌려 미역다발을 마을 사람들에게 넘기고, 대신 김을 받아 장에 내다팔아 남긴 이문으로 광주형무소에 갇혀 있는 막내아들의 면회를 다니고 있었다. 보성까지 걸어가서 기차를 타고 광주까지 간다고 했다.

외할머니는 허리가 ㄱ자로 굽어 있었고, 지팡이를 짚고 다녔다. 겨울이면 천식으로 인한 해수 기침이 심해졌는데, 그게 한번 터지면 주저앉아 '꼬르륵' 하고 숨이 넘어갈 지경에 이르기까지 콜록 소리를 연발했다. 당시 이십대 초반인 막내 외삼촌은 해방 직후 테러 사건에 가담했다가 감옥에 들어갔다. 그 막내아들의 살아 있음이 늙은 외할머니의 삶의 끈을 이어주고 있었다. "아이고 불쌍한 내 새끼, 엄동설한에 마룻바닥에서 올골골 떨며 자는 것을 생각하면……" 하고 눈물 훔치며 외할머니는 아들을 면회한 이야기를 들려주었다. 그 아들 생각으로 인해 외할머니는 한겨울밤에 자면서 이불을 덮지 않았다. 외할머니의 부음이 왔을 때 어머니가 울며 내뱉던 말은 지금 내 귀에 생생하다. "우리 어메가 미역다발 해의다발 등에 짊어지고 다닌 사방팔방 길바닥의 굽이굽이에는 우리 어머니 지팡이 자국이 찍혀 있고, 그 구멍에는 울 어머니 눈물이 가득가득 고여 있을 것이다."

　그 이야기를 훗날 「어머니」 라는 소설로 썼다.

여순사건 여파

4학년 가을 어느 날 밤, 할아버지 방에서 잠을 자다가, 천지를 진동하게 하는 총소리에 경악했다. 할아버지를 비롯한 상장수, 형과 나, 뒷방의 아버지는 집 모퉁이로 가서 총소리 나는 곳을 어림해보았다. 총소리는 어둠에 잠긴 아랫마을 사장 근처에서 나는 듯싶었다. 빨간 불덩이들이 우리들의 머리 위를 거쳐 뒷산 중턱 상수리나무 숲으로 날아갔다. 겁이 났다. 뒷간 입구에 서서 어둠 속을 내려다보고 있던 상장수는 땅바닥에 엎드리더니 개처럼 기어 사랑방으로 들어가버렸다.

총소리와 함께 청년들의 함성이 터졌다. 학교에 가다가 본 골목길 담벼락에 붙어 있던 '위대한 김일성 장군 만세!' '위대한 영도자 스탈린 만세!' '역적의 이승만을 때려죽이자' '조선 인민공화국 만세!'라는 비라가 밤하늘로 날아오르고 있었다. 얼마쯤 뒤 총소리와 남자들의 함성은 한재고개를 넘어갔다.

다음날 학교에 가면서, 동무들이 간밤에 총을 쏘아던 사람들에 대하여 이야기했다. 그들 중 한 사람은 큰댁의 작은 당숙 '널팬이'이고, 다른 한 사람은 갯마을의 김씨 집안 청년이라 했다. 그들은 남로당에 가담해 경찰에 쫓기다가, 한 해 전에 여수에 창설된 국방군 14연대에 지원해 들어갔는데,[*] 그 부대 군인들이 반란을 일으켰다는 것이었고, 그들 둘

이가 총을 쏘며 회진 파출소로 가자 순경들은 이미 달아나고 없었다는
것이었다. 그들이 가진 총은 M1 총인데 순경들의 총은 카빈총이라 상
대가 되지 않는다는 것이었다.

---

* 한 해 전 청년들 사이에 '국방군 지원가'가 불렸었다. 하나는, '인생의 목숨은 초로와 같
고/이씨조선 오백년 양양하도다/이 몸이 죽어서 나라가 선다면/아아 촛불같이 죽겠노
라⋯⋯' 다른 하나는, '신대한(新大韓) 국방군을 뽑는다는 이 소식/손꼽아 기다리니 이 소
식이 꿈인가/한 글자 쓰는 사연 두 글자 쓰는 사연/이 나라의 병정 되기 지원합니다'였다.

따돌림

그다음날, 학교가 파한 다음 집으로 돌아오면서 나는 같은 반의 마을 아이들에게서 따돌림을 당했다. 아이들이 모두 낯설게 달라져 있었다. 마을 아이들은 여순사건의 실제상황에 대한 이야기를 하며 갔고, 나는 그들을 뒤따라가며 들었는데, 한 아이가 느닷없이 나를 향해 "야, 반동자 새끼 너는 저리 가!" 하고 말했다.

같은 학급 학생인 우리 마을 아이들은 모두 열한 명이었는데, 여느 때처럼 한데 어울려 뒷등 길을 타고 집으로 돌아가고 있었다. 아이들은 머지않아 좌익 세상이 올 거라고 의기양양해 있었고, 은밀한 소식을 들으려고 우리 마을의 최고로 나이 많은 아이(나보다 여섯 살 위)의 주위로 몰려들었다. 내 작은누님하고 동갑인 그는 진즉에 5학년이나 6학년으로 월반을 했어야 마땅한데, 여섯 살 아래인 나와 같이 4학년에 다니고 있었다. 우리 학급에 나와 동갑내기는 하나도 없었다. 모두가 한두 살이나 서너 살씩 위였다. 그들 중에서 여섯 살 위인 그 아이가 대장 노릇을 하는 것이었다.

광복 전, 일제 때는 의무교육이 아니었다. 제한적으로 시험을 거쳐 들어갔으므로, 적령을 넘긴 아이들이 많이 적체되어 있었다. 그런데 광복이 되자 그 적체되어 있던 아이들이 한꺼번에 몰려들어온 것이었다.

체구가 작고 힘이 약한 나는 나이 많고 힘세고 덩치 큰 그들의 상대가 될 수 없었다. 그들은 나를 만만하게 보고 함부로 대했다. 그들이 그러는 이유는 담임선생이 나를 예쁘고 귀엽게 보고 성적을 터무니없이 높이 평가해주므로 학년말이면 늘 일이삼등을 번갈아 하곤 한다는 것이었다. 말하자면 내 아버지의 얼굴을 보고 담임선생이 나의 성적을 높이 평가해주지 않을 수 없다는 것, 만일 그러지 않으면 내 성적은 중간을 밑돌 거라는 것이었다.

대장 노릇을 하는 아이의 동생(나보다 세 살 위)은 "○○ 새끼! 너 거기 꼼짝 말고 서 있어!" 하고 나서 고추를 꺼내, 너비가 일 미터쯤의 좁은 밭둑길 바닥에 가로로 오줌을 갈겼다. "이 오줌 금을 넘어오는 새끼는 내 아들이다" 하고 선언한 다음 버티고 선 채 말을 이었다. "이 오줌 금은 지구를 한 바퀴 돌아 다시 여기까지 그어지는 것이니까, 길을 버리고 밭으로 내려서서 빙 돌아 넘어와도 그 금을 넘어오는 셈이야."

나는 오줌 금을 넘어가지 못하고 그 자리에 서 있었다. 앞장서 가는 다른 아이들 중 어느 누구도 나를 구해주려 하지 않고 그 대장을 옹위하고 마을 쪽으로 갔다. 대장의 동생은, 내가 자기의 오줌 금 앞에 서 있는 것을 감시하며 뒷걸음질쳐가다가 말했다.

"내가 이랬다는 말 느네 아부지한테 일러바치면 그때는 너 진짜로 죽는 줄 알아…… 아니, 일러바쳐도 반동자 느네 아부지 하나도 안 무섭다." 말을 마친 그는 내 발 앞에 침을 뱉고 나서 다른 아이들의 뒤를 좇아가다가, 가끔 뒤돌아서서 나를 감시하곤 했다. 한동안 그 자리에 서 있던 나는 땅바닥에 엉덩이를 붙이고 앉아버렸다. 하늘을 쳐다보았다. 구름이 흘러가고 있었다. 반동자라는 것이 무엇인데 아이들이 나한테 이리하는 것일까.

당시 그들은 공산주의 사상을 혁명적으로 이룩해 나아가는 남로당 중심의 동적動的인 세력을 무력화시키려 하는 세력을 반동反動이라 부르는 것이었다. 그런데 나는 반동을 좌익 편도 아니고 우익 편도 아닌 중간에 선 박쥐 같은 사람, 회색분자쯤으로 이해했다.

토벌대

그다음 월요일부터 한 주일 동안, 우리 학급은 오후에 수업을 받는 오후반이었다. 이른 점심을 먹고, 학교에 가려고 골목길을 나와 사장 마당에 이르렀는데, 갯마을 쪽에서 군인들 한 무리가 줄줄이 몰려왔다. 쑥색 옷 입고 철모 쓰고 M1 총이나 기관단총을 든 군인들 삼십여 명이었다. 그들 중 이십여 명이 마을 안으로 달려들어갔고, 나머지 군인들은 아이들을 사장 마당 한쪽 구석에 모아놓고 꼼짝 마라고 명했다.

마을의 윔소리(외침 소리) 하는 사람이 골목길을 돌아다니며, 한 사람도 빠짐없이 사장 마당에 모이라고 외쳤다. 마을의 모든 사람들이 사장 마당으로 몰려나왔다. 아버지와 어머니도 순이도 사람들 속에 섞여 있었다. 갯마을 사람들도 모두 몰려와서 한데 어울렸다. 앞에총을 한 토벌군 스무 남은 명이 모여든 두 마을 사람들의 바깥에서 노려보았다. 만일 대장이 그들에게 명령을 내리면 마을 사람들을 향해 총을 쏘아댈지도 모르는 일이었다. 사람들은 모두 겁에 질려 있었다.

토벌대장이 느티나무의 밑동에 쌓아올린 축대에 올라가서, 모든 것을 다 알고 온 듯, 먼저 우리 마을 널팬이 당숙네 가족들과, 갯마을의 반란군 김한수 가족들을 나오라고 말했다. 두 가족들은 일어서려고 하지 않았다. 하사관 둘이 두 마을의 이장에게 두 가족을 불러내라고 명했다. 얼굴이 창백해진 두 이장이 앞에 나와서, 사람들 속에 앉아 있는 그들의 가족을 향해 떨리는 목소리로 "얼른 나오시오" 하고 말했다.

큰댁 할아버지와 갯마을의 김한수의 아버지가 앞으로 나왔다. 가족들도 따라나왔다. 하사관 둘이 그들을 땅바닥에 꿇어앉히고 몽둥이로 엉덩이를 내리쳤다. 할아버지는 모로 거꾸러지면서 울부짖었다. "아이고오! 나는 그 새끼 낳아준 죄밖에는 없소." 갯마을의 김한수 아버지는 "아이고 나 죽네" 하고 소리쳤다. 하사관들은 꿇어앉힌 두 사람에게 "느그 자식들 어디 있냐!" 하고 물었다. 큰댁 할아버지가 울부짖었다. "두 발 달린 것이 어디로 갔는지 내가 어떻게 알 것이요?" 하사관들은 분풀이를 하듯이 그들을 두들겨팼다.

다른 하사관들은 사람들 속에 고개를 떨어뜨리고 앉아 있는 젊은 남자들을 무작위로 끌어냈다. 그들을 꿇어앉히고 몽둥이로 팼다. 두들겨맞은 사람들은 비명을 지르면서 "아이고 나는 아무 죄도 없소" 하고 소리쳤다. 하사관들은 울부짖으면서 두 손을 비벼대는 그들에게 물었다. "바른대로 불어 이 새끼야!" "너 반란군들하고 같이 파출소 습격했지?" "김일성 스탈린 만세 불렀지? 조선 인민공화국 만세 불렀지?"

굴窟

학교에 가던 아이들은 사장 나무 밑에 모여 떨고 있었다. 나도 그 가운데 들어 있었다. 구레나룻이 까만 하사관 하나가 우리들 앞으로 걸어왔다. 아이들의 얼굴을 하나하나 살피던 그는 문득 내 팔을 잡아당겼다. 나는 온몸에 힘이 빠져버렸고, 세상이 온통 어질어질 기우뚱거렸다. 나를 질질 끌고 가서 논둑 밑에 꿇어앉히고 날카롭게 반짝거리는 뱀눈으로 나를 노려보았다. 나는 혼겁한 채 떨었다. 하사관이 "너희 학교에 굴 있지? 사람들 숨는 굴 말이야" 하고 물었다.

나는 학교 뒤뜰 변소 옆 언덕에 있던, 일제 때의 방공호를 떠올렸다. 그것은 언덕에 줄줄이 다섯 개가 깊이 뚫려 있었는데 검은 어둠을 담고 있었다. 광복되던 해(1945년) 4월 초에 입학한 나는 며칠 뒤 그 굴에 들어가본 적이 있었다. 교무실 창문 앞에 걸려 있는 종이 시끄럽게 울리자 한 선생이 "구시께이요" 하고 소리치며 아이들을 그 굴로 들여보냈던 것이다. 방공훈련이었다. 그해 5월 중순은 제2차세계대전 막바지였다. 선생은 아이들에게 두 손을 크게 벌려, 엄지손가락으로는 귀를 막고 가운뎃손가락으로는 눈을 누르라고 했다. 굴의 맨 안쪽으로 들어간 나는 눈과 귀를 막고 엎드려 있었다. 한참 뒤에 눈을 떠보니 나 혼자만 남아 있었다. 잠이 들었던 것이다.

그렇지만, 그 굴들은 광복 이듬해, 내가 2학년 되던 늦은 봄에 모두 메워졌다. 여러 마을의 학부모들이 몰려나와 굴을 매우고 석축을 해버린 것이었다.

나는 구레나룻의 하사관에게 고개를 끄덕거리고 나서, '굴이 있기는 있었지만 광복 후에 메워버렸다는 말'을 하려 했는데, 속에서 솟아올라오는 울음 때문에 그 말을 할 수 없었다. 그 사실로 인해 나는 겁이 났다. 학교에 있지 않은 굴을 있다고 고개를 끄덕거렸으므로 나는 거짓말을 한 셈인 것이었다. 겁을 먹은 채 어흑어흑 울고만 있었다.

"그 굴 학교 뒤뜰 언덕에 있지? 좌익들 숨는 굴?" 하사관이 다짐하듯 물었다. 눈물로 인해 굴절된 하사관의 얼굴은 괴물처럼 일그러지고 있었다. 나는 손등으로 눈물을 훔치며 울기만 했다.

"니 이름이 뭐냐?" 이름을 말해주지도 못한 채 울기만 하자 하사관은 내 머리에 알밤을 먹이고, 다른 아이를 불러 내 이름을 물어본 다음 또다른 아이에게로 옮겨가 무슨 말인가를 물었다.

토벌대가 잰걸음으로 우리를 앞장서서 학교 쪽으로 갔다. 나를 비롯한 아이들은 토벌대를 뒤따라 학교로 갔다. 나는 학교에 가는 일이 두려웠다. 나를 심문한 하사관은 선생님에게 학교 뒤뜰 언덕에 있는 좌익들이 숨어사는 굴을 보여달라고 할 것이고, 선생님은 굴을 이미 메워버렸다고 할 것이고, 그리해 다툼이 일어나면 그 하사관은 내 이름을 대며, 그 아이가 분명이 굴이 있다고 했다고 따질 것 아닌가. 나는 떨리는 가슴을 어찌하지 못한 채 아이들의 맨 뒤에 처진 채 갔다.

교문에 이르렀을 때 학교 뒤뜰 쪽에서 누군가가 소리를 질러댔고, 이어 두 발의 총소리가 들렸다. 나는 그 자리에 주저앉아버렸다. 학교 뒤뜰에서 소란스러운 소리가 계속 들려왔는데 나는 시간의 흐름을 인지

하지 못하고 내내 겁을 먹은 채 앉아만 있었다. 한참 뒤 우르르 몰려나온 토벌대가 내 앞을 지나 장산마을 쪽으로 몰려갔다.

　훗날 소문으로 들으니, 교감과 구레나룻 새까만 하사관이 다투었다고 했다. 그 하사관은 굴을 보여달라고 하고, 교감은 굴이 없다고 했는데, 그 과정에서 한 군인이 교감의 발 앞 땅에다 총을 쏘았다는 것이었고, 교감이 '나를 죽여라' 하고 대들었다는 것이었다.

악몽

밤이면 잠을 자다가 가위눌려 일어나 몸을 떨었다. 악몽에 시달렸다. 온몸에 열이 설설 끓었으므로 아버지 어머니가 번갈아 물수건을 내 이마에 올려놓았다. 비몽사몽의 어지러운 시공을 헤매다가 눈을 떠보면 방구석에서 석유 등잔불*이 일렁거렸는데, 그 등잔은 동그란 검은 그림자 하나를 드리우고 있었다. 그 그림자가 내 가슴속을 아프게 점거하고 있었으므로 떨면서 울었다.

그해 늦은 가을의 어느 날 오전 수업이 끝나고 집으로 돌아가려 할 때, 세 살 위인 병술이가 나에게 잠깐 만나자고 했고, 나를 학교 뒷산의 동백나무 숲으로 데리고 갔다. 평소에 나의 실력이 가짜라고 주장하곤 한 아이였다. 학교 육성회에 출입하는 아버지 때문에 담임선생이, 체육을 '미'로 평가했을 뿐, 나의 모든 과목을 '수'로 평가한다는 것이었다. 그때는 초등학생의 성적을 '수 우 미 양 가' 5단계로 평가했었다.

---

* 여순사건 전후의 이 대목은 「석유 등잔불」(『앞산도 첩첩하고』, 책세상, 2007)이라는 단편소설에 투영되어 있다.

여순사건 이후로, 마을 골목길의 담벼락에는 비라가 더 극성스러워졌다. 학교의 변소 문짝이나 벽에 그 비라 내용들을 누군가가 진한 연필로 써놓곤 했다. 나는 밤에 그것을 붙이거나 쓰고 다녔을 검은 도깨비 같은 그림자들을 떠올렸다. 그 비라가 우리 마을 아이들에게 어떤 힘인가를 주는 것인지, 아이들은 학교에 다니면서 나를 더욱 괴롭히고 따돌렸다.

병술은 나의 실력이 엉터리인 것을 까발려놓겠다고 아이들에게 선언하듯 말한 바 있었다. 마을 아이들은 병술이야말로 진짜 실력자인데 담임선생한테 밉보여 제대로 좋은 성적을 받지 못하는 것이라고들 했다. 여순사건 뒤에 병술이의 기세는 노골적으로 거세져 있었는데, 그는 나의 엉터리 실력을 까발려놓을 시간을 바로 그날 한낮으로 잡은 것이었다. 그를 포함한 모든 아이들은 자기들을 무산계급 좌익의 아들들이라고 생각하고, 나를 지주계급 반동분자의 자식이라고 생각하고 있었다.

나는 아버지를 지주계급 반동분자라고 규정하는 불합리를 이해할 수 없었다. 아버지는 논농사 열 마지기(한 마지기에 이백 평)에 밭농사 스무 마지기(한 마지기에 팔십 평)이고, 마을의 여느 사람들과 똑같이 바다의 김 양식업을 머슴 한 사람을 데리고 손수하며 살고 있었다. 일제에 의해 폐교된 양영학교 교사를 십 년간 했는데 일제가 강제 폐교시키자, 몇 해 동안 어업협동조합 총대를 한 적이 한 번 있기는 하지만, 논밭을 누군가에게 소작으로 내주고 수를 받은 지주가 아니었다. 그럼에도 불구하고 나에게 적대감을 가지고 있는 마을 아이들은 병술이가 시원한 복수를 해주기를 바라고 있었다.

병술이가 나를 데리고, 학교 뒷동산의 동백 숲으로 가자 아이들은 모두 뒤를 따라왔다. 나는 도살장에 끌려가는 소처럼 고개를 떨어뜨리고 병술이의 뒤를 따라갔다.

그는 동백나무 숲 위쪽의 칙칙한 소나무 숲속으로 들어갔고, 뒤따르는 나를 풀밭 서쪽에 앉히고 맞은편에 앉았다. 아이들은 그와 나를 빙둘러쌌다. 나는 아이들에게 집단폭행 당하지 않을까 무서운 생각이 들었다.

몰매*

　전체 학생의 운동장 조회 때 교장선생의 끔찍스러운 훈화를 들은 적이 있었다.

　제2차세계대전(일본인들은 대동아전쟁이라 칭함)이 한창일 때, 일본의 한 중학교 학생들 오십여 명이 낙제한 학생을 산으로 끌고 가서 때려죽였다. 그 학생들은 각기 한 개씩의 돌멩이로 낙제한 학생의 머리를 한 차례씩 쳤는데, 그 학생은 죽고 말았다. 그 학생을 그렇게 쳐죽이도록 선동한 것은 그 반의 반장이었다. "우리 천황 폐하의 대일본제국이 성스러운 전쟁을 치름으로써 대동아 공영을 하고 세계평화에 이바지하여야 하는 이때에, 게을리 공부하여 낙제를 한 것은 천황 폐하와 대일본제국을 모독한 것이므로 당연이 벌을 받아야 한다." 반장의 청에 따라 모든 학생은 돌멩이 한 개씩을 들고 차례로 돌아가면서 꿇어앉은 낙제 학생의 머리를 한 번씩 찍은 것이었다.

　그와 함께 머리에 떠오른 것은, 아침마다 학교에 올 때 천도교당 옆 공동 우물가에 운집한 통학단 아이들이 지각한 한 학생의 머리에 책보자기를 씌우고 집단 구타하는 모습이었다. 그 생각을 하자 둘러싼 아이

---

* 이 부분은 『해산 가는 길』(문학동네, 1997) 참조.

들이 괴물들처럼 무서워졌고, 내 머리는 하얗게 텅 비어버렸고, 온몸에 맥이 빠졌다. 아이들 속에는 아이들의 대장도 있고, 나의 앞에 오줌 금을 그어놓고 박해를 가한 그 대장의 동생도 있었다.

마침내 병술이가 나를 향해 말했다. "너, '동무'와 '동모'가 어떻게 다른지 말해봐라." 동무는 알 것 같은데 동모는 처음 들어본 말이었다. 나는 대답하지 못하고 내내 꿀 먹은 벙어리가 되어 있었다. 둘러싼 아이들에게서 찬바람이 날아왔고 나는 숨이 막혔다. 병술이가 미리 준비한 듯 일사천리로 동무와 동모의 다른 점에 대하여 말했다.

"'동무'는 같은 또래의 친하게 지내는 사람을 뜻하지만 우리 남로당에서는 혁명 이념을 똑같이 가지고 살아가는 동지들을 동무라고 하는 거야. 혁명 이념이 같기만 하면 선생님과 제자 사이도 동무이고, 선배와 후배 사이도 동무이고, 주인과 머슴 사이도 동무인 거야. 혁명 이념만 같으면 남자와 여자 사이도 동무이고, 무당이나 백정하고도 동무란 말이여. 그런데, '동모'는 어떤 일인가를 함께 하기 위해 은밀하게 함께 도모하여온 사람을 말하는 거야. 만일에 우리 마을 통학단 소년들이 미국의 앞잡이인 자본주의 팟쇼도당과 한패인 반동자 새끼들이 설 자리를 빼앗고 그들이 숙청되도록 도모한다면 우리들은 모두가 동모인 거야. 그런데 승원이 너는 우리하고 동무도 동모도 될 수가 없다. 앞으로 조심해, 선생한테 받은 신용 믿고 까불면 칵 밟아버릴 거야."

그가 "우리 남로당에서는"이라고 거침없이 말하는 것을 들으며 진저리치고 있었다. 나는 그가 규정지은 '반동자 새끼'이므로 나를 둘러싸고 있는 아이들의 편이 될 수 없는 것이었다. 병술이의 말이 끝나자마자 둘러싸고 있는 아이들이 중구난방으로 빈정거렸다. "저런 것한테, 국어에 '수'를 주다니, 선생이 순 엉터리다!" "아나, 이등!"

우리 반에서는 우리 마을의 (나보다 여섯 살 위인) 대장이 항상 일등을 했고, 내가 이등을 하곤 했는데, 아이들은 그것을 빈정거리는 것이었다.

그날 아이들에게 따돌려 뒤처진 채 집으로 돌아가면서 처참하게 유린 당한 반동자 새끼의 외롭고 가엾은 모습을 나 스스로에게서 발견했다.

우리 학교에서는 오직 내가 속한 4학년만 '갑甲반'과 '을乙반'으로 나뉘어 있었는데 나는 갑반에 들어 있었다. 우리집과 사립을 마주한 이웃집 기호는 '을'반이었으므로, 내가 따돌림을 받은 이후에도 나하고 함께 땔나무를 하러 다니고 장기를 두고 딱지를 쳤다. 기호가 혹시 우리 마을의 갑반 아이들로부터 나에 대한 말을 듣고 그들처럼 나를 따돌릴까 두려워졌다. 나는 그가 변심하지 않도록 신경을 많이 썼다. 제사를 지내면 어머니 몰래 떡을 훔쳐다주고, 할아버지의 밥에 넣을 쌀을 담아 놓은 작은 독 속에서 쌀을 퍼 호주머니에 담아 가지고 가서 주곤 했고, 아버지의 궤상 속 앨범에서 사진을 찢어 가위로 잘라 딱지로 만들어 제 공하기도 했다.

기호는 우리 '갑'반에 자기와 동갑내기들이 많으므로 그들과 소통을 할 터이지만, 다행히도 나에게 한 번도 반동자 새끼라는 말을 하지 않았고 따돌리려고 하지도 않았다.

침 묻은 성적표

다음해, 2월 하순의 어느 날, 4학년 말 성적표를 받았는데, 모든 과목의 성적은 '수'였고, 석차 란에 이등이라고 적혀 있었다. 나는 내가 이등했다는 것을 자랑할 사람이 둘이었다. 어머니와 작은누님이었다. 아버지는 일등 하지 못한 것과 개근상 못 받은 것을 꾸짖었고, 자기 반에서 늘 중위권에 속한 형은 내가 어른들에게 성적표를 내놓는 것 자체를 기분 나빠했다.

그날 나는 집으로 곧장 가지 않고, 운동장에 혼자 남아 회전그네를 타고 놀았다. 우리 마을 아이들이 모두 돌아간 다음에 혼자서 가고 싶었던 것이다. 그런데 내가 오랜 동안 놀다가 뒷등 길에 들어섰을 때 보리밭 둑길에서 제기차기를 하고 있던 마을 아이들이 내 앞으로 모여들었다. 나를 기다리고 있었던 것이다. 병술이 내 앞에 손을 내밀며 성적표를 내놓으라고 했다. 나는 거부할 수 없어, 책보자기 속에서 성적표를 꺼내주었다. 병술은 내 성적표를 대장에게 넘겨주고, 대장은 그것을 들여다보고 옆의 아이에게 넘겨주었다. 내 성적표는 모든 아이들의 손에서 손으로 건너다녔다. 맨 나중에 받아든 아이는 대장의 동생이었다. 그는 성적표 한가운데에 침을 탁 뱉고 나서 보리밭으로 던져버렸다.
"더러운 엉터리 이등!"

대장이 마을 쪽으로 멀어져가고 있었고 아이들은 그를 따라갔다. 바람이 불어왔고, 성적표는 얼마쯤 날아가다가 보리 이파리들 사이에 끼어 떨고 있었다. 나는 쪼그려앉아 성적표를 집어들고 거기에 묻어 있는 침을 보리 잎사귀로 닦았다.

골방

　우리집의 부엌 안에 창고를 겸한 골방이 있었다. 신혼의 아버지가 쓰던 방이고, 큰누님이 태어난 곳이었다. 이제는 씨앗 자루들, 포개진 곡식 가마니, 쪽파씨, 마늘씨, 그리고 참깨 들깨 등의 양념 재료들이 쌓여 있었다. 드나드는 출입문과 뒤란 쪽의 손수건만한 창문은 쥐 침입을 방지하기 위해 양철로 붙여놓았으므로 한낮에 들어가도 어두컴컴했다.

　어느 날 오후에 어머니 몰래 파씨를 훔쳐다가 화롯불에 구워먹으려고 들어갔다가 소스라치게 놀랐다. 곡식 가마니들 옆에 누워 있는 누군가의 두 눈이 뒤란 쪽 창문 틈으로 날아든 불그죽죽한 빛에 말뚱거리고 있었다. "놀라지 마라. 나, 네 이종사촌 형이다" 하고 속삭이며 나의 손 하나를 끌어다가 자기의 두 손으로 감싸 토닥여주었다. 나는 그의 낮은 숨결 소리와 땀내 어린 체취에 몸을 움츠렸다. 이종사촌 형 이름은 갑년이었는데, 그는 남로당 선전부에 가담해서 활동하다가 경찰에 쫓기고 있었던 것이다. 광주형무소에 갇힌 외삼촌하고 동갑이었다.

　다음날 오후 경찰 부대가 마을을 포위하고 총을 쏘아대며 마을의 모든 집들을 수색했다. 대장 한 명은 우리집 뒤쪽 동산의 높다란 계단밭에 서서 마을의 동태를 살피며 수신호와 호루라기로 지휘를 하며 튀어 달아나는 자가 있는지를 살피고 있었다. 덜컥 겁이 났다. 경찰들이 들이닥쳐 우리 집안을 샅샅이 뒤져 골방의 이종사촌 형을 잡아가면 어쩔까.

아버지는 출타하고 없었고, 어머니는 불안감을 이기지 못한 채 안절부절도 못했다. 사색이 된 채 부엌과 방과 마루를 들락거리던 어머니는 디딜방아에 나락을 넣고 찧기 시작했다. 나는 작은누님과 함께 어머니의 방아 찧는 것을 도왔다. 천장에서 데룽거리는 끈을 잡은 어머니의 손은 부들부들 떨리고 있었다. 숨결도 떨렸다. 이때 경찰이 들이닥치면 어머니의 동태만 보고도 누군가를 숨겨놓고 있음을 알아챌 것이었다.

그런데 마을의 다른 집들을 샅샅이 뒤질 뿐 다행히 우리집을 수색하지는 않고 돌아갔다. 그 낌새를 알아차린 어머니는 디딜방아 찧기를 그만두어버리고 툇마루 끝에 털썩 주저앉으며 맥을 풀어버렸다. 작은누님이 어머니를 위해 뒤란 옹달샘에서 물을 한 바가지 떠다드렸다. 어머니는 그 물을 벌컥벌컥 들이켰다.

훗날 어머니는 말했다. 경찰이 들이닥칠 것을 대비하여, 그들을 속이는 술수 하나를 생각했었다는 것이었다. 골방에 숨어 있는 이종사촌 형은 체구가 작달막하고 얼굴이 처녀처럼 예쁘장했으므로 그에게 붉은 치마에 파랑 저고리를 입히고 머리에 흰 수건을 씌워가지고 디딜방아를 찧게 하려 했다는 것이었다.

그 위급한 상황에서, 여장을 한 이종사촌 형과 함께 디딜방아를 발로 디디고, 어머니는 방아확에 들어 있는 덜 깎인 쌀을 손으로 욱이는 모습을 상상했다. 그때 만일 경찰이 들이닥쳤다면 그러한 속임수로써 그들을 속일 수 있었을까. 오히려 경찰이 여장한 이종사촌 형의 머리에 쓴 흰 수건을 벗기고 잡아가지 않았을까. 나는 일어나지도 않은 일들을 상상하며 아슬아슬 조마조마해하였다.

큰누님

이종사촌 형이 어디론가 사라진 뒤의 어느 아침 미명에, 송아지 먹일 부드러운 풀을 베러 가려고 꼴망태와 낫을 찾아들고 사립을 나서려는데, "어무니!" 하면서 큰누님이 마당으로 달려들어왔다. 어머니가 맨발로 달려나와 큰누님을 맞았다. 재 너머 장산마을로 시집간 큰누님이었다. "워따 어메! 새벽같이 먼 일이냐!"

큰누님은 흐흑 울어버렸다. 어머니는 큰누님을 얼싸안고 방으로 들어갔다. 아버지가 무슨 일이냐고, 울지 말고 어서 말을 하라고 큰누님을 다그쳤다. 큰누님은 자기가 당한 일을 울음 반 말 반으로 늘어놓았다.

매형은 대덕면 남로당 선전부장이었다. 이 마을, 저 마을 골목에 비라 붙이는 일을 독려하고 다니다가 경찰에 쫓기고 있었다. 밤이면 경찰이 큰누님의 집 근처에서 잠복해 있곤 했는데, 간밤에는 경찰 두 명이 큰누님의 방으로 들어와, 남편 숨어 있는 곳을 이실직고하라고 주리를 틀었다. 큰누님은 밤새도록 비명을 지르며, 제 발로 걸어다니는 사람이 어디 숨어 있는지 알겠느냐고, 울부짖다가 새벽에 그들이 돌아가자 친정으로 달려온 것이었다.

어머니는 고통에 시달리는 딸을 어떻게든지 구해주어야 하지 않겠느냐고 아버지에게 졸랐다. 아버지는 한탄하듯 "좌우지간에 그 자식을 붙잡아야 어떻게 하지……" 하고 나서 큰누님에게 말했다. "지금 너 여기 있으면 안 된다. 얼른 시가에 가서 있다가 혹시 줄이 닿으면, 이리로 데리고 오너라. 한시가 급하니 밥 먹고 얼른 가거라."

큰누님은 한 손에, 시아버지에게 드릴 술병을 들고 울면서 돌아갔다. 그런 지 며칠 뒤 골방에 들어갔다가 이종사촌 형이 있던 자리에 누워 있는 매형을 발견했다. 언제부터 여기 와 있었을까. 매형은 내 손 하나를 끌어다가 주무르며 속삭였다. "니가 반에서 공부를 제일로 잘한다면서? 열심히 해라, 좋은 세상 오면 내가 꼭 중학교 보내줄게."

한편으로는 두려우면서도, 남로당 선전부장인 매형이 우리집 부엌의 골방에 숨어 있다는 것을 병술에게 자랑하고 싶었다. 아니, 그것을 모든 아이들에게 말함으로써 따돌림을 면하고 싶었다. 그렇지만 나는 참았다. 이웃집 기호에게도 말하지 않았다.

그러던 어느 날 아버지가 보이지 않았다. 골방의 매형도 사라졌는데 며칠 뒤에 그 까닭을 알았다. 아버지가 매형을 한밤중에 억지로 끌고 가서 자수시키고, 큰누님과 함께 군산으로 데리고 가 어협 공판장에 서기로 취직을 시키고 온 것이었다. 군산어협 조합장은 아버지와 김 동무 장사를 한 바 있는 사람이었다.

밀짚모자 쓴 당숙

그 무렵 산에 소를 뜯기러 가면, 흰 한복에 밀짚모자를 깊이 눌러쓰고 소를 뜯기러 다니는 널팬이 당숙을 볼 수 있었다. 여순사건 때 한밤에 총을 쏘아대며 날뛰다가 어디론가 잠적한 그 당숙이었다. 그는 자수를 하고 근신하고 있었다. 그는 한재 꼭대기 벌판에서 소를 놓아두고 뛰노는 아이들이나 나무꾼들을 피해 외딴 숲속에서 고삐를 잡은 채 소를 뜯기곤 했다. 밤이면 혼자서 바다로 낚시질을 다닌다는 소문이 돌았다. 나는 그가 자수한 내력을 알고 있었다.

그는 어느 날 한밤중에 큰댁 할아버지와 함께 아버지를 찾아왔다. 그는 아버지에게 무릎을 꿇고 절을 했다. 군복 차림으로 총을 든 채 도망간 그는 강진군 칠량면의 외딴 민가에서 허름한 옷을 얻어 입고, 총을 땅에 묻고 머슴 노릇을 하며 살다가 자수할 마음을 먹은 것이었다.

큰댁 할아버지는 아버지에게 작은 보자기를 내밀며 말했다. "도짓소 준 거 팔아 왔네. 이것 들고 가서 이 새끼 어떻게 좀 살려주소." 아버지는 당숙 널팬이를 앞세우고 읍내까지 팔십 리 밤길을 달려갔다. 새벽녘에 경찰서장 집으로 찾아가 그 보자기를 바치고 자수를 시킨 것이었다.

154

6·25전쟁

초등학교 6학년이던 해 6월 26일 이른아침에 깨보니, 형이 옆에서 자고 있었다. 장흥 읍내에서 중학교에 다니는 형이 언제 왔을까. 뒤란 샘으로 세수를 하러 가니 어머니가 형의 옷과 구두와 책가방을 빨고 있었다. 그것들은 모두 갯벌투성이가 되어 있었다. 어머니는 내가 묻지도 않는데, 그것들이 갯벌투성이가 된 연유를 말했다.

간밤, 형이 삼산리와 덕도 사이의 갯벌에 돌덩이들로 놓은 십리 노둣길을 건너오다가 밀물에 쫓겨, 갯벌로 내리달리며 옷과 구두와 책가방을 다 망쳤지만 다행히 무사했다는 것이었다.

"큰일날 뻔했다. 만일 개웅에 빠졌으면 어쨌겠냐!"

나중에 들으니 대리 사는 아버지의 친구가 형의 손을 잡고 달려서 밀물에 휩쓸리는 것을 막았다는 것이었다. 형이 갑자기 집에 온 것은, 터진 전쟁으로 인해 학교가 무기한 휴학에 들어갔기 때문이라는 것이었다.

학교에 갔는데 분위기가 뒤숭숭했다. 우리 마을 아이들은 좋아 날뛰었다. 서로를 장난삼아 때리고 도망치고 잡으려고 쫓아갔다. 어두운 표정의 담임 선생님이 그냥 집으로 가라고 명했다.

돌아오는 길에 나는 우리 마을의 대장 아이에게서, 대한민국 정권은 망하고, 이승만 대통령은 미국으로 도망을 가고, 북쪽의 조선 인민공화국 김일성의 나라가 된다는 말을 들었다. 이제는 부자도 가난한 사람도 없고 모두 똑같이 나누어 먹고살게 된다고 했다.

병술은 곧 경찰들이 도망치고 인민군이 들어올 것이라고 했다. 그렇게 되면 지금의 선생님들은 모두 쫓겨날 것이고, 인민공화국 공산당 사상 투철한 선생들이 학생들을 가르치게 될 것이라고 했다. 그는 빈정거렸다. "인민공화국 세상에서도 니가 일등, 이등을 하는지 어쩌는지 보자."

점심을 먹은 다음, 어른들을 따라 뒷동산으로 올라가 북쪽에서 들려오는 천둥소리 같은 포탄 소리를 들었다.

조선 인민공화국 세상

　우리 집안의 분위기는 차갑고 침울하게 가라앉았다. 아버지는 바깥 출입을 하려 하지 않고, 하얀 한복 바지저고리 차림으로 안방에서 말없이 앉아 있거나 누워 있곤 했다. 농사를 돌보기 위해 사립 밖으로 나가는 것은 어머니와 작은누님뿐이었다. 형은 교복을 입지 않고 한복 바지저고리를 입고 머리에 흰 띠를 두르고 있었다. 아버지가 그러라고 지시한 것이었다. 아버지는 어머니에게 한약방에서 형의 약을 한 재 지어오게 했고, 그것을 약탕기에 넣고 화롯불로 달여 형에게 먹였다. 형은 무슨 병에 걸렸기에 어떠한 약을 먹이는 것일까.

　아래 촌에 사는 형의 한 학년 선배가 형을 데리러 왔다. 조선 인민공화국의 학생동맹에 들어야 한다는 것이었다. 아버지는 형의 선배에게 툇마루의 화로에 놓인 약탕기를 보여주고 나서 말했다. 형에게 신장병이 있어서 바야흐로 치료중이므로 다 치유되면 내보내겠다는 것이었다.

두 사람의 보안서원

　군산에 있어야 할 매형이 언제 왔는지, 널팬이 당숙과 함께 왔다. 양복 차림인 그들은 아버지에게 큰절을 하고 나서 말했다. "세상이 바뀌었습니다, 아버님" "이제 형님은 저희들 둘이가 책임을 지겠습니다." 두 젊은이는 얼굴 표정이 환하고, 자신만만했다. 매형은 군산의 어협 어판장의 서기 노릇을 차버리고 돌아온 것이고, 당숙은 밀짚모자 쓰고 소 뜯기고 낚시질이나 하던 삶을 박차고 바뀐 세상 한복판으로 나선 것이었다. 그러나 아버지는 그들의 얼굴을 마주보려 하지 않았다.

　그 무렵, 다른 마을의 반동분자로 지목된 사람들은 하나씩 보안서로 끌려가서 몽둥이찜질을 당하고 논밭을 모두 내놓겠다는 각서를 쓰고 손도장을 찍고 나와서 똥물을 마시며 앓고 있다는 소문이 나돌았다. 매형과 당숙은 아버지의 처지에서 볼 때 구세주였다. 그럼에도 불구하고 그들을 대하는 아버지의 눈은 차가웠다. 아버지는 매형을 향해 말했다. "여편네하고 새끼는 버려두고 와서 까불고 있냐?" 매형이 얼굴에 어색한 웃음을 바른 채 말했다.

　"아버님, 이제 세상이 완전히 뒤집어졌어요. 세상을 올바르게 보십시오. 저도 많이 생각해보고 결정한 일입니다. 여기서 자리가 잡히면 곧 가서 그 사람(나의 큰누님) 데리고 오겠습니다. 그 사람하고 애기하고는

158

다 먹고살게 조처해놓고 왔습니다."

널팬이 당숙이 거들었다. "형님, 우리 조카사위, 보안서 부서장입니다. 못 미더워하지 마십시오."

아버지가 당숙의 넙데데한 얼굴을 쏘아보며 말했다. "세상이 바뀌었다고 함부로 나대지 마라. 이런 세상일수록 너희들은 한사코 삼가면서 사람의 도리를 하고 살아야 한다. 인심이 천심이다. 절대로 인심 잃을 짓거리 하지 마라." 당숙은 자신만만하게 말했다. "형님, 저희도 철이 들 만큼 들었습니다. 우리가 한번은 실수를 했지만 두 번 실수는 하지 않습니다."

아기 업고 온 큰누님

　이튿날 첫새벽에 큰누님이 "어무니!" 하며 사립을 들어섰다. 전라북도 군산에서부터 아기를 업은 채 몇백 리를 걸어서 온 것이었다. 어머니는 "워따 어메! 이것이 먼 일이냐! 그 머나먼 길을……" 하며 맨발로 달려나가서 큰누님의 등에 업혀 있는 아기를 내려 안고, 안으로 들였다. 큰누님은 한쪽 다리를 절뚝거렸다. 포동포동한 아기를 등에 업은 채 하루 전날 꼭두새벽에 나서서 하루종일 걷고 한밤에도 걸어왔으므로 발이 부르튼 것이었다.

　아버지는 십육 세 되는 해 같은 마을의 김씨 집안 처녀와 결혼했었는데 이십육 세에 그 본처와 이혼하고 당시 십칠 세인 내 어머니와 재혼을 했고, 어머니는 그 큰누님을 두 살 때부터 키워 시집보낸 것이었다.

　"길을 물어서, 물어서, 신작로로만 걸어오는디, 고맙게도 어떤 트럭이 많이 태워다주어서 그래도 빨리 왔어라우."

　작은누님은 아기를 보듬어주고, 어머니는 옹배기에 물을 길어다주며 발을 씻으라고 한 다음, 마루에서 쌀을 퍼가지고 부엌으로 나가며 혼잣말을 했다. "애기어메가 하루 내내 굶었으니 어디 젖인들 나오겠나! 철딱서니 없는 놈…… 아무런 대책도 마련 안 해주고 혼자 와버리고, 그 머나먼 길을 청목같이 젊은 여편네 혼자서 애기 업고 걸어오게 만들다

160

니…… 사람도 뭣도 아니다."

안방 아랫목에 앉은 아버지는 말없이 담배만 뻐끔거리고 있었다. 나는 혼란에 빠져들었다. 모두가 다 반기는 바뀐 세상을 나도 반겨야 할까, 아버지처럼 왼고개 틀어야 할까.

쌀 한 자루를 지고 보안서로

큰누님이 돌아온 그날 아침 식후에 쌀 한 말 담긴 자루를 지게에 짊어지고 사립을 나섰다. 그것의 무게가 어깨와 등과 허리를 억눌렀으므로 다리가 후들거렸다.

새로 들인 머슴은 세상이 바뀌자 나가버렸다. 그는 육지 마을에서 온 남자였는데, 이제 더 머슴살이할 필요가 없는 세상이 되었다며, 그동안 일한 노동의 대가를 달라고 했다. 아버지는 다투려 하지 않고 쌀 한 가마니를 주어버렸다. 남은 두 가마니는 가을에 추수를 한 다음에 주기로 그에게 약속했다. 나중에 들어보니 그는 의용군에 자원해 갔다고 했다.

어머니는 쌀자루 짊어지고 나서는 나에게 "지고 갈 수 있겠냐?" 하고 다짐받듯이 물었다. 내가 지고갈 수 있다고 대답을 했지만, 어머니는 못 미더워 "안 되겠으면 반으로 나누어서 느그 형보고 한재 꼭대기까지 좀 물어다주라고 했으면 좋것다" 하고 말했다. 그 말에 아버지가 안 된다고 했다. 형이 바깥출입을 하는 걸 다른 사람이 보면 안 된다는 것이었다.

열두 살인 내가 짊어지고 재를 넘어가기에는 버거운 짐이었지만 나는 참을성 있게 가다가 쉬고 다시 가다가 쉬며 갔다. 보안서 부서장인 매형의 체면을 위해 짊어져다주는 장모의 선물이었다. 전날 인사차 온 매형이 아버지 듣지 않게 어머니에게 요청한 것이었다. 다른 서원들의 집에서도 쌀자루를 임시 숙소로 쓰는 여관에 가져다준다는 것이었다. 조선 인민공화국의 질서가 아직 정비되지 않아 식재료를 살 수 있는 돈이 내려오지 않으므로 보안서원들이 자체 해결해야 한다는 것이었다.

보안서가 회진포구에 있어 나룻배를 타야 했다. 이날은 바람이 불어 파도가 높았다. 나룻머리에서 지게를 벗어 바위에 기대놓고 나룻배가 건너오기를 기다렸다. 무거운 짐을 지고 재를 넘어온 내 몸은 땀에 흥건하게 젖어 있었고 다리가 후들거리고 있었다.

나룻배는 파도로 인해 기우뚱거렸으므로 비틀거리며 배에 올라탔다. 한 어른이 위태위태하게 비틀거리는 내 지게와 쌀자루를 붙잡아주었다. 나룻배가 시퍼런 바다를 건너는 동안 나는 지게를 뱃바닥에 세우고 어지러움을 어찌하지 못한 채 서 있었다. 쌀자루를 짊어지고 여관에 들어섰을 때는 점심시간이었다. 식당을 겸한 여관 마당은 분주했다. 사부인댁이 깜짝 반기며 "아이고 어쩔꺼나! 사둔총각이 이 고생을 해서!" 하고 쌀자루를 받아 여관 주인에게 인계하고, 나를 한쪽 마루로 데리고 가서 밥 한 상을 받아다주었다. 하얀 쌀밥 한 그릇에 김 가루와 오이 조각 몇 개가 들어 있는 챗국에 김치 한 접시와 구운 가조기자반 한 조각이 반찬의 전부였다.

"어서 묵소. 인제 큰 고생은 다 했네. 매형이 자리잡히면 자네를 군산으로 데리고 가서 웃학교에 보내줄 것이네. 자네 매형은 늘 작은처남이 똑똑하다고, 앞으로 큰사람 될 것이라고, 입이 마르게 칭찬한다네."

빈 지게를 짊어지고 한재고개를 넘어오는데, 한 무리의 학생들이 남쪽에서 북쪽으로 넘어오며 노래하고 있었다. "백두산 굽이굽이 피어린 자국⋯⋯" 인민군이 가지고 온 김일성 장군 찬양 노래였다. 나는 나무그루 뒤로 몸을 숨겼다. 그들은 덕산마을로 돌아가고 있었다. 우리 마

을 아이들도 학교에 다니고 있었는데 나는 아버지의 꼬마 머슴 노릇만
하고 있었다. 인민공화국 세상으로 바뀌자, 아버지는 표변해 있었다.
자신은 물론, 다른 식구들을 모두 집 밖의 일에 참여하지 못하게 하고,
오직 작은아들인 나 하나만을 내보내곤 했다.

　마을 공회당 지붕 위에 인공기가 기운차게 펄럭거리고 있었다. 깃발
가운데 두 개의 선이 그어져 있고 한가운데에 붉은 별이 선명했다.

마을로 들어온 인민군

　해가 서산 위에 걸리고, 산그늘이 내렸을 때 인민군들이 한재고개를 넘어 우리 마을로 들어왔다. 마을의 '윔소리쟁이'가 골목을 돌아다니면서 높은 목청으로 외쳤다. "인민위원회 회의가 있으니, 한 사람도 빠지지 말고……"

　거무스레한 그늘이 드리워진 사장 마당에 마을 사람들이 모였다. 아버지는 흰 바지와 맨저고리 차림으로 마을 사람들 속에 고개를 떨어뜨리고 앉아 있었다. 아버지와 더불어 반동자로 지목된 남자들도 보였다. 농사 여섯 마지기 이상 지은 사람, 일제 때 이장이나 어협조합 총대를 한 차례라도 한 적이 있는 사람은 다 반동자로 몰렸다고 이웃집 기호가 귀띔해주었다. 반동자들은 고개를 들지 않고 땅만 보고 있었다. 흰 저고리에 검정 치마를 입은 어머니도 마을 아낙들 속에 끼어 있었다. 인민군 열 명이 총을 든 채 마을 사람들을 에워싸고 사방을 경계하고 있었다. 어깨에 붉은 별을 붙인 장교가 팽나무 밑의 단에 올라 연설을 했다.

　이제 조선 반도는 인민공화국의 세상이 되었다고, 위대한 항일 독립 영웅이자 인민의 영도자이신 김일성 원수의 명을 받들어 여러분을 고루 편하게 살도록 보살펴줄 것이니 불안해하지 말고 하던 일을 그대로 하며 살라는 요지의 연설이었다. 아이들도 모두 나와 뒤쪽에 앉아 듣고 있었다. 나도 그들 속에 들어 있었다.

형의 모습만 보이지 않았다. 형은 머리에 흰 수건을 동이고 집에 있었다. 마루에는 약탕기 얹힌 화로가 놓여 있었다. 아버지는 형에게 약도 먹이지만, 까치참외 개구리를 고아 먹이기도 했다. 들판과 개울에서 그것을 잡아오는 것은 나의 세 살 아래인 동생이었다.

세상은 변해 있었다. 동네에서 전혀 존재감이 없던 남자와 여자들 몇몇이 붉은 별 그려진 완장을 차고 있었고 칼을 차고 있었다. 병술이 대장 아이에게, 누구는 인민위원장, 누구는 세포위원장, 누구는 여성동맹위원장, 누구누구는 세포위원이라고 속삭였다.

순이는 하얀 저고리에 검정 통치마를 입고, 붉은 별 그려진 완장을 차고 있었는데 얼굴 표정이 굳어져 있었다. 인민위원장은 윗골목의 김장수이고, 세포위원장은 그의 사촌동생 김종연이었다. 그들은 아버지의 전처(큰누님의 생모)의 친정 대소가 사람들이었다. 오래전부터 아버지와 어머니가 친해지려고 인사말을 건네곤 해도 늘 코대답만 한다던 그들이었다. 큰누님의 생모는 진즉에 관산 동천의 한 남자에게로 개가를 했고, 친정도 관산 어디론가 이사를 갔다.

나는 뒤늦게, 내가 보안서에 쌀을 짊어져다주러 간 사이에 순이가 여성동맹위원들을 이끌고 우리집에 다녀간 사실을 알았다. 어머니는 순이의 요구에 따라 곡간에 있는 쌀 한 가마니와 무명베 세 필을 내주었다고 했다.

다음날 순이는 여성동맹위원들을 이끌고 동네에서 수집한 무명베 열두 필을 우리집으로 가지고 와서 쑥물을 들였다. 논둑 밭둑에서 베어온 쑥을 찧어 푸른 물을 낸 다음 무슨 약물인가를 넣어 염색을 했다. 마당에는 새끼줄을 치고 쑥물 들인 무명베를 치렁치렁 걸쳐 널었다. 그 염색하는 일을 주도한 것은 어머니였다. 어머니는 적극적으로 일을 했지만 얼굴에 웃음기가 없었다. 어수선하게 들썽거리는 서슬에, 병술이 몇몇 아이들을 데리고 와서, 그 염색한 무명베로 세포위원들의 옷과 유격대원들의 옷을 지을 거라고 아는 체했다.

교통호 파기 울력

회진과 진목과 삭금마을 일대의 해변 언덕에, 방어를 위한 교통호 파기 울력이 시작되었다. 나는 괭이 하나를 들고 집을 나섰다. 몇 년 전에 우리집에서 머슴살이를 한 바 있는 아제가 우리집에 들러 나를 데리고 앞장서 갔다. 그가 태연하게 웃는 얼굴로 대했지만, 나는 떨떠름했다. 나중 안 일인데, 어머니는 꼭두새벽에 쌀 몇 됫박을 들고 그의 집에 가서 어린 나를 울력에 데리고 다녀달라고 부탁을 한 것이었다.

"힘들겠지만 우리 애 잘 좀 데리고 다녀주시오." 아제는 우리집 사립 안으로 들어와 나를 앞장세우고 나서면서 어머니에게 염려 마시라고 말했다. 방안에 계시는 아버지는 내다보지도 않았다.

그 울력에는 마을의 모든 집의 어른 한 사람씩이 반드시 참여해야 한다고, 욈소리쟁이가 외쳐댔다. 그것은 인민위원회의 지시였다. 아버지는 그 지시를 어기고 열두 살짜리인 나를 내보내고 있었다. 우리 마을 두레鄕約에는 열다섯 살짜리는 어른으로 인정하게 되어 있었으므로 형은 울력에 참여할 자격이 있었지만, 아버지는 형을 내보내려 하지 않았다.

마을 울력꾼들은 한재고개를 넘어가다가 재 꼭대기에서 앉아 쉬었다. 이웃 갯마을 울력꾼들도 함께 가고 있었다. 울력꾼들 중에서 몇 사

168

람이 나를 보자마자, 중구난방으로 비난을 퍼부었다. "허허, 간밤에 깐, 잔털 뿌연 새끼를 울력 내보내는 집구석도 있네!" "너, 뉘 집 새끼냐?"

아제가 나를 변호하고 나섰다. "시방 먼 소리를 하고 있어? 이 아이 올해 열다섯 살이라고! 시방 장가를 가도 각시 넉넉하게 거천할 수 있는 총각이라고!"

모든 사람들의 눈길이 나에게로 날아들었다. 그 가운데는 이웃집 기호네 형 기철이도 있었고, 내가 열두 살임을 잘 아는 동네 어른들도 있었다. 다행히 그들은 아제에게 무슨 얼토당토않은 거짓말을 하느냐고 따지려 하지 않았다. 오히려 기철이 아제를 편들어주었다. "제비는 작아도 강남을 가고 참새는 작아도 알만 잘 낳는 법이여."

갯마을의 호리호리한 청년이 나를 향해 빈정거렸다. "니 애비는 대낮에 감재 찌느라고 너를 내보내는 모양이다!" 나는 얼굴이 화끈했고, 고개를 떨어뜨렸다. '감재 찐다'는 말은 성행위를 뜻함을 알고 있었다.

그때 재를 넘어오는 학생들의 군가 소리가 들려왔다. "백두산 굽이굽이 피 어린 자국……" 그들은 책보자기를 어깨에 걸치고, 손에 자그마한 인공기 한 개씩을 들고 흔들었는데, 어깨에는 별 그려진 완장이 둘려 있었다. 학교에 가는 덕산마을 아이들이었다.

나룻머리에는 울력꾼들이 구름처럼 모여 있었다. 바다에는 파도가 일렁거리고 있었다. 회진 쪽에서 건너온 나룻배가 부두에 뱃머리를 대었을 때 아제는 내 손을 잡아끌었다. 아제의 몸은 이미 나룻배 쪽으로 기울어 있었고, 나는 아제의 손에 이끌리면서 나룻배 안으로 굴러떨어지듯 발을 들여놓았다. 수십 년의 경력자인 사공은 사람들이 탈 만큼 탔을 때, 재빨리 삿대를 짚어 배를 바다 한가운데로 밀어내고 있었다. 만일 너무 많은 사람이 타면 배가 가라앉거나 뒤집힐 터이지만, 사공 '똘쇠'는 이때껏 한 번도 나룻배 사고를 당한 적이 없는 것이었다.

인민군 장교

울력꾼들은 하얗게 줄지어 보안서 앞을 지나 진목리 쪽으로 갔다. 나는 이제 뒤를 따라 그들 속에 끼어 갔다. 진목리와 삭금리가 갈리는 길목 옆의 풀 무성한 밭둑에 인민군 두 명이 걸터앉아 있었다. 한 명은 권총을 찬 장교이고, 다른 한 명은 장총을 어깨에 걸친 사병이었다. 그들의 계급장과 모자의 붉은 별 장식과 견장과 휘장이 햇빛에 번쩍거렸다.

붉은 완장 찬 면 당원이 울력꾼들을 바다 쪽의 경사진 밭 언덕에 띄엄띄엄 한 줄로 배치하고 있었다. 아제를 따라 그 밭둑으로 올라서려 하는데 인민군 장교가 나를 부르며 손짓을 했다.

"꼬마 동무!" 아제가 그들에게 물었다. "이 아이 말이요?" 장교가 "이리 오라우!" 하고 말했다. 아제가 내 등을 밀어주었고, 나는 두근거리는 가슴을 어찌하지 못한 채 장교에게로 걸어갔다.

나와 장교를 번갈아 보느라 멈칫해 있는 울력꾼들을 향해 면 당원이 빨리 밭으로 들어가라고 재촉했다. 밭에는 콩 잎사귀들이 파랗게 어우러져 있고 키 큰 수숫대가 드문드문 서 있었다.

장교는 자기 옆의 풀밭을 가볍게 토닥여주었고 나는 그의 옆에 앉았다. 장교가 빙긋 웃고 나의 머리를 쓸어주고 말을 걸었다. "학교엔 왜 아니 가구서리?"

나는 두려웠다. 장교가 오늘 나의 울력을 무효로 만들려는 것 아닐까. 면 당원이 그 사실을 우리 마을 인민위원장에게 알릴 것이고, 인민위원장은 우리 아버지에게 자격 없는 아이를 내보낸 책임을 물을 것이다.

장교가 말없이 내 머리를 다시 쓸어주고 나서, 작달막한 면 당원을 불러, 앞으로 팔 교통호의 위치를 지시했다. 나는 장교 옆에 앉은 채 콩밭을 교통호로 만드는 울력꾼들 속에서 아제를 찾아냈다. 삽질하던 아제가, 장교의 관심 밖으로 벗어난 나를 향해 손을 쳤다. 자기 옆으로 얼른 오라는 것이었다.

장교는 나를 아랑곳하지 않고, 부하와 함께 교통호가 완성되고 있는 이회진 쪽으로 가버렸을 때 나는 아제 옆으로 가서 울력을 했다. 7월의 해는 머리 위에서 쨍쨍 불볕을 쏘아대고 있었다. 무더웠고, 배가 고팠지만 참아야 했다. 도시락을 지참하고 온 사람은 없었다. 면 당원은 울력꾼들에게 점심 먹을 시간을 주지도 않았다. 밭둑에 물 한 동이가 놓여 있었다. 진목리의 여성동맹위원회가 가져다놓은 것이었다. 울력꾼들은 물동이 옆으로 가서 바가지로 물을 떠서 들이켰다. 아제도 물을 마시고 왔고, 옆의 젊은이도 마시고 왔다. 아제가 너도 마시고 오라고 말해서, 나는 고픈 배가 불룩해지도록 마셨다.

보안서에서 흘러나온 비명

해가 서편 산마루에 걸렸을 때에, 면 당원이 다음날 다시 와서 자기 책임 구역을 완성시키라고 명했다. 아제를 따라 회진부두를 향해 뛰었다. 괭이가 무겁게 느껴졌다. 나는 배가 고픈데다 땅 파는 노동으로 지쳐 있었지만 뒤처지지 않으려고 죽을힘을 다해 뛰었다. 보안서 앞을 지나는데, 남자의 비명소리가 흘러나왔다. 소리쳐 문초하는 남자의 소리도 들렸다. 출입문 앞에 붉은 완장 찬 청년이 지키고 서 있었다.

나룻머리로 가는 울력꾼들이 자기들끼리 말을 주고받았다. "와아, 젊은 보안서원 하나가 무릎 꿇은 남자를 장작 쪽으로 사정없이 두들겨패더라" "그놈이 친일 반동자이겠지" "전에는 좌익들을 순경들이 두들겨팼는다……"

나는 가슴이 떨렸다. 남자를 장작 쪽으로 두들겨팬 사람이 혹시 매형 아닐까, 아니 당숙일지도 모른다, 제발 그들이 그런 독한 일은 하지 않아주었으면 하고 바랐다. 누군가가 우리 아버지를 끌어다가 그렇게 두들겨패면 어떻게 할까. 우리 아버지가 그렇게 두들겨맞을 만큼 무슨 죄를 지었을까. 매형과 당숙이 보안서에 들어 있는데 설마 누가 아버지를 끌고 갈까.

나룻배를 타고 바다를 건너는데 서쪽 하늘에 새빨간 노을이 타올랐다. 노을빛을 보는 순간 피의 색깔이 생각났고, 보안서 앞을 지나올 때 들리던 비명소리가 내 속에서 메아리치고 있었다.

　교통호 파기 울력은 한 달 가까이 진행되었다. 낮에 폭격기가 날아다니자, 밤에 울력을 했다. 회진 일대의 해안 방어 교통호는 9월 초순에 완성되었다. 한재고개에서 숲 사이로 건너다보면, 회진과 진목리와 이회진의 해변 산기슭에 불그죽죽한 교통호가 띠처럼 둘러 있었다.
　인민군이 교통호를 그렇게 판 것은 습격하는 경찰과 해군의 군함을 소수의 병력으로 무찌르려는 것이라고 했다. 만일에 경찰이나 해군 병력이 군함을 타고 들어오면 방어용 교통호 속에 숨어 있는 인민군들의 총에 다 죽을 거라고 사람들은 말했다.

약산도 기습 사건

교통호 파기 울력이 끝나고 나서는 한재고개로 소를 뜯기러 다니면서 꼴도 베었다. 소 먹이고 땔나무하려는 아이들은 거의가 소년단원들이었는데, 그들은 한재고개 꼭대기의 번번한 놀이터로 모여들었다. 그들은 소나무 그늘에 앉아 있는 소년단장 주위에 모여들어 이야기를 들었다. 나는 맨 가장자리에 앉아 귀동냥을 했다.

소년단장은 낙동강에서 국군과 인민군이 대치하고 죽기 살기로 싸우는 것을 이야기하다가, 인민군이 완도군의 약산도 기습한 이야기를 했다. 약산도*에는 전라남도 각처에서 도망친 경찰들이 진을 치고 있었다는 것이었다.

"목선 스무 척을 차출해서, 마을 청년들에게 노를 젓게 하고 인민군들이 두 사람씩 타고 갔지. 청년들은 옷을 활딱 벗고, 몸에 잿빛 뻘을 발랐으니 감쪽같았지…… 약산마을 부두에 경찰들이 지키고 있으니까 귀신같이 쳐들어갈 목적으로 그런 거야…… 인민군은 다른 연안에 배를 대고 부두로 쳐들어갔어. 그래가지고 전투가 벌어졌는데, 경찰들이 전멸하고 인민군도 몇 사람 죽었단다."

---

* 약산도 기습 전투는 소설 『우리들의 돌탑』(문학과지성사, 1988)의 배경이 되었다.

반동자의 재산 몰수

다음날 땔나무 하러 온 기호가 무서운 정보 하나를 말해주었다.

"우리 동네 반동자들이 모두 여섯인데, 인민위원회에서 반동자들 논밭을 다 몰수해서 가난한 집에 고루 나누어주었단다. 우리집은 논 두 마지기, 밭 서 마지기를 받았다. 인제 우리 동네는 누구는 부자고 누구는 가난하지 않고 다 똑같이 살게 되었어야. 이것이 조선 인민공화국의 공산주의란다. 느네집 논밭도 다 다른 사람들한테 나누어주었다고 하더라. 우리가 차지하게 된 논이 혹시 느네 논인지도 모른다."

그 무렵 인민군들이 낙동강 전투에 참가하느라 자리를 비우고 있기는 한데, 면 당원과 마을의 인민위원회와 세포위원회와 여성동맹위원회와 조선 학생동맹원들은 날마다 씩씩하게 공산당 혁명 과업을 수행하고 있다고 했다.

나는 조급해졌다. 얼른 집에 가서 어머니 아버지에게 재산 몰수와 분배에 대하여 말해주고 싶었다. 우리는 앞으로 논밭을 다 뺏기고 어떻게 살아가야 하는가. 보안서원인 매형과 당숙은 우리가 논밭을 몰수당하지 않도록 보호해주지 않고 무얼 하고 있을까. 보안서는 마을의 인민위원회보다 더 센 권력을 가지고 있을 터인데……

서쪽 하늘에 노을이 붉게 타오를 때 나는 소의 엉덩이를 고삐로 힘껏 내려쳐 몰면서 집으로 갔다. 마당으로 들어서서 어머니에게, 인민위원회가 실행하는 재산 몰수 분배 사실을 말하려는데, 집안은 그 말을 뱉어낼 분위기가 아니었다. 집안에는 이해할 수 없는 사태가 일어나 있었다.

유격대원과 여성동맹원

외양간과 쇠죽을 쑤는 부엌과 뒷간이 달린 사랑채에는 앞방과 뒷방이 있었다. 앞방은 할아버지가 사용하고, 뒷방은 아버지가 가끔 사용하면서 손님이 오면 잠자리를 제공하는 곳이었다.

어슬어슬 땅거미가 지고 있는 그 무렵에, 웬 젊은이들과 흰 저고리에 검정 치마를 입은 여자들이 뒷방을 들랑거리고 있었는데 그들 가운데에 순이가 끼어 있었다. 어머니는 낯선 여자들 둘과 함께 부엌에서 밥짓는 일을 하고 있었는데 작은누님이 옆에서 거들었다. 낯선 여자 둘이 어머니가 차려준 밥상을 들고 사랑채 뒷방으로 갔다. 어머니는 혼잣말로 중얼거렸다. "세상 참 알 수 없게 변했다. 말만한 처녀들이 외간 남정들하고……" 작은누님이 어머니의 옆구리를 질벅이며 누가 들을까 싶다고 속삭였다.

땅거미가 짙어졌을 때 사립에서 누군가가 나를 불러, 나가보니 병술이 나의 앞에 오줌 금을 긋던 대장의 동생과 함께 서 있었다. 병술이 다그쳐 물었다. "지금 느그 사랑채에 뭔 사람들이냐?"

나는 가슴이 걷잡을 수 없이 뛰었다. 기호에게 들었는데, 소년단원들은 마을에 수상한 사람들이 나타나면 그들의 동태를 세포위원회에 보고를 한다던 것이다. 반동자로 몰려 있는 우리집에 수상한 사람들이 들어와 있으니 마을의 세포위원들이 가만히 있겠는가.

나는 모른다고 도리질을 할 수밖에 없었다. 그때 뒷방에 있던 한 낯선 여자가 사립으로 나왔으므로 병술이 그 여자에게 우리 사랑채에 든 사람들에 대하여 물었다. 여자는 "너희들이 그걸 알아서 무얼 하게?" 하고 골목길로 내려갔다. 그들이 재빨리 그 여자를 가로막고, 자기들이 소년단원들이라 밝히며, 속삭이듯 따져 물었고, 여자가 낮은 소리로 대답했다. 그 여자의 말 속에 '유격대원'이라는 말이 들어 있었다. 병술이 반발하듯이 물었다. "왜 하필 유격대원 동무들이 반동자 집에 들어가 있단가? 경찰들한테 찔러버리면 어쩌려고?" 그 여자가 무어라고 대답했는지 그들은 그녀를 앞장서서 골목길 아래로 달려가버렸다. 나는 멍히 서 있었다. 병술이 내뱉은 말이 가슴을 억눌렀다. '왜 하필 유격대 동무들이 반동자 집에 들어가 있단가?'

그때 나는 불안해하는 나를 달랬다. 혹시 보안서원인 매형이나 당숙이 반동자로 몰린 우리집을 보호해줄 목적으로, (우리 식구들이 좌익 편을 들어주고 있으므로 박해를 가하지 말라고) 마을 인민위원회나 세포위원회 사람들에게 보아란듯이, 유격대원들을 일부러 우리집에 들어와 있게 한 것 아닐까. 그러나 그것은 나의 어리석은 희망일 뿐이었다.

사치기, 사치기 사포포

　저녁밥을 먹고 난 유격대원들과 여성동맹원들 넷이 뒷방에서 어울려 놀았다. 나는 할아버지 방에서 동생들과 함께 잤다. 할아버지와 동생들은 깊이 잠들어 있었다. 할아버지는 얼마 전부터 귀가 절벽처럼 멀어 있었다. 할아버지의 방과 뒷방 사이에는 미닫이문이 하나 있을 뿐이었다. 나는 미닫이문 옆에 누운 채 틈 사이로 뒷방을 엿보았다.

　뒷방의 그들은 카투사 노래, 김일성 장군 노래를 부르다가 '사치기 사치기 사포포' 놀이를 했다. 쑥색 전투복 차림의 유격대원들이 넷이고 흰 저고리에 검정 치마를 입은 여성동맹위원도 넷이었다. 남녀가 한 쌍씩 짝을 지어 앉았다. 일렁대는 촛불 한 자루를 가운데 두고, 여덟 사람이 원을 그리고 앉아 있었다. 모두 양반다리를 하고 앉은 그들은, 술래인 세모꼴 얼굴을 주시한 채 두 손으로 자기 양 사타구니를 치며 "사치기, 사치기 사포포"를 연달아 외쳤다. 처음에는 느리게 하더니 점차 빠르게 했다. 급박해진 외침 속에서, 술래가 자기 몸의 한 부분이나 이목구비의 이름 하나를 말하면서 오른손 가리키는 손가락으로 그 부위를 지시하면 놀이꾼들은 술래가 하는 대로 자기의 그 부위를 오른손 끝으로 정확하게 짚으며 "사치기, 사치기 사포포"를 외치는 것이었다.

그 놀이에 함정이 있었다. 술래가 한동안, 놀이꾼들이 자기를 잘 따라 하도록 훈련시킨 다음 어느 한 순간에 "코"라고 말하면서 손가락으로는 귀나 젖가슴이나 뒤통수를 지시하는 것이었다. 그러면 놀이꾼들 중에 몇은 술래를 따라 했다. 자기의 '코'를 짚지 않고 귀나 젖가슴이나 뒤통수를 지시한 사람은 벌칙을 받았다. 그 벌칙은 자기의 옷을 하나씩 벗어야 하는 것이었다.

여자인 경우, 첫번째의 벌칙에서 버선이나 양말을 벗고, 만일 그것을 신지 않았으면 치맛자락 속에 감춘 맨발을 노출시켰다. 두번째 벌칙에는 옷고름을 풀고, 세번째 벌칙에는 저고리를 벗고, 네번째 벌칙에는 치맛말을 풀기로 했다. 남자인 경우도 마찬가지의 웃옷 벗기와 허리띠를 풀고 아랫도리를 벗기로 되어 있었다.

한가운데 밝혀둔 촛불 한 자루가 일렁거리며 그들의 흥분된 얼굴들을 비추어주었다. 술래는 시치미를 떼고, 한동안 놀이꾼에게 몸의 여기저기를 지시하는 훈련을 시키며 "사치기, 사치기 사포포"를 연발하기만 했다. 놀이꾼들은 술래를 따라 하면서 엉덩이를 들썩거리고 윗몸을 흔들며 신명나게 외쳤다. "사치기 사치기 사포포, 사치기 사치기 사포포……"

모든 놀이꾼들이 최면에 걸려 있다고 생각한 술래가 갑자기 "입술"이라 말하면서 오른손을 자기 뒤통수로 가져갔다. 놀이꾼 몇의 손이 자기 뒤통수로 돌아갔는데 그들은 벌칙에 따라 양말을 벗거나 맨발을 치맛자락 밖으로 내놓아야 했다.

이어지는 놀이에서 술래의 함정에 가장 잘 빠지곤 한 것은 순이였다. 첫번째의 벌칙으로 인해 치맛자락 밖으로 발을 내놓았고, 두번째엔 저고리 고름을 풀고, 세번째 벌칙으로 저고리를 벗어야 했다. 그런데 순이는 저고리를 벗으려 하지 않고 돌아앉아 두 손바닥으로 얼굴을 가린 채 울어버렸다. 그 순간 갑자기 누군가가 촛불을 꺼버렸다. 깜깜해졌다. 그 어둠 속에서 쿵 넘어지는 소리와 함께 안간힘 쓰며 엎치락뒤치락하는 소리, 어지럽게 옷자락 스치는 소리, 안간힘 쓰는 소리, 입맛 다시는 듯싶은 소리, 신음소리, 거친 숨결 소리…… 가늠할 수 없는 얼마쯤의 시간이 흘렀다. 그러다가 문을 열고 나가는 소리, 사립 쪽으로 멀어지는 발짝 소리들이 이어졌고 잠잠해졌다.

다음날 아침 뒷방은 텅 비어 있었다. 나중에 알고 보니, 유격대원들이 낙동강 전투에 참여하기 위해 그날 밤 떠나기로 한 것인데, 덕도 안의 여성동맹위원장들이 그들을 환송해준 것이었다.

노숙 露宿

그다음날, 소를 먹이러 갔다가, 핏빛으로 타던 황혼이 꺼지고 땅거미가 검은 안개처럼 내릴 무렵에 배 불룩해진 소를 끌고 집으로 돌아왔다. 사립 앞에서 발을 구르며 애타게 나를 기다리고 있던 작은누님이 지청구했다. "이 소가지 없는 것아! 어째 이렇게 늦게 오냐."

집안은 조용했다. 할아버지의 방에만 석유 등잔불이 가물거릴 뿐 다른 방에는 어둠이 들어차 있었다. 소를 외양간에 매고 나니, 작은누님은 나를 어둠에 잠긴 부엌 안으로 끌고 들어가며 말했다. "얼른 밥 묵어라." 퉁명스러움과 애옥함이 섞인 말이었다. 부엌의 부뚜막 앞에 형이 앉아 있었다. 형은 흰 머리띠를 풀어버린 채였다. 밥숟가락을 집어드는데, 어머니가 무언가를 한아름 보듬고 부엌 안으로 들어섰다. 겨울철에 입는 핫바지와 핫저고리였다. 형이 자기 것을 찾아 껴입었다. 알 수 없는 것은 나뭇간에 이불 한 채가 놓여 있는 것이었다. 뒤숭숭한 두려움을 어찌하지 못한 채 서둘러 밥을 먹었다.

내가 밥숟가락을 놓자마자, 작은누님은 나를 이끌고 뒤란의 대밭을 지나, 마을 사람들이 겨울에 김 건장乾場으로 사용하는 가파른 계단밭둑들을 하나씩 하나씩 치올라갔다. 집을 버리고 도망치고 있었다. 작은누님은 둘둘 만 이불을 머리에 이고 갔고, 형은 핫저고리 셋을 말아들고 갔고, 나는 밀짚 멍석을 어깨에 걸치고 갔다. 계단밭에는 고추와 고구마 따위가 자라고 있었다. 호박덩굴들이 얽혀 있는 밭도 있었다.

왜 도망가는 것일까. 아버지는 왜 보이지 않을까. 우리가 집을 나온 뒤 어머니는 어찌하고 있을까. 문단속을 해놓고 오려는 것일까. 귀가 멀어버린 할아버지와 어린 두 동생(아홉 살짜리와 여섯 살짜리)은 사랑방 안에서 잠을 자도 되는 것일까.

우리는 뒷동산 맨 꼭대기의 고추나무들 촘촘 서 있는 계단밭 가장자리 한쪽에 멍석을 펴고 아랫도리를 이불 속에 묻은 채 나란히 앉아 있었다. 찬결이 들면 핫저고리를 덧입고, 잠이 오면 등뒤로 누워 이불을 덮고 자려는 것이었다. 가지색 하늘에는 총총한 붉은 별 푸른 별 노란 별들이 수런거렸다.

마을에서 소년단의 노랫소리가 날아왔다. 나는 배우지 않았지만 '백두산 굽이굽이 피어린 자국'이라고 시작되는, 김일성 장군의 노래를 알고 있었다. 나도 소년단에 들고 싶었지만 아버지가 못하게 했다. '카투사' 노래가 이어졌고, 달이 떠오르면서 별들이 희미해지고 있었다. 마을은 검은 앞산 그림자에 덮여 있고, 앞산 너머의 바다에는 하얀 달빛 조각들이 떠서 반짝거렸다. 달이 드높이 올라왔고, 소년단 노래는 그쳤고, 흰 달빛에 젖은 마을은 교교해졌다. 우리는 소나무 그림자 속에 들어 있었다. 왜 산기슭 계단밭에서 잠을 자야 하는지, 작은누님이 그 까닭을 속삭여주었다.

아버지와 재종간인 용호 당숙도 반동자로 몰렸는데, 그의 동생 용남이는 세포위원이었다. 우리 동네 세포위원들은 인민군들이 자리를 비우면서 지령한 반동자 숙청을 결행하려 하고 있었다. 대덕면 관내의 모든 마을 세포위원들이 자기네 동네의 반동자 숙청을, 이날 밤 열두시를 기해 결행하기로 한 것이었다. 세포위원인 용남은 자기 형을 살리고 싶었다. 형에게 귀띔을 하러 직접 가지 못하고 자기 아버지에게 했다. 용남의 아버지는 자기 큰아들에게 오늘 밤 피하라는 말을 전하고 나서 우리 아버지를 찾아왔다. "아야 용기 조카야, 오늘밤에 너랑 우리 용호를 다 죽이기로 했단다, 어디로든지 피해라" 하고 귀를 불어주고 갔다. 아버지는 어둠이 짙어지자마자 겨울용 검은 오버코트를 걸치고 뒷산 숲속 어디로인가 갔다.

개 도살

    세포위원들과 한통속인 인민위원회에서는 마을의 모든 집에서 키우는 개들을 도살하라는 명령을 내렸다. 인민대중도 먹기 부족한 양식으로 개를 키워서는 안 된다는 것이 이유였는데, 그것은 마을 반동자 숙청의 전초전이었던 것이다. 소년단원들이 집집을 일일이 훑고 몰려다니면서, 짖어대는 개를 잡아 없애라고 소리쳤다. 소년단원들은 개를 잡아먹지 않은 집들을 적어서 인민위원회 세포위원회에 보고하겠다고 엄포를 놓았다. 마을 사람들은 개를 없애지 않을 수 없었다. 인민위원회의 명령이 내린 뒤부터 마을 여기저기에서 개들이 몽둥이에 맞아죽는 소리들이 들렸고, 개울에서 짚불로 개 그을리는 연기가 피어났고, 그런지 사흘 뒤부터 개 짖는 소리가 사라졌다.

    한밤중에 잠에서 깨어났을 때, 형과 작은누님은 이미 깨어 있었다. 그들은 계단밭 아래쪽에 있는 우리집에서 무슨 소리인가가 들려오지 않을까 하고 귀를 쫑그리고 있었다. 나도 귀를 쫑그렸지만 내 귀에는 다만 미세한 귀울음과 끼르르 피르르 풀벌레 우는 소리만 들렸다. 중천에 둥근달이 떠 있었고, 마을은 교교하기만 했다.

    이튿날 꼭두새벽에 우리 셋은 사람들에게 들키지 않으려고 침구와 멍석을 말아 들고 집으로 돌아갔고 어머니가 지어준 아침밥을 먹었다. 그 밥이 여느 때와 달리 하얀 쌀밥이었다. 우리가 평소에 먹는 밥은 언제나 쌀알을 거의 찾아볼 수 없는 눌눌한 보리밥이었던 것이다. 하얀 쌀밥은 할아버지의 밥상에서만 볼 수 있었다. 조상님들의 제삿날이나 누군가의 생일 아침이 아니면 맛볼 수 없는 쌀밥이었다. 그 흰 쌀밥을 내놓는 어머니의 표정이 어두웠다. 아버지의 부석부석한 얼굴도 침울했다.

훗날 세상이 바뀌었을 때, 어머니는 그날 아침에 왜 하얀 쌀밥을 지어 내놓았는가를 말했다. "우리 집안에는 앞날이 있을 수 없는데, 쌀을 아껴 무얼 할 것이냐, 살아 있을 때에 쌀밥 한끼라도 식구들에게 먹이자는 생각으로 그랬더니라."

또 얼마쯤의 세월이 지난 다음에 나는 소름 끼치는 말을 어머니에게서 들었다. "이 세상에 믿을 사람은 하나도 없어야." 마을의 세포위원회에서는 반동자로 지목한 아버지의 동태를 세세히 살필 정보 요원을 한 사람 부렸다는데, 그게 누구이겠냐고 하며 진저리를 쳤다. 그러면서도 의심 가는 사람의 이름을 돌아가시는 날까지 말하지 않았다. 그것이 누구였을까. 나에게 산돌을 준 기호네 형이었을까, 울력 다닐 때 나를 앞장세우고 다닌 아제였을까.

반동자 숙청

　우리 삼 남매가 고추밭에서 밤이슬 맞으며 잔 그 밤에, 어머니는 뒤란의 대밭 속에 깻단을 사방에 둘러쌓고 그 속에서 앉은 채 잠을 사로잤는데, 한밤중에 정체를 알 수 없는 남자들 여섯 명이 달빛 하얗게 쏟아지는 마당 안으로 들어왔다. 그들은 집안의 모든 문들을 열어보고 헛간과 측간과 부엌과 방안을 뒤졌다. 아버지가 피하지 않고 집안에 있었으면 끌려갔을 것 아닌가, 하고 생각하니 어머니는 온몸이 부들부들 떨렸다.

　이튿날 아침나절, 대리마을의 남자 한 사람, 덕산마을의 남자 둘, 장산마을의 한 남자가 맞아 죽었다는 소문이 돌았다. 그들은 모두 바닷가로 끌려가서 몽둥이로 정수리를 두들겨맞거나 칼과 죽창에 찔려 죽었다는 것이었다. 덕산마을에서 숙청된 남자 중 하나는 아버지와 의형제를 맺은 사람인데 그의 동생과 함께 죽었다고 했다. 그 소식을 들은 아버지는 하루 내내 방안에 우두커니 앉아 있었고, 밤이 되자, 검은 오버코트 차림으로 스머들 듯 산으로 들어갔다. 우리 삼 남매도 전날 밤의 그 계단 고추밭으로 가서 자곤 했다. 닷새째 되는 날 밤중에, 우리는 군함의 구릉거리는 소리로 인해 잠에서 깼다. 달이 중천에 떠 있었고 바다에 하얀 달빛 조각들이 깔려 있었는데, 바야흐로 소록도 쪽에서 검은 배 한 척이 회진항 쪽으로 가고 있었다.

또다시 바뀐 세상

9월 하순 어느 날, 유엔군 인천상륙작전으로 섬으로 퇴각했던 경찰이 돌아왔다고 했고, 조선 인민공화국의 '회진보안서'는 다시 대한민국의 '회진파출소'가 되었다. 마을 회관에 걸려 펄럭거리던 인공기는 누군가의 손에 의해 태극기로 바뀌어 펄럭거렸다. 다행히 우리 마을에는 숙청당한 반동자가 없으므로 인민위원, 세포위원, 여성동맹위원들은 모두 지서로 가서 자수를 하고 자기들 예전의 일상으로 돌아갔다. 젊은 청년들은 모두 군대엘 가버렸다. 아버지를 피신하게 한, 세포위원 용남이 당숙도 군대엘 갔는데, 오래지 않아 전사 통지가 날아왔다.

북으로 가려던, 목포 해남 강진 완도 진도 신안의 보안서, 인민위원회 세포위원, 여성동맹위원, 유격대원들은 미군의 인천상륙작전으로 인해 북쪽으로 가는 길이 막히자 유치 가지산 암챙이 골짝을 아지트로 삼고 파르티잔(빨치산) 투쟁을 했다. 인근 경찰서와 경찰지서를 습격하고 마을에서 양식과 닭이나 소를 탈취하여 갔다. 천년 고찰인 보림사가 있는 가지산 협곡 일대의 마을은 낮이면 대한민국의 세상이 되고 밤이면 조선 인민공화국 세상이 되었다. 경찰은 그들의 준거지가 되어 있는 보림사를 불태워버렸다. 장흥의 유치 가지산 자락 일대를 '모스크바'라 불렀다.

경찰지서의 토치카 쌓기 울력

반동자로 몰렸던 중년 남자가 이장이 되었고, 마을의 '욈소리쟁이'는 골목길을 돌아다니면서, 대덕 경찰지서의 토치카 쌓는 울력에 참여해달라고 외쳤다. 빨치산의 야습에 대비한 토치카 쌓기였다. 집집마다 어른 한 사람씩이 나가 울력을 해야 했는데 이때도 아버지는 형을 감추고 열두 살의 나를 내보냈다.

대한민국 학생연맹 대덕면 지회에서 형을 데리러왔는데, 아버지는 검은 제복에 검은 모자를 쓰고 카빈총을 어깨에 멘 두 학생에게 화로 위에 놓인 약탕기와 방안에 누워 있는 형의 얼굴을 보여주었다. 그 학생 가운데 하나는 지난번 인공 때 학생동맹에 들었던, 형의 한 학년 선배였다.

학련에 들면 고된 훈련을 받아야 한다고 했다. 유치 산골에 숨어든 빨치산 토벌에 참여하겠다고 자원한 학련의 학생은 따로 사격훈련을 시켜 참여하게 한다는 소문이 돌았다. 아버지는 형이 학련에 들게 되면, 훈련 도중 탈이 생길세라 두려워하고 있었다. 장자인 형을 위해 아버지는 차남인 나를 방패막이로 활용하고 있었다. 우리 동네의 모든 아이들이 학교에 다니기 시작했지만 아버지는 나를 울력에 보내고 있었다.

나는 대덕경찰지서까지 시오리 길(약 6km)을 걸어가서 토치카 쌓는 울력에 참여했다. 이때도 아제가 나를 데리고 다녔다. 초가을이었으므로, 아침저녁으로는 쌀랑하지만 한낮에는 무더위가 남아 있었다. 울력꾼들 틈에 끼어 한재고개를 넘어가는데, 어느 누구도 어린 내가 울력 나온 것에 대하여 시비 걸지 않았다.

덕산마을의 통학단이 고개를 넘어오고 있었다. 맨 앞의 학생이 태극기를 들고 있었다. 〈역적의 김일성을 때려죽이자〉라는 행진곡을 불렀는데, 그 노래의 후렴은 한결같이 '대한민국 만세를 부르며 가자'였다. 후렴이 끝나는 순간 통학단장이 "역적의 스탈린" 하고 외치면, 모든 학생들이 "역적의 스탈린을 때려죽이자, 인민공화국을 때려 부수자" 하고 노래했다.

모두가 눈에 익은 얼굴들이었으므로 나는 그들을 피했다. 우리 마을에도 통학단이 조직되었는데, 아침이면 씩씩하게 노래를 부르며 등교한다는 것을 나는 아랫집 기호에게서 듣고 있었다. 기호는 하루 전날 오후에 찾아와 "선생님이 너 데리고 오라고 하더라. 너 혼자만 결석하고 있어야" 하고 말했었다. 기호의 말을 아버지에게 전했지만, 아버지는 아랑곳하지 않았다.

아버지는 아직도 마을 청년들이 죽이려 한 충격에서 벗어나지 못하고 있었고, 거듭 바뀌고 있는 세상 속에서 일어나는 모든 것을 믿을 수 없어 하고 있었다. 다시 들어선 이승만 정부가 또다시 김일성의 정부로 바뀔지 모른다고 생각하는지 알 수 없었다.

시오리 길을 걸어 면 소재지에 이르렀다. 우리 마을 울력꾼은 이장의 지시에 따라, 대덕초등학교 옆의 마른 강바닥에서 뭉실뭉실한 돌덩이 한 개씩을 짊어지고 경찰지서로 갔다. 길옆의 대덕초등학교 운동장에는 학생연맹 학생들이 훈련을 받고 있었다. 그들은 모두 카빈총 한 자루씩을 어깨에 메고 있었다. 지휘자는 키 작달막한 학생이었다. 한 울력꾼 남자가 말했다. "저 쪼그만한 대장 아버지가 대한청년단장을 하던 사람인데, 숙청을 당했단다. 눈에 불을 켜고 제 아부지 원수를 갚을란다고 학생들을 훈련시킨단다."

학생들은 훈련을 하면서 행진곡을 불렀다. 아침에 덕산마을 통학단이 부르던 그것이었다. "학련아, 잘 싸웠다 정의의 손으로, 역적의 공산당을 쳐들어가자, 인민공화국을 때려 부수자, 대한민국 만세를 부르며 가자."

학생들 가운데는 키 큰 학생도 있지만 형처럼 작은 학생들도 있었다. 형도 불려나갔으면 저렇게 훈련을 받을 것이라고 나는 생각했다.

대덕경찰지서는 장터 입구에 있었다. 하늘을 찌를 듯이 키 큰 녹색의 대로 엮은 울타리에 둘러싸여 있었다. 대 울타리는 손가락 하나도 들어갈 수 없도록 촘촘히 엮여 있었다. 총알이 날아들면 미끄러운 대의 표면에 부딪쳐 비껴가도록 한 것이었다. 하늘을 향하고 있는 대의 끝은 죽창처럼 날카롭게 깎여 있었다. 빨치산이 그 울타리를 타고 넘어오지 못하게 한 것이었다. 그 울타리 바깥의 땅에 사람의 머리가 잠길 정도의 깊은 도랑이 패어 있고, 황토색 물이 고여 있었다. 경찰지서로 들어가는 입구에는 대울타리 문이 달려 있고, 그 안쪽에는 돌과 흙으로 쌓은 초소가 하나 있었고 그 안에는 군복에 철모를 쓰고 총을 든 경찰 두 사람이 드나드는 사람들을 살피고 있었다.

경찰지서 건물 전체의 가장자리를 둘러싸고 있는 토치카는 미완성이었다. 우리 마을 울력꾼들은 그 토치카를 완성시키기 위한 돌덩이를 짊어져 날라야 하는 것이었다. 석축 잘 쌓는 기능인들 여남은 명이 바쁘게 토치카를 쌓고 있었다.

자갈밭에 버려진 주검

　시멘트 다리 난간 사이로 바라보이는 강바닥에서 한 남자가 바지게를 짊어지고 가고 그 남자의 뒤를 한 아낙이 울며 따라가고 있었다. 울력꾼들이 수군거렸다. 반동자 숙청에 가담한 사람들을 창고에 가두어놓고 문초를 하는데, 그 과정에서 고문을 받다가 죽으면 강바닥에 내다버린다는 것이었다. 바지게를 뒤따르는 흰 저고리에 검은 치마 입은 여자는 마치 미친 사람처럼 춤을 추며 가고 있었다. 사람들은 그 남자와 여자가 산모퉁이 저쪽으로 사라질 때까지 보고 서 있었다.

　해가 서산마루에 걸리면 울력이 파했고, 시오리 길을 뜀박질하다시피 걸어서 회진나루를 향해 달려갔다. 어두컴컴했을 때 회진나루에 이르렀는데, 나룻배는 흰옷 입은 울력꾼들을 흰 꽃처럼 소복하게 싣고 짙푸른 바다를 건너다녔다.

이 사람 살릴까요, 죽일까요?

힘든 그 울력 엿새째 되는 날, 대덕초등학교 강당에서 끔찍스러운 회의가 진행되고 있었다.

그 하루 전날 밤 이장이 아버지를 찾아와서 "형님, 내일 대덕지서에 같이 나갑시다" 하고 말했는데 아버지는 도리질을 했다. "싫네, 나 조용히 살고 싶네." 아버지는 아직 하얀 한복 차림이었다. 이장이 한심하다는 듯 말했다. "형님, 세상이 시방 어떻게 바뀐 줄 아시오? 인공 때 설친 놈들이 지서에 다 갇혀 있어요. 그것들을 어떻게 할 것인가를 놓고 경찰들은 우리 유지들을 기다리고 있소. 내일 대덕면 관내 유지들 전체회의가 있는데 형님이 꼭 나가야 할 이유가 있소. 당신네 집안 동생 널팬이하고 당신 사위 동주도 그 속에 들어 있어요. 반동자들 잡아다가 족치고, 사람들을 처죽인 그것들을 한 놈 한 놈씩, 그 활동에 따라서 죽일 놈들과 살려야 할 놈을 우리 유지들보고 선별해달라는 것입니다. 관내 유지들은 누구누구 할 것 없이 다 반동자로 몰려 죽을 뻔했어요. 갇혀 있는 놈들은 다, 우리 유지들의 말에 따라, 죽을 수도 있고 살 수도 있게 되어 있소."

다음날 꼭두새벽에 장산마을 사부인이 허둥지둥 달려왔다. 회진 여관으로 쌀자루를 짊어지고 갔을 때, 나에게 점심을 먹여주며 "……자네 매형이 자네를 군산으로 데리고 가서 웃학교에 보내줄 것이네" 하던 사부인이었다. 사부인은 아버지 앞에 무릎을 꿇고 엎드리며 "사장님, 우리 그 미련한 새끼 한 번만 더 살려주시오" 하고 울다가 허둥지둥 돌아갔다. 큰댁 할아버지도 와서 아버지의 손을 잡고 "조카, 면목이 없네만은 한 번만 더 나서주소" 하고 애원했다. 아버지는 아침 밥상을 물리고, 양복 차림을 하고 이장과 함께 대덕지서로 나갔다.

대덕보안서원, 회진보안서원, 숙청 사건이 일어난 마을의 인민위원, 세포위원들은 모두 한 창고 안에 갇혀 있고, 그 문 앞에는 총을 든 경찰 세 사람이 지키고 있었다. 군복 차림에 권총을 찬 경찰지서장은 대덕초등학교의 강당 안에 숙청당할 뻔한 유지들을 모아놓고 회의를 했다. 그 경찰지서장은 약산도 야간 기습작전에서 살아 돌아온 사람이었다. 소문에 의하면 그는 우물 속에 몸을 묻고 머리만 내놓고 인민군의 총알을 피했고 한 과부가 세상이 바뀔 때까지 자기 방에 숨겨주었다는 것이었다.

대덕면 관내에서 반동자 숙청이 이루어진 것은 여러 마을이었다. 한 바닷가 마을에서는 일가족 열한 식구가 몰살되어 바다에 수장되었다. 또 한 마을에서는 삼 형제가 모두 살해되었고, 어느 마을에서는 경찰 출신의 남자가 죽었고, 또 한 마을에서는 많은 농토와 염전을 소유한 남자가 소작인들을 착취했다는 이유로 숙청되었다.

회의 분위기는 얼어붙어 있었다. 칠판에는 갱지 전지 몇 장이 걸려 있었다. 반동자의 숙청과 재산 몰수에 참여한 보안서원과 인민위원회와 세포위원회의 명단과 그들의 부역 활동 사항이 기록되어 있었다. 경찰지서장은 부역자 이름을 하나하나 짚어가며 죄질을 말한 다음 "이 사람 죽일까요, 살려줄까요?" 하고 유지들을 향해 물었다. 유지들은 선뜻 반응하지 않았다. 경찰지서장은 꿀 먹은 벙어리 같은 유지들을 향해 말했다. 목소리에 독이 들어 있었다.

"여러분, 여기 적힌 부역자들은 살생부를 만들어 여러분들을 숙청하려 했어요. 사람 아닌 것을 사람으로 대접할 수는 없소. 모두 눈을 감아주십시오…… 살려야 한다는 의견이면 두 손을 머리 위로 들어주시고, 죽여야 한다고 생각되면 두 손을 펴서 가새표를 해주십시오." 유지들은 눈을 감은 채 죽이자는 사람에게는 손을 들지 않고, 살려주자는 사람에게만 손을 들어주었다. 경찰지서장은, 유지들 가운데 한 사람이라도 살려주자는 의견을 제시하면 × 표시를 하고, 그렇지 않으면 죽이겠다고 ○표를 했다.

가학동의 한 유지가, 만일 반동자 숙청에 형제가 참여했을 경우, 그중 하나만 죽이고 다른 하나는 살려주자고 의견을 제시했고, 경찰지서장이 참작하겠다고 말했다. 그로 인해 덕산마을 황모씨 형제 중 형은 죽고 동생은 살아났다.

회의에 참석했다가 밤늦게 집으로 돌아온 아버지는 술에 취해 있었다. 아버지는 보안서원인 당숙 널팬이와 매형 동주를 구하지 못한 것이었다. 경찰지서장이 동그라미 표시를 한 사람들은 모두 어디론가 트럭에 실려갔다고 했는데, 얼마쯤 세월이 흐른 다음 어머니가 말했다. "보안서 다닌 놈들은 얼마나 못된 일을 저질렀는지, 지서장은 처음부터 그 사람들을 거명하고 나서 살릴 것인가 죽일 것인가를 유지들한테 묻지도 않더란다."

여성동맹위원들

울력하는 동안 어린 내가 들어서는 안 되는 많은 이야기들을 들었다. "밤이면 저기 학교 교무실에서 학생연맹 간부들이 자는디, 각 마을 여성동맹위원들을 불러다가 문초를 하고 다음날 새벽에 돌려보냈다는디, 그것들이 어디 성한 몸이겠는가?" 한 남자의 말끝에 다른 남자가 맞장구를 쳤다. "인공 때 학생동맹 간부들도 그 교실에서 잤는디, 그때는 각 마을 반동자나 경찰 집안의 딸들을, 갇혀 있는 반동자 아부지 면회시켜준다고 불러서 밤새도록 데리고 놀다가 보냈다는디 그것들은 온전한 몸으로 돌아갔겠는가? 그렇게 지금 학생연맹 아이들이 눈이 시뻘게져서 자기들이 당한 만큼 되갚아줄란다고 그러는 것이지."

토치카 울력이 끝나갈 무렵에 끔찍스러운 이야기를 들었다.

대덕면 서남쪽 앞바다에서는 때 아닌 투망(소형 저인망) 배들이 모여들어 밤낮으로 작업을 한다고 했다. 투망으로 바다 밑을 훑어올리는 작업을 하는 사람들은 그 마을의 인민위원, 세포위원, 여성동맹위원, 보안서원을 지낸 아들이나 동생을 둔 아버지와 형들이라고 했다. 그들은 투망으로 사람의 뼈를 건진다는 것이었다. 그 마을의 세포위원들은 반동자의 식구들을 몰살시켰던 것인데, 노인은 새끼줄로 묶어 싣고 가서 돌을 달아서 바다에 처넣고, 어린아이는 가마니에 담고 돌을 매달아 수

196

장을 시킨 것이라 했다. 한 남자가 투망으로 건져올린 가마니에는 어린 아이의 뼈가 담겨 있었는데, 그 뼈에는 문어, 낙지, 장어, 게, 불가사리들이 엉겨 있었다는 것이었다. 그 이야기를 들은 뒤 나는 밥 먹다가, 밥상에 올라 있는 자반이나 낙지를 보고 구역질을 하곤 했다.

야만에서 문명으로

1970년대 중반, 서울의 한 신문에 중편소설을 연재하기로 했는데, 나는 제목을 '지옥을 다녀온 소년'으로 정하려 했다. 그런데 담당 기자가 제목이 직설적이고 딱딱하고 무섭다고, 좀 그윽한 것으로 바꾸어달라고 해서 「안개바다」로 했다. 그 소설은 여순사건의 여파로 인해 영혼이 짓이겨지고 트라우마에 시달리는 소년을 주인공으로 그린 「석유 등잔불」이란 단편소설의 연작(뒷이야기)이었다.

전쟁은 이념적 권력자들이 약한 자들을 광적으로 짓밟는 악마적인 행위이다. 나는 교조주의적인 혁명 이념이 정의를 앞세운 채 설치는 전쟁 상황 속에서 길바닥의 민달팽이처럼 짓이겨진 한 소년의 영혼과 그것을 견디어가는 슬픈 생명력을 이야기하고 싶었다. 그것은 한 어린 주인공의 눈에 찍힌 동영상이었다.

나의 초기 소설에는 성폭력을 당한 여성들이 등장하는데, 그것은 내어린 시절에 체험한 야만 사회의 고발이다. 내가 태어나고 자란 섬마을 시공은 신화적이고 원초적인 야만이 근대문명과 공존해(혼재해) 있었다. 인류문화학적으로 보면, 인간의 삶은 원시적인 야만의 어둠으로부터 문명의 밝음 쪽으로 나아가는 것인데 소년인 나는 그 비이성적이고 폭력적이고 악마적인 분위기를 흡수지처럼 빨아들이면서 어지럽고 참담한 6·25 이념 전쟁의 터널을 관통하며 성장한 것일 터이다. 그 야만적인 시공을 관통해온 나의 눈에 찍힌 비극적인 사상事象은 프랑스의 문화인류학자 레비스트로스가 브라질의 원시부족사회에서 발견한 인류 문화의 원형 같은 것 아니었을까 싶다.

　작가의 육체는 아버지 어머니로부터 물려받은 우주적인 영혼의 집이다. 나의 어린 시절(해방 전후의 시공)의 체험들은 작가인 나로 인해 알게 모르게 이미 도굴당했고, 도굴된 장물들은 내 서가의 진열장 속에 들어 있다.

다시 학교에 갔다

열흘 동안이나 대덕경찰지서의 토치카 쌓는 울력을 하다가, 매형과 당숙이 총살되었다는 소식을 들은 것은 큰누님에게서였다. 큰누님은 울면서 집으로 들이닥쳤다. 아버지는 부재중이었다. 아버지는 꼭두새벽에, 칭병하고 있던 형을 장흥 읍내로 데리고 간 것이었고, 남외리에 하숙집을 마련해주고 밤늦게 돌아왔다. 어머니는 당신의 무릎에 엎드려 흐느끼는 큰누님의 등을 안아주고, 토닥거리며 함께 울었다. 나도 울었는데 내 머리에는 만감이 교차했다. 그날 아침 나는 매형의 죽음 소식을 가슴에 담은 채 학교에 갔다.

우리 마을 아이들은 모두 아침이면 개인행동을 하지 않고, 학교 교사들의 지도에 따라 조직된 통학단에 합류하여 등교했다. 학교는 개인주의 아닌 전체주의와 국가주의를 심어주려고 들었다. 아침에 아랫마을 천도교당의 우물 앞에 집결해야 하고, 통학단장의 구령에 따라 키 순서대로 열을 지어 씩씩하게 행진해 가는데, 맨 앞에 가는 학생이 태극기를 치켜든 채 군가를 불러야 했다. "학련學聯아, 잘 싸웠다 정의의 손으로, 역적의 공산당을 쳐들어가자……"

학교는 애국애족주의, 멸공통일, 북진통일의식을 심어주려 했다. 태극 문양 양쪽에 멸공이라는 한자가 쓰인 완장을 찬 주변 선생님은 교문에 서서 행진해 등교하는 통학단을 지켜보고 있었고, 아침 전교생 합동 조회 때에 단상에 올라가서, 각 마을 통학단의 등교 상황을 평가하곤 했다.

모든 선생은 체육 시간에 학생들에게 제식훈련을 실시했다. 부동자세를 가르치고, '좌향 앞으로 가' '우향 앞으로 가' '뒤로 돌아가' 들을 가르쳤다.

통학단장

　내가 학교에 다니기 시작한 지 며칠 뒤에, 담임선생이 나를 우리 마을의 통학단장으로 임명했다. 그 선생은 우리 마을 통학단의 담당 교사였다. 나는 깜짝 놀라 싫다고 도리질을 했지만, 담임선생은 내가 그것을 해야 한다고 강압했다. 이유는 내가 반동자로 몰려 죽을 뻔한 아버지의 아들인데다 학업성적이 가장 좋고, 우리 동네 아이들이 나를 추천한다는 것이었다. 우리 마을 아이들의 대장 노릇을 하던 아이는 어찌된 일인지 수복 후에 스스로 학교에 나오지 않았다.

　나는 통학단장 노릇이 무서웠다. 나를 반동자 새끼라고 따돌리던 아이들이 왜 나를 통학단장으로 추대하는지, 그것이 나를 따돌리고 골탕 먹이는 또 한 가지의 방법일지 모른다고 나는 느꼈다. 울음이 터져나오는 것을 참고 다시 못하겠다고 도리질을 했는데, 선생이 버럭 소리쳐 강압했다. "인마, 선생님이 시키는 대로 해!"

　거부의 말을 다시 뱉어낸다면 그게 울음이 되어버릴 듯싶어, 입을 굳게 다물고 있자, 선생은 내 머리를 쓰다듬으며 달랬다.

　"사람은, 하려고 하면 무엇이든지 다 할 수 있는 것이다. 한번 이를 악물고 해봐라, 지도자 역할을 해보는 것도 남자에게는 좋은 경험인 거야." 나는 코 꿰여 부림당하는 소처럼 어찌할 수 없이 통학단장이 되

202

었다.

바야흐로 삼팔선 부근에서는 남북전쟁이 한창이었다. 그 무렵의 초등학교 통학단장은 아침에 통학단을 인솔해 등교해야 하고, 운동장에서 전체 학생 조회를 할 때, 군대의 중대장처럼 맨 앞에 나서서 통학단의 등교 현황 보고를 대대장에게 해야 하는 것이었다.

내 고향 덕도는 인구 삼천 명쯤이 사는 섬이었는데, 거기에는 여섯 개의 마을이 있었으므로 여섯 개의 통학단이 있었다. 아침 전체 학생 조회 때에는 여섯 명의 통학단장이 돌아가면서 대대장 역할을 해야 했다. 대대장은 각 마을의 통학단장으로부터 등교 현황을 보고 받은 다음 그것을 종합하여 교장에게 보고해야 했다. 아침 조회는 준엄하고 일사불란했다. 통학단별로 등교하자마자 사열대 앞에 도열하고, 교장은 사열대 뒤에 서고 다른 교사들은 사열대 양편으로 늘어섰다. 애국가 제창을 한 다음 교장이 사열대(단상)에 올라서서 대대장에게서 학생 전체의 등교 현황을 보고받았다.

각 마을의 통학단장들은 하루씩 돌아가면서 대대장 노릇을 잘 수행했다. 그렇지만 나는 대대장 역할을 제대로 해내지 못했다. 여섯 개 마을 통학단장들에게서 등교 상황을 보고받기는 했는데, 그것들을 합산하지를 못했다. 내 머리는 물 머금은 솜덩이가 가득차 있는 듯 회전이 되지 않았고, 나의 눈앞에 새까만 어둠 장막이 어른거렸고 나는 울어버렸다. 그런 내가 민망했는지 담임선생이 다가와 돌멩이를 들고 땅바닥에 써서 계산한 것을 나에게 불러주어서 그대로 떠듬떠듬 보고했다. 그때 나는 우리 마을 학생들이 수군거리는 소리를 들었다. "자알한다!" "우리 울보 멍청이 통학단장!"

나는 쥐구멍으로 들어가버리고 싶은 심정으로 교장의 훈화를 들었는데, 그 아침 조회 시간이 뜨거운 불지옥 속인 듯 한없이 길고 고통스러웠다. 아침 조회가 끝나고 교실로 들어가는 나의 뒤통수에는, 우리 마을 아이들의 비아냥거림이 돌멩이처럼 날아들고 있었다.

과부 된 큰누님

　과부가 된 큰누님은 시가로 가서 걸음마를 시작하는 아들을 데리고 왔다. 남편을 잃은 스물세 살의 누님은 아프고 슬픈 기억만 맴도는 시댁에서의 삶을 견디지 못한 것이었고, 시부모는 수절하기를 바라지 않는다며, 아기를 키워 돌려주기만 하라고 한 것이었다.

　친정에서의 삶도 결코 편하지만은 않았다. 큰누님은 밤이면 모로 돌아누워 소리 없이 울었고, 어머니는 새벽같이 큰누님을 이끌고 들로 나가 일을 부렸다. 그 딸이 일이라도 해야 슬픔을 잊을 수 있을 거라고 생각했다. 마을 사람들과 대소가 사람들은 과부 되어 돌아온 딸을 개가시키지 않고 내내 머슴처럼 일만 부리고 살 모양이라고, 어머니가 계모라는 사실을 부각시키며 흉허물 했다. 그 소문이 퍼지자 시집가서 살던 시누이들이 몰려와서 얼른 큰누님을 한 살이라도 덜 먹어서 개가시키라고들 했다.

　어머니는 아버지에게 큰딸을 개가시키자고 졸랐고, 중매쟁이들에게 개가할 자리를 마련해달라고 했다. 그런데 마땅한 자리가 없었다. 바야흐로 전쟁중이었다. 몸에 흠결 없는 건강한 젊은 남자들은 모두 전쟁터에 나가고, 일선에서는 전사 통지서가 날아오곤 했다. 살아 돌아온 사람들은 상이군인뿐이었다.

열아홉 살의 작은누님은 마을 새댁들의 군대 간 남편에게 보내는 편지를 대필해주곤 했다. 어느 날 학교에서 돌아오니 큰누님이 머리에 하얀 대님을 동인 채 부엌에서 밥을 짓고 있었다. 행동거지에 맥이 없고 얼굴이 어두웠다. 작은누님은 뒷방에서 뜨개질을 하고 있었다. 해질 무렵에 들에서 들어온 어머니가 큰누님을 방으로 들여보내고, 작은누님을 불러 꾸짖고, 대신 밥을 짓게 했다. "이 소가지 없는 것아, 두통에다가 어지럼증이 있다 해서 들어가 누워 있으라고 들여보냈는데, 그 언니를 부엌에 처박아두고 싶으냐?"

어머니는 머슴이 없으므로 할일이 태산이었지만, 큰누님을 들에 데리고 다니기 싫어했다. 그렇지만 이혼하고 재가한 생모를 닮아, 유달리 키 크고 육덕이 좋은 큰누님은 몸을 아끼지 않고 집안일, 들일, 동생들 거두는 일을 했다.

중학교에 들어간 내가 장흥까지 걸어가려고 나섰을 때, 큰누님은 내가 짊어지고 갈 쌀자루를 머리에 이고 우산도와 덕도 사이의 아랫목 무른 갯벌 길을 건네주었다. 나와 큰누님은 밀물이 소용돌이치며 흐르는 개웅(갯벌 웅덩이)을 사이에 두고 헤어졌다.

큰누님은 내가 중학교에 다니는 동안, 중매쟁이에게 속아 중년의 죽세공에게 개가를 했는데, 남의 앞자리였다. 멸치잡이 어장에서 쓰는 대 그릇을 만드는 그 죽세공은 큰누님을 데리고 평일도로 들어가 살림을 차렸다. 해남 화원에 사는 본처와 큰딸이 찾아다니면서 두들겨패고 머리칼을 쥐어뜯었지만, 큰누님은 그 수모를 견디며 살았다. 아들 둘을 낳고 딸을 낳고 나서 산후풍으로 세상을 떠났다. 훗날 윤씨 성을 쓰는 전남편의 아들과 백씨 성을 쓰는 두번째 남편의 두 아들이 섬 산기슭에 외롭게 묻혀 있는 뼈를 수습해서 총살된 전남편 옆에 안장을 하고 제사를 지내면서 외삼촌인 나에게 전화를 걸어왔다. 그때 호랑지빠귀 울음

소리가 들려왔으므로 나는 시 한 편을 썼다.

　　호랑지빠귀가 운다/귀신 울음소리라고 어린 시절 어른들이 그랬다//갈라놓으면 섞이는 바람//"외삼촌, 오늘이 어머니 제삿날이오."//산그늘 내리는 들녘/친정으로 불러 개가시키던 홀엄씨 된 누님의 가는 허리//'금선이도 왔소'/가느다란 생질놈의 목소리에/가슴에 경련이 인다//뼈 다른 형제가 모여앉아 향 사르고 촛불 밝히고 초혼을 하다가 내 생각이 났다는 마흔 살의 생질놈/왼쪽 걸음 걷다가 죽은 지아비 무덤에 절하고 남의 앞자리로 개가하여 머리 쥐어뜯기고 살다가 간 누님의 넋이 지금 저렇게/호랑지빠귀 되어 울면서 헤매고 있다.
　　　　　　　　　　—「지빠귀」(『열애 일기』, 문학과지성사, 1995) 전문

아버지의 설계도

나중에 안 일인데, 아버지는 6 · 25전쟁 뒤. 머슴 구하기 힘들게 되자, 큰아들인 형 혼자만 대학까지 가르치고, 작은아들인 나를 중학교에 보내지 않고 일을 부리다가 결혼시키고, 논밭 두어 마지기를 채워 분가시키자고 어머니와 의논(설계)을 한 것이었다. 분가를 시킨 다음에도 가까이 두고, 장차 큰아들에게 물려줄 큰집 살림살이를 돌보게 하려는 것이었다. 그 설계에는 내 밑으로 줄줄이 자라고 있는 동생들의 장래를 위하여 땅을 사두려는 의도가 담겨 있었다.

그해에 아버지는 사십육 세, 어머니는 삼십칠 세이셨다. 해마다 농사도 바다의 김 양식업도 잘되던, 한창 당신들의 재운財運이 뻗치던 시기였다. 두 해 농사를 잘 짓고, 바다에서 김을 생산하고, 아껴 먹고 검소하게 쓰고 남은 것을 팔아 논밭을 사곤 했다. 거기다가 전통적으로 내려오는 도짓소*로 재산 불리는 방법을 더했다. 어머니의 친정에 삼 년 전에 준 도짓소가 실소가 되어 있었는데, 그해 여름에 낳은 송아지 한 마리를 주면 그걸 끌어올 수 있고, 그 실소를 팔고, 쌀 이십여 가마니와 저

---

* 송아지를 키워달라고 주었다가 삼 년 뒤에 실소가 되면, 키워준 대가로 송아지 한 마리를 주고 끌어다가 재산을 불리는 재테크.

축해놓은 돈을 보태면 논밭을 한두 마지기 더 살 수 있었다. 그런데 작은아들인 내가 진학을 한다면 연차적으로 땅 사려 한 계획에 차질이 생기는 것이었다.

부모의 그 설계를 알지 못하는 나는 당연히 형이 다니는 장흥 읍내 중학교에 진학할 것으로 생각하고 있었다. 그런데 내가 초등학교 졸업을 했을 때, 집안에는 소 키우고 땔나무하고, 풀 베는, 담살이 머슴이 해야 할 일이 나를 기다리고 있었다.

우리 학교에서 장흥중학교에 진학할 학생들은 나 외에도 여덟 명인데, 그들은 모두 나보다 두세 살씩 위였다. 학교에서는 입시를 앞둔 학생들에게 특강을 실시했는데, 아버지 어머니는 "너는 특강 받지 않아도 넉넉히 합격할 테니까 받지 마라" 하고 일을 시켰다. 나는 그 말을 믿고 부지런히 일을 했다.

그해 문교부에서는 전국적인 연합고사(지금의 고등학교 수능시험)를 실시했고, 그 시험 점수를 가지고 전국 모든 중학교에 지원할 수 있게 했다. 나는 다른 동무들과 함께 읍내 고사장으로 가서 시험을 치렀는데, 특강을 받지 않은 내가 우리 학교 응시자들 가운데 제일 좋은 성적을 받았다. 나는 형을 통해 장흥중학교에 시험 점수와 함께 지원서를 냈다. 학교 담임선생은 정해진 날짜에 신체검사를 받아야 한다고 했는데, 아버지가 또 "너는 점수가 좋으니까 신체검사 안 받아도 문제없이 합격할 것이다" 하며 가지 못하게 했다. 그 말만 믿고 신체검사에 가지 않고 소 뜯기고 풀을 베고 땔나무만 하곤 했다.

다른 동무 입시생들이 신체검사를 하고 합격 여부를 보고 돌아온 이튿날, 아침해가 뜰 무렵에 갯마을의 한 동무에게 달려가서 "나 어떻게 됐냐?" 하고 물으니 "너는 떨어졌어, 신체검사도 시험이란다" 하고 말했다. 그 순간 나는 아버지 어머니의 의도를 알아챘다. 억분을 주체하지 못한 채 집으로 온 나는 아침밥도 먹지 않고 울면서 아버지 어머니에게 대들었다. "형만 중학교 보내고, 나는 안 보내고, 일 부려먹고 살려고, 나 시험에 떨어지게 하려고 신체검사에 가지 말라고 했지? 신체검사도 시험이라는디……" 부엌에 있던 어머니가 사랑채 뒷방 툇마루에 앉아 울어대는 내 눈물을 닦아주고 쓸어안아주며 "악아 울지 마라, 중학교 보내주마" 하고 달랬다.

아버지 어머니는 나에게 중학 교육만은 시켜주자고, 당신들의 설계도를 바꾸었다. 외가에 준 도짓소를 팔아 나를 그 중학교에 보결 학생으로 입학시키고, 자취방 하나를 얻어 형과 함께 학교에 다니게 해주었다.

하루 두 끼만 먹었다

중학교에 다니는 동안 내내 나는 점심을 굶는 결식缺食 학생이었다. 자취를 한 형과 나는 도시락을 싸가려고 밥을 더 짓기는 하지만, 아침밥을 먹고 나서 배가 덜 찬데다, 도시락에 넣어 갈 반찬이 마땅치 않으므로 도시락에 담아놓은 밥까지를 다 먹어버리고 책가방만 들고 가곤 했다. 어머니 아버지는 한 달에 쌀 두 말만 주었고 더이상은 주지 않았다. 식량을 아껴 땅을 사려고 유학하는 자식들에게 주는 양식까지도 한 사람 앞에 한 말씩으로 정해놓은 것이었다.

나를 비롯한 대개의 자취생들은 점심을 굶었다. 자취생을 제외하고는 반 학생 구십 퍼센트 이상이 고기반찬과 샛노란 김치와 달걀 반숙이 든 쌀밥 도시락을 지참하고 있었다. 점심시간에는 운동장에서 배회하거나 뛰어놀다가 5교시 시작종이 울리면 우물에서 물로 빈 배를 채우고 교실로 들어갔다. 점심 굶는 일이 점차 익숙해졌다. 오후 수업을 마치고 자취방에 돌아오면 밥을 지어 고픈 배를 채우고 잤다. 성장기에 있으므로 한창 식욕이 왕성한 나와 형은 고프던 차에 밥을 먹고 나면 식곤증으로 잠을 일찍 자곤 했다.

장흥 읍내의 너른 세계와 거기에 위치한 중학교라는 공간의 분위기는 정적인 고향 마을하고는 다르게 빠른 동적인 세계였다. 고향 마을에서 나는 부잣집 자식이었는데, 중학교에 들어가서 보니, 가난한 집 자식에 속해 있었다. 나는 못 가진 자로서의 결핍을 체험했다. 아버지는, 두 아들을 헤프게 길들이지 않으려고 용돈을 한사코 적게 주려고 했다. 어디어디 쓰겠다고 돈을 청구하면 주겠다는 것이지만, 나와 형은 미리 예측하여 용돈을 청구하지 못했다. 대개의 어머니들은 시장에 다니면서 아버지 몰래 돈을 만들어두었다가 아들의 손에 쥐여주곤 한다는데 우리 어머니는 평생토록 그러지를 않았다. 용돈은 오직 아버지의 손에서 나올 뿐이었다.

객지에서 용돈이 궁했으므로 우리는 집에서 가지고 간 쌀 반절을 가게에 팔고 대신 값싼 보리를 들여다가 꽁보리밥을 해 먹으며, 거기에서 생긴 차액을 용돈으로 쓰곤 했다. 아버지 어머니는 아들 둘을 읍내 중학교에 보내면서도 논밭을 사들이려고 검약하게 살림을 했다. 내 밑으로 줄줄이 자라는 자식들을 장차 결혼시켜 분가시킬 때 몫몫의 논밭을 채워주기 위해서.

가난한 자와 부자

　초등학생 시절 나는 동네의 가난한 자의 자식들로부터 부잣집(반동자) 자식이라고 따돌림을 당했는데, 중학교에 가서는 날마다 점심을 굶을 뿐 아니라 돈에 쪼들리는 아이로 살았다. 구태여 나눈다면 시쳇말로 흙수저 족속일 터이지만, 나는 내가 가진 자 편(금수저)의 족속인 듯 착각하곤 하는 착시현상을 모순되게 가지게 되었다. 삶의 굽이굽이에서 내가 분명 가난한 집 자식임을 인지하곤 했지만, 막상 편가르기를 해야 하는 자리에서는 이쪽에도 들어가고 저쪽에도 들어가는 듯싶은 혼란을 겪곤 했다. 그 혼란은 내 삶의 여러 측면에서 자주 일어나곤 했다.

　보수인가 진보인가, 노동자 편인가 사용자 편인가, 순수인가 참여인가, 하고 나눌 때 나는 보수도 진보도 아니고 순수 쪽도 참여 쪽도 아니었다. 보수이면서 진보이고, 진보이면서 보수였고, 순수이면서 참여였고 참여이면서 순수였다. 결국, 그렇게 가른다는 것이 의미 없다는 생각을 하게 되었다.

　소설가가 된 다음 나는 그 어느 한쪽에 들도록 작품을 쓰지 않고 양쪽을 다 포괄 수용하도록 작품을 쓰려고 애썼다. 나는 참여를 표방한 잡지 『창작과비평』에 발표할 작품이므로 참여에 신경을 쓰면서 창작하지 않았고, 순수를 표방한 잡지 『문학과지성』에 발표할 작품이므로 순수를 생각하며 쓰지도 않았다. 나의 작품을 주의깊게 읽은 동리 선생이 어느 날 "너는 중도中道다" 하고 말했는데, 그 말이 합당하다 싶었다. 중中은 정正이고, 진리 그 자체이다. 중도를 회색분자의 노선이라 생각하는 것은 덜떨어진 생각이다.

권력 서열

나는 학급에서 새로 만난 읍내의 동무들과 사귀는 일이 껄끄럽고 버거웠다. 읍내의 장터 주변의 억세게 닳아진 아이들은 걸핏하면 주먹으로 힘겨루기를 하려고 들었다. 동물적인 권력 서열 만들기였다. 억센 그들과 권력 서열이 이미 자리매김된 형과의 자취생활이 힘들었다. 나는 거칠게 부딪치려고 드는 동무들과 가능하면 대거리하지 않고 물러서버리곤 했다.

자취방에서의 형은 장자로서의 우선권과 형으로서의 권력을 철저하게 누리려고 들었다. 아버지가 자취 도구를 마련해주고 가면서, 하루씩 교대로 밥을 해 먹어라, 했지만 형은 따르지 않았다. 형의 생각과 말과 행동이 곧 자취방 안의 법이었다. 우물에서 물 한 번 길어오지 않았고 밥을 짓거나 설거지를 하려 하지 않았다. 나는 부엌데기 노릇을 하며 학교에 다녀야 했다. 성의를 다해 밥을 지어 바치지만, 형은 밥이 질고 설익었다고 하며 짜증을 냈다.

나의 타향살이는 외롭고 고달팠다. 토요일이 가까워지면 고향집에 가고 싶어 환장할 것 같았다. 장흥 읍내에서 덕도 집까지는 지름길로 팔십 리(약 32km) 상거였다. 읍내에서 대덕까지 왕래하는 버스는 하루에 세 차례, 아침 차, 점심 차, 막차뿐이었다. 차를 타고 가면 쉽고 빠를 터이지만 차비가 없으므로 집에 가려면 걸어서 갈 수밖에 없었다.

고향집의 아늑하고 포근한 분위기가 그립고, 어머니가 해준 밥이 먹고 싶었다. 어머니에게서 풍겨오는 유향 어린 체취와 다독거려주는 손길이 그리웠다. 해가 지고 노을이 타오르면 고향집에 가고 싶어 견딜 수 없었다. 월요일 아침부터 고향집에 갈 핑계를 만들었다. 양식과 반찬이 떨어졌다며 가지러 갔다. 일주일에 한 번씩 갈 수는 없으므로, 이주일에 한 번씩 갔다. 집에 가지 않은 일요일에는 뒷산으로 땔나무를 하러 갔다. 밥 지어 먹을 땔감을 뒷산에서 자급자족하라고 아버지가 명했던 것이다. 장에서 나무를 사오는 길이 있지만 엄두를 낼 수 없었다.

토요일 오전 수업 마치고 고향집을 향해 길을 나섰다. 아득한 들판을 건너서 억불산 허리를 넘고, 굽이굽이 골짜기를 지나고, 산모퉁이들을 돌고 내를 건너갔다. 찻길로 들어서면 길가에 서 있는 전신주를 헤아리면서 걸었다. 봄에도 여름에도, 가을에도 초겨울에도 그렇게 걸어다녔다. 가는 도중 눈비가 내리면 맞으며 달려갔다. 천관산 동쪽 밑의 삼산마을에서 갯벌 위에 놓여 있는 십리 노두(베개만한 돌을 강담처럼 쌓아 만든 길)를 건너서 갔다. 노두가 밀물로 잠겨 있으면 이십 리(약 8km) 해변을 돌아 회진포구에서 나룻배를 타고 건너갔다. 한밤중에 한재고개를 넘었다. 별 총총한 하늘을 머리에 이고 가다가 돌부리에 미끄러지면 숲에 자던 꿩이 푸드득 날아갔는데, 소스라치게 놀란 내 몸에서는 식은땀이 흘렀다. 집에 도착하면 온몸이 땀에 젖어 있었다. 사립에 들어서면서 "어메!" 하고 부르면, 어머니가 선잠에서 깨어나 맨발로 달려나오며 "워따 어메! 내 새끼야, 거기서 여기가 어디라고 이렇게 왔냐!" 하고 나를 얼싸안고 방으로 들어갔다. 어머니는 나를 안아주고 등을 토닥여주고, 점심부터 굶고 온 나를 위해, 삶은 고구마를 싱건지 국물과 함께 내주었다.

아랫목에서 주무시다가 깬 아버지는 왼고개를 튼 채 "팔십 리 길 걸어올 시간에 공부를 해야지" 하고 지청구부터 하고, 어머니를 향해 호통을 쳤다. "당신, 자식을 제대로 가르치려면 회초리를 들 줄도 알아야 하는 거라고요. 한석봉 어머니가 했다는 말 못 들었어요? ……어메 보고 싶다고 보르르 팔십 리 길을 달려왔다가 일요일에 또 그 먼길을 다시 되짚어 걸어가곤 하는 새끼를 따끔하게 혼낼 줄 알아야 한단 말이오!"

팔십 리 길 왕래

중학생인 나는 왜, 아버지의 지청구가 두려우면서도 이주 만에 한 번씩, 팔십 리 길을 걸어 왕래하기를 거듭하곤 했을까. 토요일 정오쯤에 갔다가, 다음날 아침 해뜰 무렵 어머니와 작별하고, 읍내 자취방을 향해, 곡식 자루를 짊어지고 반찬 단지 하나를 들고 땀 뻘뻘 흘리며 가파른 재를 넘기도 하고 차가운 냇물을 맨발로 건너기도 하고, 산모퉁이를 돌기도 한 그 한 걸음 한 걸음은 무엇이었을까.

소설은, 참을성 있게, 이 앙다물고 쓴 섬세한 한 단어 한 단어, 한 문장 한 문장이 모여 짜여지는 것이다. 단 한 자의 오자나 탈자가 있어도 안 되고, 오롯하게 만들어져야 한다. 그 단어와 문장들은 팔십 리 길을 절망하지 않고 끊임없이 걸어가는 소년의 한 걸음 한 걸음하고 같은 것 아니겠는가. 지나가는 트럭이나 버스가 있긴 있었지만, 나는 그 차들을 향해 태워달라고 손을 치지 않았다. 그랬을지라도 태워주지 않았겠지만, 나는 그냥 어떤 생각인가를 골똘하게 곱씹으면서 걷고 또 걸었던 것이다.

차 타고 가면 보이지 않는 것이, 걸어가면서 보면 보인다. 들꽃 한 송이, 팔랑거리는 나비, 다람쥐, 새 들이 보인다. 구름도 보이고 하늘도 보

218

이고 산도 보인다. 길 가장자리에 서 있는 전주 한 개와 다가오는 또 한 개의 사이를 칠십 걸음쯤에 돌파해가듯이 문장이란 것도 대상의 형상화를 위해 섬세하고 끈질기게 서술(돌파)해나가는 것이다. 소설가들은 한 문장 한 문장을 쓸 때마다 이를 앙다문다. 불도저로 밀고 가듯이 쓴다. 긴장하고 쓰기 때문에 심장과 위장이 압박을 받는다. 그렇게 쓴 소설 한 편은 그것을 읽는 독자에게 던지는 한 개의 질문이다. '참된 삶이란 것은 이런 것 아닐까요' 하는 원초적인 질문.

눈물 섞인 팥죽의 맛*

중학교 2학년 되던 해의 가을겨울은 이상고온과 가뭄으로 김 양식업은 흉년이었다. 김 양식업 흉년이 들면 집에 돈이 마른다. 3학년이 되는 이른봄 토요일에 형제의 등록금을 가지러 고향집에 갔는데, 어머니는 아침 일찍, 겨우겨우 생산한 김 하등품 백 속을 머리에 이고 시오리 밖의 대덕장으로 갔다. 그것 판 돈을 내게 안겨주려는 것이었다. 십 리 길을 걸어가 장바닥에 전을 폈고, 점심때가 가까웠을 무렵에야 김을 팔아넘겼다. 어머니는 잔돈 몇 푼을 남기고 그 돈을 모두 내 가방 속에 넣어주었다. 바야흐로 꽃샘추위의 눈보라가 보얗게 몰려왔다.

"아침밥도 시원찮게 먹드만 배 많이 고프지야?" 어머니의 말마따나 나는 배가 출출해 있었다. "아따, 눈 오기 전에 잘 팔아버렸다" 하며 어머니는 나를 이끌고 팥죽 가게로 갔다. 팥죽 끓이는 솥에서는 하얀 김이 뭉게뭉게 피어오르고 있었다. 어머니는 기댈 게 없는 의자에 나를 앉히고 주인아주머니에게 "팥죽 한 그릇만 주시오" 했다. 볼이 약간 처진 주인아주머니는 "한 그릇만 줘라우?" 다짐받듯 묻고, 팥죽 한 그릇

---

* 단편소설 「한②—홀엄씨」(『앞산도 첩첩하고』, 책세상, 2007), 장편소설 『달개비꽃 엄마』 참조.

과 싱건지 한 보시기를 탁자에 놓아주었다. 흰 사발에 담긴 팥죽에서는 김이 모락모락 피어올랐다. 어머니는 내 옆에 앉으면서 "숟가락 한 개 더 주시오" 하고 말했다. 주인아주머니가 숟가락을 어머니 앞에 놓아주었다.

팥죽을 나와 함께 떠잡수시려는 줄 알았는데 어머니는 그 숟가락으로 차가운 싱건지 국물만 떠잡수며 "배고프다, 어서 먹어라" 하고 재촉했다. 한 숟가락을 떠 입에 넣고 씹었는데, 팥죽은 고소하고 달콤하고 향기로웠다. "어머니도 잡수시오." 내가 말했지만 어머니는 "아니다, 나는 아침 먹은 것이 더부룩하고 신트림만 나온다. 이 싱건지를 먹은께 속이 풀어진다. 너나 어서 묵어라. 차 시간 늦겠다" 할 뿐이었다.

어머니가 나만 먹이려고 거짓말을 하고 있다고 생각하며 한 숟가락을 다시 떠먹었다. 어머니는 싱건지 건더기를 우둑우둑 씹고 국물을 마셨다. 순간 어머니의 슬픈 사랑이 가슴에 전율처럼 감지되면서 눈시울이 뜨거워지고 눈물이 코를 통해 입속으로 흘러들어왔다. 눈물로 인해 팥죽맛이 짰다. 서글픈 전율에 젖은 채 팥죽 속에 든 새알 건더기를 씹었다.

그새 묽은 싱건지 한 보시기가 다 없어졌다. 어머니는 "아따 그 싱건지 맛있소, 한 보시기만 더 주시오" 하고 말했다. 주인아주머니는 큰 사발에다가 싱건지를 떠다주면서 "뭔 싱건지만 그렇게 묵소?" 하고 무뚝뚝하게 미운소리를 했다. 어머니는 비굴하고 어색하게 웃으면서 "속이 불편하더니 이 싱건지를 묵은께 풀어져요" 하고 나서, 깨지락거리고 있는 나에게 다시 어서 먹으라고 재촉했다. 어머니에게 다시 팥죽을 좀 잡수라고 말했지만 어머니는 도리질을 하면서 퉁명스럽게 "나는 속이 불편해서 먹기 싫단 말이다. 너나 어서 먹어라. 차 시간 바쁘다" 했다.

나는 눈물로 인해 짭짤하게 느껴지는 팥죽 한 그릇을 어떻게 먹은 줄 모르게, 얼굴을 일그러뜨린 채 다 먹었다. 어머니는 돈을 치르고 나오면서 "아이고 내 새끼, 돼지고기나 한 접시 사 먹여 보내야 하는디 겨우 팥죽 한 그릇만 멕여 보낸다" 하고 안타까워했다. 내가 장흥행 만원 버스에 올라타는 것을 보고 난 어머니는 하얀 목도리를 머리에 덮어쓰고 목에 둘러 질끈 동여맸다. 눈발이 보얗게 날리고 있었다. 차가운 싱건지 한 사발만 마신 어머니는 눈발 속을 뚫고 시오리 길을 걸어서 집으로 돌아갈 터이었다.

클라리넷과의 만남

　고등학생이 되면서 원도리로 자취방을 옮겼고, 24인조 밴드부(취주악단)에 들어가 클라리넷을 연주했다. 군사훈련을 받기 싫어 취주악단에 들어간 것이었다. 날마다 교련시간에 받는 군사훈련이 끔찍스러웠다. '멸공'과 '북진 통일'을 주장하는 대통령의 명에 따라, 교육부와 국방부는 고등학생들을 일선에 전투병으로 투입할 수 있도록 제식훈련 총검술 사격훈련을 시켰다. 육군 대위 한 사람과 하사관 한 사람이 군복 차림으로 근무했다. 군사훈련 검열 기간에는 학생들이 한 일주일 동안 내내 부연 먼지 속에서 훈련을 받았다.

　그렇지만 취주악단의 단원은 그 훈련을 받지 않았다. 사열 분열 훈련 때 애국가와 행진곡을 연주해주어야 하므로 악대실에서 행진곡 연습을 하는 것이었다.

　클라리넷 연주에 푹 빠져들었다. 어린 시절에 불었던 피리젓대와 연주 체계가 비슷했다. 클라리넷의 소리는 나에게 새로운 세계를 열어주었다. 옥타브를 내리고 내는 오동통한 소리는 그 소리대로, 옥타브를 올려 부는 청아한 소리는 그 소리대로 나를 매혹했다. 클라리넷은 나의 몸과 영혼의 결핍을 그윽한 소리로 달래어주었다.

악대실에 비치되어 있는 명곡집을 펼치고, 〈바위고개〉〈가고파〉 따위의 가곡, 서양 오페라의 아리아와 여러 나라의 민요들도 연주했다. 그것들은 내 영혼에 알 수 없는 찬란한 슬픔의 결과 무늬를 새겨주고 있었다. 이국적인 정서, 알 수 없는 강과 하늘을 흡입하기였다.

〈스와니 강〉〈솔베이의 노래〉, 포기와 베스의 〈서머타임〉〈신세계 교향곡〉과 〈집시의 달〉 주제 부분을 떼어내어 가사를 붙인 것, 〈돌아오라 소렌토로〉〈산타루치아〉 등은 나를 사로잡았다. 일요일이면 학교 뒷동산에서 연주하며 즐겼다.

행진곡을 연습한다는 핑계로 클라리넷을 자취방으로 가지고 와서 불기도 했다. 그것은 향수병과 결핍을 이기고 영혼의 평화 속으로 들어가는 한 수단이었다.

그 클라리넷 소리를 듣고 한 소년이 자취방으로 찾아왔다. 클라리넷 연주하는 나에 대한 호기심으로 반짝거리는 눈과, 번져오는 사람 냄새와 친근해지고 싶어하는 정감으로 인해 소년과 나는 곧 친해졌다. 소년은 내 자취방으로 들어와 클라리넷을 연주해보려고 들었고, 내가 주는 김가루를 맛있게 먹었다. 소년은 중학교 1학년이었고, 나보다 세 살 아래였는데, 예측하지 않았던 한없이 많은 것을 가져다주었다.

난독 혹은 속독

자취집 담 너머 면장네 집에 내 동갑내기인 여학생이 있었는데, 소년은 그녀의 동생이었다. 그 여학생은 나보다 두 학년 아래의 중학생이었는데, 부끄럼을 많이 타면서도, 명석하고 생활력이 강한 여자였다. 세 살 위인 그녀 오빠가 나와 같은 학년이었는데 모든 게 국비로 운영되는 고등학교로 진학했다. 그는 서울대 철학과 진학이 목표였다. 그들 형제자매는 모두 천재적인 감수성을 가진 수재들이어서 학교 성적이 늘 일등이었다.

어느 날 해질 무렵, 소년이 나에게 쪽지 편지를 건네주었다. 두근거리는 가슴을 주체 못한 채 펴보니, 빌려온 책을 그쪽에 넘겨줄 테니 하룻밤 사이에 읽고 다음날 학교에 가기 직전에 돌려줄 수 있겠느냐는 것이었다. 책 한 권을 어떻게 하룻밤 사이에 읽고 돌려준다는 것인가, 얼른 대꾸하지 못하고 있는데 소년이 말했다.

"누님은 날마다 학교에서 소설책 한 권을 빌리는데, 쉬는 시간과 점심시간과 수업시간에 선생 모르게 다 읽고 집에 와서 형에게 넘겨준다는 것이여. 그러면 형은 그것을 밤새워 읽고 이튿날 아침 돌려주면…… 누님은 다시 새 책 한 권을 빌려 학교에서 다 읽고 와서 또 형에게 주겠다는 것이라고……"

도서관 없는 학교의 여학생들 사이에 일어난 '책 돌려 읽기 열풍'이 나에게로 불어온 것이었다. 나는 그 요구에 따르기로 했다. 독서의 맛이나 내 지식과 교양을 높이겠다는 의지보다는, 그녀의 마음을 얻기 위해 그렇게 해야 한다고 생각했다. '인仁'이라는 귀엽고 그윽한 이름으로 불리는 소년은 금방 책 한 권을 가져다주었다. 이광수의 장편소설 『흙』이었다.

석유 등잔불 아래서 밤을 꼬박 새워 다 읽었다. 정독 아닌 속독을 해야 했지만, 그것은 할아버지의 옛날이야기로만 길들여진 나에게 현대소설의 곡진한 서사의 아기자기한 재미와 그윽한 맛을 안겨주었다.

다음날은 박계주의 『순애보殉愛譜』, 그다음날은 김래성의 『애인愛人』 다시 그다음날은 김래성의 번안소설 『진주탑』, 그리고 『청춘극장』 1권, 2권, 3권, 김동인의 『젊은 그들』, 방인근의 야한 소설들, 이광수의 『원효대사』 등을 거듭 하룻밤 사이에 읽어내곤 했다. 『삼총사』 『암굴왕』 『십오 소년 표류기』 『로빈슨 크루소』 등 헤아릴 수 없이 많은 것들을 읽어내고, 김소월의 『진달래꽃』, 윤동주의 『하늘과 바람과 별과 시』, 현진건 단편소설집도 섭렵했다.

책이 건너다니는 동안에 둘의 마음도 건너다녔는지, 그녀는 자기 남동생을 통해 내 결핍된 자취생활의 정보를 입수하고, 이런저런 반찬을 제공하곤 했다. 김치, 깍두기, 고들빼기 김치, 싱건지, 젓갈, 나뭇잎 부각…… 쌀이 떨어질 기미가 보이면 어른들 몰래 함지박에 쌀을 담아 소년을 통해 보내주고, 제사 떡과 나물들을 갖추갖추 보내주고, 식혜도 주고, 한밤중에 쥐도 새도 모르게 자잘하게 쪼갠 장작을 자취방 부엌 앞에 한아름 가져다놓기도 했다.

그녀와 나는 깜깜한 밤에 으슥한 곳에서 만나 정을 나누는 그런 일이 없었다. 어쩌다가 학교에 오가다가 마주친다거나, 우물에 물을 길으러 가다가 골목길에서 만나면 서로 부끄러워 얼굴이 빨개지고 걸음걸이의 균형을 잃고 비틀거리는 것이 고작이었다.

한 학년 위인 형은 대학에 진학할 준비를 하지 않았다. 공부에 이미 담을 쌓고 있었고, 나의 클라리넷 불기, 학과 공부, 미친 듯한 어지러운 책 읽기에 대해서도 관심하지 않고, 마을을 돌면서 초등학교만 졸업하고 농사를 짓거나 빈둥빈둥 노는 또래의 청년들과 사귀었다. 화투놀이를 하거나 술을 마시고 밤늦게 들어오곤 하므로 형의 존재는 나의 취주악단 활동이나 밤새워 독서하기에 방해가 되지 않았다. 나는 형이 배고파하지 않게 밥을 지어주기만 하면 되었다. 나는 절대로 형의 삶에 관여하지 않았다.

문예반 가입

고등학교 2학년 초가을의 어느 금요일 5교시 끝난 뒤에, 모든 학생들에게 특별활동(취미활동)에 참여하라는 명이 내려졌다. 배구반, 축구반, 탁구반, 체조반, 생물반, 미술반, 음악반, 문예반…… 어느 반으로 들어갈까를 결정하지 못하고, 운동장 철봉대 옆에 앉아 있는데, 회진포구가 고향인 친구가 나를 문예반으로 이끌고 갔다. 문예반에는 마흔 명쯤 모여 있었다. 나는 맨 뒷좌석에 앉아 있었다. 담당은 국어교사인 김용술 선생이었다. 나는 그 선생에게서 용아 박용철의 '시적 변용詩的變容'을 공부하며 시의 세계를 신비롭고 경이로워하고 있었다.

김용술 선생은 '시적 변용'을 강의하며, 문인이라는 사람들의 기행 일화 몇 가지를 들려주었다. 하나는 유머와 위트와 감수성을 설명하기 위한 것이고, 다른 하나는 아나키스트 같은 멋스러운 자유의 삶을 이야기한 것이었다.

"'우물쭈물하다가 내 이럴 줄 알았지'라는 묘지명을 써놓고 죽었다는, 영국의 버나드 쇼가 미국엘 갔다. 그 소식이 언론에 대서특필되자 무용가인 이사도라 덩컨이 공항으로 마중을 나갔다. 비행기에서 내린 버나드 쇼에게 달려가서 끌어안고 키스를 했다. 쇼가 그녀를 떠밀치며 그러는 까닭을 물었고 그녀가 대답했다. '당신과 결혼을 하고 싶어요.

나의 아름다운 미모와 당신의 영특하고 현명한 두뇌 사이에서 태어나는 아이는 얼마나 영특하고 현명한 미남 미녀이겠어요?' 그러자 쇼가 대꾸했다. '당신의 멍청한 머리와 나의 흉측한 얼굴 사이에서는 얼마나 흉측하고 멍청한 아이가 태어나겠소?'"

시인 김소월의 스승인 안서 김억은 평안도 지방의 대단한 부호의 아들이었다. 그의 평소 신념과 주의 주장은 '돈은 세어보지 않고 쓰는 데에 가치가 있다'는 것이었다. 서울의 문인들 가운데 그에게 밥과 술을 얻어먹지 않은 사람이 없었다. 어느 날 부산의 문인들이 그를 초청했다. 그는 명주 바지저고리와 두루마기 차림으로 부산행 기차 일등 찻간에 올라탔다. 일본인 차장이 일등 찻간에는 조선인이 탈 수 없다고 막아섰다. 체구가 큰 김억은 차장을 힘껏 밀쳐버리고 안으로 들어갔다. 조선인에게 낭패를 당한 차장은 화가 치밀어 그를 뒤쫓아갔다. 삼등실로 쫓아보내려는 것이었다. 차장이 가보니, 그는 자기 지정 좌석에 앉아 프랑스 시집을 읽고 있었다(그는 이후 『오뇌의 무도』라는 프랑스 시집을 번역했다). 일본인 차장은 자기가 알지 못하는 꼬부랑글씨를 읽고 있는 그를 보고 멈칫했다. 이 사람이 조선 사람이기는 하지만 총독부의 대단한 고관인가보다 하고 생각했다. 차장은 그의 앞에 무릎을 꿇고, 미처 못 알아보고 무례를 저질렀다고 사죄의 말을 했다. 김억은 약한 자에 강하고 강한 자에게 약한, 차장의 비굴스러운 태도가 역겨워, 구둣발을 차장 앞에 내밀며 닦으라고 명했다. 차장은 모욕을 감내하고 구두에 앉은 먼지를 닦았다. 그는 얼핏 일본인 차장의 태도가 가엾어져, 호주머니에서 잡히는 대로 지폐를 꺼내주었다. 차장은 받지 않으려고 했으므로 돈은 바닥에 흘어졌다. 그는 아랑곳하지 않고 책을 읽기만 했다. 기차가 부산에 도착했는데, 문인 친구들 한 패가 환영을 나와 있었다. 그날 밤 그는 호화 요릿집에서 문인들을 대접했다. 그런데 계산을 하려고 하니, 그의 호주머니에는 돈이 한 푼도 남아 있지 않았다.

김소월이 요절했을 때 안서 김억은 영변에 있는 가난한 김소월의 집에 조문을 하고 오면서 7·5조의 시 「오다 가다」를 썼다.

오다 가다 길에서 만난 이라고/그냥 보고 그대로 가고 말 건가//자다 깨다 꿈에서 만난 이라고/그냥 잊고 그대로 가고 말 건가//산에는 청청 풀잎사귀 푸르고/바다에는 중중 흰 거품 밀려든다//수로 천리 먼길을 왜 온 줄 아나/옛날 놀던 그대를 못 잊어 왔네//십리 포구 산 넘어 그대 사는 곳/송이송이 살구꽃 바람에 난다.

김용술 선생은 안서 김억의 제자 사랑과 문학적 감수성을 극찬하면서도, 그의 친일 행위에 대하여 독설을 했다. 식민지 청년의 슬픈 신세를 '뼈도 없고 고깃덩이밖에 없는 내 몸'(「해파리의 노래」)이라고 표현했지만 그것으로 용서되는 것은 아니라고 했다. 선생은 매우 진보적인 사상을 가지고 있었다. 6·25 직후 유치로 들어가 빨치산 활동을 하다가 학도병(제자)에게 잡혀 살아난 이력을 가지고 있었다.

첫 소설 「천수답」

　김용술 선생은 향기로운 문학세계에 대한 이야기를 하고 나서, 다음 시간에는 반드시 시든, 소설이든, 수필이든 한 편씩 써 제출하라고 했다. 나는 일주일 동안 열심히 소설 한 편을 썼다. 200자 원고지 서른 장 분량의 소설이었다. 제목이 '천수답天首踏'이었다.

　한 농사꾼의 작은아들이 결혼해서 분가한 다음 형님에게서 받은 한 뙈기의 논에 농사를 짓고 사는데, 그 논이 천수답인 까닭으로 해마다 가뭄이 들어 농사를 망치곤 한다. 그리하여 절망적인 삶을 살 수밖에 없다. 그 주인공이 형과 갈등 대립하는 이야기를 그린 것이었다.

　그동안 앞집 여학생 덕분에 읽게 된, 소년 소녀를 위해 『몬테크리스토 백작』(알렉상드르 뒤마)을 축약한 『암굴왕』과 김래성의 번안소설 『진주탑』의 어두운 분위기에 영향을 받아 쓴 것이었다. 이 땅에 만연한 장자 위주의 전통적인 삶에 대한 작은아들의 저항과 울분의 삶을 그린 것이었다. 밤새워 원고지에 정리한 그 소설을, 다음주의 특활 시간에 선생 앞에 내밀었다. 숙제를 해온 것은 내가 유일했으므로, 선생은 내 소설을 한 학생에게 읽으라고 했다. 병을 앓고 나서 복학한 학생 김동화가 교탁 앞으로 나가서 그것을 읽었고 모든 학생들은 들었다. 나는 부끄러워 고개를 숙이고 있었다. 선생은 몇 학생에게 소감을 발표하게 한

다음, 마지막에 총평을 했다.

"이야기가 슬프면서도 재미있다. 인물 설정을 잘했고, 갈등 대립하는 얼거리를 잘 만들고, 암담한 분위기, 문장을 아름답게 쓰고, 주제가 선명하다…… 이 학생은 장차, 틀림없이 아주 훌륭한 소설가가 될 듯싶다."

이후 나를 대하는 문예반 학생들의 눈빛이 달라졌다. 문학 지망생들이 하나둘씩 접근해왔다. 내 작품을 낭독한 김동화를 비롯하여, 나를 문예반으로 이끈 이상수가 접근했다. 김동화는 소설가 지망생이고, 이상수는 시인 겸 유행가 작사가가 되고 싶어하는 학생이었다.

문학이라는 병病

형이 졸업한 다음 자유로워진 나는 문학병에 감염되어 있었다. 착하게 공부하던 학생이 학과 공부를 멀리하고 시 소설 공부로 빠져드는 것을 문학병이라 말했다.

앞집 여학생의 동생에게만 귀띔해주고 자취 도구들을 싸들고 원도리를 떠났다. 남산공원 밑 장흥읍교회 옆에 위치한 사진관 부속 건물로 이사를 했다.

사진관 아들이 나에게 함께 공부하자며 이끌었다. 그 친구는 약학과로 진학할 꿈을 꾸고 있었는데 나와 더불어 열심히 하겠다는 것이었다. 둘의 책상을 방의 안쪽 바람벽에 나란히 배치했다. 자취방 월세를 절약하자고, 그 친구 집으로 간 것은 실수였다. 내가 악대부를 그만두고 문예반 활동을 시작하면서 새로이 문학하는 친구들과 사귀고, 학과 공부보다는 소설책과 시집들을 주로 탐독하자, 그가 그것을 문제삼았다. 애초에 자기 공부를 도와주겠다고 한 내가 약속을 어겼다고 하며, 자기 방에서 나가라고 했다. 나는 아무데로도 갈 수가 없었다. 나에게는 새로이 자취방을 구할 돈이 없었다. 그때 나의 소설을 낭송해준 김동화가 도와주겠다고 나섰다. 사진 찍어 인화하기를 즐기는 그는 사진 재료를 구하기 위해 자주 사진관에 들락거리다가 우리 싸움을 목격한 것이었다.

"우리집으로 가자." 나는 책가방만 손에 들고 그를 따라갔다. 김동화는 자기 어머니 아버지에게 "성은 '한'가고, 이름이 승원이라우. 당신네 작은아들 삼으시오" 하고는, 나와 자기 방을 함께 쓰고 학교에 다니겠다고 선언하듯 말했다. 그의 어머니는 내 두 손을 모아 잡고, 조금도 어려워 말고 자기네 아들과 함께 생활하며 학교에 다니라고 말했고, 그의 공부방에 내가 사용할 이불과 요 한 채, 베개 하나를 가져다주었다. 이후 나는 그 집에 쌀 한 됫박 가져다주지 않고 밥을 얻어먹으며 학교에 다녔다.

방학 직전 졸업시험을 치르고 졸업 앨범 사진을 찍었다. 이제 2월에 졸업식만 하면 학교생활이 끝나는 것이었다. 나는 진학을 하지 않고 아버지 밑에서 농사짓고 김 양식업을 하면서 독학하여 시인 소설가가 되겠다는 꿈을 꾸었다. 그렇게 하지 않을 수 없는 이유가 있었다. 아버지가 교통사고로 한쪽 다리를 심하게 절룩거렸으므로 농사도 고기잡이도 김 양식업도 할 수 없었다. 형은 군대엘 갔고, 부릴 머슴도 들이지 못한 터여서, 어머니 혼자서 농사와 집안일을 해야 하는 처지였다. 아버지 어머니는 내가 얼른 졸업하고 집에 와서 살림살이해줄 것을 고대하고 있었다.

『한글 큰 사전』

　'대학에 진학하지 않을 터인데, 졸업장이 무슨 필요 있겠느냐' 하고, 졸업식을 외면하고 고향 마을로 돌아갈 준비를 했다. 학교에 낼 마지막 두 달 치의 납부금을 내지 않고, 그것을 호주머니에 넣고 서점으로 갔다. 한글학회의 『한글 큰 사전』을 샀다.

　김동화에게서 당시 영산포에 거주하는 소설가 오유권 선생에 대하여 들었다. 그가 초등학교만 다녔을 뿐이지만, 소설가가 될 수 있었던 것은 『한글 큰 사전』을 몇 번 베낀 결과라는 것이었다. 그 이야기는 나를 들뜨게 했다. 두번째로 산 것은 『한국 단편소설 선집』 두 권이었다. 그 책 속에는 이광수, 김동인, 현진건, 이상, 김동리, 황순원, 계용묵 등의 단편소설이 실려 있었다. 「발가락이 닮았다」 「광화사」 「운수 좋은 날」 「무녀도」 「황토기」 「학」 「날개」 「백치 아다다」 김소월 시집과 윤동주의 시집과 박용철과 김영랑의 시집들도 샀다.

　다음날 그 책들을 책가방에 넣어 짊어지고, 김동화와 그의 부모에게 하직 인사를 하고 고향 마을로 갔다. 그 '결행'에 대하여, 학급 담임이자 문예반 담당인 김용술 선생에게도 말하지 않았다. 시인 소설가가 된 다음 그 선생을 찾아가서 용서를 빌자는 생각이었다.

섬마을에서의 삶

바다 한가운데 떠 있는 반농반어半農半漁 섬마을에서 농부이자 어부로 살면서 시인 소설가가 되겠다는 열아홉 살의 객기 어린 삶이 시작되었다. 다행인 것은 내 호적 나이가 실제 나이(1939년)보다 이 년이 어린 것(1941)이었다. (아버지가 일제 소화 14년에 출생신고를 했는데 해방되자 단기로 고치는 과정에서 담당 면직원이 조견표 잘못 읽은 실수로 4274년으로 정정되었고, 몇 년 뒤 서기로 고치는 직원이 1941년으로 바꾸어 적은 까닭이었다.) 나와 동갑내기들은 모두 군대에 갔는데, 나는 그들보다 이 년이나 늦게 군대엘 갈 수 있었다. 삼 년 동안의 여유가 있으므로, 그 기간에 소설가가 되겠다고 생각했다. 지금 생각하면 그 삼 년 동안의 어부로서의 삶이 내 운명을 바꾸어주었을 터이다.

아버지와 어머니와 어린 동생들이 나를 반겼다. 나는 단단히 계획을 세웠다. 오전에는 아버지의 지시에 따라 농사일과 바다에서의 어업을 하고 오후에는 문학 공부를 할 참이었다. 아버지의 도움 없이 책을 사서 읽기 위해서는 닭을 쳐서 돈을 벌어야 한다고 생각했다. 닭을 부화하여 개체수를 불리고 그것들이 알을 낳으면 장에 내다가 팔고 그 돈으로 책을 구해 읽으리라 했다. 아버지 어머니는 그 계획에 찬동했고, 암

닭 두 마리와 수탉 한 마리 살 돈을 주었다.

장날 대덕장터까지 시오리 길을 걸어서 갔다. 버스가 다니지 않고, 군용 트럭이 사람들을 실어날랐다. 마을 사람들은 모두 트럭을 타고 가는데 나는 차비를 아끼려고 장터까지 걸어서 갔다. 열두 살 때 울력하기 위해 왕복한 길이었고, 장흥읍까지 삼십이 킬로도 걸어서 다녔던 내 다리였다.

닭전에서 예뻐 보이는 토종 암탉 두 마리와 수탉 한 마리를 사들고 돌아왔고, 닭장을 짓기 시작했다. 앞으로 백 마리쯤으로 불릴 작정이므로 집 모퉁이의 남새밭에 널찍하게 지었다. 바닷가에서 김 양식업에 쓰다가 부러진 헌 말목들을 짊어져다가 기둥을 세우고 황토를 이겨 바람벽을 만들고, 서까래를 얹은 다음 짚으로 이엉을 엮어 지붕을 덮었다. 닭장 한가운데에는 닭이 올라가 잠을 잘 홰를 만들어주었다. 완성하는 데 꼬박 이십 일이 걸렸다.

닭은 마당에 놓아먹이기로 했다. 나는 닭들에게 겨를 주기도 하지만, 보리나 밀을 가져다가 뿌려주기도 했다. 그들은 남새밭에서 풀과 배추를 뜯어먹었고 곧 알을 낳았다. 맨 먼저 아버지에게 알을 맛보여드렸다. 암탉들은 부지런히 땅을 긁어 헤치면서 무언가를 주워먹었다. 수탉은 자기 몸이 건강한 한에는, 수시로 두 날개를 탁탁 치면서 고개를 길게 빼고, 무슨 선언이라도 하듯이 울었고, 암탉의 뒷목의 털을 부리로 물고 등을 타고 올라갔고, 암탉은 땅에 앉은 채 꼬리털을 젖혀주곤 했다. 동생들은 닭들의 삶을 신기해했다.

모성성母性性 강한 암탉

두 암탉 가운데 한 마리가 알을 품어 병아리 까주기를 바랐는데, 그들은 쉬지 않고 알만 낳았다. 나는 병아리를 까주는 모성성 강한 암탉을 구하기 위해 대덕장으로 나갔다. 닭전 안을 내내 기웃거렸지만 내가 원하는 닭이 보이지 않았다. 장바닥에 나온 암탉들은 아직 어린 것들이 대부분이고, 들여다놓으면 금방 알을 빼먹을 수 있는, 털에 윤기가 나는 잡종 암탉들뿐이었다.

그때 한 중년 남자가 다가서며 대관절 무슨 닭을 사려는데 그렇게 기웃거리기만 하느냐고 물었다. 그 남자는 흰 한복 바지저고리에 흰 두루마기를 걸치고 머리에 상투를 틀고 있는 오십대 초반쯤의 남자였다. 병아리 까줄 암탉을 사려 한다고 말하자, 그 남자는 깜짝 반가워하며 자기 집에 그러한 암탉이 한 마리 있다고 했다. 우리의 흥정은 금방 이루어졌고, 그는 나를 데리고 자기네 집으로 가면서 말했다.

"나는 그년에게 알을 낳아주기를 바라는데, 그년은 겨우 스무 개쯤만 낳고는 자꾸 알을 품으려고만 하네……"

그의 집은 진목리에 있었으므로, 회진으로 뚫린 신작로를 걸어가다가 샛길로 접어들었다. 계곡 길을 지나 산굽이를 돌아가고 가파른 재를 넘어갔다.* 진목마을 한복판에 있는 그 남자의 집 닭장 둥지에 암탉 한 마리가 엎드려 있었다. 그는 그 암탉의 날갯죽지를 잡아 끄집어냈다. 털이 놀놀한 그 암탉은 꽥하고 괴성을 지르며 부리로 그의 손을 쪼려 들었다. 그는 날갯죽지를 새끼줄로 묶어 나에게 건네며 말했다.

"며칠 전부터 이놈이 병아리를 까겠다고, 자기가 낳은 알들을 내놓으라고 시위를 하는데, 그 알들은 내가 이미 다 먹어버렸어. 지금 자네가 가지고 가서 알을 넣어주면 좋다고 품어 병아리를 까줄 것이네."

---

* 그 산골길은 내 동갑내기 소설가 이청준의 「눈길」에서 그들 모자가 걸어간 길이다.

진목리와의 인연

나와 진목마을과의 인연은 모성성 강한 암탉 구하기로 말미암아 시작되었다. 훗날 나와 결혼한 아내와, 나와 동갑내기인 소설가 이청준이 진목마을 태생이다.

나는 머리꼭지에 상투를 짜 올린 그 남자에게 고맙다는 인사를 하고 그 암탉을 가슴에 안고 왔다. 닭은 열이 많은 짐승이었다. 그 닭에서 내 가슴으로 뜨거운 열기가 전해졌다. 내 귀에는 벌써 그 암탉이 까준 병아리들이 삐약거리는 소리가 들렸다. 그 병아리들이 자라 성계가 되고, 그것들은 알을 풍풍 낳아주고, 그 알들을 팔아 책을 사 보는 그림이 그려지고 있었다.

집에 들어서자마자 부화하려고 모아둔 알 열다섯 개를 둥지에 넣고 가져온 암탉을 그 위에 앉혀놓았다.

그 암탉은 감지덕지 알들을 품었다. 그 닭은 하루 한 차례 둥지에서 내려와 배설을 하고 물을 마시고 모이를 먹고는 곧바로 둥지로 되돌아갔다. 닭이 마당에 있는 동안 나는 대학노트로 알을 둘둘 말아 햇빛에 비추어 보며, 알 속의 병아리가 자라는 모습을 즐겼다. 알들은 어김없이 이십일 일 만에 샛노란 병아리로 변모했다.

병아리 우리를 만들어주고, 싸라기를 넣어주었다. 암탉은 자기는 먹지 않고 병아리들에게 먹는 방법을 가르쳐주곤 했다.

그 암탉은 첫번째 품어 깐 병아리들을 키워낸 다음 몇 개의 알을 낳고 나서 다시 열다섯 개의 알을 품어 병아리를 깠다. 한 해가 지나면서부터 성계가 된 암탉들이 알을 낳기 시작했고, 나는 알을 짚 꾸러미에 넣어 들고 장터에 가서 팔았다. 그 돈으로 나는 책을 빌려오곤 했다.

대덕장 한구석에 책전이 있었다. 읍내 군청 앞 서점의 주인 남자가 책들을 싣고 와서 전을 폈다. 대개가 덤핑 책이었지만, 나는 그것들을 정가의 십 프로를 주는 조건으로 빌려왔다. 『죄와 벌』『청맥』『좁은 문』『배덕자』…… 줄줄이 빌려다 보았다. 당시 국내 유일한 종합 교양잡지인 『사상계』를 정기 구독했다. 아침나절에는 농사일을 하고 오후에는 책을 읽었고, 밤이면 소설이나 시를 썼다.

잔밥

　집안은 '잔밥'에 싸여 있었다. '잔밥'이란 우글거리는 자잘한 자식들을 키우는 처지를 뜻하는 말이다. 어머니는 사십삼 세였는데, 갓난아기(막내딸)에게 젖을 먹이고 있었다. 그 위에 세 살 아들이 있고, 다시 그 위에 다섯 살 딸, 여덟 살의 딸과 그 위에 초등학교 6학년에 다니는 열세 살 아들, 초등학교에 다니다가 만 열여섯 살의 아들이 있었다. 다산성의 어머니였다. 그때는 여성들에게 임신과 출산을 조정하는 의술이 없었다. 어머니는 모두 열한 명의 자식을 낳았는데, 둘을 갓난이 때 여의고, 아홉 명의 자식들을 키워낸 것이었다.

　나는 잔밥에 빠져 있는 집안 살림살이를 도우면서, 부모를 성가시게 하지 않고, 내 힘만으로 시인 소설가가 되어 많은 동생들을 거들어주리라 마음먹었다.

쟁기질

　이른봄의 어느 아침, 아버지는 나에게, 쟁기를 짊어지고 소를 끌고 들 논으로 나가 기다리면 쟁기질해줄 놈이 나올 거라고 했다. 어머니가 미리 삯을 주고 쟁기질할 놈을 사두었다는 것이었다.

　들 논에서 한참을 기다렸는데도 놈이 나타나지 않았다. 뒤따라온 아버지는 나에게, 놈이 깜박 잊고 있는지 모른다며, 마을로 들어가서 그 놈을 데리고 오라고 했다. 그의 집으로 달려갔는데 그는 이미 다른 집의 논을 갈아주러 가고 없었다.

　논으로 달려온 나에게서 그 사실을 전해들은 아버지는 치밀어오른 울화를 억누르지 못하고, 논둑 가장자리를 절뚝절뚝 걸어다니며 "허허!" 하고 기막혀했다. 울화가 치미는 대로 한다면 손수 쟁기질을 해버리고 싶은데 불구가 된 다리 때문에 그리하지 못하는 것이었다. 덩치가 크고 성정이 순한 소 옆에서 나는 안타까워하며 서 있었다. 논둑을 한 바퀴 돌고 난 아버지가

　"내 횃불 내가 밝혀 들고 게를 잡아야지, 남의 횃불에 게를 잡는 사람은 항상 이렇게 슬플 수밖에 없는 법이다" 하고 오기 서린 말을 뱉고 나서 내게 말했다. "니가 해라. 쟁기를 짊어질 수 있는 힘만 있으면 할 수 있는 법이다. 나도 니 나이에 느그 증조부한테서 쟁기질을 배워 했더니

라. 남의 속에 들어 있는 글도 배우는 사람이 눈으로 직접 보고 하는 이 깐 것 못하겠냐? 길 잘 든 소이니게, 쟁기 손잡이를 단단히 잡고 소가 가는 대로만 따라다니면 된다."

아버지의 가르침대로 소의 몸에 멍에를 씌우고 쟁기를 매달았다. 소는 왕방울 같은 눈을 뒤룩거리며 모든 것을 받아들였다. 아버지는 소를 몰아 땅을 갈아엎는 법을 말했다.

"쟁기 손잡이를 적당한 힘으로 잡고 '이랴' 하고 소를 모는데, 땅을 갈아엎는 보습을 내려다보지 말고, 소의 오른쪽 앞발을 보면서 소가 나아갈 방향을 지시해주어야 한다. 소가 왼쪽으로 치우친다 싶으면 고삐를 오른쪽으로 살짝 잡아당기고, 소가 오른쪽으로 치우치면 '자라' 하고 소리치며 고삐로 오른쪽 배를 가볍게 쳐주는 것이다."

아버지의 가르침대로 쟁기질을 했다. '땅을 갈아엎는 보습을 내려다보지 말고 소의 앞발을 보고 소를 몰아가라'는 것이 핵심이었다. 자전거를 탈 때도 먼 앞을 내다보고 페달을 밟아야지 자전거의 앞바퀴를 보면 넘어지기 마련 아닌가. 우리의 삶도 근시안적으로 발부리만 내려다보고 살아서는 안 되고 먼 앞을 내다보고 살아가야 하는 것이다.

내가 쟁기질하는 것을 보며 아버지는 "그래, 너 벌써 쟁기질 선수가 되어버렸다" 하고 오달져했다. 쟁기질하기는 손아귀와 팔뚝이 약간 뻐근하기는 했지만 재미가 있었다. 동어반복의 중노동인 쟁기질에는 나름의 율동이 있었다.

아버지가 권한 막걸리 한 사발

    논을 반쯤 갈았을 때 아버지는 주막에서 막걸리 한 되를 받아들고 논 가장자리로 오셨다. 안주는 '전어회무침' 한 접시였다. "쉬었다가 해라." 아버지는 나에게 하얀 사발을 내밀고 막걸리를 따라주었다. 쟁기질하기는 힘들고 목이 마르는 중노동이라고, 한잔 마시고 얼근해져서 하면 좋다고 하며, 전에 한 말을 다시 했다. "모름지기 사람의 삶이란 것은, 내 횃불 내가 켜 들고 게를 잡으면서 살아야지, 남의 횃불에 게를 잡고 살면 항상 슬플 수밖에 없는 것이다."

    아버지는 오전에만 쟁기질을 하고 오후에는 하지 말라고 했다. 소도 쉬고 사람도 쉬어야 한다는 것이었다. 쟁기를 지고 소 끌고 집으로 들어가자 어머니는 찹쌀밥을 해 내놓고 기다리고 있었다. 밥을 달게 먹는 내 앞에 앉아서 "평생 농사를 짓고 살아도 쟁기질을 못하는 사람이 있는디, 책상물림인 니가 대번에 해버리는 것을 보니 앞으로 너는 농사도 아주 잘 짓겠다" 하고 오달져했다. 어머니의 말마따나 나는 그해부터 우리 소유의 논밭 농사를 다 맡아 지었다.

별 흐르는 여름밤에

　무더위가 기승을 부리는 한여름 밤이면, 마당 한가운데에 평상을 놓고 거기에서 잤다. 평상 양옆에 모깃불을 피웠다. 논밭에서 뽑거나 벤 잡풀들을 짊어져다가 말려서 연기를 피우는 것이었다. 평상에 누우면 어머니는 은하수 가로지른 밤하늘의 총총한 별들을 쳐다보며 이야기[*]를 해주었다.

　새파란 별똥들이 가로질러 흐르는 초롱초롱한 별들 사이로, 이웃 마을의 목이 쉰 어미소의 울음소리가 아스라이 사위어가고 있었다. 얼마나 울었으면 목이 저렇게 쉬었을까. 별들은 들꽃처럼 각기 색깔이 달랐다. 어떤 별은 푸르고, 어떤 별은 노랗고, 어떤 별은 불그죽죽했다. 그 별들을 쳐다보며 어머니는 한숨과 함께 "아야, 그래서 그랬던가보다!" 하고, 당신이 새 각시 시절에 돌아가셨다는, 큰댁 할머니 이야기를 해주었다.

　……큰댁 할머니의 둘째 아들이 장가 막 들고 나서 시낭고낭 앓다

---

[*] 어린 시절 이야기를 들려주시던 할아버지는 두 해 전, 내가 고1 때 고혈압으로 돌아가셨다. 내 소설들에는 할아버지와 어머니가 해준 이야기들이 투영되어 있다. 할아버지는 나에게 하늘 의식, 우주적이고 윤리적인, 상생(相生)의 큰 틀을 심어주었다. 어머니가 들려준 이야기에는 뿌리 의식과 한(恨)이 담겨 있었다.

가 죽었는데, 땅에 묻은 지 얼마 되지 않아, 그 아들의 약시시를 하느라 쓴 돈을 갚기 위해 송아지를 팔았다. 그 송아지를 사간 소장수가 우산도牛山島 사람이었다. 소장수는 송아지를 힘들이지 않고 바닷가까지 끌고 가기 위해 어미소를 이용했다. 큰댁 할아버지가 어미소를 끌고 가자 송아지는 말썽부리지 않고 졸랑졸랑 따라갔다. 바닷가 모래밭에 이르렀을 때 소장수는 미리 준비해놓은 배에 송아지를 실었고, 큰댁 할아버지는 어미소를 끌고 집으로 왔다. 어미소는 배에 실려 우산도로 가는 송아지를 돌아보며 슬피 울었고, 송아지는 어미소를 향해 울었다. 큰댁 어미소는 젖이 퉁퉁 붓자 이틀 동안 목이 쉬도록 울어대다가 한밤중에 고삐를 끊고 어디론가 사라져버렸다. 대소가 사람들이 그 소를 찾기 위해 여기저기를 뒤지고 있는데, 우산도에서 어미소가 와 있다는 기별이 왔다. 어미소는 송아지를 찾아, 십리나 떨어져 있는 시퍼런 바다를 헤엄쳐 우산도*까지 건너간 것이었다. 큰댁 할아버지가 우산도로 가서 어미소를 찾아 끌고 온 날 밤에, 어미소는 숨이 가쁘게 슬피 울고 또 울었는데, 큰댁 할머니는 당신의 가슴을 주먹으로 꽝꽝 치면서 "나는 소보다 더 못한 년이네" 하고 울어대다가 피를 토하고 죽었다.

---

* '어머니' 연작소설 중에 「한③—우산도」(『앞산도 첩첩하고』, 책세상, 2007)가 있는데 어머니에게서 들은 그 이야기를 바탕으로 한 것이었다.

어머니의 뿌리, 동학東學

푸르고 누르고 붉은 별들이 수런거리는 가지색 밤하늘을 가로질러 흐르는 은하수를 쳐다보며 어머니가 들려준 또하나의 이야기는 내 외할머니의 친정*에 대한 것이었다.

외할머니의 친정은 강진군 칠양면의 두메마을인데, 1894년 한겨울 동학혁명이 세상을 휩쓸었을 때 문家門을 닫았다. 외할머니의 오빠(어머니의 외삼촌)가 한 분 있었는데, 동학군에 들었다가 장흥읍 석대들 전투 때 죽은 것이었다. 일본군 기총소사에 쫓겨 어느 대밭에 숨어들었는데, 대창같이 날카롭게 깎인 대 등걸에 발을 찔려 더 도망가지 못하고 관군에 잡혔던 것이다.

강진과 장흥의 관군과 민보군은 동학군 포로들을, 읍내를 관통하는 탐진 강변의 잣두 모래밭에서 처형했다. 줄줄이 박은 말뚝에 포로들을 묶어놓고, 짚뭇을 삿갓처럼 만들어 씌워 불을 질러 죽였다. 어머니의 외할머니는 딸(나의 외할머니)을 데리고 아들의 시체를 찾으러 갔다. 모든 시체는 얼부푼데다 거멓게 그을려 있었으므로 얼굴만으로는 아들을

---

* 광주형무소에 수감되어 있는 막내아들 면회를 다니기 위해 미역 장사를 하던 외할머니의 친정집(어머니의 외가) 이야기였다. 어머니는 그 이야기를 어린 시절 당신의 어머니에게서 한여름 밤 마당에 편 멍석 위에서 밤하늘을 쳐다보며 모깃불 연기 속에서 들었다고 했다.

찾을 수 없었다. 어머니의 외할머니는 타다가 만 바지저고리의 바느질 솜씨와 오른발의 짝발가락을 보고 아들을 찾았다. 한겨울이었으므로 땅이 꽁꽁 얼어 있었다. 근처 농가의 한 노인을 사다가 가까운 산기슭으로 시체를 옮기고 무릎 잠기는 깊이로 땅을 파고 묻었다. 묻을 때 어머니의 외할머니는 당신의 치마저고리를 벗어서 아들의 시체를 덮어주었다.

홑치마 저고리만 입은 채 찬바람을 무릅쓰고 강진 칠양 두메로 간 이튿날 관아의 민보군과 포졸들이 동학군에 든 사람들의 집을 불지르고 가족들을 끌어다가 족쳤으므로 어머니의 외할머니는 딸을 앞세우고 덕도 친정으로 피신을 했다. 어머니의 외할머니*는 딸을 박씨 집안의 총각(나의 외할아버지)과 짝지어주고 나서, 이 장 저 장을 돌아다니며 아들 무덤을 돌보다가 죽었다.

---

* 내 외할머니의 친정 집안의 멸문에 대한 이야기는 대하소설 『동학제』와 장편소설 『달개비 꽃 엄마』에 투영되어 있다.

실머슴

어머니는 나를 우리집 '실머슴'이라고 했다. 실머슴이란 한 집안의 모든 힘든 일을 주인의 지시나 도움을 받지 않고 완벽하게 해내는 상머슴을 말한다. 나는 열아홉 살 되던 해부터 삼 년 동안 우리집 농사를 내 땀과 요령으로 다 지었던 것이다. 열 마지기의 논농사와 스무 마지기의 밭농사를 위해 쟁기질을 하고 써레질도 하고, 모내기를 위해 마을 사람들과 품앗이도 하였다. 어머니는 '쇠경으로 쌀 열두 가마니'는 넉넉하게 받을 수 있는 상머슴이라고 나를 평가했다.

그 무렵 나와 함께 고등학교 졸업한 이웃 마을의 청년들은 모두 양반 귀족의 자제처럼 흰 모시옷 입고 부채질하며 노닐었고 바다에서 선유를 하고 낚시질을 즐겼다. 그러다가 한 친구는 보충역으로 빠진 다음 면사무소의 임시직원이 되었고, 다른 한 친구는 국세청의 세무 공무원이 되었고, 또다른 한 친구는 장교가 되겠다고 3사관학교에 들어갔고, 그리고 다른 한 친구는 서울에 있는 한 신문사의 영업사원이 되었다. 그들은 모두 군 입대를 피하고, 도시 지향적 현실적인 삶世世을 추구했는데 나는 농사와 어업을 하면서, 시인 소설가 지망생으로서의 비현실적인 꿈에 취해 있었다.

대개의 청년들은 감색 양복에 넥타이 매고, 당시 유행하던 올백 머리

(가르마를 타지 않고 모두 뒤쪽으로 빗어넘기는 하이칼라 머리)에 포마드 바르고, 귀밑머리를 길게 늘어뜨리고 다녔다. 나도 이발소에 가서 그들처럼 하고 싶었는데, 아버지가 돈을 주지 않으므로 머리를 쑥대처럼 기르고 살았다. 그런 채로 허름한 물옷(일복)을 입고, 논에서 쟁기질도 하고 밭으로 두엄도 짊어져 날랐고, 산에서 땔나무도 해 짊어지고 오고, 장에 쌀을 돈사기(팔기) 위해 짊어지고 나가기도 했고, 가을과 겨울에는 바다에서 김 양식업을 곁들여 했다. 나는 장차 시인 소설가가 되겠다는 꿈을 가지고 있었으므로 그러한 내 무지렁이 모습이 떳떳했다.

삭발

아버지가 마을에 나갔다가, 이발 가위와 바리캉이라는 기계를 들고
왔다. "승원아, 이리 오너라, 머리 깎아주마. 젊어서는 동네 청년들의
하이칼라 머리 내가 다 해주었더니라."

아버지는 내 동생에게 엉덩이 붙이고 앉을 궤짝과 보자기 하나를 가
져오라고 명했다. 나는 궤짝에 앉은 채 보자기를 목에 두르고 눈을 감
았다. 아버지는 내 주위를 절름절름 돌아다니시면서 가위로, 쑥대같이
자란 내 머리를 자르기도 하고 바리캉으로 밀어올리기도 했다. "다 됐
다. 머리 감아라." 목에 두른 보자기에 수북하게 떨어져 있는 머리카락
들을 털어내고 어머니의 경대에 내 모습을 비춰보았다. 내 머리는 팽이
처럼 볼품없이 오종종하게 깎여 있었다. 소인스럽고 옹졸하고 쩨쩨하
고 비굴하고 그야말로 무지렁이 모양새였다.

머리 모양새는 그 사람을 유치하고 경망스럽게 보이도록 만들기도
하고, 미치광이로 보이게도 하고, 의젓하고 당당하고 지적으로 보이게
도 한다. 사람들이 이발소에 가서 자기의 머리 모양새를 가꾸는 것은,
자기만의 머리 모양새가 인격과 품위와 멋스러움을 조장해주는 것이기
때문일 터이다.

나는 아버지가 만들어준 내 머리 모양새에 울화가 치밀었다. 그 울화

는 이발 솜씨 서투른 아버지를 향한 것이 아니었다. 또한 돈을 아끼려고 억지로 내 머리를 손수 잘라준 아버지의 행위에 대한 원망도 아니었다. 그것은 나를 향한 것이었다. 내가 내 발로 이발소에 걸어가서 내 돈 내고 이발사에게 이렇게 저렇게 깎아달라고 요구하여 나를 나답게 만들지도 못하는 주제에 하이칼라 머리를 하고 살면 무얼 할 것인가. 내 가슴속에서는 뜨거운 불덩이 하나가 뭉쳐지고 있었다.

나는 어머니의 바느질 상자에서 천 자르는 가위를 꺼내들고, 내 정수리에 남아 있는 긴 머리칼들을 잘랐다. 거울에 비친 내 머리칼들은 쥐가 뜯어먹은 모양새가 되었다. 나는 동생에게 바리캉을 가져오라고 한 다음, 나의 머리를 스님들의 그것처럼 하얗게 밀어버리라고 명령했다. 내 동생은 "성, 참말로 싹 밀어? 중머리같이?" 하고 두 번이나 다짐을 받고 나서 "히히히히" 하고 웃으면서 내 머리를 바리캉으로 깎았다. 동생의 웃음소리를 들으면서 나는 이를 악물었다.

스님들의 머리 모양새를 하고 사는 내 모습을, 아버지는 외면해버렸다. "너 이놈, 애비가 성치 않은 다리로 절뚝거리면서 힘들게 깎아준 머리를 그렇게 매정스럽게 깎아버리다니, 이런 못돼먹은 버릇을 어디서 배워 왔느냐!" 하고 호통을 칠 법한데 그러지 않았다. 여느 때 성질 꼬장꼬장하고 누구에게나 명분 어린 바른 소리 잘하시는 아버지가 왜 나의 삭발을 의식적으로 본체만체해버렸을까. 나는 곧 그것을 알았다. 아버지는 삭발한 나의 결단력을 무서워한 것이었다. 삭발을 한다는 것은, 자기 나름의 삶을 위해 어떤 각오인가를 한다는 것이고, 새로이 거듭난다는 것이고, 이어져오던 헌 삶에 획을 긋고 다른 새길로 선회한다는 것이고, 무서운 어떤 일인가를 결행할 수도 있다는 것이다.

밤배질

    그해 늦가을의 어느 아침에 숙부와 나는 각기 목선 한 척씩을 타고 덕도 북편 모퉁이 들판의 제방으로 갔다. 숙부네 논에서 볏짐을 짊어져다가 목선에 실었다. 뱃머리와 배 한복판에 두둑하게 싣고, 한 사람이 타고 노를 저을 부분만 남겨놓았다. 노 젓는 곳에서는 뱃머리 앞쪽이 보이지 않았다. 오로지 짐작만으로 배를 저어 우리 마을 앞 포구까지 오 킬로미터쯤의 밤 바닷길을 저어 가야 하는 것이었다.

    숙부가 우리 논의 볏짐 들이는 일을 해주었으므로 나는 숙부에게 품을 갚아야 했다. 우리는 제방 둑에 앉아 숙부가 싸온 도시락으로 고픈 배를 채우고 밀물이 들어와 배가 뜨기를 기다렸다. 가지색 밤하늘에는 노란 별 푸른 별 불그죽죽한 별들이 수런거렸다. 달이 없는 음력 그믐의 사리 때였다. 한밤중에 밀물이 가득 밀려들었고 드디어 볏짐 두둑하게 실은 목선이 떴다. 숙부와 나는 각자의 목선에 올라탔다. 밤배질에 익숙한 숙부는 앞장서서 저어 가며 목청 높여 말했다. "김발 말목 속으로 들어가면 안 된다! 그것들 잘 피하고 여(암초)에 걸리지 않게 조심해서 모래밭 쪽으로 붙여 저어 오너라." 총총한 별빛 흘러내리는 어두운 바다 속으로 숙부의 목선이 사라진 뒤로 나는 혼자가 되었다. 들썽거리며 출렁거리는 밤바다와 흐르는 별들이 눈을 부릅뜨고 나를 지켜보고 있을 뿐이었다.

밤바다에서 내 목선의 노를 저어줄 사람은 나뿐이었다. 나는 나 혼자만의 실존을 알아차렸다. 힘들다고 잠시라도 노 젓기를 멈출 수 없었다. 젖 먹던 힘까지 끌어다가 계속 저어야 했다. 물론 뱃머리의 방향을 가늠하는 것도 나 혼자만의 지혜로 해내야 했다. 신에게도 악마에게도 의탁할 수 없었다. 이마에서 흐른 땀이 눈을 적시어 쓰라렸지만 땀을 훔칠 틈도 없었다. 내가 지나가야 할 작은 무인도와 육지 사이에는 벌써 썰물이 시작되고 있었다. 사리 때의 썰물 해류는 줄기차게 소용돌이치며, 홍수 진 강물처럼 흘러갔다. 자칫 잘못하면 그 소용돌이 속에서 배가 방향을 잃고 떠밀려 맴돌 수도 있는 순간순간들이었다.

'아차' 하는 사이에 별빛에 비친 김발의 말목 몇 개가 눈앞에 연이어 나타났다. 김발 말목들 속으로 들어가지 말라던 숙부의 말을 떠올리고 당황했다. 만일 볏짐을 가득 실은 채 말목들 속으로 들어가면 말목이 꺾이게 되고 꺾인 말목 끝이 배 밑바닥을 뚫을 수도 있다. 두께 오 센티쯤인 배 밑바닥이 뚫린다면 배가 가라앉게 되고 나는 물에 빠져 죽게 될 수도 있는 것이다. 겁이 났다. 나는 노를 밀어 저어 뱃머리를 오른쪽으로 돌려 말목을 피했다. 무거운 짐을 실은 배가 기우뚱하였고, 이미 뱃머리에 걸린 말목 하나가 우지끈 꺾이고 있었다. 다행히 배는 더 말목에 걸리지 않고 내가 젓는 노의 힘에 따라 앞으로 나아갔다. 공포로 인한 전율이 오싹 식은땀을 흐르게 했다. 나는 어둠의 바다에서 무사히 살아 나가야 하고, 볏짐 가득 실은 배를 실수 없이 목적지까지 저어 가야 한다는 생각을 했다. 왼편의 김발 말목을 피한 뒤에는, 오른쪽에 널려 있는 암초들과 갯바위 사이사이를 곡예하듯 나아갔다. 내 몸은 흐른 땀으로 흥건히 젖어 있었다. 나는 힘에 겨워 뻐드러지려 하는 두 팔에 모든 힘을 쏟아부었다.

사력을 다한 끝에 드디어 별빛 흘러내리는 마을 앞 모래밭에 배를 댔다. 진즉 도착해서 조마조마해하며, 밤배질에 서투른 나를 기다리고 있던 숙부는 "아따, 우리 승원이 장가가도 되것다!" 하고 말했다. 내가 노를 밀어 저어, 배의 고물을 모래밭으로 향하게 하자, 숙부가 나의 배의 고물을 모래밭 위로 끌어올렸다. 모래밭으로 내려서자마자 쓰러지듯 드러누워버리는 나에게로 별들이 소낙비처럼 쏟아져내렸고, 나는 눈을 감아버렸다. 내 속으로 새까만 어둠이 몰려들었다. 해냈다는 환희보다는, 알 수 없는 슬픔과 억분이 속에서 분출하고 있었다. 그때 나는 생각했다. "나를 이 어둠 속에 묻어놓는 것도 나이고 나를 그 밖으로 끄집어내는 것도 나이다."*

이후 평생 동안 나는 독한 마음 먹고 나를 둘러싸고 있는 어둠 밖의 빛 쪽으로 끌어내려고 분투하고 또 분투했다. 폴 발레리가 해변의 묘지 앞에서 "살려고 분투해야 한다"고 노래한 그 분투. 오늘의 나를 있게 한 것은 그 분투였으리라.

---

*『꽃을 꺾어 집으로 돌아오다』(불광출판사, 2018) 참조.

물정物情 얻기

　겨울철에 하는 바다에서의 김 양식업을 여름철부터 준비했다. 기계로 새끼를 꼬았고 대나무를 가늘게 쪼갠 '쪽대'를 사다가 김발을 엮었다. 김 양식업에는 새끼줄이 무진장 들어가므로 '김 양식업은 새끼놀음 그 자체'라고 해변 사람들은 말했다. 당시의 김 양식업은 양질의 짚으로 꼰 적당한 굵기의 질긴 새끼로 하는 사업이었다. 때문에, '새끼에서 떨어지는 티 서 말을 먹어야 뱃놈이 제대로 된다'는 속담이 있을 정도였다.

　농사꾼이나 어부로서 성공하려면 농사에 대한 물정, 바다 김 양식업에 대한 물정을 터득해야 한다고 아버지는 말했다. 나는 밤이면 내 또래 청년들 집에 놀러가서 이야기를 들었다. 물정을 터득하려는 것이었다. 물정에는 세상살이에 대한 물정, 농사 물정, 바다 물정이 있다. 물정을 얻는다는 것은, 마주치는 모든 대상(우주)의 깊은 비밀과 원리를 터득한다는 것이다.

　나하고 함께 학교에 다니며 나를 반동자 새끼라고 따돌리던 두서너 살 위의 동무들은 모두 군대에 가고 없고, 마을에서 사귈 수 있는 동무들은 또래이기는 하지만 모두 내 초등학교 한두 해의 후배들이었다. 초등학교밖에는 다니지 않았지만 그들은 농사일이나 바다에서의 고기잡이와 김 양식업營漁에 있어서는 깔보아서는 안 되는 선배였다. 나는 그들에게 접근하여 농사와 어업에 관한 물정을 배워야 했다.

물정은 삶의 현장에서 악착같이 부딪히며 체험하기도 하지만, 주고받는 말 속에서 터득하게 되는 것이었다. 물정은 우주적인 교통 교감이다. 바닷사람들에게는 그들 사이에서만 통용되는 속담이 많다.

바다로 둘러싸인 섬에 사는 사람에게는 바다가 황금 시장이다. 섬사람은 바다와 친하지 않고는 득세할 수 없다. 치열한 삶의 현장인 바다는 서정적인 시공이 아니고 산문적인 시공이고 신화적인 시공이다. 신화의 늪이다. 바다에서의 삶은 늘 도전하듯이 결연하게 대처해야 한다. 바다를 서정적인 낭만의 시공으로 알면 실패하고, 도전적인 삶의 아픈 투쟁의 현장으로 받아들여야 성공할 수 있다.

바다, 세 치 오 푼 저 너머의 저승

섬에서 살려면 반드시 배를 타야 한다. 바다에서 배타고 사는 일을, '세 치 오 푼 저 너머에 저승을 안고 사는 것'이라고 말한다. 배 밑바닥의 두께가 세 치 오 푼, 즉 오 센티미터쯤인 것이다. 푸른 바다에 빠지면 죽는 것이므로, 죽음을 보듬고 산다는 것이다. 그러므로 배 타고 어업하는 사람들은 일찌감치 죽음과 허무를 터득한다.

섬에서 태어나고 자란 내가 바다와 맞닥뜨린 것은 운명적인 것일 터이다. 나중에 소설가가 된 다음 생각해보니, 도시나 산중에서 나고 자란 사람은 품을 수 없는 '바다의 시공時空' 혹은 '바다 물정'을 보듬어보는 행운을 나는 이십대 초반부터 운명적으로 가지게 된 것이다.

바닷사람들만 사용하는 속담들이 많다. 한반도 남쪽 바다에는 밀물과 썰물, 만조와 간조가 있고, '사리'*와 '조금'**이 있다. 그것들의 변환을 물때라고 말하는데, 물때는 달의 운행하고 밀접한 관계를 가지고 있다.

"초여드레 지는 밤중, 스무사흘 뜨는 밤중"이라는 속담은 음력 초여

---

* 해류 속도가 빠르고 밀물이 넘치도록 밀려들고 썰물이 바다 밑바닥이 드러나도록 빠져나가는 시기. 음력 1일 전후와 15일 전후.
** 해류 속도가 느리고 밀물과 썰물이 별로 차이가 나지 않는 시기. 음력 8일 전후와 23일 전후.

드레는 달이 질 무렵이 한밤중子正이고, 스무사흘은 달이 뜨는 시각이 곧 한밤중이라는 것이다.

어업으로 살아가려면 바람과 안개와 기상과 파도의 성질과 물때를 환히 꿰고 있어야 하고, 물고기와 김(해태)의 생태를 알아야 하고, 흩어져 있는 무인도 사이사이의 물의 흐름(물목)을 알아야 하고, 타고 다니는 배 관리를 철저히 해야 한다. 농사꾼은 농사꾼대로, 어부는 어부대로 우주철학자, 생태철학자들이다. 땅과 바다의 이치를 터득하고 순응해야 한다.

인근 마을의 동무들 가운데, 광주농고 나온 동무와 여수수산학교 다닌 동무가 있었다. 나는 그들을 찾아다니면서 농사 지혜, 김 양식업에 관한 지혜를 공부했다. 그들에게서 책을 빌려다가 깊이 읽었다. 대지에서 얻는 쌀이나 보리나 닭이나, 바다에서 얻는 김이나 파래나 매생이나 낙지나 주꾸미나 숭어나 도미나 광어나 다 사람과 다름없는 생명체였다. 그들의 생태를 알아야 그들을 양육하고 그들을 잡아먹으며 살 수 있는 것이었다. 해류의 흐름을 알려면 달의 흐름을 알아야 한다. 달은 바다의 흐름을 관장한다. 더불어 파도의 힘과 성질을 알아야 김 양식업을 제대로 할 수 있다.

김 양식업을 하려면 김의 생태를 공부해야 한다. 김의 포자를 발에 부착시키려면 바다에 설치한 김발이, 김의 생태에 알맞은 조간대潮間帶에 머물러 있게 해야 한다. 김발이 필요 이상으로 높으면(조간대 위쪽으로 벗어나면) 이끼 모양새의 매생이 포자가 붙고 너무 낮으면(조간대 아래쪽으로 벗어나면) 새파란 파래 포자가 붙는다. 날마다 바다에 나가 김발이 알맞은 조간대에 머물러 있는지 살펴야 한다. 농작물이 농부의 발짝 소리를 듣고 자란다면, 바다의 김은 어부의 속살 냄새를 맡고 숨결 소리를 듣고 자란다.

나는 우리 집안의 모든 살림살이(운명)를 짊어졌다고 생각했고 적극적으로 실머슴 노릇을 했다. 초가을에 김발 열 척을 바다에 막아 양질의 김 포자를 부착시킨 다음 그것을 물살 센 본 자리(무인도 도리섬 인근)에 옮겨 막는 작업을 혼자서 했다.

집에서 엮은 김발을 짊어지고 바다로 나가서 목선에 싣고 노를 저어가 우리집 몫으로 배당된 자리에 펴고, 발 사이사이에 아름드리 말목을 박아 새끼줄로 고정시켰다. 그 작업은 어깨와 다리의 뼈마디에서 우두둑 소리가 나도록 힘든 일이었지만, 모두 혼자 해냈다. 처음에는 아버지가 뱃머리에 앉아 일하는 방법들을 지시하고 나는 그대로 따르며 일을 배워나갔는데 익숙해지자 나 혼자 다니면서 했다. 파도와 물발(흐름)이 세찬 물목에 김발을 펼치고, 물살에 떠내려가지 않게 고정시키는 말목 박는 작업은 골병들도록 진땀나는 중노동이었다.

말목을 들어올려서 김발 가운데 박아가다가, 배의 고물 모서리를 스쳐가는 말목에 오른손 가리키는 손가락이 끼어 손톱이 벗겨지는 사고를 당한 적이 있었다. 피가 줄줄 흘렀다. 나는 이를 앙다물고, 피 흐르는 아픈 손으로 김발 일을 다 마치고 귀가했고 한 달 가까이 붕대를 감고 살아야 했다. 그 중노동을 하느라고 몇 차례나 몸살을 앓았는지 모른다.

겨울철 사리 때에는 하루도 빠짐없이 북풍 몰아치는 파도를 뚫고 노를 저어 다니면서 김을 뜯어 날랐다. 성장이 빠르고 질이 좋은 상품을 얻을 수 있는 김발은 덕도의 북쪽 도리섬 가장자리에 있었다. 바다는 인정사정이 없고, 잔혹했다. 머리칼 한 오라기만큼의 실수도 용납하지 않는 두려움의 시공이었다. 눈보라 품은 북풍이 몰아치는 날, 도리섬 북편 김발까지 노를 저어가면 내의가 다 젖도록 땀이 뻘뻘 흘렀다. 바람 불어오는 쪽을 향해 두 걸음 저어 나아가면 밀려오는 높은 파도와 세찬 바람으로 인해 다시 한 걸음 물러나곤 하므로, 안간힘을 쓰며 사력을 다해 노를 저어 가야 했다. 골병이 드는 일이었지만, 열아홉 스무 살의 나는 오기傲氣로 그 일을 해냈다. 마을 사람들 모두가 다 해내는 일을 내가 왜 못한단 말인가 하는 오기.

김을 뜯어다가 상품을 만드는 한겨울 동안은 책을 한 줄도 읽을 수 없었고, 낭만적인 혹은 문학적인 그 어떠한 상상도 할 수 없었다. 오직 김 한 장이라도 더 생산하려고 사력을 다해야만 했다.

마을 사람 누군가는 한 물때(초여드레 조금과 스무사흘 조금 사이의 보름 간)에 김 오백 묶음을 했다느니, 다른 누군가는 천 묶음을 했다느니 하는 소문이 돌았다. 겨우 김 이백 묶음(이천 장)을 하는 정도일 뿐인 우리집은 그야말로 새발의 피인 셈이었다.

시샘 많은 어머니는 저조한 김 생산으로 인해 우울해 있었다. 어느 날부터인가 어머니가 직접 나와 함께 김을 뜯으러 다니겠다고 나섰다. 어머니의 김 뜯는 일손은 나보다 훨씬 열쎘다.

양복 한 벌

   늦은 겨울의 '조금' 무렵(한 달에 조금은 음력 8일과 23일 전후 두 차례)에는, 김의 질이 좋지 않으므로 마을 사람이 바닷일을 쉬었다. 그동안 생산하여 결속한 김 육백 속을 김장수에게 팔고 난 아버지는 나에게 특별한 말미를 주었다.

   "모두 다 니가 골병들게 해서 번 돈이다. 니 맘에 든 색깔로 양복 한 벌 맞추고, 아주 구두도 한 켤레 맞춰 신고 오너라. 흰 와이셔츠에 넥타이까지." 어머니가 덧붙였다. "검은색은 멋없더라, 진한 감색으로 해라."

   아버지는 나를 읍내에 보내기 직전, 한 해 전에 결혼한 큰댁의 당숙에게서 명주 바지저고리와 검정 오버코트를 빌려오더니, 그것을 입고 다녀오라고 했다. 갯벌 묻은 일복이 있을 뿐, 나들이옷이 없는 나는 아버지의 말을 따르지 않을 수 없었다. 금방 결혼한 시골 귀공자의 모습을 하고 읍내로 나갔다. 읍내 양복점과 구둣방을 다녀 나오다가 내가 자취를 했던 집 아들 정길을 만났다. 순천사범학교 졸업반인 그는 교생 실습을 마치고 발령을 기다리고 있었다. 그는 나에게, 그동안 어디서 뭘 했는데, 그렇게 소식을 끊고 살았느냐고, 오늘 밤 자기 집에서 자고 가라고 하면서 "오래전부터 자네를 만나고 싶어 죽고 못 사는 사람이 있네" 하고 말했다.

나는 가슴이 두근거렸다. 그 사람이 자취집 앞에 살던 여자라고 확신했다. 그와 나는 중국 음식점으로 들어갔다. 그는 음식을 시키기 전에 어디론가 전화를 하고 왔다. 전화가 귀하던 시절이었는데, 그의 마을 우체국장 집에 전화가 설치되어 있었던 것이다. 그 마을 사람들 중에서 그 집과 친한 사람들은 긴급한 일이 있을 때 그 전화를 이용했다.

탕수육을 먹고 나오는데, 키 큰 중학생이 불쑥 들어서더니 나에게 편지 한 통을 건네주고 도망치듯 가버렸다. 그 여자의 남동생 '인'이었다. 편지봉투가 불룩했다. 정길과 나는 저녁밥 먹은 후 만나기로 약속하고 헤어졌다. 설레는 가슴으로, 탐진강 둑 수양버드나무 아래에 앉아 편지 봉투를 뜯었다. 대학노트 종이 양면을 깨알 같은 글씨로 가득 채워 쓴 것인데, 모두 다섯 장이었다. 며칠 밤을 두고두고 쓴 것인 듯했다.

사연은 내가 원도리 자취방에서 사라진 이야기에서부터, 읍내 교회 옆의 사진관 별채에서 자취한다는 나를 만나러 갔다가 부엌에 내놓은 거지의 살림살이 같은 이불 보따리와 책상만 보고 돌아간 사연, 순천사범학교에 다니면서 오매불망 그리워한 이야기들이 세세히 서술되어 있었다. 마지막에는 그녀와 나의 미래 청사진이 그려져 있었다. 그녀는 초등학교 교사로서, 나는 어떤 알 수 없는 사회적인 지위를 획득한 사람으로서 만나 살아가는 모습들이었다. 초등학교 교사생활을 앞둔 스무살 처녀의 꿈이었다. 그녀는, 고등학교를 졸업하자마자 농투성이 갯벌투성이가 되어 사는 나에 대하여는 아무것도 모르고 있었다. 편지를 읽으면서 나는 내내 황홀했고 가슴 벅찼지만, 한편으로는 두려워졌다. 그녀의 알찬 미래의 꿈을 위하여 나는 어떤 존재가 되어야 하는가. 초등학교 교사가 되어 살아가는 그녀의 남편이 되려면 어찌되어야 하는가. 편지는 좌우간 한번 만나고 싶다는 뜻을 말하고 끝을 맺고 있었다.

별들이 수런거리는 밤

그날 밤 그녀와 나는 원도리의 안 골목길에서 만났다. 차가운 북풍이 휘도는 겨울밤이었다. 하늘에는 가을 들판의 꽃송이 같은 붉은 별 푸른 별 노란 별들이 수런거리고 있었다. 나란히 걸었다. 누가 어디로 가자고 제안한 것이 아니었고, 그냥 찻길을 따라 시내로 들어갔고, 앙상한 가지를 늘어뜨린 실버들나무들이 서 있는 탐진강 둑길로 들어섰다. 내 가슴은 별들이 수런거리듯 설레고 있었다. 둑길이 막히자 되돌아나와 시멘트 다리를 건너고 외등이 켜진 거리를 지나, 신흥사로 가는 강굽이의 방림소珍 갓길을 따라 시간 흐름을 모르고 걸어갔다. 남녀의 만남이란 두 세계가 섞이는 것이고 새로운 역사가 창조되기 위해 수런수런 맴도는 소용돌이 같은 것 아닌가. 나는 내내 어질어질한 황홀감에 젖어 있었다.

그녀는 명주옷 차림의 시골 귀공자 모습을 하고 나타난 나에 대한 궁금증을 가지고 있었고, 나는 그것을 풀어주지 않으면 안 되었다. 그녀가 말을 하다가 추워 몸을 움츠리며 떨었으므로 나는 내 오버코트를 벗어서 함께 쓰자고 제안했다. 우리는 가까이 다붙어 오버코트를 쓰고 걸었다. 그녀만의 배릿한 체취가 폐부 속으로 밀려들어왔다. 나는 마침내 농부와 어부로 살면서 하는 소설 공부에 대하여 말했고, 바야흐로 공부하기 시작한 실존철학을 내 삶에 대입하여 나의 도전적인 삶, 거친 바다에서의 분투를 설명했다. 그것은 한 설익은 문학청년의 객기 어린 열정의 한 표현이었다.

북풍 몰아치는 바다에서 작은 목선을 타고 파도와 싸우며 살지 않으면 안 되는 것, 소를 끌고 나가 논과 밭을 갈고 씨를 뿌리고 김을 매고 살아야 하는 것, 그런 틈에 닭을 치고, 책을 열심히 읽고 시와 소설을 쓰는 것에 대하여 이야기했다. 비현실적인 삶을 살아가는 문학청년이 자기의 농투성이 갯벌투성이로서의 삶을, 머지않아 초등학교 선생 노릇을 할, 현실적인 여성에게 곧이곧대로 이야기한 것이었다. 장차 그녀와 나의 조합組合이, 초등학교 선생과 농사짓고 바다에서 고기 잡고 김 양식업 하며 사는 시인 소설가여야 한다는 것을 강조하고 있었다. 우리들은 찬란한 앞날을 기약하고, 원도리 그녀의 집 앞에서 헤어졌다.

다음날 설레는 가슴으로, 고향 마을로 돌아와 다시 바다에서의 김 생산을 분투하듯 했다. 초등학교 교사인 아내와 시인 소설가인 내가 펼쳐가는 삶이 무지갯빛 안개 너울 같은 환상이었지만 나는 그게 실현되리라는 희망을 가지고 있었다. 그때부터 나에게 중대한 일이 하나 생겼는데, 그것은 그녀에게 편지를 쓰는 일이었다. 나의 투쟁적인 실존, 시시포스처럼 사는 시인 소설가 지망생의 일상을 멀리 사는 여성에게 시시콜콜 보고하는 일이었다. 그녀에게 편지 쓰는 일은 농어촌에서의 고달픔을 잊게 했다.

연극

'어영 칠월 둥덩 팔월'이라 했다. 지어놓은 농사가 한창 헌걸차게 자라는 7월은 어영부영 넘어가고, 8월은 '얼사 덜사' 둥덩거리며 지나간다는 것이었다. 그해 한여름부터, 나는 마을의 또래 청년들과 더불어 추석맞이 연극을 하자고 마음을 모았다. 그 공연 날짜를 추석 하루 전날 밤으로 미리 정해놓고 그 준비에 열을 올렸다.

라디오도 텔레비전도 없고, 영화관도 없는 섬마을에서는, 해마다 추석 하루 전날 밤 마을 청년들이 펼치는 소인극이 인기였다. 그것은 전통적인 연례 행사였는데, 우리 동네에서는 한 십 년 동안이나 걸러오고 있었다. 또래의 동무들이, 내가 각본을 쓰고 연출을 하면 출연을 하겠다고 나섰으므로, 밤새워 희곡을 썼다. 섬마을 사람들이 쉽게 이해하고 재미있게 볼 수 있는 슬픈 신파극 같은 이야기를 만들었다. 완성된 희곡을 동무들과 함께 둘러앉아 읽기를 하고, 소화할 수 있는 능력을 감안하여 배역을 했다. 내가 주인공을 맡기로 했다. 여자 둘이 등장하는데, 체구 작은 두 남자에게 여성 역할을 맡겼다. 동무들은 자기 역할을 위해 대사를 외었다. 밤이면 모여 연습을 했다.

무대장치는 물감을 풀어 종이에 그려 붙이기로 했고, 날마다 아침에는 자기 집안일을 하고 오후에는 그리기를 했다. 공연 전날 밤에 최종

연습을 하고, 다음날 아침 일찍부터 서둘렀다. 사장 마당 가장자리에 서 있는 느티나무 밑동을 둘러싼 석축 제단 높이로 널찍한 무대를 만들기로 했다. 튼튼한 말목으로 지지대를 만들어 세우고 이 집 저 집에서 가져온 평상들을 잇대어놓고, 그 위에 멍석을 깔았다.

가설무대의 사방을 고깃배에 쓰는 돛을 늘어뜨려 막았다. 막幕은 돛 둘을 나란히 붙이고, 아래와 위에 긴 작대기를 붙여 만들었다. 줄은 돛 배의 용총줄을 썼다. 도르래를 이용해 막을 내린 다음에는 막 앞에서도 공연을 할 수 있게 했다.

조명은 집집에서 쓰는 남포등을 가져다가 켜기로 했다. 마을의 장년들이 자기들이 과거에 했던 것을 추억하며 도와주었고 유지들에게서 기부금을 거두어주겠다고 나섰다. 출연자들은 한껏 고무되었다. 공연 전에 출연자들의 얼굴에 분장을 했다. 동네 여자들이 화장품을 가지고 와서 분장을 도와주었다. 나는 붓에 먹물을 묻혀, 출연자 모두를 광대답게 보이도록 하려고, 눈과 입의 윤곽을 강조하고 콧대를 우뚝 세워주었다.

어둠이 내리자 조명을 환하게 밝혔다. 마을 사람들은 남녀노소 가릴 것 없이 사장 마당으로 모여들었다. 이웃마을의 젊은이들도 구름같이 모여들어 울을 쌌다. 한 여성에게 무대의 포장 뒤에서 각본을 들여다보며 객석에 들리지 않도록 프롬프터를 쳐주라고 명했다.

나병을 앓는 한 청년의 한스러움과 고향 어머니 아버지와 형제를 그리워하고 자기의 운명적인 불행한 불효를 슬퍼하지만, 그 슬픔을 '품바 타령'으로 극복해가는 내용이었다. 서정주의 슬픈 악마적인 시 「문둥이」(해와 하늘빛이/문둥이는 서러워//보리밭에 달 뜨면/애기 하나 먹고//꽃처럼 붉은 울음을 밤새워 울었다.)가 힘을 실어주었다. 나병환자인 주인공은 땅거미가 질 무렵에 몰래 고향 마을에 들어서서 그리운 얼굴을 먼발치로 보기만 하고 돌아가야 하는 것, 아들의 슬픈 삶을 가슴 아파하다가 돌아가신 어머니의 무덤에서 통곡하는 부분이 절정이었다. 주인공인 나는 〈꿈에 본 내 고향〉도 부르고, 〈불효자는 웁니다〉도 불렀는데 관객들은 모두 눈물을 훔쳤다.

극의 절정에 이르러서 눈물을 흘리던 관객들은, 출연진들이 춤추며 부르는 품바 타령으로 인해 손뼉을 치며 즐거워했다. 나는 미리 품바 가사를 새로이 창작해서 출연자 전원에게 암기시키고 뮤지컬처럼 함께 부르도록 했다. 지금 몇 대목이 기억된다. "'칠' 자 한 자 들고나 보니 칠떡칠떡 떡치는 소리 팔월 추석이 돌아왔네" "'팔' 자 한 자 들고나 보니 팔자, 팔자, 더러운 팔자 이놈의 팔자가 서럽구나" "'구' 자 한 자 들고 보니 구구구국 비둘기……" "'십' 자 한 자 들고 보니 시베리아 벌판으로 팬티 바람으로 뛰어가보세"

우리 극단이 부른 품바 타령은 근동 사람들의 입에서 입으로 흘러다녔다. 연극 상연 이후, 내가 지나가면, 밭에서 품앗이 김을 매던 마을의 아낙들이 일어나 품바를 부르며 보릿대춤 엉덩이춤을 추었다.

초등학교와 중학교에 다닐 적에, 내 오른쪽 다리의 오금에는 습진*이 봄과 가을에 극성스럽게 나타나곤 했는데, 병원 치료를 받아도 좋아지질 않았었다. 여름철 겨울철에는 없어지는 듯했다가 봄과 가을이면 나타나곤 했으므로 그게 나병일지도 모른다고 고민했었다. 타향 마을들을 구걸하며 떠돌다가, 내 고향 바다 건너 소록도에 들어가 사는 나의 미래 모습을 그려보며 슬퍼하곤 했었는데, 그게 그러한 희곡을 쓰게 한 것 아니었을까 싶다.

---

* 나중에 한 피부과의사에게서 그게 아토피라는 것을 알았다.

파도에 닳아진 조개껍데기 우송하기

조수 간만의 차가 심하지 않은 '조금' 무렵, 나는 모래밭에서 하얗게 닳은 석화 껍데기, 우렁이 고둥 껍데기, 은색조개 껍데기, 가리비 껍데기, 알락달락한 조약돌을 주웠다. 오랜 동안, 그녀와 나 사이에 편지가 끊어져 있었다. 바다로 인한 거칠고 아프고 슬프면서도 아름다운 내 정서의 한 표현인 듯싶은 것들을 집으로 가지고 와서 상자에다 넣고, 깨지지 않게 솜으로 감싸 포장을 했다. 그것을 순천의 그녀에게 우송해주었다. 속에 아무런 사연도 써넣지 않았다. 그것은 내가 반드시 '어부 시인 소설가'가 될 거라는 의지였으리라.

한동안, 나는 그녀에게 아주 긴 편지를 쓰곤 했었다. 무신론적인 실존주의에 감염된 나의 어설픈 철학과 그것이 대입된 삶의 모양새를 전해주곤 했다. 사실은 나도 제대로 이해 못한 실존철학이었는데, 편지 몇 줄로써 고등학생인 그녀가 그 철학과 나의 심사를 이해했을 리 만무했다.

그녀는 현실적인 밥(신참 교사)을 위해 살고 있었고, 나는 비현실적인 신참 농부이자 어부 문학청년의 삶을 살고 있었다. 그녀가 보낸 편지는, 나의 비현실적인, 농투성이 갯벌투성이 소설가 지망생인 삶을 실패 쪽으로 나아가는 퇴행이라고 생각해버린 듯싶었다. 그녀의 편지는 안타까움과 짜증스러운 말들로, 나를 구제하려고 들었다. 세상을 올바르게 직시하라는 충고였다.

거기 대하여 나는 나의 농부 어부로서의 삶을 시시포스적인 반항과 부조리한 영웅적인 것으로 미화시키려고 들었다. '나는 반항한다, 그러므로 나는 존재한다' '불안, 고독, 저항, 부조리의 영웅……' 수박 겉핥기로 읽은 실존철학을 내 삶에 대입해 보내곤 했다.

초등학교로 교생실습을 나가는 그녀의 눈에는, 대학 진학을 접고, 농사짓고 억센 바다에서 머슴살이하듯 김 양식업 하며 사는 나에게서 희망과 미래가 보였을 리 없고, 실패를 향해 나아가는 미욱함만 보였을 터이다. 그녀의 편지는 성공적인 삶을 사는 현실적인 직장인과 실패를 향해 나아가는, 내내 배고플 수밖에 없는 문학청년의 삶을 비교해 말하곤 했다.

평행선을 그으며 나아가는, 화해될 수 없는 두 엇박자로 인한 결과는 어느 날 그녀에게서 날아온 짧은 절교 편지 한 장이었다. 앞날이 불투명한 농부와 어부로 사는 남자가 싫으니 편지질을 더이상 하지 말자는 것이었다.

내가 섬마을 생활을 한 지 삼 년째의 봄에, 그녀가 덕도에서 멀지 않은 관산초등학교로 교생실습을 나왔다는 것, 그녀와 새로 사귀는 남자가 서울의 유명 대학을 나온 고시생이라는 소문을 들었다. 그것을 전해준 것은 친구 이상수였다.

거듭되는 실패와 절망

소설가가 된 나의 모습을 하루빨리 그녀에게 보여주고 싶어, 밤새워
쓴 소설을 『현대문학』지에 응모했는데 잡지사에서는 응답이 없었다. 대
덕 장날, 원양어선을 타러 가겠다는 문예반 활동을 같이했던 친구와 도
갓집에 가서 막걸리를 실컷 마시고 헤어진 다음, 얼큰한 김에 장터 한
쪽의 책전으로 갔다. 『고시계考試界』라는 잡지를 열치니 '중학교 국어과
준교사 시험 합격자 수기'가 있었다. 그 합격자가 공부했다고 나열해놓
은 책들을 읽으면 나도 합격할 수 있을 듯싶었다. 합격하면 중학교 선
생이 되는 것이다. 그녀에게 보란듯이 중학교 선생을 하면서 시인 소설
가가 되자고 생각했다.

아버지에게 그 시험에 도전할 뜻을 말하자 선뜻 허락했다. 특용작물
(당근)을 재배하여 남들보다 더 많은 소득을 올리겠다고 하자 그것도
허락했다. 성실하게 주경야독을 하는 아들이 가상해서였을까, 머슴처
럼 부리는 아들을 달래려면 청을 들어주어야 된다고 생각해서였을까.

그동안에 『농업전서』라는 책을 읽고 있었다. 그 책은 광주의 '농촌중
보'라는 주간신문의 문학작품 모집에 응모한 수필이 당선되어 타온 상
품이었다. 그 수필은 여름밤 어머니에게서 들은 이야기를 바탕으로 쓴
「별 하나 별 둘 꽁꽁하는 밤에」였다.

광주의 서점에서, 최현배의 『우리말본』 『한글갈』, 양주동의 『고가연구』, 김현규의 『고려가요』, 이숭녕의 『고전문법』, 조윤제의 『국문학사』, 조연현의 『한국현대문학사』 그리고 『시조정해』 『삼국유사』 『삼국사기』 『교육철학』 『아동심리학』 『교육심리학개론』 등을 구입했다. 양동시장으로 가서 삼백 평에 뿌릴 당근 종자도 구입했다.

사온 책들을 부지런히 읽고, 틈틈이 닭들을 돌보면서 소를 끌고 나가 밭을 갈아 일구고 당근 종자를 뿌렸다. 오전에는 아버지가 시키는 일을 하고, 오후에는 잠을 좀 자고 나서 공부를 하고, 해 저물 무렵에 나가 당근밭에 물을 주었다. 한데 보름 동안 부지런히 물을 주었는데 당근의 싹이 나오지 않았다.

다음해 여름 광주로 중학교 준교사 시험을 치르러 갔다. 시험장에 들어가 시험지를 받아본 나는 절망하지 않을 수 없었다.

문제는 모두 주관식인데, 출제위원이 어학자인 최현배, 김현규여서였는지, 어학 문제가 일곱 개이고 문학 문제는 하나뿐이었다. 내가 깊이 읽은 『삼국유사』 『고가연구』 『시조정해』 『국문학사』 등에서는 출제되지 않았다. 달달 외운 향가나 고려가요나 시조나 현대시나 소설에서도 출제되지 않았다. 나를 매혹한 "님이여 그 강을 건너가지 마오"로 시작되는 「공무도하가公無渡河歌」나 「황조가」 「가시리」 「사미인곡」 등에서도 출제되지 않았다. 내가 쓸 수 있는 문제는 '신소설에 대하여 써라' 뿐이었다. 교육학 시험문제들도 나를 절망하게 하는 것들뿐이었다.

천관사

사법고시 응시자들처럼 절로 들어가 문학 공부를 하고 소설을 쓰고 싶었다. 아버지 어머니에게 그 의사를 말해보지도 않고 절을 찾아나섰다. 그럴 만한 장소부터 알아놓고 허락을 받을 참이었다. 늦은 가을 어느 날, 관산읍까지 삼십 리 길을 걸어간 나는 용소동龍沼洞 뒷산 기슭의 꾸불텅꾸불텅 굽이도는 가파른 자드락길을 올라갔다. 천관사로 가는 길이었다.

지난여름에 내 집을 찾아와, 청아한 목소리로 염불하던 그 앳된 스님이 천관사에 뿌리를 두고 있을 듯싶었다. 자드락길 가장자리에는 마른 회백색의 억새풀 숲이 무성했다. 겨우내 하얗게 바래진 억새 꽃송이들이 한 많은 혼령처럼 하늘을 향해 고개를 쳐들고, 달려온 북서풍 한 자락씩을 움켜쥐고 춤을 추면서 '후리휘히 후리휘히……' 하고 노래하고 있었다. 그것은 감성적인 허무의 노래였다. 내 가슴에 헤아릴 수 없는 실연의 슬픔이 담기고 있었다.

천관사 경내는 폐허 그 자체였다. 자그마한 전각 하나가 허허벌판 동북쪽에서 서남쪽을 향해 동그마니 서 있었다. 그 앞으로는 까만 구들장과 타다가 만 기둥들이 자빠져 있었다. 6·25전쟁 때에 불탄 것을 치우지 않고 있었다. 전각 문지방 위에 걸려 있는 '대웅전'이란 현판이, 고양이 머리에 씌워놓은 탕건 같았다. 찬바람이 매섭게 휘돌고 있음에도 불구하고 문이 활짝 열려 있었다. 안쪽에 체구 자그마한 금빛 불상이 눈을 반쯤 감고 앉아 있었다. 불상 주위에 음음한 보랏빛이 번지고 있었다. 억새들의 사각거리는 소리가 전각 안을 맴돌았다. 불상이 쓸쓸해 보였다.

그 전각 맞은편에 회갈색의 판자로 지은 요사채가 있었다. 동남쪽 방의 댓돌 위에는 허름한 흰 운동화 한 켤레가 놓여 있는데, 그 옆방의 댓돌에는 아무것도 놓여 있지 않았다. "실례합니다." 내가 말했을 때, 모퉁이 방에서 잿빛의 솜두루마기와 통바지를 입은 머리칼 반백의 늙수그레한 여자가 나왔다. 스님을 뵙고 싶다고 말하자, 스님이 출타했노라고 했다.

두 해 전 여름에 우리집에 온 앳된 스님을 머리에 떠올렸다. 그때 나는 홀연히 들려오는 목탁 소리로 인해 잠을 깼었다. 심장 모양의 황갈색 목탁에 뚫려 있는 작은 구멍 속의 어둠에서 울려나오는 그윽한 소리.

찌는 듯 무더운 여름 한낮, 논의 멸구를 잡고 들어온 나는 큰방 툇마루에서 동생과 나란히 누워 낮잠을 자고 있었다. 나와 함께 일을 한 어머니는 안방에 누워 자고, 아버지는 사랑방에 누워 잤다. 스님은 예쁜 여자의 목소리가 연상될 만큼 가느다라면서 청아하고 향 맑은 목청으로 염불을 하고 있었다. 고음으로 연주하는 클라리넷 소리 같은 염불 소리가 내 가슴을 울렸다. 몸을 일으키고 염불하는 스님의 얼굴을 바라보았다. 밀짚모자를 깊게 눌러쓴 채 홀쭉한 회색 바랑을 등에 짊어진 앳된 유백색 얼굴의 스님은, 꿈꾸는 듯싶은 눈빛으로 허공을 응시하면서 목탁을 두들기며 염불하고 있었다. 그가 응시하는 허공을 나도 바라보았다. 파란 허공이 목탁 소리 같은 울림이 되어 내 가슴속으로 스며들고 있었다.

그 앳된 스님을 머리에 그리며, 스님 나이가 몇 살쯤 되느냐고 묻자, 그녀는 내 검정 핫바지 차림새와 덥수룩하게 긴 머리를 다시 뜯어보고 나서 말했다. "세속 나이로 환갑이 지나셨어요." 나는 다시 제쳐 물었다. "혹시 여기에, 스무 살쯤 된 스님이 또 계시지 않습니까?" 여자는 고개를 저었다.

댓돌에 신이 놓여 있지 않은 서북쪽 방에다 희망을 걸고, "방 한 칸을 얻어 공부하고 싶어 찾아왔습니다" 하고 말했다. 만일 방 한 칸이 비어 있다고 한다면, 봇짐 싸 짊어지고 와서 묵으며 부지런히 책을 읽고 시와 소설을 쓰고 싶었다. 여자는 고개를 저으면서 말했다. "이 방은 스님이 쓰시고, 저 방은 공부하는 학생이 쓰는데…… 그 학생은 시방 고향 집에 다니러 갔어요."

여자가 방안으로 들어간 다음, 나는 한동안 대웅전을 등진 채 쓰러진 기둥과 바람벽들 앞에 서 있다가 몸을 돌렸다. 자드락길로 나서려 하는 내 발길 앞에서 마른 낙엽들이 들쥐들처럼 달려갔다. 비탈진 길을 내려오는 내 가슴은 서북풍에 춤추는 억새들의 혼령 같은 흰 꽃들처럼 흔들리고 있었다. 그 앳된 스님은 어느 절에 있을까. 그 스님은 사람이 아니었는지도 모른다. 그 스님의 혼령이 억새꽃으로 변하여 지금 나에게 서걱서걱 무슨 말인가를 하고 있는 듯싶었다. 푸른 하늘에 떠가는 구름 한 점을 쳐다보면서 그 말을 해독했다. '너도 머리를 깎고 스님이 되거라.'*

파탄

　거듭되는 실패에 대한 충격이 채 가시지 않았는데, 그해 늦은 여름 무더위 속에서 일흔일곱 마리까지 불어난 닭들이 죽어갔다. 아침에 일어나 들여다보면 닭장의 홰 아래에 예닐곱 마리의 닭이 떨어져 있었다. 약을 먹이고 주사를 놓아주어도 소용없었다. 그들의 사체 앞에서 무너지는 가슴을 주체할 수 없었다. 남새밭 가장자리에 커다란 관棺 같은 구덩이를 파고 닭들의 사체를 넣고 흙으로 덮었다.

　그 실패들 앞에서 순천의 그녀에게서 날아온 절교 편지가 떠올랐다. 그녀의 편지들은 건드리면 덧나는 상처였지만, 나중에 문학적으로 활용할 가치가 있을지 모른다 싶어 서랍 속에 보관해두고 있었던 것이다. 나는 그녀에게서 온 모든 편지와 사진들을 말아 들고 부엌으로 들어갔다. 어머니가 저녁밥을 짓느라고 아궁이에 불을 지피고 있었다. 그것들을 아궁이의 불 속에 던져 넣자, 놀란 어머니는 황급하게 부지깽이로 끄집어냈다. 덜 타진 그녀의 사진을 보고 난 어머니는 "이쁘기는 하다만은 너하고는 인연이 아니것다. 그냥 잊어라. 너한테는 더 좋은 자리가 생길 것이다" 하고 말했다.

　절망에 빠져 있는 나에게 아버지는 말했다.

　"세상살이가 그렇게 호락호락한 것이 아니다. 다른 잡스러운 생각일

랑은 다 버리고 봄여름에는 쌀농사 보리농사나 잘 짓고 겨울에는 김 양식업이나 열심히 해라. 니 앞길을 열어주는 것은 바다 김 양식업뿐이다. 나한테 조상들에게서 물려받은 가난을 이겨내도록 해준 것은 바다 김 양식업이었다."

아버지는 하얀 두루마기를 걸친 채 출타하면서, 당근 재배에 실패한 밭을 갈아엎으라고 명했다. 아버지는 당신이 허락한 모든 것에 실패한 내가 이제는 어찌할 수 없이, 고개 깊이 떨어뜨린 채 당신의 지시대로 고분고분 농사짓고 김 양식업을 하리라 생각한 듯싶었다. 거역하고 나설 수 있는 묘책이 없었다. 고개 처박은 채 시키는 대로 할 수밖에 없었다.

당근 재배 실패의 한스러운 밭을 쟁기로 갈아엎다가 잠시 쉬는데, 소가 갑자기 튀어 달아났다. 무슨 헛것을 보았을까. 아니면 벌에 쏘이기라도 한 것일까. 소를 붙잡으려고 달려갔지만, 소는 쟁기를 찬 채 밭 바깥으로 나갔다. 밭둑의 바위에 걸린 쟁기가 부서졌다. 나는 달려가는 소를 바라보며 밭 한가운데에 우뚝 서 있었다. 치민 울화로 인해 눈앞이 캄캄해졌다. 세상은 야만스럽게 나를 한쪽 구석으로 몰아넣고 두들겨패고 있었다. 실패만 거듭하는 미욱한 나를 죽여버리고 싶었다.

아버지가 "고무성질"이라고 말한 대로 외탁을 한 나는 평소에 우유부단했고, 참을성이 많았다. 그 참을성이 임계점에 이르러 있었다. 나는 평상심으로는 집에 들어갈 수 없었다. 삼거리 주막으로 들어가 막걸리 한 되를 외상으로 달라고 해서 모두 들이켜고 한 되를 더 달라고 해서 마셨다. 막걸리 맛은 쌉쌀하고 독했다. 주막을 나와서 집으로 향하는 내 눈앞은 술기운으로 인해 어지러웠다. 집에 들어서니 소는 외양간에 들어가 있었다. 나를 무시한 듯싶은 소를 보니 속에서 불같은 울분이 끓어올랐다.

어머니가 불안한 눈으로 나를 보며 물었다. "소가 왜 이런다냐? 쟁기질하다가 무슨 일 있었냐?" 나는 말없이 창고에서 굵은 철사와 집게를 찾아들고 외양간으로 들어갔다. 철사 일 미터쯤을 끊어 들고 소의 코뚜레를 잡았다. 소가 사력을 다해 몸부림치며 나댈 경우, 나무로 된 코뚜레가 부러질 수 있으므로, 그것을 대비하여 철사를 코뚜레에 곁들여 끼워 고삐에 달린 고리에 묶었다. 나의 험악하게 일그러진 얼굴과 살기어린 눈과 식식거리며 부들부들 떠는 내 손을 살핀 어머니가 내 등뒤에 선 채 "악아, 짐승은 살살 달래가면서 부려야 한다. 짐승한테 화를 내는 사람은 짐승보다 더 미욱한 사람이란다" 하고 타일렀다.

아랑곳하지 않고, 소의 코뚜레와 철사를 한데 합쳐 잡고 굵은 새끼줄로 감았다. 불안해진 소가 고개를 저으며 저항했지만, 철사 코뚜레를 잡아당겨 소의 머리를 기둥에다가 바싹 조여 묶었다. 어머니는 "악아, 너 왜 이러냐! 짐승은 아무것도 모른다, 참아라. 사람이 참아야 한다잉" 하고 애닳는 소리를 했다.

속에서 뜨거운 불기둥이 치오르고 있었다. 윗도리를 벗어던졌다. 굵은 고삐 줄을 채찍처럼 오른손에 말아 쥐었다. 왼손으로 철사 코뚜레를 잡아당기면서, 고삐 끝으로 소의 얼굴을 내리쳤다. 기둥에 묶인 소는 피하지 못하고 큰 눈을 껌벅거리면서 숨을 거칠게 내뿜고 채찍을 맞았다. 소의 얼굴을 왼쪽에서 치고 오른쪽에서 쳤다. 소의 코와 입가에서 피가 흘렀다. 소가 기다란 혀를 널름거리며 피를 핥았지만 피는 계속 흘렀다. 피를 보자 더욱 화가 치밀어올랐으므로, 안간힘을 쓰면서 후려쳤다. 소는 앞다리와 뒷다리와 꼬리를 양옆으로 흔들어대기도 하고 몸통을 외틀기도 하면서 바락바락 똥을 쌌다.

그때 아버지 목소리가 들렸다. "이 자식, 시방 멋 하는 짓이냐!" 아버지의 목소리를 듣자 더욱 화가 치밀었고, 안간힘을 쓰며 소를 가격했다. "이놈아, 소 때리는 놈이 세상에서 제일로 멍청한 놈이다!" 아버지는 나에게 덤벼들어 고삐 움켜쥔 오른손 팔뚝을 잡았다. 나는 아버지를 힘껏 뿌리쳤고 아버지는 부엌바닥에 주저앉았다. 나는 고삐로 후려치는 것으로는 분이 풀리지 않았다. 소를 아주 도끼로 쳐죽이고 싶었다. 푸르뎅뎅한 어둠이 나를 둘러싸고 있었다. 도끼를 가지러 가기 위해 몸을 돌렸는데, 누군가가 옆으로 다가서면서 나를 끌어안았다. 순간 어머니의 물큰한 유향이 폐부로 밀려들었고, 나는 어머니 가슴에 얼굴을 묻고 온몸에 힘을 풀어버린 채 "으헉으헉" 울었다. 어머니는 나를 얼싸안은 채 방으로 이끌었고, 나는 방바닥에 퍼질러져 누운 채 울어댔다. 어머니는 내 얼굴을 가슴으로 품어주고 등과 머리를 어루만지면서 "오냐, 오냐, 니 쓰라린 속, 이 어메가 다 안다, 어메가 다 안다. 울어야 풀리겠으면 얼마든지 실컷 울어버려라" 하고 달랬다.* 한밤중쯤에야 나는 울음을 그치고 잠이 들었다.

어머니가 그렇게 품어 달래지 않았으면 어찌되었을까. 아버지의 지청구만 있었다면 나는 어떤 큰일인가를 저지르고 청송감호소에나 들어가 살게 되었을지도 모른다.

---

*『달개비꽃 엄마』 참조.

변곡점

그해 북풍 몰아치는 바다에서 김 뜯어오는 작업을 하고 지쳐 잠들어 있는 나를 한밤중에 깨운 것은 친구 이상수였다. 그와 나는 한밤중임에도 불구하고 포구의 술집으로 가서 주모를 깨워 술을 마셨다. 이상수는 자기가 탈영병이므로 숨어살아야 하고 밤에 잠행해야 한다고 고백했다. 우리는 막걸리를 마시고 취해 바닷가 모래밭을 걸으며 돼지 먹따는 소리로 〈굳세어라 금순아〉를 노래했다. 얼굴 한쪽이 찌그러진 달이 우리를 지켜보고 있었다.

탈영병 친구는 나를 걱정했다. 그는 관산초등학교에서 교생실습을 하고 있는 그녀에게 보아란듯이 내가 서라벌예술대학으로 진학할 것을 권했다. 나는 대구하지 않고, 새벽달을 향해 '흥남부두 울며 찾던 눈보라 치던 그날 밤'을 목이 찢어지게 노래했고, 그는 날이 새자 돌아갔다.

그 친구는 사흘에 한 번씩은 한밤중에 찾아와서 어둠 속에서 허우적거리는 나의 영혼을 흔들곤 했고, 나와 함께 주막집 주모를 괴롭혔고, 미친 듯 바닷가를 헤매었다. 그 친구도 자기를 속박하는 탈영병 생활에서 벗어나지 않으면 숨쉬고 살 수 없다고 발악하듯 노래했다. 둘의 절박함은 마주치는 손뼉처럼 강한 파열음을 합작하고 있었다. 그것은 두 청년의 운명을 바꾸는 변곡점이었다.

먼동이 텄을 때 친구는 돌아가고 나는 죽음보다 깊은 잠에 떨어졌다. 아버지는 잠든 나를 깨우면서 한심하다는 듯 꾸중을 했다. 탈영으로 신세를 망쳐버린 못된 친구하고 어울리는 나의 앞날 또한 한심하다는 것이었다. 아직 술이 덜 깬 나는 아버지에게 "그래요 나 빌어먹을 거요." 하고 대들었고, 아버지는 "이런 못된 놈이 아버지한테……" 하며 내 방에 들어와. 나의 책들을 마당으로 내던졌다. 계속되는 나의 주태酒態에 역정이 난 아버지는 내 책들에게 분풀이를 하고 있었다.

아버지는, 일제 때 신문(매일신보)이 배달되면 이광수 소설부터 읽던 당신의 친구들 다 끝이 좋지 않더라고, 아랫마을 고등고시 준비하는 사람에게서 곰팡이 냄새 나는 법철학, 법학개론, 헌법학 등을 빌려다주며, 내게 법학 공부를 하라고 권한 적이 있었다. 그 책들을 읽어보았는데 새까만 관념어로 된 문장들을 한 줄도 소화할 수가 없었고, 내 정서는 잘못 씹어 삼킨 깍두기를 소화시키지 못한 내장처럼 쥐가 날 듯이 곤두섰었다.

아버지가 당신의 뜻을 배반한 나의 행위에 복수를 하듯 던진 내 책들은 마당에서 하얀 갈피를 펼친 채 시체처럼 널려 있었다.

아버지는 식구들을 모두 이끌고 바다로 나갔다. 나는 아버지에게 찾지 말라는 편지를 남기고 가출을 결행했다. 사흘 동안 보성의 용문마을의 한 부잣집에서, 일 년에 쌀 열 두 가마니 쇠경을 받기로 하고 머슴살이를 시작했다. 일 년 뒤 그 쇠경을 밑천으로 책장사를 하며 소설 공부를 하든지 서울로 가서 서라벌예술대학으로 진학하든지 할 참이었다. 그러나 곧 나의 가출이 어리석었다는 것을 깨달았다. 보성에서 장흥 섬마을까지, 그 먼길을 걸어서 해 저물녘에 귀가했을 때, 나를 본 식구들 모두가 울음을 터뜨렸다.

내가 없는 동안, 식구들은 내가 뒷산 소나무숲에서 목매 자살한 줄 알고 나를 찾아 온 산을 발끈 뒤졌고, 아버지는 친척집과 내 친구들의 집집을 수소문해 찾아다녔던 것이다. 산외동이란 마을에서 아버지와 다툰 고등학교 졸업한 아들이 목매 자살한 사건이 바로 그 무렵에 있었던 것이다.

내가 엎드려 귀가 인사를 드렸을 때, 아버지는 돌아앉아 눈물을 훔치셨다. 아버지 밑에서의 머슴살이나 다를 바 없는 노동의 결과로 산 논 두 마지기 대신 할머니가 방죽에 빠져 죽은 논을 팔아줄 테니, 책장사를 하든지 진학을 하든지 알아서 하라고 말했다. 어머니가 책장사는 안 된다고, 반드시 대학 진학을 하라고 했다.

그녀와의 재회

진학하기 위해 서울로 가다가 장흥 읍내 칠거리의 버스 터미널 앞에서, 절교 편지를 보낸 그녀를 만났다. 그녀는 목욕탕에 다녀오는 참이었고, 나는 진한 감색 양복 차림으로 여행가방 하나를 들고 서울로 가던 길이었다. 나는 그녀를 멍히 건너다보고만 있는데, 그녀가 빙긋, 어색하게 웃으며 잠시 어디로 가자고 말했고, 방황에서 돌아온 남동생의 주린 배를 채워주려는 누님처럼 나를 데리고 중국 음식점으로 들어갔다.

방에 들어가 탁자를 가운데 놓고 마주앉았다. 그녀는 종업원에게 탕수육을 시키고, 나에게 어디 가느냐고 물었다. 나는 종업원 뒤통수를 향해 중국술 배갈 한 병을 얹어주라고 하고 나서 "대학에 가려고요" 하고 대답했다. "어떤 대학이요?" 그녀가 물었고, 내가 "서라벌예술대학이요" 하고 말했다. "그런 대학이 있어요? 거기 무슨 과에 가는 거요?" 그녀 물음에 내가 "'굴문과' 사촌이요" 하고 다소 무뚝뚝하게 대답했다.

그 무렵 '취직이 잘되지 않는 국어국문과'를 '굶은과'로 빈정거리는 시쳇말이 돌아다녔던 것인데, 전라도 사투리로는 '굴문과'인 것이었다.

"굴문과 사촌이라니요?" 그녀가 다시 반문했으므로 "문예창작학과요" 했는데, 그녀가 다시 물었다. "그런 과도 있어요?" 나는 웃기만 했는데 그녀가 말했다. "시인 소설가 양성하는 곳인 모양이죠?"

예술활동으로 밥을 빌어먹고 산다는 것을 탐탁스럽게 생각지 않던 시절이었다. 음악 전공하는 사람들을 '딴따라'라고 하고, 미술활동은 '환쟁이'라고 하고, 시인 소설가는 배고프게 살려고 작정한 사람으로 여겼다. 내가 탕수육에 목을 톡 쏘는 오십 도의 배갈을 마시는 동안, 그녀는 자기가 안양초등학교에 교사로 발령받았다는 것, 남동생도 금방 교사 발령을 받을 거라는 것, 그런데 남동생이 하필 '승원씨의 모교'로 발령받기를 희망하고 있음을 말했다. 성적도 좋은 자기 동생이 낙후된 섬에 있는 내 모교를 희망한 것을 불만스럽게 생각하고 있었다.

음식점을 나온 다음 그녀는 "부디 성공하시오" 하는 말을 던지고 총총 탐진강 다리를 건너갔다. 몸과 걸음걸이가 유연한 그녀의 뒷모습을 보는 내 머리에는 '성공'이라는 말이 맴돌았다. '농투성이' '갯벌투성이'로 사는 나에게 "실패 쪽으로만 나아가 안타깝다"는 말을 짜증스럽게 실어보낸 그녀의 절교장 직전의 편지를 떠올렸다. 서울을 향해 가면서 나는 이 말을 어금니에 놓고 씹었다. '너나, 네 남편보다는 내가 훨씬 더 좋은 삶을 살 거야.'

서울을 향해 가면서 그녀의 오빠를 생각했다. 나보다 세 살 위인 그는 나하고 같이 중학교에 다니는 동안, 늘 맡아놓고 일등을 하곤 하다가 국비 장학생으로 철도고등학교를 거쳐 S대학 철학과를 졸업한 천재였다. 고등학교 2학년 겨울방학 직전에 만났을 때 그가 나에게 한 말이 잘못 먹은 음식처럼 가슴에 얹혀 있었다. "너 문학한다며? 감수성 예민한 나도 문학에 실패했는데…… 너는 안 된다. 너는 감수성이 아주 둔한 사람이지 않니."

그와 만나 대화를 하는 동안, 나는 자꾸 그가 한 말을 놓치거나 알아듣지 못하곤 했던 것이다. 그가 말을 하는 동안, 어떤 말 하나로 인해 내 머리에는 엉뚱한 영상이 돌아가곤 했던 것이고, 그 영상을 곱씹고 있었

던 것이다. 그는 나를 감수성 둔한 사람으로 낙인을 찍은 것이고 그것
은 아픈 옹이가 되어 있었다.

서라벌예대 문예창작과

서울 미아리 고개 동편에 있었던 국내 최초의 예술대학 문예창작과에 들어갔다. 강의실에서 만난 학생들은 오십 명쯤이었는데, 그들은 나보다 두세 살 아래였고, 반 이상이 '별'을 한 개씩 달고 있었다. '별'이란, 대학의 문학 콩쿠르에서 입상을 하거나, 이런저런 백일장에서 최우수상이나 우수상을 받거나, 『학원』이라는 잡지에서 활동한 경력을 말한다. 별을 단 친구들은 오만했고 끼리끼리 어울렸다.

'소설 실기' '시 실기' 시간에는 학생들이 써온 작품 합평회를 하고 최후에 교수가 총평을 하는데, 별 친구들은 날카로운 감수성과 작품 보는 시각을 자랑이라도 하듯, 그 작품에 대하여 혹독한 매질 비평을 했다.

두 학기 동안 지켜보니, 별 친구들은 작품을 제출하지 않고, 별을 달지 않은 친구들만 멋모르고 제출했다가 합평회에서 중구난방으로 뭇매를 맞다시피 했다. 뭇매 맞는 학생은 얼굴이 빨갛게 달아오르지 않을 수 없었다. 별 친구들은 은밀하게 문학잡지 신인상에 응모를 하는 것이지만 당선 소식은 들려오지 않았다.

나는 첫번째로 작품을 제출했다가 별 단 학생들이나 지도교수에게서 뭇매질을 당했고 나의 공부 부족을 뼈아프게 실감했다.

허기진 독서

강의 없는 날이나 토요일 일요일에는 아침 일찍 국립도서관으로 가서 세계문학 전집을 읽었다. '정음사'판이 있고 '을유문화사'판이 있고 '신구문화사'판이 있었다. 그 소설들 한 편 한 편은 무거우면서도 한없이 아름답고 황홀한 세계였다. 덤핑 책으로 읽은 바 있는 『죄와 벌』을 다시 읽었다. 『카라마조프가의 형제들』『악령』『가난한 사람들』도 찾아 읽었다. 앙드레 지드의 『좁은 문』『배덕자』『교황청의 지하도』『탕자, 돌아오다』『지상의 양식』『사전꾼들』을 읽고, 이어 헤밍웨이, 가와바타 야스나리, 헤르만 헤세의 소설들을 읽었다. 스탕달, 존 스타인벡, 로런스, 사르트르, 카뮈…… 닥치는 대로 읽었다. 당시 베스트셀러이던 『25시』『제8요일』『마농 레스코』도 읽고, 마르셀 프루스트의 『잃어버린 시간을 찾아서』제임스 조이스의 『젊은 예술가의 초상』『더블린 사람들』『율리시스』를 읽었다.

의식의 흐름이라는 기법은 나를 들뜨게 했다. 아침 일찍 도서관에 들어갔다 문을 닫을 때에야 자취방으로 돌아왔다. 어느 날 청계천의 헌책방에서 '엘리엇'의 전집을 샀다. 책을 사들고, 질척질척 내리는 비를 맞으며, 버스도 타지 않고 걸어서 돈암동의 자취방까지 왔다. 나는 「J.A. 프루프록의 연가」「황무지」를 외울 정도로 읽었다.

책읽기 소설쓰기에 미쳐 있는 어느 날, 나를 버리고 간 여성의 남동생 '인'이 을유문화사판 단테의 『신곡神曲』(최민순 역주)을 보내왔다. 나는 그것을 두고두고 노루 뼈 고아먹듯이 읽었다. '지옥편'의 첫대목을 외었다.

"한 세상 나그넷길 반 고비에/올바른 길 잃고 헤매던 나/컴컴한 숲속에 서 있었네./아, 호젓이 덧거칠고 억센 이 수풀/그 생각조차 새삼 몸서리쳐지거든/아, 이를 들어 말함이 얼마나 대견스러운가/죽음보다 못지않게 쓰디쓴 일이었어도/내 거기에서 얻어본 행복을 아뢰노니/거기에서 익히 보아둔 또다른 것들도 나는 얘기하리라."

어느 늦가을, 밤늦게까지 책을 읽고 잠을 자다가 연탄가스 중독으로 죽을 뻔했다가 겨우 몸을 일으켰다. 기어서 마당으로 나와 깨지는 듯싶은 두통에 시달리는데, 돌산 아래 시가지의 불빛과 하늘 세상에서 수런거리는 수천수만의 별들이 귀뚜라미들처럼 울었다.

수강해야 할 과목은 다양했다. 소설 창작론, 시 창작론, 소설 실기, 시 실기, 문장론, 희곡론, 시나리오론, 평론, 철학, 국문학사, 민속학은 필수이고, 영어, 불어와 무용도 들어야 했다. 내가 어렵지 않게 학점을 받을 수 있는 것은 '국문학사'였다. 강사는 조윤제의 『국문학사』를 교제로 사용했는데, 나는 중학교 준교사 시험 준비를 하며 이미 그것을 독파했던 것이다. 응시하려고 읽었던 것들 중, 신화적인 것들이 내 영혼속에 각인되어 있었다. 『삼국유사』의 설화, 전설, 향가와 고려가요, 조선조의 가사문학을 통한 어원 공부는 한없이 재미있었다. 고전문학과 겨울철 거친 바다에서의 김 양식업, 여름철의 벌거벗은 바다에서의 고기잡이에 대한 체험은 나의 시쓰기와 소설쓰기의 자산이었다.

드라마센터의 연극

시인 지망생인 하현식의 자취방에서 몇 달 동안 기식을 했는데, 그는 서울살이 선배로서, 촌뜨기인 나에게 '서울'을 가르치려고 들었다. 경상도 창녕이 고향인 그는 고전음악 감상실 '디세네', 명동의 다방, 미술관, 국립극장, 충무로 대한극장, 청계천 헌책방으로 나를 이끌고 다녔다. 우리는 시 창작 실기 교수인 시인 김구룡 교수의 가르침을 철저히 실행하고 있었다. 시인이신 김교수는 좋은 작가가 되려면 방계 예술세계를 속속들이 섭렵하라고 가르쳤다.

한국 최초 원형극장인 남산의 '드라마센터'에서 상연하는 연극 〈햄릿〉 〈밤으로의 긴 여로〉 〈세일즈맨의 죽음〉 〈포기와 베스〉 들을 모두 그와 함께 밥을 굶어가면서도 보았다. 이 극장의 돌비 시스템 음향효과는 환상적인 세상 속으로 빠져들게 했다. 한동안 연극에 빠져들었고, 국립극장의 연극들도 빠짐없이 보았다. 희곡과 시나리오 습작을 틈틈이 하게 되었는데, 그것은 소설 구성하는 데 큰 도움이 되었다.

도안 스님

　문예창작과 학생들 가운데 스님이 한 사람 있었다. 만남이란 우주적인 율동이고 섭동攝動이다. 운행하는 하늘의 별들은 각기 독자적으로 흐르는 것이지만, 함께 흐르는 이웃의 어떤 별에 영향을 주기도 하고 영향을 받기도 한다. 그것은 하나의 큰 흐름(가락)인데, 내가 가진 세계와 또하나의 세계가 만나 서로 비비대고 사랑하고 간섭하고 부대끼기인 것이다. 그 만남을 통해 어둠의 꺼풀을 벗고 빛의 세계로 나아가는 것이고, 성장, 성숙해지는 것이다. 그것은 소비이면서 창조이다. 자기에로의 회귀 같은 순간의 고요가 집적되어 미래와 영원을 만든다. 바늘 구멍과 실의 만남 같은 새로운 세상의 창조를 도모하는 빛인 것인데 그 빛은 결국 우주적인 만다라를 형성해준다.

　'도안'이라는 법명으로 불리는 그 스님은 나보다 세속 나이로 두 살이 더 많았는데, 돈암동의 신흥사 옆의 적조암이란 작은 암자의 주지였다. 그는 올깎이(어린 시절 입도한 스님)였으므로, 염불을 잘했고 계율을 철저하게 지켰다. 겨울철 자취방에 불을 넉넉히 지필 수 없도록 춥게 살고, 반찬 없는 맨밥만 먹다가 그것마저 해 먹지 못하도록 돈과 쌀이 떨어지면 염치 불고하고 적조암으로 갔다.

　내가 불교에 어두운 만큼 그 스님은 문학 쪽에 어두웠다. 그 스님과 나는 상대가 가진 것을 나누고 결핍을 채워주곤 하는 관계였다. 그는 나에게 리포트 쓰는 것을 도와달라고 했고, 나를 재워주고 먹여주었고, 불교세계의 분위기를 내 몸과 영혼이 빨아들이게 해주었다. 그와 한방에서 자곤 했는데, 자다가 깨보면 그는 새벽 예불을 하러 가고 없었다. 늦잠을 자고 일어나서 그와 함께 아침밥을 먹고 학교에 갔다.

군기 개판인 군인

　늦가을의 어느 날 오후, 누군가가 나를 찾는다고 해서, 강의실 밖으로 나가니 '군기가 개판인 군인' 한 사람이 서 있었다. 머리를 스님처럼 빡빡 깎은 호리호리한 군인인데 얼굴이 깡마르고 수척했고, 바래진 군복을 입었는데, 모자는 엉덩이 호주머니에 쑤셔넣고 있었다. 머플러도 하지 않고, 윗옷 단추를 모두 풀어놓고, 허름한 작업화를 신었는데 끈을 제대로 매지 않았다. 샛노란 서류봉투 하나를 한 손에 든 그는 나를 향해 하얀 이들을 드러내고 활짝 웃었는데, 그 웃음으로 인해 일그러진 얼굴 속에서 눈망울이 반짝거렸다. 그 군인은 까맣게 염색한 군복을 입고 있는 나를 와락 끌어안고 와하하하 하고 웃었다.

　탈영병이던 친구 이상수였다. 우리는 교문 밖으로 나갔다. 그는 손에 든 서류봉투를 보여주며 말했다. "나 남한산성(군대 감옥)에서 해방되어 지금 창동 보충대로 가는데 '이것' 잃어버리면 나는 골로 간다." 봉투에는 인사 기록 카드가 들어 있는데 거기에는 그의 모든 것이 기록되어 있고, 만일 자기가 죽으면 거기에 어느 날 어느 시에 무슨 이유로 죽었다고 기록될 거라는 것이었다.

　우리는 정릉천 뽕뽕다리를 건너 길음시장 골목의 대폿집으로 들어갔다. 당시 대포는 청주도 막걸리도 아니면서 그것들과 비슷한 새콤달콤하고 알싸한 맛의 술이었다. 우리는 잔을 들고 서로를 축하했다. 그는 서라벌예대 문예창작과 학생이 된 나를 축하한다며 잔을 거듭 비웠고, 자기 대신 한국문학의 판도를 바꿀 시인 소설가가 되라고 했고, "나는 틀렸는데, 너는 할 거야" 하고 말했다. 우리는 곧 취했다. 그는 '케 세라 세라' 아니면 아나키스트가 되어 있었다. 깡마르고 수척해진 그의 얼굴에 어린 음습한 허무 묻은 너털웃음에서 나는, 한밤중에 섬마을의 갯벌투성이인 나를 찾아와서 하던 말이 떠올랐다. "동물하고 사람하고 다른 점이 무언지 아니? 사람은 자살할 줄 아는데 동물은 그것을 모른다는 거야." 그는 '죽음에 이르는 병'을 앓고 있었다. 나를 찾아왔다가 새벽녘에 돌아가면서 들고 왔던 키르케고르의 『죽음에 이르는 병』을 두고 갔다. 섬마을의 갯벌투성이로서 삼류 대학의 늦깎이 학생이 되어 있는 나는 고독과 절망과 우울로 인해 무너질 겨를도 없는 바쁜 삶을 살고 있었던 것인데, 그는 그 병이 깊어지고 있었다. 그렇지만 나는 그가 그 병에서 언젠가는 헤어나올 거라고 생각했다.

해가 '한 많은 미아리고개' 저편으로 가라앉고 있었고, 우리는 대폿집을 나와 의정부행 시외버스 정류장으로 갔다. 버스 오기를 기다리는 동안 나는 친구의 호주머니에 들어 있는 모자를 꺼내 빡빡 깎은 머리에 씌워주고, 풀려 있는 상의의 단추들을 잠가주고, 풀려 있는 신 끈을 매주며, 오래전부터 준비한 말을 달래듯 뱉어냈다. "야, 아무리 아니꼬운 일 당하더라도, 나 '죽었습니다' 하고 순하게 근무해주고 제대하고 나오너라." 그 말에 그는 하얀 이들을 드러내고 웃으며 나를 덥석 끌어안아주며 말했다. "내 대신 시도 쓰고 소설도 쓰고…… 한국문학 판도를 바꾸거라."

의정부로 가는 버스가 왔는데, 이미 손님들이 가득차 있었다. 그럼에도 불구하고 검게 염색한 군복 차림의 차장이 문을 열치고, 인사 기록

카드 봉투 움켜쥔 나의 '개판 군인'을 태워주고, 그의 엉덩이를 배로 압박하듯 밀어넣었다. 몸이 완전히 차 안으로 들어가지 않은 상태에서 그는 나를 향해 작별의 손을 흔들어주었는데, 버스가 십여 미터 달려갔을 때 그의 머리에서 벗겨진 모자가 땅에 떨어졌다. 차장은 아랑곳없이 문을 닫았고, 버스는 먼지를 뿜으며 까마득하게 멀어져갔다. 나는 달려가서 그 모자를 주워들었는데, 버스는 달려가버렸다. 규율이 엄한 군대 안에서 저 '개판 군인'의 운명은 어찌될까, 나는 조마조마해 견딜 수 없었다.

그는 결국 돌아오지 않았다. 내가 그의 뒤 호주머니에서 꺼내 억지로 머리에 씌워준 까닭으로 차문 밖으로 떨어진 모자가 그를 돌아오지 못하게 한 단초가 되지 않았을까. 훗날 그의 넋을 기리는 「까치 노을」이란 소설을 썼다.

실존

불교의 세계를 이해해보려고, 서점에서 『반야바라밀다심경 강의』를 구했다. 세상에서 가장 짧은 그 경전은 아주 난해한 것이었는데, 지은이는 한 토막 한 토막을 짚어가며 풀이했다. 거기 인용된 일화는 철학적인 상징성을 가지고 있었다.

……한 나그네가 사막을 걸어가는데 미친 코끼리가 쫓아왔다. 밟혀 죽지 않으려고 도망을 치다가 함정 같은 굴이 있어 들어갔다. 칡덩굴이 늘어져 있어 잡고 버티었다. 굴 밑에는 독사들이 우글거렸다. 굴 밖에는 미친 코끼리가 있으므로 진퇴양난이었다. 칡덩굴을 붙잡고 매달려 있는데, 흰쥐와 검은쥐가 번갈아 들락거리며 칡덩굴을 갉아댔다. 머지않아 덩굴이 끊어질 듯싶어 두렵고 불안했다. 나그네는 목이 말랐는데 마침 천장에서 물방울이 하나씩 머리 위로 떨어졌다. 받아 마시니 꿀물이었다. 천장에 꿀벌이 살고 있는데 벌집에서 그게 떨어지고 있었다. 꿀물 받아 마시는 맛에 취하여 위태로운 상황을 깜빡 잊고 행복감에 젖어들었다.

흰쥐와 검은쥐는 밤낮(시간), 쥐들에 의해 끊어져가고 있는 덩굴은 한정된 인간의 시간(수명), 꿀물은 인간의 삶(고통)을 취하게 하는 환혹, 독사와 미친 코끼리는 죽음, 동굴은 거듭나게(깨달음에 이르게) 하

296

는 자궁(연꽃)을 상징한다. 그 일화는 하나의 화두였고, 나에게 새로운 세계를 열어주고 있었다. 실존 혹은 한계상황, 신에게서도 악마에게서도 구원을 받을 수 없는 자신만의 실존, 자기에게로의 회귀, 석가모니가 말한 "천상천하유아독존天上天下唯我獨尊"의 뜻을 어렴풋이 짐작했다.

앙드레 지드의『교황청의 지하도』『지상의 양식』『탕자, 돌아오다』『사전꾼 이야기』의 세계, 도스토옙스키의 소설들, 카뮈의『페스트』『이방인』, 사르트르의『구토』제임스 조이스의『더블린 사람들』을 읽으면서, 짙은 안개 속에 묻혀 있던 인간의 실존들에 대하여 터득해갔다.

카뮈가 들려준『시시포스 신화』와 독수리에게 간을 뜯어 먹히는 프로메테우스 이야기가 나를 놀라게 했다. 로런스의『아들과 연인』『무지개』『채털리 부인의 사랑』을 읽으면서 완전한 사랑에 대하여 생각했고, 인간의 생명력과 문명비평적인 시각에 환호하고 전율했다.

표현 혹은 형상화

"소설은 이야기이므로 재미있어야 한다"는 김동리 선생의 말, "시어 詩語가 내포한 촉기觸氣"는 김영랑의 시, "나는 기다리고 있을 테요 찬란한 슬픔의 봄을"에 담겨 있다, 는 서정주 선생의 강의는 어둠 속에 있는 나에게 한 자루의 촛불이 되고 있었다.

김동리 선생은 '이야기의 힘'과 순수예술 소설이 반드시 담아야 하는 인간의 모럴(윤리의식)을 가르쳐주고, 서정주 선생은 역설逆說(패러독스)의 묘를 터득하게 하고, 박목월 선생은 '형상화形象化'에 대하여 가르쳐주었다.

인간이 사용하는 '말'은 그것을 듣는 인간을 절망하게 한다. 절망으로부터 벗어나기 위해 비유와 묘사를 통해 표현해야 하는데 그 표현을 형상화라고 말한다.

"내가 '바다'라고 말했을 때, 1) 바다에 한 번도 가지 못한 도시 여자는 병원의 진료 대기실에 있는 어항 속의 물고기와 모래밭을 떠올릴 수 있다. 2) 단 한 번 동해에 가보았을 뿐인 사람은 시퍼런 바다와 수평선과 철썩거리는 파도와 물새들을 떠올릴 것이다. 3) 서해에만 가본 사람은 아득하게 펼쳐진 갯벌과 거기에 기어다니는 게들을 떠올릴 것이다. 4) 남해에 가본 사람은 호수 같은 조용한 바다와 꽃송이나 연잎 같은 섬과 그 사이를 떠가는 돛단배를 떠올릴 것이다…… 체험과 정서가 각기 다른 독자들은 내가 말한 '바다'에 대하여 자기 체험을 바탕으로 인지한다. 내가 말한 '바다'를 독자가 나처럼 떠올리도록 하지 못하므로 나는 절망하게 된다. 그 절망으로부터 벗어나게 하려고 나는 나의 바다를 비유나 묘사를 통해 형상화시켜주지 않으면 안 된다."

"눈이 작은 그 여자"라고 쓰면 설명이므로 독자는 그 애매함으로 인해 절망한다. "단춧구멍처럼 눈이 작은"이라고 비유를 통해 말해야 단춧구멍의 모양새를 통해 절망에서 벗어난다. "푸른 하늘 푸른 바다 푸른 산"이라 쓰면 절망한다. "쪽물을 들여놓은 듯싶은 하늘" "청남색 잉크를 가득 채워놓은 듯한 바다" "진한 쑥물을 뒤집어쓴 듯한 산"이라 해야 절망에서 벗어난다.

이때껏 내가 써온 문장들은 독자를 절망하게 하는 설명적인 서술이었던 것이다. 내가 사용해온 명사, 형용사, 부사, 동사들은 원만한 전달력(표현)을 가지고 있지 않은 것이다. 그것을 표현하기 위해서는 비유(상징법, 은유법, 직유법, 의인법)를 동원해야 한다.

이후 '형상화'는 계속 궁구해야 할 하나의 화두였다. 내가 표현하고자 하는 나의 세계를 형상화시키는 데에는 평생이라는 시간이 필요했다. 따지고 보면, 소설 한 편 한 편은 하나의 비유나 상징의 덩어리인 것이다. 늙바탕에 들도록 내가 작품을 쓴 것은 나의 우주를 나만의 색깔로 색칠해가고 있는, 형상화시키기인 것이다.

나중에 『주역周易』을 읽으며 알았다. '형상화'라는 말에 들어 있는 象상이란 글자는 '코끼리'를 뜻하는 글자이지만, 우주적인 본질, 원리, 진리를 가리키는 철학적인 글자이다. 그것은 눈앞의 현상 저 너머의 '본질'을 지시한다. 그 본질을 뚫어보는 것을 응시라고 한다.

문장의 밀도

밀도 있는 문장이란 무엇인가. 한 개의 문장과 또하나의 문장이 연결되려면 연결시키는 고리가 있어야 한다. '그리고' '그리하여' '그러나' '그렇지만' '그런데' 따위는 앞뒤 문장을 이어주는 접속사이다. 모든 문장과 문장을 연결시키기 위하여 사이사이에 접속사를 넣는다면 얼마나 너덜너덜할 것인가. 접속사를 쓰지 않고 매끄럽게 연결시키는 것이 최선이다. 접속사를 사용하지 않고 밀도 있는 문장을 쓰려면 어찌해야 하는가.

야구 해설자들은 타자가 날아오는 공의 결을 따라 쳐야 한다고 말한다. 투수가 뿌리는 공은, 투수의 손가락 다섯 개가 닿는 부위와 악력과 손목과 팔 전체의 각도와 힘의 변환에 따라 결과 무늬가 달라진다. 포물선을 그리며 떨어지는 공이 있고, 날아오다가 치솟는 공이 있고, 직선으로 날아오는 공이 있고, 이리저리 변화, 굴절하는 공이 있다. 타자는 그 결이나 무늬를 따라 쳐야 한다는 것이다.

나무에 결과 무늬가 있듯 사람의 감정과 사고의 흐름에도 그것이 있다. 문장은 표현하고자 하는 대상의 결과 무늬를 따라 섬세하게 그림 그리듯이 서술해야 한다. 한 결 다음에 이어지는 또 한 결 한 결을 섬세하게 묘사와 비유를 사용하여 순서에 알맞게 그려가야 한다.

글을 깊이 읽는다는 것은, 문장의 밀도와 결과 무늬를 살피는 것이고, 구성과 복선을 뜯어보고, 인물을 어떻게 설정하여 묘사(형상화)하고, 주제를 도출하기 위해 어떤 소설적인 장치를 쓰는가를 살피는 것이다.

소설적인 장치 혹은 모럴

　소설적인 장치는 연극으로 치자면 하나의 소도구들이다. 집짓기에 비유하자면 기둥을 세우고 대들보를 올리고 서까래를 얹는 데 사용하는 거멀못이다. 소설을 구성하는 데 그 장치가 필요하다. 그 장치는 주제를 도출해내는 소도구들이다.

　나는 명작이라고 검증된 소설에서 그 장치를 찾아내곤 했다. 존 스타인벡의 소설『분노의 포도』의 결말 부분에서, 굶어 죽어가는 남자의 입에, 금방 해산한 젊은 여인이 부풀어오른 젖꼭지를 물려 빨아먹게 하는데, 그것이 그 소설의 주제를 도출하기 위한 장치(일화)인 것이고, 소설이 말하는 모럴인 것이다.

　로맹 가리 소설『하늘의 뿌리』에서도 많은 장치를 발견할 수 있다. 한 포로가 경비병에게 심한 매질을 당하면서도 땅바닥에 뒤집혀 발을 버둥거리는 풍뎅이를 기어갈 수 있도록 바르게 놓아주는 것이고, 다른 하나는 포로인 장교가 식당으로 숙녀를 데리고 나타나는 것이 그것이다. 숙녀의 존재는 극한 상황 속에서 야만스러워지는 포로들에게 자아를 찾아준다. 포로 경비병들은 자아를 찾은 포로들을 관리하기 힘들어지므로 포로들에게서 그 숙녀를 빼앗아가려고 하는데 빼앗아갈 방법이 없는 그것은 놀라운 장치(일화)이다. 그의 다른 소설『자기 앞의 생』

에서는 소년 모모가 훔친 강아지를 귀부인에게 아주 비싼 값에 팔고 그 돈을 하수구에 버린다.

그 장치들은 인간의 모럴과 깊은 관계를 가지고 있는데 그것은 진한 향기를 뿜어 독자를 매혹시킨다. 상트페테르부르크미술관에서 〈시몬과 페로〉라는 작품을 본 적이 있다. 손이 등뒤로 묶인 늙은 남자가 화려하게 성장한 예쁜 여인의 풍만하게 부푼 젖을 빨고 있는 외설스럽게 느껴지는 작품이다. 아버지가 굶어 죽으라는 형(아사 형벌)을 받았는데, 금방 해산하고 면회 온 딸이 젖을 물려 연명하게 하는 것이다. 나는 거기에서 여신의 구원을 읽었다. 모든 소설이 도달하려는 목적지는 윤리의식이다. 모든 예술작품의 도달점은 향기로운 아름다움과 (철학과 종교와는 다른) 구원을 제시하지 않으면 안 된다. 나는 그것을 김동리의 「황토기」「무녀도」「역마」에서도 보았다. 소설가는 도덕 교사도, 설교자도 아니지만 인류 최고의 윤리 교사인 것이다.

비현실적인 삶을 사는 소설가의 소설 속에 들어 있는 모럴은, 정글보다 더 무서운 글로벌 자본주의 속에 사는 현실적인 사람들의 권력적인 탐욕에 젖은 영혼을 교정하고 정화해주는 것이다.

겁없이 무조건 써라, 쓰면서 절망하고 또 절망하면서 공부하고 써라

　흔히들, 소설 공부를 하는 자에게, "독서를 충분하게 하고, 많은 체험을 하고, 오랜 동안 쓰는 법을 숙지하고, 철학적인 사유와 명상을 할 만큼 한 다음에 써라" 하고 충고하는데, 김동리 선생은 그게 결코 옳은 가르침이 아니라고 말했다. 충분하게 독서를 했다고 생각되지 않을지라도, 아직 나이 어릴지라도, 아직 인생에 대한 철학적인 사유와 명상이 잘 다져지지 않았을지라도 무조건 소설을 써야 한다고, 쓰면서 절망한 것을 공부로 극복해가야 하는 것이라고 가르쳤다.

　스무 살 무렵 쓸 수 있는 소설이 있고, 서른 살 때 쓸 수 있는 소설이 있고, 마흔 살, 쉰 살 때 쓸 수 있는 소설이 있고, 일흔 살, 여든 살에 쓸 수 있는 소설이 있다는 것이었다.

　스무 살 때 쓸 수 있는 소설은 쉰 살 때 쓸 수 없는 것이고 쉰 살 먹은 자는 스무 살 적에 쓸 수 있는 소설을 쓸 수 없다는 것이었다. 나이에 따라서 감각이 다르고, 인생을 보는 무게가 다르고 해석이 다르다는 것이었다.

　『젊은 베르테르의 슬픔』을 예로 들어 말했다. 그 소설은 단순한 연애소설이 아니다. 깊고 순수한 감정과 진실한 통찰력을 가지고 있지만 열광적인 몽상에 마음을 빼앗겨 사색에 잠긴 나머지 의기를 상실하고, 마지막에는 끝도 갓도 없는 사랑이 낳은 불행한 정열로 인해 정신착란을 일으켜 머리에 총알을 쏴버리는 상황을 통해 한 청년의 사랑과 자아가 붕괴되는 과정을 보여준 것이다. 괴테가 이십대에 쓴 그 소설을 어떻게 사십대 오십대 칠십대에 쓸 수 있었겠는가.

꾸준히 소설을 쓰는 소설가로 산다는 것 자체가 구도적인 행각이라는 것을 나는 알아차렸다.

습작

  동리 선생은 1학년에 막 들어온 학생들에게 소설을 써내라고 했다. 창공으로 날아갈 어린 새에게 날갯짓 연습을 시키는 것이었다. 습작의 習습이란 글자는 새가 창공을 날기 위해 둥지에서 부지런히 날개 치는 연습을 하는 모양새를 본뜬 것이다.

  마술사가 어딘가에 숨겨놓은 꽃을 펼쳐 보이기 위해 텅 빈 주먹을 쥐었다가 폈다가 하며 연습을 하듯, 설사 무언가 놀라울 만한 것을 내놓는 데 실패할지라도 절망하지 않고 연습을 해야 한다는 것이다. 쓰고 나서 절망하고 또 쓰고 나서 절망하면서, 자기의 부족함을 인식한 것을 보충하기 위해 고전작품을 읽고, 자기가 몸담고 있는 세상이 써주기를 바라는 소재를 찾아내서 작품화하려는 욕구가 중요하다는 것이다. 작가가 삶에서 부딪치는 모든 소재는 머물러 기다려주지 않고 강물처럼 흘러가버리므로 작가가 적극적으로 접근하여 훔쳐 잡아 써야 한다는 것이고, 소설쓰기는 소재를 찾는 것에서부터 시작된다는 것이었다. 새로운 소재 찾기는 새 인생의 새 국면을 찾아 해석하려는 것이라고 했다.

  소설쓰기에서는 문장(형식)이 중요하다고 했다. 아무리 값진 주제(내용)를 품고 있을지라도 문장이 정확하지 못하거나, 아름답고 섬세하지 못하면 좋은 소설이 되지 않는다는 것이었다. 섬세하면서도 정확한 문장을 쓸 줄 알아야 형상화에 성공한 소설을 쓸 수 있다 했다. 문장은 그 작품의 총체적인 것을 함축한 것이고, 그 작가 인생의 총화라는 것이었다. 문체가 그 사람의 전부이다.

단편소설에서는 등장인물을 최소화하라고 했다. 인물이 많으면 산만하고, 그 인물을 오롯하게 처리(묘사)하기 어렵다는 것이었다. 등장인물은 하나의 생명체이므로, 등장시켜놓은 인물은 작가가 끝까지 그 삶을 형상화하는 책임을 져야 한다는 것이고, 그 작품에서 어떠한 의미인가(그 인물 나름대로의 역할)를 말해주는 존재여야 한다는 것이었다. 말하자면 한 시대의 전형典型을 만들어야 한다는 것이었다.

마지막으로, 주제는 단순해야 하고, 상징성을 가지고 있어야 한다는 것이었다. 작가가 한 작품을 통해 표현한 주제는 나름으로 육화된 철학을 가지고 있으므로, 그가 쓴 모든 것들을 모아놓고 보면 그 작가의 우주적인 인생관 혹은 윤리의식을 알 수 있는 것이다.

나는 한 달에 한 편씩의 단편소설을 써서 동리 선생에게 제출했다. 마치 소설을 쓰기 위해 태어난 사람처럼 그랬다. 나는 선생을 무척 괴롭힌 학생이었을 터이다.

신춘문예

나는 『현대문학』 잡지에 동리 선생의 추천을 받아 소설가로 등단하고 싶었다. 소설의 경우 2회 추천을 받아야 했다. 그런데 선생은 나에게 신춘문예를 통해 등단할 것을 권했다.

신춘문예에 응모할 소설은 현대적인 감각의 소설이어야 할 듯싶었다. 섬마을에서 농부와 어부로 살다가 서울에 온 나는 내가 가진 청년 농부나 어부적인 감각이 큰 장점임에도 불구하고 그게 후진적인 것이라고 부끄러워하는, 잘못된 생각을 가지고 있었다. 현대소설은 도회적이고 근대적이어야 한다고, 도회적인 서사, 근대적인 감각을 내 소설속으로 끌어들이려고 무진 애를 썼다. 도시 서민들의 삶의 현장을 탐사하고 자료를 구했다. 명동 술집엘 가고, 종로삼가 뒷골목을 답사하고, 네온 불 찬란한 밤거리를 체험하려 했다. 소재를 도시나 근교에서 찾으려고 들었다. 의식의 흐름 수법으로 습작한 「패각을 탈출한 집게」라는 작품을 제출했는데, 동리 선생이 이렇게 쓰면 되는 것이라고 칭찬을 해주었다. (집게는 다 자라서 죽은 고둥의 껍질을 투구나 방패나 갑옷처럼 쓰고 다니고 그것을 집으로 활용하는 게를 말하는데, 그 게처럼 사는 인간을 형상화한 소설이었다.) 그 칭찬으로 인해 나는 용기를 얻었다.

해마다 12월이면 신춘문예 행사로 인해 가슴이 설렜다. 신춘문예 제도는 예나 이제나 모든 문학청년들에게 등용의 관문이자 축제였다. 서울의 각 신문사들은 현상금을 걸고 문예작품을 모집하여 최우수작 한 편만을 뽑아 다음해 1월 1일자에 발표하는 행사를 벌이곤 했다. 그것은 정실 관계를 떠난, 가장 객관적이고 떳떳한 등단 방식이었고 화려한 의식이었다. 새해 첫날 아침 신문에 얼굴을 드러내고 선언적인 당선 소감을 발표하고 으스대는 당선자들이 나는 부러웠다. 서울의 어느 신문에 당선하든지 작가로 인정해주므로 작가 지망생들은 사력을 다해 도전했다. 탐욕 많은 청년들은 다섯 편을 써서 모든 신문에 응모했다.

신춘문예를 통해 등단한 선배 소설가들은 절대로 두 편 이상의 작품을 써서 응모하지 말라고 했다. 많은 작품을 쓰되, 그 가운데 가장 완벽하다 싶은 것 한 편만 골라, 문장을 다듬고 맞춤법 하나도 틀리지 않은 작품을 만들어 응모하라는 것이었다. 대개의 심사위원들은 응모된 것 한 편 한 편을 처음부터 끝까지 모두 읽지 않는다는 것이었다. 먼저 첫 장과 둘째 장만을 읽는데, 여기서 심사위원의 마음을 사로잡지 못하면 휴지통에 버려진다. 만일 둘째 장까지 읽었을 때 싹수가 보이면 다섯 장까지 읽어보는데, 거기까지 읽어서 좋다 싶으면 마지막 장(결말 부분)을 읽어보고, 무언가 잡히는 게 있으면 일단 본심에 올린다.

나중 작가가 된 다음 신춘문예 심사를 했을 때 그 말을 이해할 수 있었다. "우동 한 그릇을 다 먹어보지 않고, 한 숟가락만 떠먹어보아도 그 우동의 맛을 평가할 수 있는 것이다."

문예창작과 친구들은 이 년 동안의 수련으로, 모두 소설쓰기 시쓰기의 선수가 되어 있었다. 소설 실기 시간, 시 실기 시간에 서로의 작품을 읽고 평을 했으므로 서로의 실력을 알고 있었다. 일단 응모하면 예심을 통과하고 최종심에까지 올라 경쟁하게 될 친구들이었다. 경쟁자들은 술자리에서 만나, 둘이서 같은 신문에 응모하지 말자고 약속한다. 어차

피 최종심에서 경쟁 관계로 만나게 될 터이고, 그렇게 되면 한 사람은 낙방해야 하므로 서로 피해 가자는 것이다. 그리하여 누구는 조선일보, 누구는 동아일보, 또 누구는 경향신문, 그리고 누구는 한국일보…… 이렇게 정하고, 그 약속을 반드시 지켰다.

나는 한 해의 습작 농사의 풍흉을 점치는 행사가 신춘문예 응모라고 생각했다. 첫해에는 최종심에도 오르지 못했다. 그해 봄부터 낙방의 절망을 안고 다음해의 신춘문예 응모작품을 준비했다. 『자유문학』과 『사상계』의 신인문학상을 받고 문단에 나가는 관문이 있었지만, 나는 오로지 신춘문예만 응모하기로 작정했다.

한동안 의식의 흐름 수법으로 서술하는 문장을 즐겨 쓰곤 했다. 나는 현대의 소설가들은 프루스트의 영향에서 자유롭지 못할 거라고 생각했다. 프로이트의 꿈의 해석, 카를 융의 무의식에 대한 생각이 많은 도움을 주었다.

문예창작과를 졸업했다. 재학중에 소설가로 등단하고 싶었지만 뜻대로 되지 않았다. 이제 취직을 하여 먹고살면서 소설을 써야 한다고 생각했는데, 군대에 갔다가 오지 않은 남자는 그 어느 직장에서도 받아주지 않았다. 그해 12월 초, 열심히 쓴 소설과 시를 신춘문예에 응모하고, 당선 통지*를 받지 못한 채 다음 해 1월 초에 혹한을 무릅쓰고 자원입대했다.

---

* 몇 달 뒤 휴가 나와서, 한 선배에게 들었다. "네 시가 최종심에 올랐더라, 왜 소설은 안 쓰고 시만 쓰느냐." 나는 소설 쓰는 틈틈이 시도 썼던 것이다. 소설을 주로 쓰고 여기(餘技)로 시를 쓰는 것이 아니고, 시도 밤을 새워가며 미친듯이 썼던 것이다.

엄동설한의 훈련소

　군사 쿠데타 이후의 논산훈련소는 훈련병 개개인이 하나의 인격체로서 대접받을 수 있는 시공이 아니었다. 영하 십 도 안팎의 한겨울에 논산 훈련소에서 훈련을 받는 동안 '나는 영혼이 증발하고 없는 등신이다' 하고 나를 달랬다. 동료 하나가 "훈련병은 사람이 아니다"고 말했고, 또 누구인가가 "훈련병 ×은 ×이 아니다" 하고 말했다.

　고통스러운 것은 오줌이 마려우면 참을 수 없어 다급하게 변소로 달려가야 하는 것이었다. 훈련소에 막 들어오면서 어깨에 주사 몇 대를 한꺼번에 맞았는데, 그 가운데 한 대가 남자의 성기능을 화학적으로 거세시키는 것이었다. 남근이 발기되지 못하게 할 뿐만 아니라, 정자 생산하는 고환과 정자 저장소와 방광의 문 잠그고 푸는 근육이 무력해져서 오줌을 참을 수 없게 되는 것이었다.

　다음으로 고통스러운 것은 군사정부의 혁명 공약을 외우지 못해 빠따(침대 몽둥이)를 맞는 것이었다. 다른 동료들은 일곱 개 조항을 달달 외우는데, 어찌된 일인지 내 머리는 맨 앞의 한 개 조항만 암기할 수 있었을 뿐이었다. 하나, 반공을 國是국시의 제1의로 삼고 지금까지 형식적이고 구호에만 그친 반공태세를 재정비 강화한다.

　더욱 고통스러운 일은, 소대의 선임 분대장 노릇을 맡은 것이었다. 그것은 노예들의 대표 노릇인 셈이었는데, 조교가 강압적으로 임명한 대로 따를 수밖에 없었다. 노예 대표인 나는 거대한 밥통을 든 당번병을 이끌고 밥과 국을 타러 가야 하고, 아침저녁으로 점호 준비를 이끌어야 하고, 취침 직전에 당번 하사관에게 소대원들의 상황 보고를 하여야 했다.

어느 날 점심때, 야외에서 훈련이 약간 늦게 끝난 관계로 부랴부랴, 식통을 어깨에 멘 당번병들을 이끌고 취사장으로 달려갔는데, 밥과 국을 퍼주는 취사장 기간병이 자기들을 기다리게 했다는 이유로 나에게 엎드려뻗치라고 명했고, 식통 메는 쇠몽둥이로 내 엉덩이를 내리쳤다. 나는 한 대를 맞자마자, 납작 뻐드러지고 말았다.

이후에도 선임 분대장인 나는 청소 불량이라는 이유, 소대 전체가 늦게 정렬했다는 이유로 조교에게 밀걸레 자루로 엉덩이를 얻어맞기도 하고 구둣발에 정강이를 차이기도 했다. 또하나 고통스러운 것은, 눈 깜짝할 사이에 밥을 먹어야 하고, 훈련장으로 이동할 때 열을 짓고 일사불란하게 발을 척척 맞추면서 "동이 트는 새벽꿈에 고향을 보며 외투 입고 투구 쓰면 맘이 새로워" 하고 군가를 부르며 구보를 해야 했는데, 나는 노예 대표인 주제에 느리다고 조교의 발에 채곤 했다.

훈련을 마치고는 부관학교를 거쳐 보충대에 가서, 막사 뒤편 산봉우리까지 선착순으로 올라갔다가 내려오는 기합을 받는데, 연분홍의 '진달래꽃'* 한 송이가 눈에 띄었다. 순간 머리에 시 한 편이 만들어졌다. "나 악하게 살자 했다//배낭을 지고 구보를 하며/주먹밥을 한입 집어넣다가 말고 동작이 늦다고/밀걸레 자루로 엉덩이를 얻어맞고//나 악하게 살자 했다."

---

* 줄곧 머리에서 굴리던 그것을 먼 훗날 첫 시집 『열애 일기』(문학과지성사, 1991)에 실었다.

새까만 일등병

경기도 양평에 주둔하는 예비교육사단 사령부 작전상황실에 배속되었다. 거기서는 이십사 시간 내내 생활해야 했다. 한밤중일지라도 갑자기 비상상황이 벌어지면 대처해야 하므로 내무반 생활을 하지 않고 상황실 바닥에서 병장인 사수와 더불어 각기 닭털 침낭 속에 들어가 자곤 했는데, 불편하기는 했지만 졸병인 나로서는 군기 센 내무반 생활을 피할 수 있었으므로, 큰 행운이었다.

작전상황실 생활에 길이 들자, 밤이면 사수가 깊이 잠들어 있는 새에 일어나 작은 불을 밝히고 소설을 쓸 수 있었다. 작전상황실의 남쪽 창문틀 옆에 서 있는 서류함 위에 원고지를 놓고 만년필로 썼다. 육군본부 정훈감실에서 발행하는 『육군』이란 잡지가 문예작품 현상모집을 하고 있었다. '흰 달그림자 숲에 비치고'란 제목의 단편소설을 써서 응모했는데, 최우수상으로 뽑혔다는 통지가 왔다. 작전참모의 허락을 받고, 상을 받으러 갔다. 육군본부 정훈감실에서는 손목시계 하나만 주고, 밥한끼도 먹여주지 않고 차비도 주지 않았다. 상금을 받으면 부대원들에게 한 턱 내려고 한 나의 기대는 부서졌다. 한턱 얻어먹겠다고 기대했던 부대원들은 눈에 띄게 실망스러워했다.

이등병에서 '일등병'으로 진급했다. 나의 선임들은 제대 날짜가 까마득하게 멀다는 것인지, 고된 훈련으로 얼굴피부가 새까매져있다는 것인지, '새까만'이라는 수식어를 붙여 나의 계급을 부르곤 했다.

내가 맡은 일은 두 가지였는데, 하나는 지도를 붙여 '작전상황판'을 만드는 일이고, 다른 하나는 난로 당번이었다. 작전장교가 칠만오천분의 일 지도에서 작전지역을 말해주면 빠른 시간 안에 해당 지역의 이만오천분의 일 지도들을 찾아 붙여 상황판을 만들어 바쳐야 하고, 난로에 불을 피워 상황실을 훈훈하게 해야 하는 것이었다.

일 갤런 들이 통을 들고 유류저장소에 가서 기름을 받아들고 와서, 이십사 시간 동안 불이 꺼지지 않게 하고, 일요일에는 연통 청소를 했다. 양평 교외 동산 위의 겨울 날씨는 영하 이십 도 가까이 내려가기도 했다. 영하의 찬바람 속에서 내 손은 늘 기름기가 묻어 있어야 했다. 난로 속으로 기름을 공급하는 기기가 막히면 뜯어내서 수건으로 닦고 입으로 불어 뚫어야 했으므로 입술과 볼과 턱까지도 텄다. 더러워진 손을 비누를 사용해 찬물로 씻곤 했지만 내 손은 거칠어졌고, 살갗 곳곳에 발긋발긋 금이 벌어졌다. 막일을 하는 일등병의 처지는, 거칠어진 손을 따뜻한 물에 오래 담가 불린 다음 때를 벗겨낼 틈도 없었고, 씻은 다음 크림을 발라 트는 것을 방지할 수도 없었다.

내가 그 처지에서 벗어나는 길은, 얼른 겨울이 지나가고, 나의 사수가 제대하고, 내가 사수가 되어 조수를 받아들여 그로 하여금 난로 당번을 하게 하는 것뿐이었다. 나는 어머니가 보리밭의 김을 매며 노래 가사를 비틀어 부르던 것을 생각했다. "세월아 네월아 어서어서 가거라."

물걸레 청소를 한 다음 언 손을 녹이려고 난로 가까이 가져갔는데, 난로 옆에 앉아 불을 쬐던 영문 번역 전문 육군 소위가 내 손을 보자마자 깜짝 놀라 손을 거두어들였다. 무참해진 내 눈에 그의 손과 내 손이

314

들어왔다. 장교의 손은 흰 물새처럼 깨끗하고 하얗고 여자의 그것처럼 부드럽고 늘씬했는데, 내 손은 '노예'의 검고 거친 때 엉긴 더러운 손이었다.

내 표정을 살핀 장교는 손을 피한 자기 행위를 어색해하고, 손 관리를 제대로 하지 못한 졸병의 게으름 꾸짖기를 자제하고 있었다. 나도 모르는 사이에 장교를 향해 "죄송합니다" 하고 나서 "소위님 손은 천사의 손이고 제 손은 노예의 손이네요" 하고 말한 다음 손을 엉덩이 뒤로 감추었다. 장교가 허허 웃으면서 "이 자식, 당장에 한 방 먹이네!" 하고 말했다.

숨구멍

작전상황실 동북쪽 창밖 너머로 펼쳐진 들판의 남북으로 흐르는 철길이 있었고, 가끔 기차가 지나가곤 했다. 나는 근무중 틈이 나면 그 창문 옆에 있는 서류함에 앞가슴을 기대고 서서 밖의 풍경을 내다보곤 했다. 잠깐씩 해방감을 느낄 수 있고, 이런저런 꿈을 꿀 수 있었다.

나에게서 그 행운을 뺏어가는 것은 작전장교였다. 그는 칠만오천분의 일 지도를 펴놓고 가리키는 손가락으로 한 지역의 둘레를 동그랗게 그려 보이며 명령했다. "야, 한일병, 이 지역 요 지역을 아울러 작전상황판 만들어 와!"

나는 이만오천분의 일 지도를 이용해 작전상황판 만드는 법을 알고 있었다. 얼마 전에 제대한 늙은 중사에게서 그 방법을 배웠던 것이다. 여러 개의 조각 지도 하단에는 인근 지역명이 다 표시되어 있으므로 그것들을 찾아 맞대 붙이면 되는 것이었다. 그렇지만 나는 시치미를 떼고, 그것을 확실하게 배우지 못했다고 고개를 저었다.

내가 배속받고 상황실에 들어섰을 때, 제대해 나가는 한 하사한테서 엉덩이에 뿔난 송아지 같은 요령 하나를 습득했던 것이다. "군대라는데는, 이것저것 다 잘한다고 알려지면 제대하는 날까지 녹초가 되도록 부려먹는다. 그러니까 되도록 할 줄 모른다고, 소총부대로 쫓겨가지 않을 정도로만, 뻗댈 수 있는 데까지 뻗대야 한다."

작전장교는 기가 막힌다는 듯 "인마, 네가 그것을 모른다고 하면 어떻게 해!" 하고 화를 냈다. 나는 대꾸하지 않고 고개를 떨어뜨리고만 있었다. 중위는 끓어오르는 짜증을 가라앉히고, 새까만 일등병에게 지도 붙이는 법을 교육하기 시작했다. 내 속의 악마는, 그가 화내고 짜증스러워하는 것을 즐기고 있었다.

노예인 나는 부처님 손바닥을 가지고 살고 있었다. 손오공이 아무리 날고 기는 재주를 가지고 있지만 겨우 부처님의 손바닥 위에서 놀았다는 사실을 나는 알고 있었다. 나는 양심의 가책을 느끼면서도, 나를 부리는 작전장교를 내 손바닥 위에 놓고 들여다보며 살았다. 로런스의 소설 『프로이센 장교』에 장교와 그의 연락병의 갈등 대립이 밀도 짙게 그려져 있었다. 나는 소총소대로 쫓겨나지 않을 만큼만 작전장교의 명령을 수행했다. 사수에게서 배운 대로 작전상황 보고서를 타자로 찍어 작전장교에게 올렸고, 그것은 작전참모의 손을 거쳐 군단으로 보고되곤 했다.

쿠데타로 형성된 군사독재 시대에 군대생활을 하면서 배워서는 안될 많은 것들을 배웠다. 군대라는 사회는 그곳을 거쳐가는 모든 젊은이들을 알게 모르게 그렇게 교육하고 있었다. 그 독특한 사회에서는 군대식으로 적당히 더러워지지 않으면 안 되는 것, 밤송이를 ×대가리로 까라면 까야 하는 법이란 무엇인가를 배웠다. 군대 안에서의 인간적이라는 말이야말로 세상에서 가장 교활한 비인간적인 거라는 것을 배웠고, 그 무렵의 군대에서 별을 딴다는 것은 비인간적으로 무수히 전우의 시체를 밟고 또 밟아 넘는 비리와 부조리와 부정부패의 결과라는 것을 알아챘다. 인간의 윤리 공부가 제대로 되어 있지 않는 파쇼 지휘자가 참모들의 브리핑을 듣고 고개를 끄덕거려주고, '이러이러한 방향으로 연구해봐' 하고 지시를 해주는 특이한 정글 세상의 브리핑 정치구조를 알아챘고, 자기의 영달을 위하여 각하의 환심을 사기 위해 전시행정을 일삼아 부하나 백성들을 홀리는 군대식의 출세 방법을 알아챘다.* 나비나 벌들, 참새까지도 걸리는 거미줄(법)을 까마귀나 까치나 독수리는 거침없이 헤치고 나아가버리는 군대식 정면돌파의 삶이 민간인 사회로 번져가 있다는 것도 알아채고, 쿠데타에 실패하면 역적이 되지만 성공하면 대통령이 되어 나라를 차지하는 것도 애국으로 포장될 수 있다는 사실을 알아챘다.

그러한 정글 세상에 푹 절어 있다가도, 상황실 북편 창문 옆의 서류함에 기대서서 들판을 지나가는 기차와 하늘을 보면 시가 떠오르곤 했다. 그것을 메모해두었다가 원고지에 정리하여 '전우'라는 신문에 보내면, 그 시는 곧 발표되었고 오래지 않아 원고료가 날아왔다. 장교들과 선임하사가 퇴근하고 나면, 동편 철조망의 개구멍 밖의 마을에서 막걸리와 안주를 사다가 조촐한 잔치를 했다. 교육과 작전과 정보과 인사과의 선임 사병들이 잔치에 참여했다. 막걸리를 얻어 마신 선임들은 경쟁적으로 갱지나 원고지를 선물했고, 졸병들의 사역에서 나를 제외시켜주곤 했다.

---

* 일등병은 군화 한 켤레를 민간에 팔았다는 죄로 쇠고랑을 차는데, 군수참모는 사단장과 짜고, 트럭으로 군량을 빼내고, 사병들이 먹는 국은 소가 헤엄치기만 한 듯 멀겋게 끓이면서, 그 소의 값을 챙기고, 뻔질나게 골프를 치며 살다가 제대하고는 국회의원이나 장관 노릇을 한다. 훗날 소설 「이색 거미줄 소묘」(『목선』, 문이당, 1999)를 썼다.

클래식 음악

　작전상황실에서는 국가 재난이나 비상상황을 청취하기 위해 베개 크기의 라디오를 이십사 시간 줄곧 틀어놓는데, 특별한 일이 없는 한, 상황 사병 한 사람이 거기에 귀를 기울여야 했다.

　나의 사수는 서울에서 대학을 다닌, 경기도 소사 출신인데 클래식 음악광이었다. 나에게 모든 잡무를 맡기고 항상 라디오를 청취하다가 일과 시간이 끝나면 본격적으로 클래식 음악을 들었다. 그는 어느 방송국에서 어떤 시간대에 어떤 클래식 음악을 내보낸다는 것을 알고 있었다. 일요일 오후 한시부터는 기독교방송국에서 네 시간 동안이나 클래식 음악을 내보냈다. 그는 나를 그 음악 속으로 이끌었다.

　사수는 흘러나오는 교향곡과 오페라에 대하여 해설했다. 그것들의 작곡자와 거기에 서린 일화를 줄줄이 늘어놓았다. 교향곡들의 제1주제 제2주제 부분이나, 오페라의 '대장간의 합창'이나 '노예들의 합창' '투우사 입장의 합창' '허밍 코러스'가 흘러나오면 일어서서 미친 듯 지휘를 했고, 〈별은 빛나건만〉 〈남 몰래 흐르는 눈물〉 〈어떤 갠 날〉을 따라 불렀다. 그것은 또하나의 무지개 색깔 세상, 그윽하면서도 화려한 세계로의 일탈이었다.

독재자 암살 예언

하사로 진급한 사수가 제대를 한 달쯤 앞둔 날 밤, 장차 이 땅의 독
재자가 누구인가에게 암살당할 거라고 예언했다. 그때 그의 눈은 알 수
없는 빛으로 반짝거렸다. 그 반짝거림은 클래식 음악 해설을 할 때의
그것과 또 달랐다. 음악을 들을 때의 그것은 가을 호수처럼 해맑게 빛
났다면, 암살 이야기를 하면서의 그 눈빛은 '멀겋게 번득인다'로 표현
할 수 있을 터인데 어쩌면 살의가 담겨 있는 듯싶었다.

사수는 내가 상병으로 진급한 초여름의 어느 한낮에 제대복 차림으
로 떠나면서 낭만적인 제안을 했다. 장차 내가 제대하는 해(1965년)의
11월 11일 11시 11분에 서울의 덕수궁 분수 앞에서 만나자는 것이었
고, 내 손을 굳게 잡고 흔들었다.

그런 지 몇 달 지나서, 나는 상황실에 와서 머물곤 하는 번역 전문
장교에게서, 제대한 그 사수에 대한 소식을 들었다. 얼마 전에, 중앙정
보부에 잡혀들어간 몇 사람 가운데 제대한 그 사수가 끼어 있었다는
것인데, 대통령 암살 모의가 사전에 들통이 났다는 것이었다. 내가 작
전상황실로 배속되기 이전, 권총 분실 사건이 있었는데, 그 권총을 제
대한 그 사수가 소지하고 있었다는 것이었다. 그 장교는 단정적으로
말했다.

"그 자식 내가 척 보니까 눈빛이 범죄자형이었어."
물론 장차 우리 만남은 물거품이 되었다.

시위 진압을 위해 서울로 입성

대학생들의 한일 협정 결사반대 시위가 일어났고, 서울의 치안은 경찰의 힘만으로는 불가능할 지경이 되었다. 6·8사태였다. 대통령의 조카사위인 특사가 일본의 한 각료와 체결한 한일 협정은, 미화 삼억 달러를 받는 대신, 일본의 한반도 식민 지배와 수탈, 강제징병 징용과 일본군 '위안부' 동원 등의 죄악과 전범 행위를 용서하고 화해하겠다는 것에 대한 반발이었다.

군사독재정부는 계엄령을 선포하고 내가 소속되어 있는 사단을 서울로 불러들였다. 나는 작전 개시 며칠 전에 이만오천분의 일 지도로 서울지역 상황판을 만들어 작전장교에게 바쳤고, 그 작전장교가 세운 작전 계획에 따라, 우리 사단은 한밤에 서울로 입성했다. 사단사령부는 혜화동 서울대 본부 건물(지금의 마로니에공원)에 설치되었고, 작전상황실은 한 강당에 마련되었다.

그때까지 나는 마땅한 조수를 구하지 못하고 바쁜 상황 처리를 혼자하고 있었다. 작전장교는 내 마음에 드는 영리한 사병 한 사람을 빠른 시간 안에 구해 조수로 쓰라고 명했다. 그 사정을 들은, 약학과 출신 연락장교가 자기네 연대의 한 소총부대 사병 하나가 문학청년이라고 말했고, 그 사병이 소속된 소대가 대학 캠퍼스 경비를 맡고 있다고 했다.

문학 지망생이면 재바를 뿐만 아니라, 나와 뜻이 잘 통할 거라고 생각되었고 그를 선택하고 싶었다. 연대 연락장교가 그 사병과의 만남을 주선해주었는데 그 장소가 대학 본관 건물 앞 플라타너스 그늘 밑의 수돗가였다. 소총소대 소속인 그 이등병은 위장용 그물 씌운 철모를 쓰고 M1 소총을 멘 채로 수돗물에 얼굴을 씻고 물을 마시고 있었다. 연일 보초를 서는 까닭인지 얼굴이 새까맣게 그을어 있었고, 군복의 등 부분은 땀에 절어 있었다.

　내가 다가가자, 그 이등병은 부동자세를 취하며 놀란 눈으로 상병인 나를 응시했다. 나는 그를 이끌고 벤치로 갔다. 그는 나보다 체구가 작지만 강단지고 야무져 보였다. 그의 눈빛이 알 수 없는 촉기를 발하고 있고, 입을 굳게 다물고 있는 표정 속에 절박함이 담겨 있고, 순수한 분위기를 느끼게 한다는 점이 내 맘을 사로잡았다.

　작전장교는 당장에 연대 연락장교에게 그 사병을 데려오라고 명했고, 그를 면담하자마자 그 사병을 사령부 작전과로 파견 조치하라고 지시했다. 다행하게도 마산 출신인 그 사병은 감수성과 눈썰미가 비상하고, 영리하고 열쎄고 착했다. 먼저 전화 걸고 받는 법, 지도를 찾아 붙여 작전지역 상황판을 만드는 법, 비상상황*이 벌어지면 신속히 취해야 하는 조치, 연락장교 활용하는 법, 상황 일지를 세세히 써두었다가 작전 보고서를 작성하여 작전장교에게 넘기는 법을 일러주었다. 그는 내가 일러준 것들을 착실하게 수행했다.

　계엄이 해제되고 양평 사단사령부로 복귀할 때까지 한 달여 동안에 그는 상황실의 모든 업무를 다 파악했고, 어떤 상황이 벌어지든지 "한

---

* 군단에서 하달되는 것을 소총소대에까지 내려보내는 것과 소총소대에서 중대, 대대, 연대를 거쳐 올라오는 것을 군단으로 보고하는 것.

병장님은 가만히 계십시오" 하고 혼자 도맡아 신속하고 완벽하게 처리하고 나에게 결과를 보고했다. 이등병인 그가 모든 일을 다 처리하곤 했으므로, 병장으로 진급한 나는 서류함에 기대 서서 창밖을 내다보거나 글을 쓰다가 세끼 밥이나 먹으러 다니는 제대 앞둔 병장처럼 되어버렸다.

문학청년인 우리 둘은 상황실 근무가 아주 즐거웠다. 클래식 음악과 문학작품 이야기를 즐겼고, '전우'지에 내 시가 발표되고 원고료가 배달되면 장교들이 모두 퇴근 한 다음 막걸리 파티를 열곤 했다. 나는 신춘문예에 응모할 작품을 쓰기로 했다. 그것을 조수인 그가 적극 도와주었다. 제대를 육 개월 앞둔 초겨울에 한 신문의 신춘문예에 응모한 소설이 최종심에서 올랐지만 낙선되었다. 「양키가 살던 양옥」이었다.

누님은 일본 남자와의 사이에 태어난 혼혈아이고, 남동생은 미국 병사와의 사이에 태어난 혼혈아인 가정의 이야기였다. 낙선 소식을 들은 날 그 조수는 낙선 파티를 열어주었다.

여자 친구

이른봄 어느 주말에 여주의 한 여자중학교 국어 교사인 여자 친구가 면회를 왔다. 조수가 완벽하게 상황실을 지켜주곤 하므로 나는 안심하고 외출증을 끊어 그 여자와 함께 버스를 타고 여주로 갔다. 제대를 몇 달 앞둔 나는 이제 그 여자와의 만남을 끝내야 한다고 마음먹고 있었다. 광주에 결혼하기로 작정한 지금의 아내가 있었던 것이다. 그녀는 그 사실을 알고 있었고, 드러내놓고 나와의 사이를 '친구' 이하도 이상도 아니라고 선언하듯 말했다. 토요일이면 나를 자기네 자취방으로 데리고 가서 재워주고 옷을 빨아 다림질해주곤 했다. 북한에서 피란 온 집안의 딸이었는데, 그녀 외삼촌은 한 대학교의 교학처장이었다. 만일 그 여자와 내가 결혼한다면 나는 그 여자 외삼촌의 대학에 편입을 해서 학사 석사 박사를 거쳐 교수 소설가의 길을 갈 수 있을 듯싶었다. 광주의 여자와 결혼을 한다면 그녀의 오빠처럼 사업을 하거나 중고등학교 교사가 되어 살면서 소설가의 길을 가야 할 터이었다. 그 여선생은 날이 저물면 "뭐 어때?" 하면서 나의 잠자리를 펴주었다. 나를 여러 가지 방법으로 유혹하기는 하면서도 절대로 여자로서 접근하려 하지 않았고, 혹시라도 내가 다가갈까보아 미리 차갑게 가로막았다.

'군대에서 졸병 노릇하다가 휴가를 나가면 미인으로 보이지 않는 여자가 없다'는 말이 있었는데 그 말이 그녀에게는 해당되지 않았다. 정신적으로 육체적으로 여자가 맞는지, 혹시 생리적으로 문제가 있는 여성은 아닌지 의심이 가는 불가사의한 여자였다. 얼굴 살갗에 주근깨가 점점이 있었지만 그것을 화장으로 감추려 하지 않았다. 향수도 사용하지 않았고, 화사한 옷차림을 하지도 않았다. 잠자리에서 얇은 잠옷으로 갈아입지도 않고, 평상의 위아래 두툼한 옷차림으로 자곤 했다. 여자로서의 부드러움과 향기가 없었고 알 수 없는 냉기가 날아오는 듯했다. 그러면서 나를 늘 가까이 불러들여 세심하게 보살펴주었다.

토요일 저녁노을이 질 무렵 내가 그녀 자취방 안에 앉아 책을 보고 있는데, 부엌에서 음식을 장만하던 그녀가 문득 방문을 열더니 "한병장, 이것 좀 봐!" 하며 한 손에 든 무언가를 보여주었다. 죽어 늘어진 참새였다. 엄지와 검지로 발 한 개를 잡고 있었으므로 참새는 가랑이를 쩍 벌린 채 늘어져 있었다. "죽는다는 것, 참으로 간단하네! 짚더미에서 놀고 있기에 무심코 부지깽이를 던졌는데 그냥 이렇게 되어버리네." 그녀가 흘린 냉소에 허무와 비애를 아우른 울음이 들어 있었다. 나는 참새의 시체와 그녀의 웃음과 뱉어내고 있는 말로 인해 온몸에 전율이 일었고 그녀의 어린 시절 이야기가 떠올랐다.

이 년 동안 대학에 다닐 적에는 서로 말도 주고받지 않던 그녀와 내가 군대에 있는 동안 가까워진 것은 나로 인해서였다. 『육군』지에 응모한 소설에 주어진 최우수상을 받으러 육군 정훈감실에 갔을 때, 정훈감은 나에게 손목시계 하나 상으로 주고 차 한잔 마시라고 주었을 뿐 밥도 먹여주지 않고 돌아갈 차비도 주지 않았다. 정훈감실을 나오면서 나는 막연했다. 부대로 돌아가기 위해서는 누군가의 도움이 필요했다. 그때 생각난 것이 그 여자였다. 소설가 지망생인 그 여자의 집은 미아

리고개 동편 서라벌예대 교문 옆에 있었다. 학교에 오가며 그 여자가
그 집을 들락거리는 것을 보았던 것이다. 염치 불고하고 그 여자의 집
엘 찾아가자, 그 여자는 뽕뽕다리 건너의 시장으로 데리고 가서 밥을
사주고 부대로 돌아갈 차비를 주었다. 청량리역까지 나를 바래다주고,
기차 시간을 기다리며 그녀는 자기 어린 시절의 한 대목을 이야기해주
며 장차 소설에서 써먹을 수 있으면 써먹으라고 했다.

살煞

초등학교 3학년인 그녀가 학교에 갔다가 집에 오니 집안에, 꽹과리 치고 징 치고 장고 치는 소리, 피리젓대 소리, 남녀 무당의 무가 소리가 어우러져 있었다. 사립에 까만 시루가 엎어져 있고, 시루 구멍에 가느다란 두 발을 박은 허수아비가 울긋불긋한 고운 치마저고리를 입고 있었다. 그 허수아비의 가슴에 꽂혀 있는 식칼을 보고 있는데, 할머니가 달려와서 그녀를 덥석 끌어다가 등에 업고 사립 밖의 골목으로 걸어나갔다. 뽕뽕다리를 건너 길음동의 상설시장으로 갔다. "우리 얼뚱아기 배고프지?" 하며 순대 점포 앞에 내려놓았다. 순대 한 접시를 사서 그녀 앞에 내밀고 먹으라고 말했다. 배고픈 참이었으므로 배가 불룩하게 먹었는데, 할머니는 그녀를 집으로 데리고 들어가려 하지 않고, 순대 삶는 솥 가장자리의 부뚜막에 누우라고 했다. 순대 점포의 주인 여자가 그녀의 몸 위에 군용 담요를 덮어주었다. 날이 어두워지고 있었다. 집에 가서 굿을 보고 싶은데 할머니는 순대 점포 주인과 이야기만 주고받았다. 졸음이 와서 눈을 감았는데 잠이 들어버렸다. 1학년에 다니는 남동생이 홍역을 앓고 있었다. 그녀가 홍역을 앓고 일어나자마자 남동생이 이어받은 것인데 쉬이 일어나지를 못했다. 할머니가 그녀를 업고 집으로 간 것은 밤 열시쯤이었는데, 집안은 조용하고 싸늘한 분위기에 휩

싸여 있었다. 할머니는 사립 밖에서 서 있는 사람들을 헤치고 집안으로 들어섰다. 그때 누군가가 옆 사람에게 속닥거리는 말이 들려왔다. "손 위 계집애 살煞 때문에 동생이 죽은 거라고."

그녀가 나를 만나려 하는 이유는, 소설을 쓰는 나를 도와주는 동반자로서 반드시 필요한 존재가 되겠다는 것이었다. 그녀는 내가 육군본부 정훈감실에서 낭패를 당하고, 그녀의 도움을 받고 귀대한 이후, 편지가 왔는데, 김동리 선생에게 다녀왔다는 것이 주된 사연이었다. 동리 선생이, '한승원이 그 자식은 틀림없이 좋은 소설가가 될 거야' 하고 말했다는 것.

그럼에도 불구하고 그 여자에게 싫은 정이 드는 것을 어찌할 수 없었다. 죽음 냄새 같은 무섬증이었다. 나는 그녀를 버리고, 피해 멀리 달아나야 할 듯싶었다. 한밤중에 나는 떨치고 일어섰는데, 내가 그러리라고 오래전부터 예상하기라도 했던 듯 "그래, 가고 싶으면 가" 하며 나를 붙잡으려 하지 않았다.

그녀와 함께해야 하는, 기묘한 잠자리를 견딜 수 없었다. 옛날이야기에 나오는, 절대로 선을 넘지 않으려는 남녀 사이의 잠자리를 그 여자는 연출해놓곤 했다. 나란히 편 두 잠자리 사이에 물 담은 사발 하나를 놓아두었다. 사발에 담긴 물은 그녀와 나 사이를 가로막는 호수이거나 강이었다. 내가 빠져죽을 수도 있는 시퍼런 강(살煞)이었다. 나는 쉽게 허물어지는 모래 웅덩이를 파놓고 그 속에 숨은 채 개미가 미끄러져 굴러떨어지기를 기다리는 개미귀신을 연상하며, 막차 끊어진 삼십 리 길을 걸어서 부대로 들어가겠다고 나섰다. 그녀는 나를 혼자 보낼 수 없다며 따라나섰다. 부대까지 데려다준 다음에 혼자 먼길을 어떻게 되짚어 오려고 이러느냐고, 내가 세차게 도리질을 했지만 그녀는 자기 마음

가는 대로 할 테니 괘념 말라고 따라나섰다. 더 말릴 수 없었고, 우리는 말없이 걸어갔다. 자잘한 자갈이 깔린 비포장 신작로였는데, 나는 오른쪽 차바퀴 굴러다니는 땅을 밟아가고, 그녀는 왼쪽 차바퀴 굴러다니는 땅을 밟아갔다. 나란히 평행선을 그으며, 별들이 우수수 쏟아질 듯 수런거리는 길을 묵묵히 걸어갔다. 지금 생각해본다. 만일 그렇게 나란히 가다가 그녀가 나에게 울면서 자기를 버리지 말라고 매달렸으면 어찌되었을까. 그랬으면 그녀에게서 날아오곤 하는 알 수 없는 냉기(살)를 극복하고 결합될 수 있었을까.

나와 그녀는 말 한마디 섞지 않고 타박타박 걷기만 했다. 사단 사령부가 자리한 동산의 동북쪽 아래 마을 옆의 철조망에 뚫려 있는 개구멍 앞에서야 발을 멈추었다. "어떻게 돌아갈래?" 내가 무책임하게 물었는데, 그녀는 어둠 속에서 나를 잠시 건너다보다가, 아무런 말도 않고 고개를 떨어뜨리고 돌아서서 걸어갔다. 이후 나는 내내 죄를 지은 듯 마음이 편치 않았다.

파카 만년필

광주의 여성이 진한 감색의 파카 만년필 한 자루를 보냈다. 상황실의 조수가 한 번만 써보자고 통사정하여 넘겨주었더니 원고지에 여남은 글자를 내리 써보고 "와! 왕거미줄처럼 좔좔 써집니다" 하고 탄성을 질렀다.

원고지에 써지는 청남색의 굵은 글씨들은 생명력의 표현이었다. 내가 가느다란 글씨 아닌 굵은 글씨로 원고지를 메꾸어야 직성이 풀리곤 한다는 것을 어찌 알아서 이렇게 굵게 써지는 만년필을 선물했을까.

양평의 동산 위에 몸은 있지만 마음은 늘 광주로 날아가 있곤 했다. 광주 여자가 나를 끌어당기는 것은 그녀의 포근한 분위기와 생명력이었다. 포근한 분위기는 나를 편안함 속으로 들어서게 했고, 생명력은 나의 영혼 속에 곰팡이 냄새처럼 드리워진 고독과 허무 속에서 알 수 없는 힘이 뭉쳐지게 하곤 했다. 제대를 몇 달 앞둔 나는 며칠 동안 꿈꾸던 위태로운 일탈을 실현하기로 했다. 토요일에 중대장의 도장이 찍힌 외출증을 끊어 부대를 이탈하고, 부관부의 고참병에게서 얻은 가짜 휴가증을 이용해, 용산역에서 군전용 밤열차를 타고 천리 밖의 광주송정역으로 갔다. 만일 휴가증이 헌병에게 가짜로 발각된다면 교도소엘 가야 하는 것이었다.

꼭두새벽에 광주의 여자가 송정역으로 마중을 나와 있었다. 미리 암호 문자 같은 편지글로 약속을 했던 것이다. 우리는 역 앞의 식당에서 이른 아침밥을 먹고 무등산 억새숲 속으로 가서 아담과 이브처럼 놀았다. 해가 저물면 송정역으로 가서 헤어지기 싫어 눈물 훔치는 그 여성을 플랫폼에 세워두고 밤열차에 올랐다. 이튿날 새벽녘에 용산역에 도착하여 청량리역으로 옮겨가 양평으로 가는 기차를 타고, 일과 시간 시작 전에 작전상황실로 바람처럼 들어갔다. 위태위태한 외줄타기 같은 화려한 일탈이었다.

광주 여성은 어머니가 당신의 마음에 쏙 든다며 묶어준 여자였는데, 여성성과 덕성스러운 모성성을 다 갖추고 있었다. 무엇보다 순수하고 차분하고 명석하고 포근한 배려가 나를 빠져들게 했다. 내가 장차 돈을 잘 벌든지 못 벌든지, 사회적으로 높은 지위를 얻든지 못 얻든지 절대로 타박하지 않을 여자라고 생각되었다. 그 여자는 세상의 모든 것을 나에게 다 주려고 들었다. 나는 그 여자의 소박하면서도 신성한 세계를 얻었다.

기로岐路

　　그해 8월 5일 제대를 한 다음 처가살이를 했다. 옛날 어른들이, 겉보리 서 말만 있으면 하지 말라는 처가살이였다. 장인 장모 처남은 흔히 알려진 대로, 문학청년의 낭만적인 방탕과 느닷없이 가출해버릴지도 모르는 아나키스트 같은 성정에 대하여 걱정한다고 했다. '만일 어느 날 우리 딸을 버리고 다른 여자를 찾아 떠나버리면 어찌할 것인가.' 이 말을 아내를 통해 들은 나는 고향의 어머니 아버지에게 허락을 받고 얼마 동안 처가살이를 하겠다고 나선 것이었다. 처가 식구들에게 나의 착한 진면목을 보여주고 싶었다.

　　나는 그때 운명의 기로에 서 있었다. 처가살이를 하는 동안에, 처남에게서 자문을 받아 어떤 작은 독자적인 사업을 할 것인가, 아니면 소설가의 길을 갈 것인가를 결정짓기로 했다. 아내와 더불어 내기하듯 약속을 했다. 낮에는 처가의 가게에서 점원 노릇을 하고, 밤이면 단편소설 한 편을 써서 그해 12월 초에 신춘문예에 응모하고, 그 소설이 당선된다면 소설가의 길을 가고, 낙선한다면 사업가의 길을 가기로 한 것이었다.

　　광주 황금동에 위치한 처가의 골방 윗목 구석에 밥상 하나를 놓고 원고지와 파카 만년필을 올려두었다. 낮에는 편직물을 짜거나 가게를 보고, 밤에는 소설을 썼다. 편직물은 당시 유행하던 간편복 점퍼의 목과 소매와 허리를 조이는 '시보리'라 불리는 것이었다. 그것을 광주와 전주와 전남북 지방의 군소 도시 양복점 사장님들이 사갔다.

내가 쓰기로 한 소설은 군대에 있을 때부터 구상해온 것이었다. 아내는 불빛이 밖으로 새어나가는 것을 차단하기 위해 얇은 담요로 창문을 가려주고, 커피와 밤참을 마련해주고 윗목에서 새우잠을 잤다. '가증스런 바다'라는 제목의 단편을 썼다. 바다로 인해 삶과 사랑과 희망을 잃은 청년이 바다에 복수하듯이 제방을 쌓는 간척사업에 참여하는 이야기였다.

12월 5일에 우체국에서 신문사로 발송하고 당선 통지가 오기를 기다렸다. 조마조마해졌으므로, 열심히 편직물을 짰다. 일용직 종업원이 아프다며 나오지 않은 날, 아내의 가르침에 따라 한 번 해보고는 익숙하게 편직물을 짜버리는 나의 눈썰미에 처가 식구들은 놀라워했다.

쉬는 동안에는 가게에 나와서 손님을 받았다. 손님들은 모두 양복점 사장들이었는데, 새 얼굴인 나를 좋아했다. 나는 가게의 물건을 일목요연하게 배치하였고, 손님들의 표정만 보고도 그들의 마음을 알아차렸고, 그들의 주문에 따라 이런저런 색깔을 넣어 짜주기도 했다. 장모가 "저 사람, 무얼 하든지 잘 해먹고 살겠다. 저 사람이 가게에 나와 있으면 그날따라 손님들이 더 끓는다" 하고 말했다는 것을 아내가 전해주었고, 나는 자신감과 용기가 생겼다.

12월 23일 정오가 가까워지는 때에, 우체국 배달부가 전보 한 장을 가져다주었는데, 내 작품이 입선되었으니 입선 소감과 사진 한 장을 보내달라는 사연이 적혀 있었다. 나와 아내는 서로를 끌어안고 환호했다.

그날 가게에 배달된 지방신문에서 초등학교 교사 임용시험 공고를 보았다. 중학교 교사 자격증을 소지한 자도 응시자격이 있다고 했다. 소설을 쓰려면 학교 교사 노릇을 하는 것이 유리하겠다 싶어 그 길을 택하기로 했다. 교사에게는 여름방학 한 달과 겨울방학 또 한 달, 토요일과 일요일을 활용할 수 있으니, 소설가에게는 아주 좋은 직장인 것이다.

증심사에서의 혼례식

초등학교 교사 임용고시에 합격했다. 당장 소설만으로는 목구멍에 풀칠할 수 없으니 당분간 부업으로 초등학교 교사 노릇을 하겠다는 것이었다. 목포교육대학에서, 두 달 동안, 초등교육을 위한 아동심리학, 교안 작성, 수업 실습, 오르간 연주, 무용(포크 댄스) 연수를 받았다. 1966년 3월 1일부로 고향인 장흥의 제암산 서편 장동 서초등학교로 발령을 받았다.

부임하기 전, 2월 22일에 무등산 증심사에서 주지 스님의 주례로 결혼식을 했다. 처남이 예식장에서 치르자고 했지만, 내가 절에서 하겠다고 우겼고 아내가 흔쾌히 응했다. 결혼식에 초대된 손님은 신랑의 아버지, 신부의 어머니, 신부의 오빠와 숙부, 이종사촌 동생, 처남의 댁, 사진사뿐이었다. 택시 두 대에 나누어 타고 증심사로 갔다. 젊은 주지는 경전을 펴 들고 주례사를 해주었다. "이승에서 옷자락 한 번 스치는 인연도, 전생에 오백 매듭의 인연이 있어야 가능한 것인데, 지금 평생을 함께하겠다는 이 선남선녀의 만남은 전생에서 과연 얼마나 많은 인연이 있었기에 가능한 것이겠습니까!"

산골 학교 교사

   신문사의 시상식에 가서 내 소설을 뽑아준 심사위원이 김동리, 황순원 선생임을 알았다. 당선이 아니고 가작 입선이었다. 그해에 다른 네 개의 신문은 모두 당선작을 냈는데 '신아일보'만 유일하게 당선작을 내지 않은 것이었다. 문단에서는 가작 입선자를 소설가로 인정해주지 않았다. 가작 입선자에게는 잡지사들이 원고를 청탁하지도 않았다.

   산골 학교에 부임하자, 5학년을 맡겨주었다. 나는 다시 신춘문예에 도전해야 했지만, 아이들 가르치는 재미와 신혼의 달콤함에 빠져버렸다. 산골의 어린이들의 초롱초롱한 눈빛과 발랄한 몸짓들은 나의 넋을 사로잡았다. 그들과 함께 노래하고 춤추고 즐겼다. 중간 놀이 시간에는 이백여 전교생이 운동장에서 음악에 맞추어 포크 댄스를 했는데, 나는 짝이 없는 여자아이의 손을 잡아주었다. 봄소풍을 가고, 가을에는 학예회를 했다. 시골 학부모들은 교육열이 뜨거웠다. 한 달에 한 번씩은 어느 학부모인가가 교사들을 불러 닭을 잡아 저녁을 대접했는데, 얼근히 취해 들판을 건너 관사로 돌아오곤 했다.

남한산성 군교도소*

어머니가 혼겁한 채 편지 한 장을 들고 왔다. 편지는 남한산성의 국군형무소에서 온 것인데, '귀 자제 한경원이 1심에서 18개월의 형을 받고 본 교도소에 수감되어 수형생활을 건강하고 안전하게 하고 있음을 알려드립니다'라는 사연을 담고 있었다. 수척해진데다 입술이 부르튼 어머니는 눈동자를 불안정하게 굴리거나 깜박거리며 떨리는 목소리로 말했다. "그 착한 것이 대관절 무슨 죄를 짓고 그렇게 되었다는 것인지, 니가 좀 가봐라."

나는 강사였는데, 봉급이 당시 일반 정교사 봉급의 절반인 오천오백원이었다. 아내와 더불어 신혼살림을 하면서 교사들끼리 조직한 계에 들었는데, 마침 곗돈 타놓은 것 삼만원이 있었다. 나는 그것에다 만원 한 장을 더 꾸어 보태 들고 남한산성의 국군교도소로 달려가 동생을 면회했다. 동생은 머리를 스님들처럼 깎았는데 몸이 깡말라 있고 얼굴 살갗이 거무튀튀하게 그을어 있었다. 동생은 울면서 자기가 왜 교도소에 입감되었는가를 이야기했다.

---

* 장편 『달개비꽃 엄마』와 「이색 거미줄 소묘」 참조. 군사법정은 동생을 2심에서 육 개월로 감형시켜줄 뿐 무죄판결은 하지 않았다. 소대장 중대장 편을 들어준 것이다.

대대훈련, 고지 탈환 작전중에 일어난 사고라는 것이었다. 팔부 능선까지 땀을 뻘뻘 흘리며 기어올라간 다음 총에 공포탄을 장전하고 엎드려 소대장의 돌격 명령을 기다리며 잠시 쉬었다. 쉬는 동안 철모가 하도 무거워 벗어서 땅에 놓고 총구를 그 안에 밀어넣었다. 총구에 흙이 들어가지 않게 하려는 것이었다. 철모 겉에는 위장 그물이 씌워져 있고, 그물에는 풀이 꽂혀 있었다.

돌격 명령이 떨어졌을 때, 동생은 왼손으로 총목을 잡아 들어올리며, 동시에 철모를 오른손으로 들었는데, 총구 끝의 가늠자에 위장 그물 한 가닥이 걸려 있어 총구가 쉽게 철모 밖으로 빠지지 않았다. 왼손으로 총목을 잡아 누르면서 오른손으로 철모 속에 들어 있는 총구에 걸린 그물을 벗기기 위해 당겼다. 순간 왼손의 손가락 하나가 방아쇠를 건드렸는지, 공포탄이 팡하고 발사되었고, 총구는 불을 뿜었고, 철모 안에 들어 있던 오른손의 엄지손가락은 화염에 익은 채 떨어져나갔다. 동생은 심줄만 달린 채 덜렁거리는 오른손 엄지손가락을 왼손으로 잡은 채 소대장에게로 달려갔다. 동생은 곧 의무대로 이송되어 오른손 엄지손가락을 잘라내고 지혈하고 꿰매는 치료를 받았다. 소대장과 중대장과 대대장은 동생이 제대할 목적으로 자해행위를 한 것이라고 사고 처리를 했다. 만일 전시에 스스로 손가락을 자르는 자해 사고를 일으켰다면 즉결처분(총살)을 해야 한다는 것이었다. 동생은 잘려나가고 없는 오른손 엄지를 붙잡고 억울하다며 울었다.

나는 동생이 자해했을 리 없다고 생각했다. 입대하기 전 동생은 이발사였다. 제대한 다음 이발업을 해야 할 사람이 자기 손가락을 고의로 자르려 하겠는가. 소대장과 중대장의 잔인성에 진저리쳤다. 그들은 부하 병사가 자해했다고 몰아붙여야 자기의 지휘 잘못에 대한 책임에서 벗어날 수 있는 것이다. 서울로 나와 변호사 한 사람을 선임하고, 내 동생이 자해행위 하지 않았다는 사실을 증명해달라고 요구했다. "제대한 다음 이발업을 하고 살아야 할 사람이 제대할 목적으로 자기의 오른손 엄지손가락을 끊겠습니까?"

고향집으로 가서 동생의 '이용사 면허증'을 변호사 사무실로 발송하고, 산골 학교로 갔을 때, 학교 관사 앞마당에 파란 도토리 알맹이들이 질펀하게 깔려 있었다. 저녁밥 준비를 하던 만삭인 아내가 부엌에서 나오며 애처로운 목소리로 말했다. "어머니가 날마다 저렇게 따 나르시오."

때마침 학교 후문에서 무거운 도토리 자루를 머리에 인 어머니가 들어오고 있었다. 나를 발견한 어머니는 도토리 자루를 마당에 내던지고 "아이고, 내 새끼, 대관절 어째서 그렇게 되었다냐" 하고 교도소의 아들에 대하여 물었다. 퀭해져 있는 어머니의 눈에는 금방 눈물이 가득 고이고 있었는데, 그사이에 더욱 깡말라진 얼굴 살갗은 볕에 거멓게 그을어 있고, 입은 한없이 길게 찢어져 있고 입술이 부르터 있었다. 교도소에 수감되어 있는 아들의 정상을 생각하며, 흥얼흥얼 울면서 산을 헤매며 따온, 어머니의 한스러운 쓰라린 가슴앓이가 묻어 있는, 마당 가득 널려 있는 도토리들 한 알 한 알에 핏빛의 저녁 노을이 물들고 있었다.

가을 찬바람, 그리고 참회

임신한 아내의 얼굴에 기미가 끼었다. 나는 임신한 여자들은 대개 그러는 수가 있는가보다 하고 대수롭지 않게 여겼다. 그 증세가 영양부족 현상이라는 것, 자칫 잘못하면 유산할 수 있음을 인지하지 못했다. 착하고 순하기만 한 아내가 어린 시절부터 생선이나 육고기를 전혀 먹지 않고 살아왔다는 말을 들었지만, 아내가 타고난 생명력으로 이겨내고 탈없이 순산을 하리라고 생각했다. 나는 아내에게 큰 죄를 지었다.

젊어서 열한 명의 아기를 낳는데, 젖먹이 때 둘을 여의고 아홉을 키워낸 어머니는, "여자들이 오전에 아기 낳고 오후에 깨 떨러 가는" 원시 야만 세상을 살았던 여인이었고, 나는 그 자식이었다. 어머니는 임신한 며느리를 함부로 부렸고 아내는 그것을 거역하지 못하고 순종만 했는데, 나는 아내를 시어머니에게서 감싸주려는 방어본능이 없었다. 어머니는 얼굴에 기미 끼고 배 둥둥한 아내를 이끌고 산에 가서 김 양식업에 쓸 띠를 베어 오곤 했다. 나는 이십대의 젊은 여자는 만삭인 몸으로 그런 일을 해도 되는 줄 알고 말리지 않았다. 만삭한 여자가 무리한 운동을 하거나 지나친 노동을 하면 유산 혹은 조산할 수도 있다는 것을 몰랐다. 여자가 임신을 한다는 것은 숭엄한 여신女神적인 창조 행위를 하는 것이므로 존중되고 보호받아야 하는데, 그것을 인지하지 못한 것이었다.

보호받지 못한, 영양결핍의 그 아내는 갑자기 해질 무렵에 아기를 낳았다. 미숙아였다.* 훗날 아내가 울면서 말했다. 산에서 띠풀 한 단을 머리에 이고 왔는데, 냇물 징검다리를 건너는 순간 아래로 힘이 가면서 양수가 터졌다는 것이었다. 아기는 내내 울기만 했다. 요즘 같았으면 인큐베이터에 넣어 키우면 구할 수 있었으련만 그때는 그게 없었다. 아내는 어머니가 데워준 온수로 덜 성숙한 빨간 아기를 목욕시키고 흰 수건으로 물방울들을 닦아낸 다음, 윗목에 차곡차곡 개놓은, 섬세하게 바느질한 하얀 무명 배냇저고리와 바지를 입혔다. 아기가 작아서 그 저고리의 소매와 바짓가랑이는 넘치도록 헐렁하고 길었다. 아내는 배내옷 속에 든 미숙아를 보듬은 채 눈물을 줄줄 흘리며 소리 죽여 울었다. 우는 아기를 두꺼운 포대기로 감싸고 입에 젖꼭지를 물려보기도 하고 어르고 달래보기도 했지만 소용이 없었다. 아기는 빨간 입을 벌린 채 줄곧 울었다. 붉게 타오르던 노을이 꺼지고 검은 땅거미가 내렸을 때에 딸꾹질을 몇 번 하고 나서 숨을 거두었다. 죽어가는 아기를 안고 내내 운 아내는 얼굴 살갗이 부석부석하고 눈이 퉁퉁 부어 있었다. 질그릇 동이를 방으로 들고 들어온 어머니가 "그것을 머할라고 보듬고 있냐!" 하고 퉁명스럽게 꾸짖었을 때에야 아내는 아기의 두 팔을 배 위에 나란히 올리고 하얀 천으로 둘러 감고, 머리에 앙증스러운 하얀 모자를 씌웠고, 어머니는 그 주검을 질그릇 동이에다가 넣고, 뚜껑을 덮었다.

가을 들꽃 같은 붉은 별 푸른 별 노란 별들이 초롱초롱한 한밤중에, 어머니는 그 동이를 머리에 이고 관사를 나섰고, 나는 삽을 든 채 뒤를

---

* 훗날 이 대목을 소재로 단편 「가을 찬바람」(『야만과 신화』, 예담, 2016)을 썼는데, 딸(한강)은 제 어머니에게서 들은 이 이야기를 『흰』(문학동네, 2018)에 썼다.

따랐다. 광주 쪽으로 열린 찻길을 걸어갔다. 가로수 늘어선 찻길 가장자리에 냇물이 흐르고 있었다. 냇물에는 별들이 일렁거리고 있었고, 건듯건듯 찬바람이 불면 가로수의 단풍이 우수수 쏟아져 수면으로 날아가고 있었다. 산모퉁이를 돌아들었을 때 어머니는 찻길을 벗어나 자잘한 소나무 사이로 들어가다가 걸음을 멈추고, 이고 온 동이를 땅에 내렸다. 발끝으로 한곳을 지시하며 "여기다 묻어버리자" 하고 말했다. 나는 삽으로 잔디 무성한 땅을 팠다. 삽질하는 소리가 산골짝을 울렸다. 무릎이 잠기게 파자 어머니가 동이를 구덩이 안에 넣고 밑부분을 삽으로 쳐서 깨뜨리라고 했다. 나중에 그 까닭을 알았다. 부패한 주검의 물이 고여 있으면 안 된다는 것이었다. 나는 시키는 대로 하고, 삽으로 흙을 긁어다 덮었다. 평장이었다. 어머니를 뒤따라 돌아가다가 삽을 냇물 속으로 던져버렸다.

두번째 삭발

갓난아기를 여읜 사건 이후, 아내는 우울해 있었고, 나는 우울한 분위기를 견딜 수 없어, 밤이면 학교 숙직실에서 교사들과 닭 내기, 술 내기 화투를 치고 장기바둑을 두곤 했다. 자정이 넘어서야 관사로 돌아와 자곤 했는데, 자는 아내 얼굴에 내 볼을 대보면 촉촉하게 젖어 있곤 했다. 나 없는 사이에 혼자서 자꾸 울곤 하는 것이었다. 나는 아내를 우울 속에서 건져올리고 싶었지만 그럴 만한 수단과 방법을 몰랐다. 우리 부부 사이에는 말이 없어졌다.

여름방학 직전에 읍내의 한 초등학교에서 연구수업이 있었는데 모든 교사들이 참여했다. 버스를 타고 읍내로 가서, 동교통 거리를 걸어가는데 눈에 '문화당' 서점이 들어왔다. 고등학생 시절에 드나들던 서점이었다. 유리창 진열대에 꽂혀 있는 잡지들 가운데, 『현대문학』지의 표지가 눈에 들어왔다.

새삼스럽게 내가 소설가 지망생이라는 자각이 일었고, 들어가자마자 그 잡지를 열쳐보았는데. 한 개의 페이지 상단에, 익숙한 두 얼굴이 보였다. 이문구와 송기숙이 나란히 소설 추천 완료, 평론 추천 완료 소감을 선언하듯 말하고 있었다. 이문구는 대학의 문예창작과 강의실에서 함께 공부한 친구이고, 송기숙은 내 고등학교 일 년 선배였다. 이들이 이렇게 등단할 때까지 나는 무얼 하고 있었는가.

그날, 사범학교 출신인 5학년 교사가 국어과 연구수업을 어떻게 이 끌고, 장학사가 그것을 어떻게 평가를 했는지 하나도 귀에 들어오지 않았다. 해거름에 산골 학교의 관사로 돌아온 나는, 눈두덩 부석부석한 아내가 차려준 저녁밥을 먹은 다음 바람벽을 향해 우두커니 앉아 있었다. 내 태도와 표정이 어떻게 굳어져 있었던지, 아내는 등뒤에서 숨을 죽이고만 있었다. 그때 문밖에서 발짝 소리와 함께 청부의 목소리가 날아왔다.

"한선생님, 숙직실로 오시랍니다." 숙직 교사가 술 내기 화투놀이 판을 벌일 작인들을 불러모으고 있는 것이었다. 나는 청부에게 말했다. "저 못 나간다고 전해주십시오."

다음날은 일요일이었다. 아침밥을 먹은 다음, 마을 어귀의 이발소로 가서 의자에 앉았다. 이발사가 의아해하며 "아직 멀었는데, 어떻게 해 달란 말인가요?" 하고 물었다. 내 하이칼라 머리는 그 이발사에게 깎은 지 열흘쯤밖엔 되지 않았다.

"싹 깎아버리시오. 중머리처럼." 나의 말에 이발사는 거울 속의 나를 바라보기만 했다. 산골 초등학교 선생인 내가 머리를 중머리처럼 하얗게 깎고 다닌다는 것은 말이 안 되는 일이라고 판단된 듯, "상고부로 할까요?" 하고 흥정이라도 하듯 물었다. 나는 단호하게 말했다. "싹 밀어버리라니까요!" 이발사는 정말이냐고, 하얗게 밀어버리고 나서 후회하지 않겠느냐고, 다짐을 받았다. 나는 "염려 마시고 밀어버리시오" 하고 그를 달랬다. 그는 먼저 가위로 긴 머리카락들을 잘라낸 다음 바리캉으로 머리를 밀었다. 나는 거울에 비친 내 머리가 스님들의 머리처럼 되어가는 것을 지켜보았다. 이발사는 자기가 혹시 나에게 큰 잘못을 저지르고 있는지 모른다는 불안감을 떨치지 못한 채 나의 표정을 가끔씩 훔쳐보았다.

　운 까닭으로 눈이 부석부석해 있는 아내는 삭발한 내 모습을 보고 놀라워했지만, 왜 그랬느냐고 캐물으려 하지 않았다. 월요일 아침 직원조회 때 교장 교감은 불쾌하고 불만스러운 눈초리로 삭발한 나를 대했다. 동료 교사들은 눈을 크게 벌려 뜨고 놀라워하면서도 이유를 캐묻지 않았다. 내가 담임한 5학년 학생들은 박수를 치며 웃어대는가 하면 불안해하기도 했다. 나는 외출할 때면 헌팅캡이나 밀짚모자를 썼다. 이후 숙직실에서의 장기바둑과 술판을 외면하고 학부모들의 초청을 거절하고, 밤이면 소설쓰기에 몰두했다.

목선 木船

면벽참선하는 스님처럼 나를 내 속에 가두고, 신춘문예에 응모할 소설을 위하여 노예처럼 부리기로 했다.

신춘문예에 응모할 소설에서 중요한 것은 참신한 소재 구하기이다. 신인이 특이하고 참신한 소재로 작품을 썼을 경우, 심사하는 자選者는 그 신인의 삶과 세상에 대한 시각을 일단 신뢰하게 한다고 들었다.

삼 년 동안 고향 바다에서 김 양식업을 한 경험을 바탕으로 어촌 사람들의 한스러운 삶과 생명력을 형상화시키기로 했다. 이 땅은 삼면이 바다로 둘러싸여 있음에도 불구하고 바다나 어촌 이야기를 소설로 형상화시키는 작가는 예나 이제나 희귀하다.

얼마 전 『사상계』에 발표된 유치환의 「상선商船」이라는 시를 읽는 순간 가슴이 저렸다. 유시인은 그 시의 제목 밑에 부제를 작은 글씨로 '영어에서 배의 대명사는 He가 아니고 She이다'라는 말을 붙이고 있었다. 영어권 사람들의 정서로는, 목선이 여성성의 존재라는 것이다. 그 부제를 읽는 순간, 가슴이 저린 것은 내 속에 들어 있는 어떤 에너지인가에 점화되고 있다는 것이었다. '여인=목선'이란 등식이 만들어졌다.

……나룻배의 처녀 뱃사공이 손님들을 실어나르는데 그녀의 배에 오른 중년 남자가 농을 걸었다. "내가 네 배(船=腹)를 탔으니까 이제

너는 내 각시다." 처녀 뱃사공은 당혹감에 사로잡혔지만 못들은 체하고 노를 저었고, 맞은편 나루에 이르렀을 때 남자가 배에서 내리자 그를 향해 말했다. "내 새끼야 잘 가거라." 남자가 화를 벌컥 내며 처녀 뱃사공을 향해 "이런 못된 년!" 하자 처녀 뱃사공이 답했다. "손님께서는 제 배 안에 들어 있다가 빠져나갔지 않습니까?"

그 소설을 어떻게 구성할 것인가.

'소설은 첫째 재미있어야 한다.' 그러려면 등장인물들 사이에 갈등 대립이 일어나야 한다. 갈등 대립이 치열해야 이야기와 서술하는 문장 하나하나에 탄력이 있게 된다. 가령 김동리의 「황토기」에는 운명적으로 만난 두 장사가 피투성이가 되도록 서로를 치고받으며 싸운다. 그들 사이에 여자가 끼어 삼각관계가 형성되면서 비극이 일어난다. 모든 좋은 소설들은 치열한 갈등 대립 구도로 짜여 있다.

그 소설의 대립 갈등을 위하여 세 인물을 등장시키기로 했다. 세 인물들을 어떻게 설정하고 이야기의 틀을 어떻게 짤(구성) 것인가. 단편 소설의 인물은 많지 않아야 한다. '단순한 주제, 단순한 인물, 단순한 구성'이어야 하는 것이다.

석주, 태수, 양산댁 세 사람으로 설정했다. 주인공 석주와 태수란 남자가 양산댁이란 과부(목선)를 서로 차지하려고 싸움을 벌이도록 했다. 세 인물 모두 생명력이 왕성한 사람들로 설정했다. 어촌 사람들은 출렁 거리는 파도와 해류처럼 생명력이 왕성하다.

양산댁은 새로 지은 목선 한 척을 가지고 있다. 머슴살이를 하고 있는 석주와 왕년에 씨름 선수였던 태수는 목선이 없으므로 그녀의 목선을 차지하려고 한다. 석주는 필사적으로 목선을 하나 구해야 하고 그 목선으로 오징어잡이를 하여 돈을 벌어 어떤 여자인가를 아내로 맞아들여 가정을 꾸려야 한다. 그는 봄여름가을 세 철 동안 그녀의 목선을 빌려 쓰는 조건으로 겨울 동안 양산댁네 김 머슴살이를 한다. 그런데 겨울철의 김 채취 작업이 끝나자 양산댁이 자기의 목선을 태수에게 빌려주기로 마음을 바꾸어버린 것이다. 이야기는 석주가 목선을 차지하려고 싸움을 벌이고 그것을 쟁취하는 과정을 중심으로 전개되어야 한다.

모든 소설은 서두를 잘 써야 한다. 첫 문장에서부터 독자를 사로잡지 않으면 안 된다. 서두에서 전개될 사건이 보여야 하고, 전망이 관측되어야 하고, 결말과 주제도 암시되어야 한다. 서두를 이렇게 썼다. "봄부터 가을까지 채취선을 빌려 쓰기로 하고, 지난해 겨울 동안 양산댁네 김 채취 머슴을 산 석주는 어처구니가 없었다."

결말은 서두(첫 문장) 못지않게 중요하다. 결말 속에 주제가 숨은 그림처럼 들어 있어야 하고, 여운이 길게 남아야 하고 아름답고 인상적이어야 한다. 결말을 어떻게 쓸까 고민했다. (나는 대개의 경우, 미리 결말부터 써놓고 그 소설을 써가기 시작한다.)

……한 해 전에 사십대 중반 남자의 자살 사건이 일어났다. 그 남자는 사법고시를 네 번 치렀지만 번번이 낙방을 했는데, 다섯번째 치러 합격했다. 합격 통지를 받은 날까지 그는 신산한 삶을 살아야 했다. 굶기도 하고, 여름철에는 엉덩이가 짓무르도록 참을성 있게 공부를 하고 겨울이면 잉크가 얼어 터지는 냉방에서 이불을 뒤집어쓰고 책을 팠다. 한데 합격 통지서를 받아든 날 밤 홀연히 자살을 해버렸다. 왜 그랬을까. 그 자살에 대하여, 한 정신분석학자가 신문지상에서 '허무' 때문인지도 모른다고 말했다. 평생 동안 어떤 것을 얻으려고 분투하다가 그것을 막상 성취하고 나자 세상이 너무 하잘것없고 허무하여 자살해버린 것이라는 논리였다.

그럴듯한 논리였지만 나는 그의 자살과 허무에 동의할 수 없었다. 허무에서 한 걸음 더 나아가는 것, 그 허무를 극복하는 의지(생명력)가 없다면 이 세상은 암흑으로 가득차게 될 것이다. 카뮈의 실존철학을 잘 말해주는 것이 '시시포스의 신화'이다. 시시포스는 바윗덩이를 산꼭대기로 굴리고 올라간다. 정상에 올려놓은 바위가 산 아래로 굴러떨어질 때 그는 그 바위에서 허무와 절망을 느끼지만, 좌절하지 않고 다시 산 아래로 내려가서 그것을 굴리고 올라간다. 그렇지만 그것을 정상에 올려놓자 또다시 굴러떨어진다. 그는 거듭 산 아래로 가서 그것을 새로이 굴리고 올라간다. 그의 형벌은 영원히 계속된다. 그것이 인간의 어찌할 수 없는 실존이고 운명 아니겠는가. 절망하되 좌절하지 않는 삶, 허무를 극복하는 생명력, 그것을 암시하는 것으로 소설을 끝맺기로 작정했다.

주인공 석주가 태주를 물속에 처박아버린 다음 양산댁마저 물속에 처박으려고 하자 양산댁은 석주를 향해 "배 가져가시오. 그런디 나는 그 배 없이 어떻게 살 것이요?" 하고 묻는데, 그것은 목선과 더불어 자기까지 가져가라는 것 아니겠는가. 주인공 석주가 배와 여인을 한꺼번에 모두 얻고 난 그 순간(결말 부분)을 나는 이렇게 썼다.

"먼바다에는 한가로운 잔물결의 이랑들이 햇빛을 받아 금빛 고기비늘처럼 반짝거리고, 그 반짝거림 속에 오징어잡이 배들이 장난감처럼 조그맣게 보였다."

문장을 어떻게 쓸 것인가. 단편소설의 문장은 섬세하고 밀도 있게 써야 하고 한 장면 한 장면을 그림 그리듯이(묘사) 형상화시켜야 한다. 나는 소설을 다 써놓은 다음 문장을 섬세하고 정교하게 다듬고 또 다듬었다.

문장은 이백자 원고지의 네모 칸 속에, 아내가 선물한 파카 만년필의 청남색의 굵은 글씨로 반듯반듯하게 썼는데, 만일 중간에 글자 한두 자를 수정 가필을 할 경우, 그 글자를 그어버리고 옆에 수정하는 글자를 쓰지 않았다. 아내에게 빈 원고지 한 칸 한 칸을 가위로 오려놓게 하고,

내가 수정할 글자 수를 말하면 아내가 오려놓은 것에 풀을 발라주었고, 나는 그것을 글자 그어버린 자리에 덧붙이고, 그 위에 깨끗하게 고쳐썼다. 그러므로 내가 쓴 원고지 팔십 장에는 그어버리고 옆에 고쳐 쓴 것이 단 한 곳도 없었다. 소설을 봉투에 넣어 들고 우체국으로 가서 발송하며, 이 소설이 틀림없이 당선될 것이라고 확신했다. 내가 쓴 소설 「목선」은 리얼리즘 단편소설 쓰기의 정답 같은 소설일 터이므로.

예상한 대로 12월 22일 당선 통지가 왔다. 나는 아내를 얼싸안고 즐거워했다. 그렇지만 아내 얼굴에는 웃음이 피어나지 않았다.

「목선」은 나의 문학이 나아갈 방향을 지시하는 이정표 같은 작품이다. 이 소설을 쓸 수 있었던 것은 내가 이십대 초반의 삼 년 동안에 바다에서 김 양식업을 하며 들썽거리는 덧거친 마녀 같은 바다와 싸우는 신산한 삶을 산 덕분이다. 나는 바다를 서정적이고 시적인 것이 아닌 산문적인 바다, 삶의 아픈 현장으로서의 바다로 인식했던 것이다.

한반도 안의 모든 작가들이 도시 감각의 소설 혹은 농촌 소설을 쓸 때 나는 유일하게 어촌 소설 혹은 바다 소설을 썼는데 그 시작은 「목선」이었다. 그것으로부터 내 삶은 부챗살처럼 펼쳐져갔고, 내 인생 모두가 소설 「목선」과 바닷속에 들어 있다.

아버지의 뒷모습

아버지가 갑자기 쓰러지셨다는 전보를 받고 고향으로 달려갔다. 아버지가 나에게 약한 모습을 보인 것은, 당신이 한여름 무더위 속에서 교통사고를 당한 뒤 운신하지 못하는 몸을 고1 학생인 나에게 한 달 반 동안 의탁했을 때와 무력하기 이를 데 없는 주검이었다. 장례 치르는 동안 나는 울지 않았다. 눈물이 나오지 않았다. 역사 속에 아버지를 묻어야 할 허무와 슬픔보다, 아버지가 남겨놓은 것들을 짊어져야 할 막중함 때문이었는지 모른다.

아버지는 구 남매의 자식들을 두셨는데, 이복 큰누님과 작은누님, 장남과 차남과 셋째 아들까지 다섯 자식만 성가시키고, 나머지 네 자식은 모두 숙제로 남겨두셨다. 셋째 아들은 일찍이 이혼을 한 홀아비 처지였고, 넷째 아들은 군대에 가 있었다. 어린 딸 셋과 다섯째 아들은 초등학교엘 다니고 있었다.

파젯날 아침 가족회의를 했는데, 안건은 집안 살림살이를 누가 맡아 하고, 성가시키지 못한 자식들을 누가 책임지고 어떻게 가르칠 것인가 하는 것이었다. 장남인 형은 자기 자식들 셋을 데리고 분가를 하겠다고 선언하며 마을 앞의 논 두 마지기만 달라고 했다. 어머니와 집안 모든 살림살이는 셋째에게 맡기자는 것이고, 어린 동생들 앞날은 책임질 수

352

없다고 했다.

쉰셋 과부인 어머니는 입을 다물고만 있었다. 나는 분가하겠다는 형을 말릴 수 없었다. 나는 어머니를 안심시켜야 한다고 생각했다. "어머니 어쩌겠어요? 셋째하고 동생들 데리고 사는 대로 살아보십시오. 제가 도와드리겠습니다" 하고 나서 홀아비인 셋째에게 말했다. "동생아, 니가 어머니 모시고 동생들하고 살아야겠다. 농사도 짓고 김 양식업도 하고⋯⋯ 나중에 동생들 다 성가시킨 다음에는 모든 전답 다 너에게 주도록 하마."

그리하여 초등학교 선생인 내가 모든 동생들의 앞날을 떠맡게 된 것이었다.

아버지의 죽음 앞에서 생각한 것은, 아버지는 아무리 강한 힘을 가진 존재일지라도 결국 아들의 손에 의해 땅(역사 속)에 묻히게 된다는 것이었다. 그리고 아버지가 남겨놓은 숙제를 아들이 이어받지 않을 수 없다는 것이었다.

어머니는 아버지의 영정 밑에, 신문에 실린 내 당선 소설을 오려 붙여놓자고 제안했고 나는 동의했다. 그것은 무엇이었을까.

큰아들과의 만남

다음해 2월 광양중학교 국어 교사로 발령을 받았다. 갓난아이를 잃은 아프고 슬픈 체험을 한 우리 부부는 건강한 새 후세를 얻기 위해 삶의 태도와 자세를 바꾸었다. 먼저 산부인과를 찾아 상담을 했다. 장인은 아내에게 보약을 먹였고, 나는 아내에게 생선과 쇠고기 돼지고기를 먹이려고 애를 썼다. 끼마다 우리는 밥상 앞에서 고기 한 점을 놓고 실랑이질을 하곤 했다. 보약 때문이었을까, 억지로 먹곤 한 고기 때문이었을까, 임신한 아내 얼굴에는 기미가 끼지 않았고, 예정일을 한 주나 넘긴 다음에 달떡 같은 아들을 순산했다. 새 생명체와의 만남, 그것은 신의 선물이었다. 사람들은 우리가 백운산의 정기를 받아 그런 아들을 낳은 것이라고 덕담을 했다.

아침 일찍이 학교에 출근하면서 뒤돌아보면, 아내와 아들 들어 있는 방문과 그 주변이 다른 지역보다 더 환한 빛에 쌓여 있곤 했다. 나는 그 아이에게서 가슴 설레는 희망과 미래 세상에 대한 기대와 활력과 자신감과 투지와 기氣를 받고 용기를 얻었다. 아내 얼굴에는 그 아기로 인해 웃음이 나타났다. 정글 같은 세상에서 아내와 자식이란 존재는 든든한 원군, 시쳇말로 뒷배였다.

아내가 따스한 물로 목욕을 시키고 나서 마른 수건으로 보송보송하게 닦아놓으면 그 아들의 몸에서 무어라 설명할 수 없는 향기가 날아왔다. 나는 그 향기를 탐하듯, 그 아들의 배와 가슴에 코를 대고 킁킁 맡았다. 배릿한 향기*, 그것은 생명력의 향기라고 나는 생각했다. 노인의 몸에서는 구중중한 냄새가 나지만 아기의 몸에서는 배릿한 향기가 나는 것 아닌가.

나는 미래 세계를 품은 그 아들을 자랑스럽게 데리고 다녔다. 다섯 살인 그 아들을 고향 어머니에게 데리고 갔다가 버스를 타고 돌아오면서 전혀 뜻하지 않았던 아들의 위력을 실감했다.

버스 뒷좌석에 아들과 나란히 앉아 오는데, 중간 정류장에서 올라온 청년들 다섯이 시끄럽게 떠들어대다가, 운전사와 실랑이를 했다. 운전사가 조용히 하라고 하자 그들이 오히려 운전사를 폭력적 언어로 닦달했다. 여차하면 두들겨팰 태세였고, 운전사는 분을 가라앉히지 못한 채 운전을 했다. 손님들은 가득차 있는데, 그들을 꾸짖는 사람이 없었다. 손님들 모두가 그 청년들을 두려워하고 있었다. 나도 모르는 사이에 내가 큰 소리로 그들을 꾸짖었는데, 그것은 어쩌면 그 불량한 청년들에게 망신을 당할 수도 있는 만용이었다. 그들 중 왕초인 듯싶은 청년과 그를 따르는 청년이 불량한 눈길로 나를 노려보더니 내가 있는 뒷좌석 쪽으로 거만스럽게 걸어왔다. 그들이 한꺼번에 야만적인 폭력을 쓰면 나는 당할 수밖에 없을 터이었다. 두려웠지만 나는 그들에게 지지 않고, 엄한 꾸짖음으로 맞서 제압해야 한다고 생각하며 노려보았다. 나에게는 사회정의 편에 서 있다는 명분과 예측할 수 없는 미래 세상을 품은 얼굴 환한 '아들'이라는 뒷배가 있었다.

---

*법제대로 제작한 양질의 '곡우 절기 이전에 딴 차'를 따스한 물로 우리면 그러한 배릿한 향기가 난다. 송나라의 시인 송곡 황정견이 '……다반향초(茶半香初: 차를 반쯤 우렸을 때 피어나는 향)'라고 읊은 것도 그 배릿한 향기를 말한 것이다.

과연 뜻하지 않은 일이 일어났다. 가까이 다가오던 그들이 잠시 멈칫하더니 태도를 바꾸었다. 왕초인 듯싶은 남자가 침을 한번 꿀꺽 삼키고는 말없이 똘마니를 데리고 제자리로 돌아갔고, 이후 더 말썽을 부리지 않았는데, 그게 초롱초롱한 내 아들*의 달떡 같은 얼굴에서 빛나는 눈 때문이었을 거라고 나는 생각한다.

---

* 그 아들이 지금의 소설가(1995년 서울신문 신춘문예 당선)이자 동화작가인 한규호이다. 규호(奎浩)는 동리 선생이 작명해준 것이다. 그는 아주 특이한 동화를 썼다. 『받침 없는 동화』인데 초등학교 교과서에 한 작품이 실려 있다. 그는 자기 이력에 광양 출신이라 표기한다.

광주에서 신인 소설가로 살기

　무등산을 보며 살고 싶어, 광주의 한 사립학교로 직장을 옮겼고, 소설을 부지런히 썼다. 미발표 작품을 열 편쯤 쌓아두고 있었지만 청탁이 오지 않았다. 신춘문예에 당선되기만 하면 청탁이 줄줄이 올 것이라 생각했던 것은 착오였다. 그럼에도 불구하고 나는 계속해서 소설을 써서 쌓아갔다. 나는 지금도 '소설을 쓰지 않고는 못 배기는 치열한 열정으로 사는 자가 진정한 작가'라고 생각한다.

　다행히 서라벌에서의 두 친구 이문구와 박상륭이 문학잡지사에 기자로 있었다. 이문구는 한국문인협회 기관지인 『월간문학』 편집자, 박상륭은 『사상계』의 문학담당 기자였다. 그들에게 소설 한 편씩을 우송했다. 소설을 받아본 이문구가 전화를 했다. 시골에서 사는 작가는, 한 달에 한 번씩은 서울 바람을 쐬어야 소설가로서의 삶에 곰팡이가 슬지 않는다는 것이었다. 한국에서 문학시장은 서울이라고, 서울에서 살며 치열하게 소설을 쓰는 경쟁자들에게서 자극을 받아야 하고, 좋은 정보를 얻으려면 서울 바람을 쐬어야 한다고, 서울의 젊은 소설가들이 얼마나 공부를 열심히 하는지 배워야 한다고.

　그 충고에 따라, 월말 고사를 치르는 날 병가를 내고 서울엘 갔다. 이문구가 술자리에서 말했다. "촌놈이 왜 서울 것들 흉내를 내는 거야."

내 소설이 도시적인 냄새를 풍긴다는 말이었다. 그 무렵 나는 군사독재 정권의 엄혹한 시대를 풍자하는 소설쓰기에 맛을 들이고 있었다. 풍자와 블랙 유머를 활용하여 「멍청강과 이거식이」 「거미와 시계와 교사들」 「이색 거미줄 소묘」 등의 세태소설을 쓰고 있었는데, 그것을 비꼰 것이었다.

"대개의 문학잡지 편집자들은 다달이 책을 만들 때, 구색을 맞추려한다. 서울에 우글거리는 작가들의 색깔과 별로 다르지 않은 네 작품을 선택해 실어줄 이유가 없다. 너는 왜 서울 것들 흉내를 내는 거야? 너한테는 바다가 있지 않니? 니 「목선」 같은 소설을 써라. 다른 친구들은 바다 이야기를 쓰고 싶어도 몰라서 못 쓴다."

구색이라는 말이 내 가슴을 쳤다. 나만의 색깔을 가져야 한다. 세상은 장미꽃들로만 가득차서는 안 된다. 백화가 만발해야 하는 것이다. 그래, 바다 이야기 하는 작가가 되어야 한다.

박상륭도 의미심장한 말을 해주었다. "마음먹고 써놓은 소설이 있으면, 청탁해주기만을 기다리고 있지 않고, 발표하고 싶은 어느 잡지사로 무조건 발송하고 선택해줄 것을 바라는 니 태도가 아주 좋다" 하고, 나의 용기를 북돋워주었다.

딸

광주에 입성한 나는 기찻길 옆의, 대지 열한 평의 지붕 낮고 조그마한 시멘트 블록 움막집을 사 들어갔다. 마당이 없고, 방 두 칸, 부엌 한 칸뿐이었는데, 옆에 개울이 있고, 가끔 기차가 지나다녔다. 방 한 칸에는 동생들 셋이 살고, 다른 한 칸에는 나와 아내와 아들이 거처했다. 큰아들이 세 살 되는 해(1970) 늦가을, 아내가 딸을 낳았다. 학교에 갔다가 돌아온 나는 한밤중에 태를 언덕처럼 높은 기차 철길 모퉁이에 묻었다. 이후 기차의 기적 소리가 들리면, 태의 넋이 기차를 타고 전 지구를 날아다닐 거라는 비현실적인 생각을 하곤 했다. 그리고 가장 부르기 쉽고, 한 번 들으면 잊히지 않도록 이름을 강江이라고 지었다. 성 '한'과 더불어 부르면 서울을 관통하는 '한강'이 되도록.

아기는 얼굴이 예쁘장한데, 피부가 약간 가무잡잡했고 이국적인 매력을 지니고 있었다. 이마가 여느 아이와 다르게 내밀기 때문에 눈이 약간 들어가는 느낌이었고, 속눈썹이 유난히 길면서 위쪽으로 휘어진 듯싶기 때문에 눈동자가 하늘 호수처럼 깊고 그윽하고 맑아 보였다. 장인 장모가 그 딸을 '비바우'라고 말했는데, 그것은 내민 이마 밑에서 비를 그을 수 있다는 과장된 표현이었다. 장인어른은 '연구통研究桶'인 그 이마 때문에 장차 아주 영리하고, 큰사람이 될 거라고, 행여 머리 다치지 않게 조심해서 잘 키우라고 했다.

모든 아이는 태어나면서 다 제 먹을 것 가지고 태어난다는 그 말이 맞는지 그 아이 태어난 다음 내 소설은 잘 써졌고, 작품도 잘 팔렸다. 청탁을 받지 않은 상태에서 줄곧 소설쓰기에 골몰하곤 했다. 내출혈 같은, 쓰지 않고는 못 배기는 그러한 소설쓰기라는 병을 나는 앓고 있었다.

도전적으로 살기

서울 두 친구에게서 술과 밥을 잘 얻어먹고, 광주로 돌아올 때면 버스 안에서 많은 생각을 하곤 했다. 나는 어떤 색깔의 작가, 어떤 시각으로 세상을 보는 작가가 되어야 미래가 보장되는가. 박상륭의 집에서 하룻밤 자면서 그의 서재에 꽂혀 있는 『정감록 비결』이란 책이 잠자고 있는 내 영혼을 깨어나게 했다. 좋은 소설가가 되려면 인문학 공부(역사, 철학, 종교, 민속)와 더불어 해양학을 공부해야 한다고 생각했다.

내가 남쪽 바다 섬에서 태어나고 자랐다는 것, 청년 시절에 삼 년 동안 어촌과 어업 체험을 했다는 것이 나의 크나큰 자산이라는 생각을 가지게 되었고, 그 광맥을 파들어가고 확장시키면 좋은 내일이 있다는 확신을 가졌다. 도전적인 삶을 살자는 생각을 굳혔다. "세상의 모든 작가들은, 뼈를 깎듯이 공들여 쓴 자기 최고의 작품을 자기가 발표하고 싶은 잡지에 투고하여 발표할 권리와 의무가 있고, 세상의 모든 잡지사나 출판사의 편집자들은 이 세상의 최고 작품을 선택하여 펴내주어야 할 의무와 권리가 있다." 그리하여, 최선을 다해 쓴 것이라고 여겨지는 작품을 나는 청탁이 없을지라도 내가 발표하고 싶은 잡지사나 출판사로 보내놓곤 했다.

"편집장 귀하, 읽어보시고 당신네 잡지에 빛을 더해줄 수 있는 작품이다 싶으면 실어주시고, 그렇지 않으면 반송해주십시오." 이런 편지와 함께 반신용 봉투와 우표를 동봉했다. 참으로 무모한 도전이었는데, 내가 투고한 작품을 접한 문학잡지사들은 석 달 안에 내 작품을 실어주곤 했다.

작품을 써내는 것은 지하의 수맥에 쇠 대롱을 깊이 찌르고 수동 펌프로 물을 뽑아올리는 것과 같다. 처음 한 동이의 물을 뽑아올리고 나서, 잠시 기다렸다가 다시 뽑아올려야 하고, 또 끊임없이 뽑아올려야 한다. 물 뽑아내기를 거듭하면 한 동이 나오던 것이 두 동이 나오게 되고, 점차 불어나 한 드럼 이상 뽑아낼 수도 있다.

지하수는, 오랫동안 물을 뽑아내지 않고 그냥 두면 수량이 적어지고, 마침내 수질이 나빠지고 말라버린다. 세상의 모든 샘은 물을 뿜어내주어야 살아 있게 된다. 샘의 밑바닥이 노출되도록 물을 모두 뽑아내고 나면 사방에서 새로운 물이 솟거나 흘러 고이게 된다. 지하수는 뽑아내는 횟수가 잦을수록 물 고이는 지층의 공간이 넓어지게 되고 수량도 많아지게 되고 수질도 좋아지게 된다.

작품도 지하수처럼 부지런히 소비해야 새로운 작품을 쓸 수 있게 되는 것이다. 자주 쓰면 단편에서 중편으로, 나아가 장편으로 폭이 넓어지게 된다. 한 개의 광맥이 다하면 전혀 다른 광물을 만나게 되기도 한다. 구리광맥이 끝나면 은광맥 금광맥이 나타나기도 한다.

해신제海神祭 이야기

1970년대 초, 어린 시절 머슴에게 들은 바 있는 갯제(해신제) 이야기를 바탕으로 「물아래 긴 서방」이라는 단편소설을 썼다.

고향 마을 사람들이 정월 대보름날 밤에 바다를 관리하는 해신에게 돼지머리를 제물로 바치고, 비나리치는 이야기인데, 소설은 전쟁 전후의 비극적인 사건을 바탕에 깔고 전개되는 것이다. 나는 그것을 많은 문학 독자들을 가지고 있는 『창작과비평』 『문학과지성』 『문학사상』 『현대문학』 『월간문학』 등의 문학잡지보다는 『뿌리 깊은 나무』에 발표하고 싶었다. 투고하면 『뿌리 깊은 나무』가 그 작품을 실어주리라 믿었다. 훗날 「해신의 늪」이라고 제목을 바꾼 그 소설 「물아래 긴 서방」은, 한국적(토속적)이고, 신화적이고, 문화인류학적이고, 인간의 원초적인 생명력을 표현한 것이라고 나 스스로 생각했던 것이다.

그 작품은 많은 독자들에게서 칭찬을 받았고, 거기에서 용기를 얻은 나는 중편소설 「폐촌」을 청탁 없이 써냈고, 그해 10월 초에 문학사상사의 이어령 주간에게 발송했다. 그것은 그 이듬해 『문학사상』 1월호 2월호 3월호에 연재되었는데, 『문학사상』은 그해 12월호에 그해의 가장 화제가 된 문제 작품으로 선정했다.

한 철학 교수의 독설

훗날, 광주 직장을 버리고 서울로 이주해 소설만 쓰고 살면서 한 술 자리에 갔는데, 미리 자리에 있는 한 낯선 남자가 나를 불만스러운 눈으로 노려보았다. 그냥 모르는 체하고 술 몇 잔을 마시고 났을 때 그가 나를 기분 나빠하는 이유를 좌중을 향해 말했다. "한승원이란 작가는 내 자존심을 아주 심하게 상하게 한 작가입니다."

그는 선구적인 사상가 한창기 선생이 창간한 『뿌리 깊은 나무』의 초기 편집장을 지낸 바 있는 철학자 윤구병 교수였다. 그 잡지는 한국 최초로, 과감하게 한글 전용과 가로쓰기를 선도했을 뿐 아니라, 한국적인 사상을 정립하고 올바른 민중의 삶을 파고들고 이끌어가는 기사로써 선풍을 일으켰다. 의식 있는 젊은 층의 독자들을 거느린 그 잡지는 반드시 단편소설 한 편씩을 말미에 싣곤 했는데 그 단편들은 깊은 의미와 무게를 갖춘 것들이었다.

"나는 편집자로서 나 나름의 기준으로, 좋은 작가들의 좋은 작품을 선택해서 실으려 하는데, 한승원은 자기가 잡지를 선택해서 발표를 하겠다는 겁니다. 우리 잡지가 선택을 받았어요."

순수와 참여

1970년대 문학계는 휴머니즘과 리얼리즘이 대세였는데, 『창작과비평』 중심으로 모인 작가들은 저항적인 참여와 반체제 민주화운동 실천을 기치로 활동했고, 『문학과지성』을 중심으로 모인 작가들은 순수문학을 기치로 활동했다. 『세계의 문학』을 중심으로 모인 작가들은 중도적인 활동을 했고, 그리고, 체제에 순응하거나 정치를 초월한다는 일군의 작가들이 있었다.

순수와 참여 논쟁이 일어났다. 『창작과비평』에 작품을 실을 뿐 『문학과지성』에는 실려 하지 않는 작가들이 있고, 그 반대의 작가들이 있었다. 두 산맥이라 할 수 있는, 색깔 뚜렷한 그 두 잡지 편집인들도 작품을 가려 실려 한다고 나는 느꼈다. 한국 문단은 동인적인 성격을 띠고 무리 지어 있었다. 어떤 작가들은 "이것은 『창작과비평』에 발표할 작품이므로 목소리를 높여 써야 한다" "이것은 『문학과지성』에 발표할 것이므로 순수하게 써야 한다" 이런 식으로 생각하는 작가들이 많다고 들었다.

그렇지만 나는 순수와 참여로 가른다는 것이 옳지 않다고 생각했다. 좋은 문학작품은 그 두 가지를 모두 포괄하고 융합한 것이야 한다는 게 내 신념이었다. 인간의 실존을 치열하게 승화시키는 것이야말로 진정한 의미에서의 순수문학이고 참여문학인 것이다. 여기서 경계해야 할 것은, 상업성 혹은 대중성을 염두에 두고 글을 쓰는 문제라고 나는 생각했다. 작가들 중에는 노골적으로 상업적인 작품을 쓰는 사람들이 있었다. 그런데 참여 작가들 가운데에도 '순수한 참여 작가'들이 있고, 참여 행위를 상업적으로 떠벌리려 하는, 말하자면 '한 건 하고 대중들에게 이름을 알리려 하는' 작가들이 있다고 나는 보았다.

참여와 순수가 양립해서는 안 된다는 생각은 내가 관통해온 어린 시절의 좌우 이념대립 갈등으로 인한 상처 때문이었으리라고 나는 생각한다. 내가 고향 마을의 동무들에게서 반동자 자식이라는 이유로 따돌림을 당하고, 나를 박해하던 한 아이가 길바닥에 오줌을 갈겨놓고 그 금을 건너오지 못하게 했을 때, 혼자 외롭게 서 있던 내 눈에 보이던 푸른 하늘과 흰구름과 길 가장자리에 피어 있는 보랏빛 들꽃이 슬프고도 아름다웠던 것인데, 그러한 꽃과 그것을 보는 어린아이의 처지 같은 것을 꾸밈없이 표현하는 것이 참 실존이라 생각했던 것이다. 그것은 작가가 추구해야 하는 인간의 윤리 문제 아닌가. 박해받는 자들이 빛을 향해 끈질기게 살아가는 한스러운 삶을 형상화하는 것만으로도 좋은 문학일 수 있는 것 아닌가. 절망하거나 좌절하지 않고, 끈질기게 살아가는 것이야말로 가장 아픈 저항 아닌가. 배고픈 자의 허기를 참는 모습과 배고픈 자의 눈에 비친 풍경(꽃이나 노을이나 무지개)은 슬프면서도 아름다운 실존이다.

문학에서의 '향기'라는 것

단편소설의 소재를 구하고, 등장인물을 설정하고 구성을 완벽하게 해놓은 다음일지라도, 그 이야기에서 심령을 매혹하는 향기가 솟아나지 않으면 소설이 써지지 않았다.

문학의 향기란 무엇인가. 그것은 예술적인 맛과 멋, 혹은 신비나 꿈, 존재하는 것들의 우주적인 신성이라고 바꾸어 말할 수 있다. 순수한 인간 냄새라고 말할 수도 있고 원초적인 생명력이라고 말할 수도 있다. 「공무도하가」의 주인공 백수 광부의 광기 어린 실존, 『삼국유사』 속의, 수로 부인에게 절벽의 꽃을 꺾어 바치는 신라 노인의 치열한 삶에서 풍기는 냄새가 그것이다. 에밀 아자르(로맹 가리의 가명)의 소설 『자기 앞의 생』의 주인공 모모가 훔친 고급 종 강아지를 유한부인에게 많은 돈을 받고 팔고 나서 그 돈을 하수구에 버리는 것이 그것일 터이다.

그 향기는 『페르 귄트』의 솔베이의 사랑이나 『그리스인 조르바』 『채털리 부인의 사랑』 『파우스트』의 신화나 설화나 전설에 스며 있다. 말하자면 '사람 없더니 거기 하나 있었구나'라는 게송과 같은 참인간, 자기에게로의 회귀가 그것이다. 모든 작품은 독자에게 던지는 질문이다. 작가는 자기 작품을 통해 "인간의 참된 삶(실존)은 이런 것이어야 하지 않습니까?" 하고 독자에게 묻는다. 말하자면 윤리의식이다.

모든 예술이 지향하는 것은 그러한 향기로 사람을 취하게 하는 것이다. 율동에도 색깔에도 소리에도 아우라 같은 (참 삶의) 향기가 있다.

결핍

셋방을 전전하며 형제들 여섯의 삶을 일일이 뒷바라지해야 했다. 육십이 세에 아버지가 돌아가셨고, 장남인 형이 자기 아내와 자식 셋만 데리고 분가를 하자, 그 동생들 다섯을 내가 떠안은 것이었다. 나와 내 아내와 내 자식들하고만 잘살면 안 되고, 어린 동생들을 구제해야 한다는 것은 최소한의 윤리의식의 실천이었으리라. 학령을 벗어난 동생 둘을 결혼시켜 살림 차려주어야 하고, 그 밑의 세 동생을 학교에 보내야 했으므로 늘 궁핍에 시달려야 했다. 중학 교사 월급만으로는 다달이 빚을 졌으므로, 그것을 갚기 위해서는 소설을 써야 했다. 그 궁핍한 삶을 모두 떠안은 아내는 고맙게도 절대로 엄살하지도 않고 바가지를 긁지도 않았다. 차남의 아내로 살려고 했는데 장남의 아내 노릇을 하게 됨에 대한 타박, 삶의 비명을 지르지 않았고 그것을 운명으로 받아들였다.

도스토옙스키는 빚을 갚기 위해 소설을 썼다는 말이 큰 위안이 되었다. 소설가는 운명적으로 적당하게 가난하고 결핍이 있어야 하고, 여러 가지 의미의 빚을 지고 있어야 작가로서의 삶에 좋다고 생각했다. 소설가는 바위를 산정으로 굴리고 올라가야 하는 시시포스나, 인간에게 불을 준 벌로 독수리에게 간을 쪼아 먹히는 프로메테우스처럼 천형天刑(영원한 하늘의 형벌)을 받은 사람이다. 영원히 죽지 않고 고통을 당해야 하는 그것은 운명적인 고픔 채우기이다. 고픔은 하루 세끼 밥을 먹지 않으면 안 되듯이, 끊임없이 비어 있는 내부를 채우고 메워야 하는 신의 형벌, 쓰지 않고는 못 배기는 삶이다.

형제들

　시동생 셋을 데리고 셋방을 전전하는 딸의 모습이 가엾고 안타까웠던지, 장인 장모는 당신들의 소유인 땅 오십 평에, 이십오 평 한옥 한 채를 새로 지어주며 들어가 살라 했다. 나는 염치없이 그 집으로 동생들 셋을 모두 데리고 이사해 살았다. 여동생이 둘 남동생이 하나인데, 나이는 두 살씩의 터울이지만 학교는 한 학년 터울이었다. 밑에 동생들이 밀고 올라오므로 큰 여동생은 교육대 시험에 실패하자 재수시키지 않고 자동차 판매원과 짝을 지어주었다. (그 여동생은 장차 경제학 박사와 치과의사의 어머니가 되었다.) 그 밑의 남동생은 내 힘을 덜어주겠다며 고교 졸업 후 육사를 가겠다고 했지만 호적 나이가 이 년이나 늦어 절망하고 있었는데, 아내가 모른 체할 수 있느냐고 대학을 마저 보내주자고 나섰다. 전남대 공대를 보내주었는데, 졸업하자마자 국방과학원 연구원이 되어 성가했고, 훗날 신학을 공부하여 목회자가 되었다. 막내여동생은 사범대 미술과를 졸업하고 화가가 되었다. 교직을 그만두고 그림만 그리며 살겠다는 그 여동생을 위해 원룸 같은 아파트 한 채를 사주었다. 개인전에 그의 삶과 그림에 대하여 내가 글을 써주었다.

　"그녀는 생명력 왕성한 다산성의 44세 어머니의 9남매 중의 막내 늦둥이로 한겨울의 혹한이 거듭되는 날에 태어났는데, 많은 자식들 키우기와 삶에 지친 불구의 아버지는 그 핏덩이를 키우지 말고 자식 귀한 집에 주어버리거나 어쩌거나 하자며 강보에 싸서 윗목에 밀쳐놓았다. 어머니가 끌어다가 품고 뜨거운 눈물을 흘리면서 젖을 먹여 키웠다고 나는 들었다.

　그녀가 하마터면 버려질 뻔한 슬픈 운명의 귀엽고 예쁜 장난감 인형 모양새인 젖먹이였을 때에, 문학청년인 오빠는 그녀를 검누른 점퍼 앞자락 속에 캥거루 새끼처럼 집어넣고 눈 초롱초롱한 얼굴을 살짝 내밀게 한 채 마을을 돌며 자랑을 했다. 경중경중 걷는 오빠의 활보에 따라 어지러움을 익히며 세상 구경을 하고 자란 그녀는, 초등학교 4학년을 마치고 5학년에 올라가려 했을 때 중학교 1학년으로 월반하여 세 살 위의 언니들과 함께 공부를 했고, 이후 소설가 오빠의 집안에서 여중 여고를 거쳐 대학 미술학과를 졸업할 때까지 문학적인 분위기를 호흡하며 그림을 그렸으므로 그녀의 그림에는 시적인 문기文氣와 서사가 넘쳐난다. 가뜩이나 한반도 남단인 전남 장흥의 한 섬에서 출렁거리는 쪽빛 바다와 찐득거리는 갯벌을 밟으며 성장한 그녀의 몸에는 해양성의 야성과 신화가 뿌리하고 있다. 그녀, 한정선은 나의 막내 여동생이다. 그녀가 성장해온 과정을 딸처럼 지켜본 나는 그녀의 그림들의 감추어진 비의에 대하여 자유롭게 꿈꾸어오고 있었는데 이제 그것을 팔불출처럼 누설한다. 따지고 보면 그녀는 신이 창조한 우주의 카오스와 코스모스를, 붓에 물감을 묻혀 표현하고 있는 셈이다. 그것은 모든 예술가들이 그러하듯 신의 뜻, 우주의 섭리를 읽어낸다는 것인데, 말하자면 천기누설을 하고 있는 것이다."

　여동생은 작가 노트에서 "11살짜리를 데려다 대학까지 키우고, 시들병에 걸린 나를 보듬어 살려낸 제2의 아버지 어머니, 해산 한승원 햇볕 오빠와 감오 언니께 늘 감사한다. 두 분께 '소크라테스의 닭'을 돌려드리지 못할까 싶어 초조하다"고 털어놓았다.

　어느 날 철없는 시동생이 "우리 형수는 김칫국물만 좋아하셔" 하고
말한 적이 있었는데 아내는 내내 서운해했다. 시동생들 셋을 학교에 보
내느라 쪼들리며 사는 아내는 날마다 남편 것까지 도시락 넷을 싸야 했
으므로, 끼마다 김치 한 가닥을 마음놓고 먹지 못하고 늘 김칫국물만
먹곤 한 것이었는데 그들은 그걸 몰랐던 것이다.

막내아들

처가에서 지어준 새집에서 막내아들을 얻었다. 이름을 강인이라 지었다. 막내아들은 말도 제대로 하지 못한 상태에서 텔레비전 브라운관에 흘러가는 한글과 영문 글자들을 인지했다. 신기해서 『천자문』 책을 사다주고 한 자 한 자 짚어 가르치니, 단박에 그것들을 외어버렸고, 연필로 그 글자들을 그렸다. 장인어른이 보고, 소문내지 말라고 주의를 주었다. 광주의 한 후배 시인이 와서 보고 '천재'라고 말했다. 그렇지만 나는 그 아들에게 천재 교육을 시키지 않았다. 그 아들은 한 예술대학 문예창작과를 다니긴 했지만, 우리 집안에서 유일하게 소설가 모자를 쓰지 않았는데, 지금 만화와 자기만 아는 자유를 즐기며 산다.*

---

* 두 아들과 고명딸이 다 앞가림을 잘하고 산다. 만일 어느 자식 하나가 살림살이 말아먹고 나서 "다시 시작하렵니다. 사업 자금 대주십시오" 하고 청하면 원고개 틀 부모가 어디 있겠는가. 한데 나는 세 자식이 다 손을 벌리지 않을 뿐 아니라, 그때그때 용돈 주고 보약 대주므로 말년을 잘 보내고 있다. 그것은 세상과의 여한 없는 이별 연습하기이다.

객기와 오기, 혹은 경쟁자 만들기

1969년부터 1979년까지 십 년 동안 광주에서 혈기 왕성한 삼십대를 살았다. 당시 광주에서 유일하게, 신춘문예에 당선한 최초의 소설가였던 나는 많은 시인들에게 둘러싸여 살았다. 그들은 '원탁' 시문학 동인들이었는데 모두 시인 김현승 선생 제자들이고 그분의 추천을 받고 등단한 시인들이었다. 출판기념회나 문인협회의 송년회에 모이는 사람은 스무 명 내외였다. 술에 취하면 나는 시와 소설에 취해 사는 한 친구와 더불어 그 선배 시인들에게 주정을 했다. "발가락에다가 볼펜을 찔러가지고 써도 당신들보다 더 좋은 시를 쓸 수 있어." 그들은 오만방자한 내 객기를 오히려 귀여워하며 허허허 하고 웃어버렸다.

그림 그리는 사람들을 많이 만났다. 한국화 쪽에서는 의제 허백련을 중심으로 하는 남화 지망생들이 한 흐름을 이루고, 서양화 쪽에는 오지호를 중심으로 한 구상화 흐름과 빨치산 출신인 오수아와 사범대학 강용운 교수를 중심으로 한 비구상화 흐름이 있었다. 내가 사귀는 사람들은 비구상화 '에뽀끄' 동인들이었다. 동료 교사 장지환 화백이 그 동인이었다. 그들은 금남로 YWCA 출입구 맞은편에 있는 '오센집'이라는 술집을 모임터로 삼았다. 학교 수업이 끝나면 장화백과 함께 오센집에 가서 화가들하고 어울려 술을 마셨다. 나는 광주 안에서 혼자 작가 활동을 하는 것보다는, 에포끄 동인들처럼 많은 작가들과 경쟁적으로 작품을 발표하며 살고 싶었다.

문학청년이었다고 알려진 이들을 찾아다니며 술자리를 같이하고, 동인 활동을 하자고 꼬드겼다. 그들은 신문기자, 방송국 피디, 학교 교사, 한의사, 활판 인쇄소 주인 들이었다. 그들에게 나이 한 살이라도 더 젊어서 소설을 쓰라고 권유하여, 동인활동을 하겠다는 아홉 명을 모았고, 작품 모집과 자금 모으기에 들어갔다. 나는 이념이나 문학성에 구애받지 않은 활동을 하자고 제안했고, 동인명을 '小說文學'이라고 정했다. 광주를 한국 소설문학의 본령으로 만들자는 것이었다.

가난한 호주머니를 털어 1집을 냈다. 작가 K는 신문기자였는데, 문학적인 열정이 대단했다. 주로 그와 회동을 했다. 그는 기획기사를 쓰고 데스크를 보는 틈틈이 쓴 습작 소설을 부끄러워하지 않고 보여주곤 했는데, 그의 문장은 거칠었고, 아직 형상화시키기와 비유의 묘법을 터득하지 못하고 있었다. 나는 문장 쓰기의 실제, 표현과 형상화의 방법을 일러주었는데, 문학적 감수성이 천재적인 그는 하나를 일러주면 열을 알아차렸다. 우리는 해질녘에 공원을 거닐거나, 일식집 주방에서 정종을 마시며 문학 이야기를 나누었다. 오래지 않아 그는 친구 이문구가 편집장을 하는 『한국문학』의 신인상을 받고 등단하게 되었고 잇따라 문제작을 내놓았다. 덩달아 80년대 초에 많은 동인들이 『소설문학』에 실렸던 작품을 서울 쪽 잡지나 신춘문예에 응모하여 당선했다. 그 분위기를 타고 이삼교가 신춘문예에 당선되어 활동을 시작했다. 전남 광주의 소설 문단이 풍성해졌는데 동인지 『소설문학』이 불쏘시개 노릇을 했을 터이었다.

문장용 타자기

1970년대 초부터 이백자 원고지에 만년필로 글을 쓰는 대신 세벌식 공병우 문장용 타자기를 구입해서 썼다. 헤밍웨이는 쿠바의 바다가 내다보이는 호텔방에서 책상 위에 타자기를 놓고, 창가를 서성거리다가 상이 떠오르면 자판을 두들겼다는 말을 들은 바 있었다.

타자기는 소설쓰기를 아주 수월하게 해주었다. 나는 한 작품을 쓰면서 다음에 쓸 작품을 미리 구상해두곤 했다. 섬마을에서의 유년기 소년기의 체험을 형상화한 것들이었다. 유소년기의 체험은 영혼에 각인된 음화여서 그 사람의 삶과 사상을 지배한다. 바다와 섬과 갯벌이라는 시공은 내 초기 소설의 보고였다. 들숨 날숨으로 맥박으로 순환하는 어머니 바다母海, 그것은 내 소설의 우주적이고 신화적인 자궁이었다.

바다와 어촌을 소재로 한 내 작품들이 독자들에게 좋은 호응을 얻게 되자, 월간 문예지나 계간 문예지들은 물론 『신동아』『월간중앙』『월간경향』 따위의 종합 월간지들까지 청탁을 했다. '창작과비평사'에서 소설집 『앞산도 첩첩하고』를 낸 이후, '문학과지성사'와 출판사 '시인'에서 소설집을 내겠다고 나섰다. 조태일 시인이 '창작과비평'의 인쇄소 사장을 하며 『시인』지와 더불어 출판사를 시작했는데. 내 소설집 『여름에 만난 사람』을 첫 책으로 찍어냈다.

두 소설집의 교정지를 훑어가면서 나는 혀를 깨물었다. 몇 작품에 동어반복 현상이 일어나고 있었다. 동어반복은 그 작가의 죽음을 의미하는 것이다. 살아남기 위해서는 학교에 사표를 내고 전업작가로 나서야 한다고 생각했다.

기차 굴(터널)

　어느 날 아내와 함께 백운동 산기슭에서 젖소 농장 경영하는 아내의 재종 오빠의 집엘 갔다. 교직을 그만두고 소를 키우며 소설만 쓰며 살고 싶은 소망에서였다. 그것은 소 농장 하며 사는 일이 얼마나 힘든 일인가를 미처 알지 못한 단순 소박한 심사에서였다. 아내의 재종 오빠는 금방 짠 우유를 살짝 데워 맛보이고 나서, 며칠 전에 젖소 한 마리가 사산한 사건을 말했다.

　"수의사가 암소의 자궁 속으로 한 손을 집어넣어 죽은 새끼를 끄집어 냈어. 그런데, 그 수의사가 가출한 사람이었다고…… 사정을 들어보니까 목사님 아들인데 아버지가 6·25 때 교회 안에서 보안서원한테 맞아 죽었다는 거야. 그 사람은 산부인과 인턴 과정을 거치다가 무슨 일로인가 수의과로 전과를 했다더라고." 우사의 언덕 아래로 기차 터널이 내려다보였는데, 그 재종 오빠는 말했다. "그 수의사가 가끔 언덕에 앉아 넋을 놓고 저 터널을 내려다보고 있곤 했는데, 어느 날 해질 무렵에 찾으러 온 아내한테 이끌려갔어."

　나는 초등학교 4학년 되던 해 식목일에 운동장 가장자리에 심을 나무를 캐러 산으로 올라갔다가 본 대리마을의 교회가 생각났다. 까만 양철 지붕의 교회에 까맣게 뚫려 있는 터널 모양새의 현관이 있었다. 그

교회의 목사는 그 안에서 보안서원들한테 죽지 않을 만큼 두들겨맞았다는 소문이 돌았었다.

집에 돌아왔을 때, 대문 옆에 놓인 개집이 어둠 담긴 터널로 보였다. '바다'라고 이름 붙인 순한 개 한 마리를 키웠는데 그 개가 알 수 없는 병을 앓다가 죽은 뒤였다. 동물병원에 끌고 가서 주사 맞히고 약을 타다 먹였는데도 모든 근육이 마비되어 천천히 죽어가는 것을 막을 수 없었다. 개는 제집 안에 누운 채 죽었다. 한밤에 대학생인 동생을 시켜 죽은 개를 집 앞의 공터에 묻었는데, 개가 사라진 다음 나는 텅 빈 개집에 담겨 있는 검은 어둠이 무서웠다.

그 수의사는 왜 가출했고, 왜 터널을 내려다보곤 했을까. 왜 산부인과에서 수의과로 전과를 했을까. 누군가가 산부인과의사는 하루 몇십 차례씩 여성의 깊은 동굴을 들여다보아야 하는데, 그것은 환혹의 동굴이면서 허무의 동굴이라고 했었다.

그 이야기를 바탕으로 쓴 「기차 굴」을 『문학과지성』에 발표했는데, 그 잡지사의 편집위원인 평론가 김현이 "그래, 인제 너 손이 풀리기 시작한 모양이다" 하고 말했다.

염소 키우기

아내에게 교직을 그만두고 소설만 쓰며 살고 싶다고, 소를 한번 키워 보자고 철없이 졸라댔다. 재종 오빠의 젖소 농장을 탐사하고 난 아내는 삼각산 아래 마을의 농가 하나가 매물로 나와 있다고, 그걸 사서 소를 한번 키워보자고 했다. 내가 원하는 일이면, 모든 것을 무릅쓰고 하겠다고 나서는 아내였다.

한데 그 농가 주인은 젖 염소 열 마리를 키우고 있는데, 그것을 인수해주어야 농가를 팔겠다고 했다. 우리 부부는 염소젖이 소의 젖보다 더 진하고 영양가가 높아, 우유 공장에서 잘 수집해 간다는 주인의 말을 믿고, 처가에서 지어준 집을 전세 내주고, 그 돈으로 그 농가를 사서 이사를 했다. 아들딸의 학교도 옮겨주었다. 학교 들어가지 않은 막내는 금방 동네 아이들과 어울려 놀았다.

아침 일찍이 염소 먹일 풀을 한 리어카 베어놓고 학교로 출근하면, 아내는 애들을 학교에 보낸 다음 양동시장에서 염소 먹일 비지를 사다가 먹이고, 젖을 짜서 냇물에 담가놓았다가 우유 수거차에 납품을 하곤 했다.

아침 일찍 풀 한 리어카 베는 일은 힘든 노동이었다. 나는 학교에서 수업중에 덮쳐오는 졸음을 이길 수가 없어 숙직실로 가서 잠을 자곤 했고, 학생들은 수업에 들어오지 않은 나를 깨우려고 달려오곤 했다. 지옥살이 같은 세월이 흘러갔다.

어느 날 퇴근하니, 장모님이 딸네 집에 왔다가, 밀짚모자 쓰고 리어카 끌고 꼴을 베러 가는 딸을 보고 마룻바닥을 치며 통곡을 하고 갔다고 아내는 말했다. 어머니 아버지가 비싼 땅에 집 지어주니 그걸 버리고 산골짜기로 와서 살고 있는 자기는 세상에서 가장 못된 불효자라고 눈물을 훔쳤다. 나는 아내 달랠 말을 찾지 못했다. 그다음날 학교에서 돌아오니 아내는 풀이 죽어 있었다. 납품한 우유가 변질되었다는 이유로 반품되어 왔다는 것이었다. 아내는 우유통에 담긴 염소젖을 개울에 버리며 울었다.

나는 학교 수업과 원고 청탁을 해결하기 위해 분투하듯 글을 쓰다가 몸살을 앓았고, 아내에게 부업에 대한 망상을 버리자고 했고, 우리들은 염소들을 처분했고, 학교에 사표를 낸 다음 소 키우며 살겠다는 생각도 접기로 했다. 만일 학교를 그만둘지라도 그냥 전업작가로 살기로 작정했다.

염소를 모두 처분하고 나자 점차 삶이 안정되었다. 초등학교 4학년 아들과 3학년 딸의 통학 거리가 멀어 불편한 것 말고는, 산골 마을의 자연친화적인 삶이 좋았다. 뒷산에서 우는 뻐꾹새 소리, 산기슭에서 흘러든 아까시 향기, 뒤란의 살구나무에서 떨어지는 살구의 새콤달콤한 맛처럼 삶이 재미있었다. 다섯 살의 막내아들은 동네 개구쟁이들과 잘 놀았다.

산골 마을

집 뒤쪽 산기슭에 개망초꽃들이 눈송이들처럼 하얗게 핀 6월 중순의 어느 일요일 해질 무렵, 밀려드는 원고 청탁을 감당해보려고 방에 줄곧 들어박혀 글을 쓰다가 나온 나는 눈이 흐렸다. 아들 둘은 마루에서 놀고 있었지만, 딸의 모습은 보이지 않았다. 이 아이가 어디 갔을까 하고 집안을 두리번거렸다.

해는 산너머로 기울었으므로, 서편에 창문이 없는 집안에는 거무스레한 그늘이 들어차 있었다. 그늘진 마당이나 마루나 방안 어디에도 딸이 보이지 않았다. 이 방 저 방을 드나들며 두리번두리번 찾았다. 딸의 방에 들어갔을 때 무슨 기척인가가 느껴졌다. 오랜 동안 들여다보았을 때에야 겨우 어슴푸레하게 누워 있는 딸의 모습이 보였다. 딸을 발견하자마자 나는 놀라움과 반가움을 어찌하지 못한 채 "너 거기서 뭐하고 있니?" 하고 물었다. 딸은 발딱 일어나 앉으며 "공상이요!" 하고 대답하고 나서 "왜요, 공상하면 안 돼요?" 하고 되물었다. 공상하면 안 되느냐는 반문에 대하여 나는 대꾸할 말을 찾지 못했다.

방안에서 혼자 공상하기를 즐기던 그 딸이 막 태어났을 때 나는 흐르는 신성한 강물을 연상했고, 한반도에서 가장 크고 긴 한강을 떠올렸다. 사람의 이름은, 깊은 의미를 지니고 있어야 하고, 한 번 들으면 잊히지 않는 것이어야 한다고 나는 생각했다.

훗날, 한강이라는 이름 자체가 예명이라고, 강이를 마치 자기의 딸인 양 아끼고 사랑하고 자랑스러워하며 사는 김형영 시인이 말했다. 『샘터』 편집장 시절에 기자로 데리고 있던 강을 시인으로 출세시키고 싶어 그의 시를 『문학과지성』에 응모하게 한 장본인이다. 나는 그 딸이 내놓곤 하는, 나로서는 상상하지도 못한 새로운 세계에 놀라면서, 세상에 대한 나의 시각을 교정하곤 한다.

응집되는 힘

　1970년대 후반, 그 무렵의 광주는 민주화의 열기가 뜨겁게 응집되고 있었다. 체제에 순응하는 순수파 작가와 참여파 작가들로 확연히 갈리어 있었는데, 참여파들은 자유실천문인협회를 결성했고, 저항적인 글을 쓰다가 감옥살이하고 있는 시인의 시집 출판기념회와 작품 낭송회를 열어, 그들을 풀어주라고 성토하곤 했다. 광주의 YWCA회관(지금의 전일빌딩 옆)에서 옥살이하는 시인의 시집 출판기념회를 겸한 시낭송회를 열었는데, 광주의 문인들은 나에게 사회를 맡아달라고 청했다.

　광주 안의 민주화운동권 인사들은 물론 서울의 자유실천문인협회 회원들이 대거 참여했다. 청중들 가운데는 사복경찰, 정보부 요원들이 다수 들어 있었다. 청중들은 소설가인 내가 이런저런 시들을 줄줄 외면서 행사를 이끄는 것을 보고 놀라는 표정들이었다.

　다음날 아침 나는 교장실에 불려가서 반체제 행사에 참여하지 말라는 주의를 받았다. 그날 학교 파한 뒤 시내에 나갔다가 우연치 않게 한 남자를 만났는데, 그가 자기를 광주지검의 검사라고 하면서 말했다. "오래전부터 한번 부르고 싶었습니다. 당신은 왜 가난하고, 세상에 불만을 가진 가난한 사람들 이야기만 쓰십니까?" 공안검사인 그를 오래지 않아 한 재판정에서 볼 수 있었다.

교육지표 사건

서울에서, 자유실천문인협회 회원들인 대학교수와 민주화를 열망하는 교수들이 뜻을 같이하여, 전국의 모든 대학에서 은밀하게 참가 서명을 받고, 어느 날 일시에 서울 어딘가에서 '국민교육헌장'을 없애야 한다는 기자회견을 열기로 한 것이었다.

군사정부는 유신독재 체제를 합리화하고 그 체제를 영원히 누리려고 국민교육헌장을 만들어 모든 학생들에게 달달 외우게 했고 교과서의 표지 2면에, 일제 천황의 칙령처럼 싣게 했었다. 교수들은 그것에 반발한 것이었다.

그런데 서울에서 그게 정보부 요원에게 탄로가 났다. 서울의 한 교수에게서 그 연락을 받은 전남대학 송기숙 교수는 부랴부랴 동조한 십여 명의 교수들과 뜻을 모아 기자회견을 열고 국민교육헌장을 반대한다고 선언해버렸다. 그게 신문에 보도되었고, 참여한 모든 교수들이 경찰서로 연행되었다. 공안 검찰은 송기숙만을 구속기소했다. 그의 재판이 광주지방법원에서 열렸는데, 서울의 문인들과 뜻있는 신부, 스님, 목사들이 참여했다. 재판 하루 전날에는 서울 문인들이 광주로 몰려들어 여관방에서 밤을 새고 다음날 방청했다. 많은 변호사들이 무료 변론을 했다. 재판 과정에서 무료 변론에 앞장선 한승헌 변호사의 주선으로 수의 차림의 송기숙을 만날 수 있었다. 송기숙은 중고등학교 일 년 선배였고 '소설문학' 동인이었다. 나는 그와 너나들이할 수 없었다. 형이라 하고, 그는 나를 '자네'라고 호칭하는 처지였다. 나는 다달이 뜻있는 친지들을 찾아다니며 각자의 마음에 썬 대로 돈을 보태자고 했다. 한 달에 한 차례씩 십시일반으로 모은 것을 송교수의 집에 전하곤 했다.

사직서

송기숙의 항소심이 있던 날 저녁, 함께 방청한 진도 출신의 후배 소설가와 함께 밤새도록 술을 마셨다. 서울에서 한 여성잡지의 기자 노릇을 하는 그는 말했다. "선생질 그만두십시오. 형님 정도면 전업으로 소설을 써도 됩니다. 원고료만 해도 학교 월급을 상회할 텐데요?"

1979년 5월 중순이었다. 『문학사상』에 중편소설 「폐촌」을 발표하고, 전작 장편 『해일』을 『월간중앙』에서 3회 분재를 하고 나자 여러 잡지들에서 들어오는 원고 청탁을 미처 다 감당할 수 없었다. 밤늦게 들어온 나는 아내에게 학교에 사표를 내겠다는 뜻을 말했고, 이튿날 출근하여 교장에게 사표를 냈다.

십삼 년 동안의 교사생활을 접으면서부터 나에 대한 철저한 관리와 통제가 필요했다. 시간표를 짰다. 여섯시에 일어나서 운동을 하고 아침을 먹고, 출근하듯 서재에 들어가 글을 쓰고, 점심 후 낮잠을 자고……

나만의 색깔

나만의 색깔(독특한 세계)을 확실하게 가져야 한다고 생각했다.

오래전부터 나에게는, 도시에서 일어난 일들, 소재가 될 만한 이야기를 만나면, 나의 고향 쪽으로 들고 가서(대입하여) 형상화시키려는 버릇이 생겨 있었다. 악어와 사자와 싸운다고 가정한다면, 악어는 사자를 이끌고 강물 속으로 들어가려 하고, 사자는 악어를 육지로 이끌고 가려 할 것 아니겠는가.

바다 이야기를 더 쓰려 하니 바다에 대하여 너무 무식했다. 먼저 멜빌의 『모비 딕』을 읽고 나서 작가의 박식에 놀랐다. 파도의 역학 구조, 해초, 짠물 좋아하는 바닷가 식물, 바다의 물고기와 패류에 대한 공부를 했다. 고향 바다를 스쳐간 역사를 읽고, 바다와 연관된 신화, 설화, 전설, 무속과 문화인류학적인 책들을 팠다.

바다는 인류 미래의 블랙박스이고, 신의 또다른 얼굴이다. 사람의 피와 바다의 염도가 비슷하다는 것은 인간이 바다에서 기어나왔다는 것이다. 우주적인 틀에서 어머니 바다를 이해해보려고 들었다. 교직에 있는 동안 월부로 들여놓은 책들 가운데 삼성출판사의 『세계사상전집』 오십 권이 있었다. 먼저 『황금가지』 『샤머니즘』 『슬픈 열대』 등 문화인류학적인 것을 읽었었다. 토속종교와 실학사상과 『노자』 『장자』와 사서

삼경들도 읽었다. 사상 전집 읽어가기는 새로운 세계로 빠져들기, 나의
세계를 확장하고 새로이 건설하기였다. 한나절은 소설을 쓰고 한나절
에는 책을 읽었다.

서울살이

 직장을 그만두고 나자, 이른바 행동하는 사람들이 나를 자꾸 불러내려 했다. 그들 속으로 이끌려가는 나를 통제하지 않으면 안 되었다. 소설가는 소설로 자기를 이야기해야 한다고 나는 생각하고 있었던 것이다. 행동하는 양심을 외치는 사람들이 하는 일을 응원하기는 하되 거리를 두어야 한다고 생각했다. 그래저래 광주를 떠나고 싶은 생각이 일었다. 전주로 갈까 제주도로 갈까 서울로 갈까 결정짓지 못하고 있는데, 서울에서 전업작가 노릇을 하는 작가 S가 서울로 오라고 권했다. 그도 전직 교사였다. 고향을 지키는 것도 좋지만, 멀리 떠나 서울에서 살아보는 것도 세상을 더 넓게 볼 수 있지 않느냐, 작가에게는 문학시장 옆에서 살아볼 필요가 있는데 그 시장이 서울에 다 있지 않느냐는 것이었다. 아내가 자식들 교육을 위해서라도 서울로 가자고 나섰다.

 그러나 서울로 가는 것을 주저했다. 소설이 순조롭게 잘 써지면 모르지만, 만일 뜻대로 안 써지면 어떡할 것인가. 전업 소설가라는 직업은 잠정적인 실업자이다. 소설을 한 편이라도 발표한 달은 실업자가 아니지만 발표하지 않은 달은 실업자인 것이다. 소비지출 많은 서울에서, 소설만 써서 세 아들딸과 더불어 목에 풀칠하고 그들을 가르쳐낼 수 있을까. 내가 주저하자, 아내가 말했다. "당신 글을 못 쓰면 내가 장사를 할게요. 전라도식 된장국을 끓여 파는 식당을 할 수도 있고, 빈대떡을 부쳐 술을 파는 장사를 할 수도 있어요." 아내를 믿고 서울로 이사하기로 했다. 도스토옙스키처럼 빚을 지고 살면 되는 것이라고 생각했다.

작가 S는 자기 살고 있는 강남 '은마아파트'에 미분양된 것들이 많다고 그리로 오라고, 멀지 않아 '금마아파트'가 될 거라고 했다. 그 아파트로 입주하는 것 자체가 투자인 것이라고.

그렇지만 나는 투자를 고려 않고, 북한산 밑 마을을 택했다. 소설가로 살려면 숲 짙은 산을 오르내리는 운동을 하고, 산책을 하며 휴식하고 명상과 사유를 해야 한다고 생각했다.

북한산 밑 우이동

처가에서 지어준 집을 전세로 내주고 받은 돈에, 내가 더 보탠 돈으로도 부족했으므로, 은행에서 빚을 내서 우이동의 한 골목 안에 단독주택 한 채를 샀다. 큰아들이 5학년, 딸이 4학년, 막내아들은 일곱 살 개구쟁이였는데, 그들에게 각기 자잘한 방 한 칸씩을 줄 수 있는 집이었다. 1980년 1월 18일에 서울로 이사를 했는데 날씨가 영하 십팔 도였다.

소설가에게는 필수인 전화를 놓고, 짐 정리를 한 이튿날부터 잡지사 편집자들을 찾아다니면서, 소설만 쓰며 살겠다며 겁없이 상경했음을 고했다. 모두들 잘했다고, 앞으로 더 좋은 작품을 기대하겠다는 덕담을 아끼지 않았고, 그들이 밥과 술을 사주었다.

나는 다달이 이자를 물어야 하는 은행빚이 부담스러웠다. 그것을 얼른 갚으려고, 출판사들을 돌면서 책 출판을 약속하고 선인세先印稅를 받았다. 한 출판사에 가서는 전작 장편을 써주기로 하고, 선인세 외에 원고료까지를 얹어 받았다. 그렇게 받아 모은 돈으로 은행빚을 갚았다.

돈빚보다 무서운 원고 빚

원고 빚은 영육의 삶 전체를 속박했다. 양계장의 암탉이 하루 한 개씩의 알을 낳듯 의무적으로 써야 갚을 수 있는 것이었다.

오래전부터, 스스로를 의지력이 강하지 못하다고 생각하곤 한 나는 책을 읽고 소설을 쓰기 위해 미리 아내에게 선언하듯 말하곤 했었다. "나 금년에 단편소설 다섯 편하고, 중편 한 편을 쓰고, 앞으로 이 년 안에 장편 하나를 쓰고, 이번에 사온 책들을 다 읽을 거야." 스스로 뱉은 약속의 틀에 나를 가두고, 스스로의 목에 멍에를 걸어 노예처럼 부리려는 것이었다.

아내는 애처로움 반 사랑 반으로 "아이고, 당신 다 해내고 나서 말하시오" 하고 말했다. 해가 거듭되면서, 자기 남편은 으레 그러한 선언을 하여, 자기를 가두고 부리는 사람이거니 하고 오히려 가엾게 여기고 "너무 서두르지 말고 천천히 하십시오" 하고 달래곤 했다.

나만의 셈법, 혹은 추동력

　나를 노예로 부려야 하는 논리를 내 나름대로 정립했다. 내가 가지고 있는 1이라는 자산과 힘(능력)에 1이라는 노력을 더하면 2라는 결과가 도출되고, 2로 불어난 자산과 자신감이라는 힘에 2라는 노력을 더하면 4라는 결과가 만들어진다. 4라는 자산과 자신감이라는 힘에는 관성이 붙어 있으므로 4라는 더 많은 노력을 할 수 있게 되고, 그러면 8이라는 결과와 자신감과 관성이 생산된다. 거기에는 8이란 좀 무리한 노력을 가할 수 있는데 그러면 16이란 자신감과 자산과 힘이 생기는 것이고, 그러면 16이라는 좀더 큰 노력을 더하여 32라는 결과를 얻을 수 있게 되는 것이다.

　'자기 힘이라는 자산과 노력과 자신감'으로 인한 성장 발전은 세상의 모든 건강한 생명체에게 주어진 운명인 것이라고, 그것이 우주적인 추동력이고 관성인 것이라고 나는 생각하게 되었다. 신통하게도 2, 4, 8. 16, 32라는 결과가 한 단계씩 높이 도출될 때마다 측량할 수 없는 '플러스 알파'가 더해지기 마련이었다.

　저고리 하나를 짓기 위해 원단을 재단하고 재봉하여 그것을 완성했다면, 반드시 자투리가 남게 되는 것이고, 디자인 기술, 재단 기술, 재봉 기술이 '오직 나만 할 수 있는 기술(노하우)'로 축적된다. 축적된 자신감과 힘과 노력은 새로이 구한 원단으로써, 모자나 바지나 외투를 제작하게 하는데, 또 그때마다 자투리가 생기고, 나만의 손재주가 더 생겨나는 것이고, 자신감도 함께 더해지기 마련인 것이다. 더 큰 덤은 수없이 쌓이는 자투리라는 자산들이 나의 내밀한 창고에 차곡차곡 쌓이는 것이다.

창작을 해가면서 나에게 누적되는 수많은 자투리들과 이런저런 기술들은 나만의 노하우를 가지게 하고, 나도 예상하지 않은 신선한 새로운 시각을 형성시켜주는 것이다. 말하자면 나만의 색깔을 가진 우주적인 주견(사상)을 가지게 되는 것이다. 그것이 글쟁이에게 붙여지는 '가家'의 이유인 것이다.

작은 새장 속에 가두어놓은 새끼 새에게 계속 먹이를 주며 날개 연습을 시키면 몸이 커져서 결국 그 새가 새장을 깨뜨리고 붕새가 되어 하늘을 날게 되는 것이다. 붕새의 반열에 오른 그 새는 예전의 새끼 새가 아닌 것이다.

세 가지 기계

　나는 소설쓰기에 필요한 세 가지 기계를 장만했는데 하나는 타자기이고, 다른 하나는 작은 녹음기이고 또다른 하나는 전축이었다. 녹음기는 가방에 넣고 다니면서 판소리를 듣기 위한 것이고 전축은 클래식 음악을 위한 것이었다.

　당시 작가들은 서너 사람을 제외하고는 타자기로 글을 쓰려 하지 않았고, 원고지에 만년필이나 볼펜이나 사인펜으로 썼다. 문단에서는 타자기로 쓰기와 원고지로 쓰기의 차이에 대한 논전이 일어날 지경이었다. 원고지 옹호론자들은, 반드시 원고지로 써야 문장이 밀도 있게 써지고 지적인 문장이 된다고, 타자기로 쓰면 문장이 건조하고 밀도가 없기 마련이고, 늘어지고 길어지고 긴장감이 사라진다고 했다. 어떤 작가는 원고지에다 손으로 쓰는 고집을 대단한 자긍심으로 여기기도 했다.

　그들은 어려서부터 필기구를 이용하여 글쓰기를 익혔기에 연필 잡은 손의 움직임運筆과 뇌의 회전이 연결되어 있어서, 필기구를 들고 써야 머리가 잘 회전되도록 훈련이 된 터이라, 자판 두들겨 글자를 조립하는 타자기에 대한 거부감이 있었을 터이다.

　그렇지만 나는 타자기 아니면 글을 쓸 수 없게 되었다. 지금 세상은 어떤가, 컴퓨터 자판을 이용하지 않고 소설을 쓰는 작가는 거의 없다.

물론 컴퓨터 사용이 일반화된 지금도 원고지에 글을 쓰는 고집스러운 작가가 몇 있기는 하다고 들었다.

문장의 촉기觸氣 혹은 아우라 같은 맥놀이 현상

　문장을 더욱 잘 쓰기 위해서는 음악적인 감성이 필요하다고 생각했다. 전축으로 클래식이나 판소리를 들으면서, 소형 녹음기에 판소리 다섯 바탕을 녹음했다. 시디가 생산되기 전의 일이었다. 녹음기를 가방에 담고 다니면서 이어폰으로 판소리를 들었다. 어느 명창보다 임방울의 소리가 좋았다. 약간 흐린 흙탕물(곰삭음) 속에서 솟구쳐오르는 맑은 생수 줄기 같은 천구성이 기막히게 좋다. 그것을 한 평론가는 물 찬 제비 같은 소리라 했는데, 김영랑 선생은 "소리의 촉기觸氣"라고 표현했다고 서정주 선생이 말했다. 김영랑 선생의 시 「모란이 피기까지는」에 "나는 기다리고 있을 테요 찬란한 슬픔의 봄을"이라는 대목이 있는데, '찬란한 슬픔의 봄'이란 표현에 들어 있는 것이 촉기라는 것이었다. 그의 「내 마음 아실 이」라는 시 중에 "푸른 밤 고이 맺는 이슬 같은 보람을/보밴 듯 감추었다 내어드리지"도 그거라는 것이었다.

　나는 임방울의 곡진한 소리에서 늘 촉기를 전율처럼 느끼곤 했다. 내가 쓰는 문장, 주제, 이끌어가는 서사 속에 그 촉기를 스미게 하려고 애썼다. 에밀레 종소리를 들어보면 '맥놀이'라는 특이한 울림 현상이 있는데 그것은 '비대칭의 울림'이다. 그것에는 간담을 서늘하게 하는 구석이 있는데 나는 그것도 일종의 '촉기'라고 생각한다.

갈매기 소리에서 비대칭의 울림, 아우라 같은 맥놀이 울림을 듣곤 한다. 어린 시절에 들은, '갈매기는 죽은 시누이의 혼백이 된 새'라는 설화 때문이다…… 오빠, 올케, 시누이 셋이서 바다 아랫목 길을 건너가는데, 밀물이 홍수 때의 강물처럼 세차게 밀려와서 셋이 모두 휩쓸려 갔다. 헤엄을 칠 줄 아는 오빠는 여동생을 버리고 자기 아내만 구해냈고, 여동생은 세찬 물에 휩쓸려 죽었다. 그 시누이의 넋이 갈매기가 되었다. 그 한스러운 갈매기는 세상의 모든 오빠와 올케들을 원망하며 운다. 그 갈매기들은 고기 잡는 오빠들의 고기잡이배를 따라다니며 울고, 갯벌에서 바지락 잡거나 낙지 잡는 올케들의 머리 위를 선회하며 운다.

끼우끼우 하고 우는 갈매기 소리에 서려 있는 신화나 전설이 슬픈 비대칭의 아우라가 되고, 가슴 아리게 하는 촉기가 되는 것이다. 그 촉기는 홀로그램 현상을 동반한다.

판소리의 '아니리'

판소리의 아니리는 낭창낭창 휘어지는 만연체의 변설辨說로 상황이나 배경을 묘사하는데, 거기에는 우리 겨레만의 해학과 풍자와 질긴 한恨과 저항이 들어 있다. 아니리는 굽이굽이 감돌지만 끊어지지 않는 생명력의 덩굴이다. 아니리 굽이굽이에 한스러운 생명력의 촉기가 스미고 배어 있다. 나는 우리 역사 속에서* 한스럽게 산 어머니들의 삶을 통해 한을 형상화시키고 싶었다. 그 한을 표현하기 위해 판소리의 아니리 같은 만연체를 썼다.

아리랑 따위의 민요나 소월의 시에 들어 있는 한을 '체념과 눈물의 미학'이라고 말하는 것에 동의하지 않는다. 나는 '한'을 '생명력과 미래에 대한 희망과 저항과 극복의 강인한 의지의 미학'이라고 생각한다. 어머니 연작 단편소설 「어머니」 「홀엄씨」 「우산도」를 썼는데, 거기에서 아니리 투의 만연체를 썼다. 그것은 주제와 분위기와 문장이 혼연일체가 되도록 하는 것이었다.

---

* 남편은 전쟁터에 나가 전사하는데 아내는 남편이 잉태시켜준 아들딸을 낳음으로써 새 역사를 이어지게 한다.

남의 다리 긁기

　잡지에 발표하는 소설 원고료와 몇 푼 안 되는 인세만으로 애면글면 사는 나에게, 한 동료 작가가 아르바이트를 하지 않겠느냐고 물었다. 한 공영방송국에서 조선왕조 오백 년사를 왕들의 행적과 당쟁 권력 다툼 중심으로 훑어가는 장편 인기 사극을 한 출판사가 삼십 권의 역사 실록 소설집으로 출간하는데, 거기에서 한 권을 맡아 작업을 하는 거라는 것이었다. 방송 시극 작가가 쓴 시나리오 한 왕조 분량을 복사해주면 거기에 살을 붙여 쓰면 되는 것이라고 했다. 슬슬 놀아가며 해도 두어 달이면 써줄 수 있는데, 여섯 달 먹고 살 돈을 받는다는 것이었다. 그 돈은 당시에 단편소설 여덟 편을 써야 받을 수 있는 원고료에 해당되는 것이었다. "아무개, 아무개도 다 한 권씩 써주기로 하고 목돈을 이미 받아갔어요" 하고 그는 말했는데, 거기에는 '너라고 못 쓸 이유는 없지 않느냐'는 말이 담겨 있었다. 그때 나는 역겨웠다. 어린 시절 할아버지에게 들은 우화 '뼈대 이야기'가 떠올랐다.

　……멸치 처녀와 주꾸미 총각이 사랑을 했는데, 둘의 사랑이 깊어지자 서로의 집안 어른들에게 가서 결혼 승낙을 받자고 했다. 멸치는 체구가 작은 바다의 물고기이고, 주꾸미는 두족류에 속하는데, 낙지나 문

402

어보다는 작은 몸 전체에 뼈가 없는 종이다. 주꾸미 총각이 자기 집안으로 멸치 처녀를 데리고 갔는데, 주꾸미의 어머니와 아버지는 좋아 어쩔 줄을 몰라 했다. 주꾸미의 아버지는 주꾸미의 어머니를 얼싸안은 채 멸치 처녀가 듣지 않도록 목소리를 낮추어 속삭였다. "우리 집안에 뼈대 있는 가문의 처녀가 며느리로 들어오다니 가문의 영광입니다." 주꾸미 부모는 당장에 허락을 했고, 멸치 처녀를 융숭하게 대접해 보냈다. 그들은 들뜬 채로 멸치 처녀의 부모에게 가서 인사를 올리고 결혼을 허락해달라고 청했다. 멸치 부모는 화를 벌컥 내고 자기네 딸을 꾸짖었다. "이 철딱서니 없는 것아, 어떻게 뼈대 있는 집안의 처자가 뼈대 없는 집안의 총각하고 결혼을 한단 말이냐! 절대로 안 된다." 멸치 부모는 호통을 치며 주꾸미 총각을 내쫓았다. "당장 나가거라. 뼈대 없는 상것이 어디 감히 대대로 뼈대 있는 집안의 처자를 넘본단 말이냐."

술에 취해 있던 나는 그에게 볼멘소리를 했다. "백모래밭에 혀를 박고 죽어도 남의 다리 긁는 짓은 안 하네."

재벌 회장의 전기傳記 청탁

　광주에 뿌리 둔 한 재벌 그룹의 기획실장이 찾아와 한 일식집에서 저녁밥을 함께했다. 다음해가 작고한 창업자의 십 주기라면서, 그의 전기를 써달라고 청했다. 천 장의 원고를 써주면, 원고지 한 장당 십만원씩(총 일억원)을 지급하고, 창업자의 전력을 탐사하고 자료 조사하는 비용을 별도로 대겠다는 것이었다. 그룹의 전 직원과 가족 친지들에게 나누어줄 책 십만 부를 제작할 터인데 그 인세도 주고, 신문에 그 책을 광고하여 한 오만 부쯤 팔린다면 그 인세도 지급하고, 내 아들딸 삼남매를 자기네 산하 회사에 특채하겠다는 것이었다. 다른 글을 잠시 제쳐놓고, 그의 전기를 써준다면 가난한 나에게 이억오천만원쯤의 큰돈이 생긴다. 그것을 어디엔가 투자한다면 말년을 안락하게 보낼 수 있을 것이고, 자식들이 넉넉한 삶을 보장받을 수 있을 터였다.

　그렇지만, 당장 허락하지 않았다. 그 창업자의 일생에 대하여 약간 알고 있었다. 젊은 시절에 일제의 고등계 형사 노릇을 삼 년 동안 한 이력이 있는 것이었다. 전기는 주인공을 어느 정도 미화시키는 글이지 않은가. 만일 그가 고등계 형사 노릇을 하면서 독립운동가들을 잡아들이는 일을 했다면 그것을 어떻게 정당화할 수 있는가. 나는 한 작가가 누군가의 전기를 쓰면서 그 전기 주인공의 삶 굽이굽이를 경멸하고 증오

하고 저주하며 울며 겨자 먹기로 썼다는 이야기를 들은 바 있었다. 기획실장과 헤어지면서 한 발을 빼는 말을 했다.

"그걸 내 이름으로 쓰는 것인데, 그 이름은 나 혼자만의 것이 아닙니다. 내 아내와 자식들의 것이기도 하고, 그동안 나를 읽어준 독자들의 것이기도 합니다. 집에 가서 가족회의를 열어 가부간 결정을 하여 연락드리겠습니다."

이튿날 아침밥을 먹으면서 아내와 자식들에게 가족회의를 하자고 제안했고, 한 재벌 창업자의 전기 쓰는 문제를 안건으로 내놓았다. 이억오천만원이 생기는 조건, 세 자식들의 특채의 조건과 함께.

아내가 맨 먼저 차갑게 말했다. "이때껏 그런 횡재 없었어도 잘살아왔어요." 다음은 큰아들이 반대했다. "우리는 그런 그룹에 특채되지 않아도 잘살아갈 수 있습니다." 딸이 말했다. "아버지, 이억오천 받으시고, 아버지 이십오억 이상의 손상을 입고 후회하게 될 수도 있습니다." 고등학생인 막내아들은 형과 누나를 따르겠다고 했다. 나는 손에 들어온 큰돈을 잃게 된 듯 서운하기는 했지만 기획실장에게, 다른 작가를 물색하라고 통보했다.

그런데 나에게 문제가 생겼다. 이후로 글이 잘 써지지 않거나 몸이 불편하면, 앞장서서 반대한 아내에게 짜증을 냈다. 마치 굴러들어온 큰돈을 아내가 발길로 걷어차버려서 내 팔자가 쪼그라들기라도 한 양 화가 나곤 했던 것이다. 그것은 집착이었다. 어느 날 한 절에 초청받아 갔는데, 주지 스님 방 바람벽에 붙어 있는 '집착에서 벗어나라放下着'는 말이 내 뒤통수를 쳤고 눈이 환히 밝아졌다.

광주 5·18 항쟁

대통령이 중앙정보부장에 의해 사살되었고, 쿠데타로 전국을 장악하고 계엄령을 선포한 새 군부에 의해, 행동하는 양심의 정치가인 김대중이 많은 민주 인사들과 함께 구속됐다. 민주화를 열망하던 광주의 학생들과 시민들이 저항했고, 군부는 얼룩무늬 특수부대를 투입해서 무자비한 진압을 결행했다. 들려오는 말로는, 투입한 특수부대 군인들에게 밥 한끼를 굶긴 채 술이나 마약성 흥분제를 먹인 것이라고 했다. 그들은 비무장 시민들을 상대로 방망이나 칼을 사용했으므로 그들의 잔인함에 학생들과 광주 시민들은 파출소 등에서 무기를 탈취하여 죽음을 무릅쓰고 저항했다는 것이었다. 그런데 군부는 광주를 제물로 삼기 위해 북한군이 투입된 폭동이라고 선전했다는 것이었다.

광주의 친구나 처가 식구들에게 전화를 걸어 벌어지고 있는 상황을 수시로 물었는데, 밤이 되면서 전화가 걸리지 않았다. 계엄령 선포 직후 통신을 막아버린 것이었다. 윤흥길씨와 나는 강남 고속버스 터미널로 나가 혹시 아는 사람이 버스에서 내리면 상황을 물으려고 들었다. 낯선 그들은 말없이 도리질을 하고 달아나듯 사라졌다. 마침내 카뮈의 소설 『페스트』의 오랑시처럼 광주는 고립된 것이었다.

군부는 시위 민중들을 향해 발포를 했고, 헬리콥터까지 동원하여 기

406

총소사를 하여 수많은 사상자를 냈다. 전남도청에서 끝까지 사수하려던 시위자들은 고도로 훈련된 전투부대에 의해 모두 사살되고 말았다. 한 방송에서, 도청 내부를 죽음의 시공으로 만들고 난 진압군 부대가 도청 앞에 도열하여 승리의 군가를 부르는 영상을 비추어주었다.

미국은 내내 한국 내의 비극적인 혼란을 지켜보기만 할 뿐 아무런 작용도 하지 않았다. 무자비한 살육과 무도한 총칼을 이용해 정권을 잡은 새 군부의 수뇌는 미국을 방문했고, 미국 대통령은 그를 환대해주었다. 그는 돌아와 체육관에서 꼭두각시 통일주체 대의원들을 이용한 간접선거로 칠 년 연한의 대통령으로 선출되어 나라를 통치하려고 들었다.

울분이 끓었지만 어디다 풀 수 없었다. 허탈해지고 무력감에 젖어들었다. 소설을 쓴다는 것은 아무런 의미도 가치도 없다 싶었다. 인간의 윤리와 진리와 정의가 참혹하게 짓밟힌 세계 속에서, 내 문학의 기능에 대하여 회의했다. 내가 쓴 소설이란 것은 억울한 자에게 돌멩이 한 개나 권총 한 자루일 수 있는가. 배고픈 자에게 빵 한 조각일 수 있는가. 추위에 떨고 있는 자에게 양말이나 장갑 한 켤레일 수 있는가. 소설은 현실적으로 한없이 무력한 것이었다. 광주의 비극이 일어난 뒤 나는 무력감에 빠진 채 뒷산을 오르내리기만 했고 도선사 경내를 헤매기만 했다.

니코스 카잔차키스와의 만남

　방한한 일본 작가 나카가미 겐지中上健次를 만났다. 그와 나는 술을 마
시며 필담으로 소통을 했다. 나는 학살당한 광주로 인해 느끼고 있는
울분과 절망감과 미국을 비롯한 국제사회의 소극적인 대응에 대한 실
망감을 말했다. 나의 분노와 절망을 안타깝게 생각한 그가 그리스 소설
가 니코스 카잔자키스의 『영혼의 자서전』을 권했다. 니코스 카잔차키
스는 크레타섬에서 나고 자란 작가였다. 그는 터키의 식민 지배를 받은
바 있는 크레타의 독립과 자유를 얻으려고 저항한 자들의 후예였다. 우
리말로 번역된 그의 소설들을 구해 읽었다. 『그리스인 조르바』는 그가
말년에 쓴 것인데, 그의 소설들 가운데서 가장 빛나는 명작이었다.
　"한심한 영혼아, 너는 고기와 포도주와 빵을 사먹는 것이 아니고, 흰
종이에 '빵, 고기, 포도주'라고 쓰고 그 종이를 먹는구나"라고 한 니코
스 카잔차키스의 '소설가는 소설로 말해야 한다'는 말은 나를 거듭나게
해주었다. 소설은 비현실적인 무력한 것이지만 현실적으로 사는 사람
들의 비뚤어진 영혼을 바로잡아주는 것이다. 그가 그랬듯, 나도 내 조
국에 힘을 실어주기 위해 소설을 쓰기로 작정했다.
　「불배」 「불곰」 「불의 딸」 「불의 문」 등 중편소설 네 편을 이 잡지 저
잡지에 연작으로 썼다. 어머니가 불에 홀린 여자이자, 일제 식민 통치

를 받고 살아온 무당이고, 아버지가 박수무당인 아들의 뿌리 찾기였다. 단순히 외래종교와 토속종교의 부딪침이 아닌, 일종의 민족정신 찾기였고, 외래사상에 대한 저항이었다. 해원굿을 위해 징을 치고 시나위 가락을 불러주는 박수무당인 아버지는 한밤에 신사에 불을 지르곤 하는 사람이었다고 설정했다.

겉으로 보면 '불' 연작소설이지만, 그것은 인간존재의 원형적인 탐사였다. 내부에 흐르는 주제는 따로 있었다. 그것을 '문학과지성사'에서 『불의 딸』이란 이름으로 출간했는데, 임권택 감독이 동명의 영화로 만들었다.

나는 이 소설을 통해 인간 삶의 원형에 대하여 인류문화학적으로 성찰하고 우리 민족의 혼은 어떤 모양새인가를 탐색하려 했는데, 몇몇 독자들이, 표면적인 토속신앙과 기독교의 갈등 대립으로만 읽으려고 하는 것이 안타까웠다. 종교를 강물에 비유한다면, 표면에는 불교나 기독교들이 흐르지만, 심연에는 토속종교가 흐르는 것인데, 그들은 오독을 하고 있었다.

구도 求道

　작가는 작품을 통해 독자에게 '이러한 삶이 가장 참된 삶 아닌가요?' 하고 윤리적인 질문을 던진다. 소설이나 시를 쓴다는 것은 하나의 구도 행위이다. 시인 소설가는 전 인류에게, 원형적인 윤리 교사 노릇을 하는 자인 것이다.

　나는 머리맡에 『노자』와 『장자』, 사서삼경을 놓고 읽고, 『화엄경』 『유마경』 『법화경』 들을 노루뼈 삼 년 고아먹듯 오랫동안 읽고 또 읽었다. 『화엄경』의 요체 "위로는 깨달음을 구하고 아래로는 중생들과 삶을 함께 산다는 것(상구보리 하화중생上求菩提 下化衆生)"은 노자의 "자기의 빛을 부드럽게 하여 박해받는 중생들과 아픈 삶을 함께한다(화광동진和光同塵)"와 상통한다. 칭병하고 누워 있는 유마(『유마경』의 주인공)에게 찾아간 석가모니의 제자(최고의 지성)들이 "왜 이렇게 앓고 있느냐" 하고 물으니 "중생들이 앓고 있는데 어찌 보살이 앓지 않을 수가 있겠습니까?" 하고 대답했는데 그것은 나를 거듭나게 해주었다. 구도는 인간의 참된 윤리를 깨달아가는 것이다.

　어느 날 문득 스님들의 낮은 데로 임하는 구도적인 삶을 형상화해보자는 생각을 했다.

소설로 쓴 『화엄경』

　석가모니가 제자들에게 연꽃을 들어 보였는데, 가섭이 혼자 빙그레 웃었다. 마음에서 마음으로 전해지는 以心傳心 묘법을 나는 '우리 도道는 연꽃이다'라는 말로 푼다. '연꽃은 더러운 물世俗에 몸을 묻고 살지만 청정하고 아름답고 향기로운 꽃(깨달음)을 피운다.'

　연꽃은, 모든 동식물이 가진 꽃(자궁), 혹은 만다라나 신화적인 방죽이나 늪이다. 우주를 생산하는 늪, 세상의 기원이다. 불경의 주문 "옴마니 반메 훔"은 금강석(남근을 상징)과 연꽃(여근을 상징)의 만남으로 인한 성스러운 우주적인 거듭나기의 환희이다.

　나는 세상 곳곳에 널려 있는 시장을 신화적인 늪이나 오아시스라고 생각한다. 학교의 강의실에 모여든 학생들과 선생의 만남이 그러하고, 모든 시민들의 만남의 광장이 그러하고, 대화의 광장 노릇을 하는 신문이나 잡지가 그러하고, 바다와 강과 호수와 늪의 생명체들의 삶의 환희가 그러하다. 거기에 구원이 있다. 소설 『아제아제 바라아제』는 구원을 주제로 쓴 것이었다.

　광주의 한 여자중고등학교에서 잠깐 근무했는데, 나에게 국어를 배우고 문예부에서 활동하던 작달막하고 예쁘고 수줍음 많은 고1 여학생이 있었다. 글을 예쁘고 그윽하게 쓰고 나를 잘 따르던 그 학생이 졸업을 하자마자 머리를 깎았다는 말을 풍문으로 들었다. 오랜 세월이 흐른 뒤의 어느 가을날 그 학생에게서 전화가 걸려왔다. 나를 만나고 싶은데, 내 집 근처의 카페에 있다는 것이었다. 머리 깎고 승복을 입은 비구니 스님을 머리에 그리며 나갔는데 나를 기다리고 있는 것은 파마머리를 한 삼십대 초반의 여자였다. 학생 때의 예쁘고 귀염성 있는 얼굴이 그대로여서 쉽게 알아볼 수 있었다. 그녀는 밝은 웃음 띤 얼굴로 말했다. "오래전에 환속했어요."

제주도가 고향인데, 아버지와 고모 셋이 모두 스님이라고 했다. 그들은 1948년 제주도의 4·3 비극의 와중에 육지로 피해 와서 모두 절에 몸담았다는 것이었다. 그녀는 여고 졸업 직전에 한 교사와 사랑에 빠졌다가, 홀어머니와 작별하고, 큰절에서 머리를 깎았다. 독살이 절에 사는 큰고모 밑으로 들어가 공부를 이어 했다. 어느 달 밝은 밤에 옹달샘으로 차 끓일 물을 길으러 갔다가, 샘 옆의 숲에서 신음하는 남자를 발견하고 신고했는데, 그 남자 처지가 슬프고 안타까워, 치료받고 있는 병원 입원실로 찾아가 삶의 용기를 주려고 한 것이 큰 사단을 불러왔다. 퇴원한 그가 절에 찾아와서, 자기는 스님으로 인해 다시 태어났다고, 당신이 삶의 새어머니(동반자)가 되어주어야 한다고 떼를 썼다. 큰고모가 돈을 쥐어주면서 그녀를 그에게 딸려보냈고, 그녀는 그와 살림을 차렸다. 빨치산의 아들인데 어머니 없이 홀로 살아온 그가 새로이 살아보겠다고 아파트 공사판에 들어가 날일을 했는데, 어느 날 추락사고로 죽었다.

한 영혼을 구제하려고 들었던 그녀의 슬픈 사연은 해결해주지 않으면 안 될 숙제로서 내 영혼을 오랜 동안 억눌렀다. 새로 창간된 『불교평론』이란 잡지에, 이 년 동안, 다른 모든 쓸거리를 제쳐놓고 『아제아제 바라아제』를 연재했다. 제목은 '반야바라밀다심경' 끝부분의 주문呪文에서 잘라낸 것인데, 풀이하자면 "가자, 가자 더 높은 곳으로"일 터이다. 그 소설을 삼성출판사에서 출간했는데 임권택 감독이 영화를 만들겠다고 찾아왔다. 시나리오까지 써달라는 조건이었다. 그 영화가 모스크바 영화제에서 여우주연상을 받고 나자 책이 한없이 팔렸고, 원작료와 인세는 가난한 살림의 허리를 펴지게 했다. '위로는 깨달음을 구하고 아래로는 중생들과 삶을 함께하기'의 실현, 그것은 나의 삶에 하나의 획을 그어주었다.

그 여자 소식

　도안 스님이 미국 로스앤젤레스에서 '관음사'를 열고 포교활동을 하는데 잠깐 들어왔다고 연락이 왔다. 도안 스님은 만나자마자 『아제아제 바라아제』를 써주어 고맙다고, 그것은 『화엄경』을 소설로 쓴 것이라고 극찬을 하더니, 문득, 내가 군대에 몸담았을 때 인연했던 그 여자 이야기를 꺼냈다. 미국 가기 전, 그 여자의 어머니가 화장시킨 그녀의 유골함을 보듬고 적조암에 찾아왔다는 것이었다. 그 여자가 유서에 적조암 도안 스님에게 찾아가라고 썼던 것이다. "천도 잘해드렸으니 아미타 세상에 잘 계실 거요." 도안이 그 여자의 슬픈 사연을 전해주었다.

　한 상처한 육군 소령의 후처가 되었는데 중학생인 전처의 딸이 하나 있었다고 했다. 그 딸은 그 여자를 새엄마로 인정하지 않고 싸주는 도시락도 들고 가려 하지도 않았다. 군인 남편은 집에 들어오는 날이 한 달에 한두 번뿐이었는데, 죽은 본처와 결혼하기 전에 사귀었던 여자를 다시 만나곤 한 것이었다. 그 여자는 세상으로부터 따돌림당한 채 늘 술에 취해 살다가, 어느 날 강원도 속초 바닷가의 한 여관방에서 스스로 삶을 끝내버렸다.

　그 여자 이야기를 들은 뒤 감당할 수 없는 죄책감이 나를 사로잡았다. 나도 그 여자의 죽음에 일단의 책임이 있다 싶었다. 나는 청년 시절 나에게 죽음과 허무의 냄새를 풍기면서, 소설을 잘 쓰도록 촉구하곤 하던 그 여자의 삶이 이 세상에서 어떤 빛으로인가 재탄생되어야 한다는 것을 생각하며 열심히 소설을 썼다.

도안은 그 여자의 숙명을 이야기했다. 그렇지만, 나는 그 여자의 숙명에 대하여 동의할 수 없었다. 숙명론자들은 정해진 운명대로 살다가 운명대로 죽는다고 생각한다. 나는 운명을 사주팔자처럼 정해진 것이 아니라고 생각한다. 운명이란 바퀴 달린 수레이므로, 당사자가 스스로의 운명을 자기 마음먹은 방향으로 밀고(창조해) 나아간다고 생각한다. 인간은 불을 훔쳐다주고 독수리에게 간을 쪼아 먹히는 프로메테우스처럼, 바윗덩이를 밀고 올라가는 시시포스처럼 살아야 하는 존재여야 한다.

죽음 냄새 풍기는 그 여자에게 왼고개를 틀었던 것은 나의 본능적이고 원초적인 생명력이었을 터이다. 모든 생명체에는 해를 지향하는 향일성向日性의 푸르러지려는 의지와 땅을 지향하는 뿌리의 배일성排日性의 검은 의지가 있다. 살아간다는 것은 사실상 죽음을 향해 나아가는 것이다. 살고자 하는 의지와 죽음으로 나아가려는 의지, 그것들은 서로 충돌하고 길항하면서 허무를 밟고, 푸르른 삶 쪽으로 꿋꿋이 나아가기 마련이다. 그녀를 등지고 지금의 아내에게로 나아간 것은 아내의 생명력과 내 생명력의 창조적인 융합이었으리라.

약물중독

그해 겨울 고질적인 알레르기 비염 감기를 앓던 나는 잘 아는 유명 인사의 소개로 만난 한의사에게서 약 한 재를 지어 왔다. 그 약을 하루 세 차례씩 복용하면 비염 감기가 완치될 거라고 했는데, 십오 일째의 저녁 식후 그 약을 먹고 났을 때 이상 징후가 나타났다. 갑자기 불안해 지면서 가슴이 두근거렸고 눈앞에 알 수 없는 검은 환영이 어른거렸다. 먹은 밥이 소화되지 않고 얹혔고 밤새 잠을 못 자고 앓았다. 이후부터 는 먹은 음식물이 위에 담겨 체하곤 하여, 연명할 정도의 소식小食을 하지 않을 수 없고, 몸은 하루가 다르게 말랐다. 몸이 마르니 기력도 없어 졌다. 북한산 약수터에 오르기 힘들어 열 번 이상 쉬어가야 했다.

약물중독이었는데, 그 약물을 간이 감당할 수 없으니 탈이 난 것인데 나는 그것을 모르고 약수터에 다니면서 물만 마신 것이었다. 물을 마시 어 내부의 기관을 씻어내자고 생각한 것이었다. 병원 의사의 도움(해독 주사치료)을 받았으면 쉬이 치유될 수 있었을지 모를 일이었는데, 그걸 깨닫지 못하고 혼자 앓으며 견딘 것이었다.

두 달 사이에 피골이 상접해졌는데, 어느 날 허리를 굽히다가 삐끗했고, 허리 통증으로 운신 자체가 힘들었다. 허리 아픔을 견디기 위해서는 누워 있어야 했다. 앉아서 밥을 먹기도 어려웠다. 외과병원에 가니

디스크가 탈출한 것이라고 수술을 해야 한다고 했다.

　나는 허리 수술하기를 겁냈다. 당시는 허리절개수술 방법뿐이라고 들었고, 그 수술을 받고, 하체가 무력해진 채로 살아가는 사람을 알고 있었던 것이다. 허리 아픔에다 심장 두근거리는 증세까지 있어, 제대로 음식물을 섭취할 수 없었다. 아내는 장어, 가물치 등의 고단백 음식을 만들어주었지만 제대로 섭취할 수가 없었다.

　시내를 나가면 십 분쯤 걸어가다 앉을 자리를 찾아 쉬고 또 걸어가다가 쉬어야 했다. 왼쪽 다리에 마비까지 와서, 날마다 강남의 한 물리적인 교정치료를 전문으로 하는 카이로프랙틱 치료사를 찾아가서 허리 교정을 받았다.

탑塔

한 해 전에 일본의 '각천서점角川書店'과 전작 장편 계약을 맺었는데, 원고 넘겨줄 날짜가 임박해 있었다. 병을 핑계로 날짜를 미루고 싶지 않았다. 이미 많은 전작료(원고료와 선인세)를 받아 썼던 이유도 있었지만, 나는 그 작품을 완성시키고 나서 죽고 싶었다. '탑塔'이라는 소설이었다. 그 소설이 일본에서 출간될 때 '문학과지성사'에서 동시에 『우리들의 돌탑』이라는 제목으로 출간하기로 약정되어 있었다.

책상 앞에 놓인 의자의 뒤쪽 다리에 화가들이 쓰는 이젤을 걸어 묶은 다음, 가로로 줄을 치고 집게로 A4 용지를 부착시키고, 그 앞에 누운 채 연필로 초고를 썼고, 그게 열 장쯤 쌓이면 일어나서 책상 위의 타자기로 정리를 하곤 했다. 일어서서 타자기로 정리하는 동안 내 허리는 끊어지는 듯 아팠지만 이를 악물고 자판을 두들겼다.

원고를 일본 출판사에 넘기고 허리 치료에 매진했다. 마음을 비우기 위해 『노자』『장자』와 불경들을 읽었는데, 나를 달래준 것은 『보왕삼매경寶王三昧經』이었다. "병 없기를 바라지 말라, 성인이 말하기를 병 없으면 탐욕이 생기기 쉬운 것이니 병고로서 양약을 삼으라고 했다."

허공을 쳐다보며 나의 죽음이 먼 곳에 있지 않다고 생각하곤 했다.

418

만일 내 허리가 완치되면 세상 여기저기에 흩어져 있는 보고 싶은 사람들을 다 찾아다니면서 만나 참답게 사랑하고 죽으리라 했다. 허리가 완치된다면, 이때껏 사랑해주지 못한 모든 것들을 사랑하리라 했다. 삶에 대한 '열애'를 생각했다. 치유는 얼른 되지 않고 몸에 무력증이 오고, 감기로 인해 아프고, 설사가 멈추지 않아 입원을 하고…… 그러는 과정에서 나는 늘 절망하고 죽음을 생각했는데, 세상에 대한 열애가 나를 지탱해주고 있었다.

열애가 시詩를 가져다주었다

대학생인 큰아들과 딸, 고등학교에 막 들어간 막내아들은 학교에서 돌아오면 누워 있는 나에게 귀가 인사를 하고 부엌방에 들어가 제 어머니가 차려준 음식을 먹으며 담소를 했다. 들려오는 그들의 말과 웃음소리를 들으며 나는 슬퍼했다.

밤이 깊어지면 나는 하얀 잠옷 바람으로 일어나 거실을 헤매기도 하고 부실한 몸을 이끌고 부엌방으로 들어가 아내와 자식들이 흘린 웃음소리와 이야기의 흔적들을 더듬기도 하고 화장실에 가서 거울에 비친 깡마른 내 구중중해진 얼굴을 바라보기도 했다.

소설쓰기를 뒤로 미루고 천장을 보고 누워 있곤 하니, 시상이 떠올라 메모해두었다. 오래전부터 나는 선시禪詩 분위기에 취해 있었다. 소설 『아제아제 바라아제』를 쓰기 위해, 불경과 선불교와 조사祖師들의 어록과 『무문관無門關』과 『벽암록』 따위 간화선看話禪으로 미끄러지면서, 나만의 선시적인 시를 모색해왔던 것이다. 그것은 찬란하고 화려한 우주 쇼 같은 아우라였다.

까마득한 옛날, 중국을 거쳐 이 땅에 달마의 선禪이 들어왔고, 수없이 많은 선승들이 부침했었다. 선은 인간의 실존을 찾아내는 지름길 공부이다. 다른 말로 표현하면 '자기에로의 회귀' 혹은 참삶 발견하기, '사람

없더니 거기 하나 있었구나'라는 게송 같은 경지였다.

선禪이란 우주적인 순리로 살아가기이다. 내가 앓으면서 밤에 문득 떠오른 것을 메모한 것들은 대개가 선시적인 색채(분위기)를 띤 것들이었다.

사십칠 세 되는 해부터 앓기 시작한 것이 오십사 세 되는 해에야 회복되기 시작했다. 그사이 칠 년 동안에 나는 이게 마지막 소설이 될지도 모른다고 생각하며 중편소설 「해변의 길손」을 써서 『문학사상』에 주었다. 그 소설 제목 밑에 깨알 같은 글씨로, 김형영의 「나그네」라는 시 ("죽음아/내 너한테 가마/세상을 걷다가 떨어진 신발/이젠 아주 벗어던지고/맨발로 맨발로/너한테 가마.")를 내걸었다. 그 소설이 그해 '이상문학상'을 가져다주었다. 십 년 전부터 틈틈이 써오던 대하소설 『동학제』 원고를, 앓는 동안에 마무리지어 출판사에 넘겼다.

이제 죽어도 좋다고 생각했는데, 내 몸에는 부정맥이 생겨버렸다. 맥이 여남은 번 뛰고는 한 번씩 건너뛰곤 했다. 좌심실 좌심방 우심실 우심방 가운데 어느 하나가 힘들어하며 한 차례씩 멈추곤 하는 모양이었다.

시집 『열애 일기』

허리가 어느 정도 치유되었지만 무력증과 부정맥이 나를 괴롭히곤 할 때 나는 세속적인 삶으로부터의 일탈, 서울을 버리고 낙향하기를 꿈꾸었다. 병고에 시달리면서 내 생각은 많이 변해 있었다. 다가오는 죽음을 극복하기 위해 마음을 비우려고 한 노력, 노장적인 삶과, 불경과 선에 대한 공부와 나 혼자만의 마음 닦기로 인한 것이었으리라.

서재를 정리하면서 이런저런 지저분한 것들을 아들딸에게 태우라고 했는데, 그들이 그것들 가운데서 시 메모된 것을 펼쳐 읽고, "아버지 이것 태우면 안 돼요, 시집 내시면 좋겠어요" 하고 말했다. 그들의 말대로 메모된 시들을 타자기로 정리하여 '문학과지성사' 김병익 선생에게 넘겼다. 그의 첫마디는 소설가의 시집은 '김현 살아 있을 적부터' 원칙적으로 내주지 않기로 한 동인들 간의 약정이 있지만 일단 돌려보고 나서 결정을 하겠다고 했다. 사흘째 되는 날 아침에 편집장에게서 전화가 왔다. "선생님 언제 이렇게 시를 쓰셨어요? 편집위원 모두가 찬성했어요." 그 전화를 받고 나서 나는 식구들에게 "야, 나 시인 됐다!" 하고 소리쳤다. 1991년 10월에 출간되었는데 『열애 일기』이다.

내 소설 『불의 딸』 해설을 쓴 바 있는 김주연 형이 해설을 써주었는데, 서두에서 "한승원의 시들을 읽으면서 내 그럴 줄 알았다는 생각에 빠져들었다"고 했다. 그 시는 불교의 선과 노장적인 명상과 신화적인 사유의 결과물이었다. 그 시집 뒤표지에 이렇게 썼다. "열애가 죄일 수는 없다. 죽음을 생각하지 않을 수 없을 때 절망하고 또 절망하면서 나는 거듭 열애 속에 빠져들곤 했다…… 시를 여기餘技로 여기지 않는다."

출간되자, 많은 시인 친구들이 격려를 해주었고, 그 시집은 판을 거듭했다. 안목 있는 독자들은, 현대 선시의 한 모습을 선보인 첫 시집*이라고 칭찬을 해주었다.

---

*『열애 일기』(문학과지성사) 이후 2019년까지 『사랑은 늘 혼자 깨어 있게 하고』(문학과지성사, 1995), 『노을 아래 파도를 줍다』(문학과지성사, 1999), 『달 긷는 집』(문학과지성사, 2008), 『사랑하는 나그네 당신』(서정시학, 2013), 『이별 연습하는 시간』(서정시학, 2016), 『꽃에 씌어 산다』(문학들, 2019) 등 일곱 권을 출간했다.

우주주의, 혹은 자연친화적인 글쓰기

오래전부터, 맹신해왔던 리얼리즘과 휴머니즘에 대하여 의혹을 가지기 시작했다. 리얼리즘을 신앙처럼 가지고 사는 후배 평론가가 그 기미를 알아채고 말했다. "리얼리즘을 표방하는 작가가 신화 쪽을 기웃거리는 것은 리얼리즘 소설의 죽음입니다." 그는 나의 작품 속에 들어 있는 신화적인 냄새를 내 소설의 위험 요소로 본 듯싶었다. 나는 그에게 말했다. "그 생각은 후진적인 것이다. 이제는 환상적인 리얼리즘과 우주주의, 자연친화적인 삶과 융합(혹은 통섭)의 삶으로 나아가야 한다."

1970~80년대의 시와 소설은 서구문학의 영향을 받아 리얼리즘을 맹신했다. 남미 문학의 환상적이고 낙천적인 문학이 들어오면서, 그리고, 프랑스의 로맹가리, 그리스의 카잔차키스, 영국의 로런스가 새로이 읽히면서, 정치적으로는 민주화가 이루어지고 경제적으로 삶이 풍요로워지면서 그 분위기는 신화적으로, 문화인류학적으로 섬세해지고 환상적으로 달라지고 있다고 나는 생각한다.

인터넷 세상이 시작되고 있었다. 현기증 날 만큼 빠른 속도감 때문에 늘 긴장해 있어야 하는 서울을 벗어나고 싶었다. 시골로 돌아가 자연친화적으로 살면서 빈약해진 몸을 양생하고, 제대로 읽지 못한 책들(동서양의 고전과 불경)을 새로이 읽자고 생각했다.

초상집 개

어느 문학상 시상식장에 갔다가 돌아오면서, 서울에서 초상집 개처럼 살지 않으려면 서울을 떠나야 한다고 생각했다.

1950년대 60년대 70년대 80년대에, 시골 마을에서 초상이 나면 마당에 차일을 치고 상주가 하루 내내 조문객들을 받았다. 초상(장례 절차)은, 가난한 마을 사람들을 비롯한 조문객들에게는 배불리 먹고 마시는 축제일 수 있었다. 상주의 살림살이 형편이 웬만하면, 돈 몇 푼을 부조하고 나서 하루 내내 초상집을 들락거리며 허리띠 풀어놓고 먹고 마실 수 있는, 축제 아닌 슬픈 축제.

돼지를 잡고, 밥을 짓고, 떡을 하고, 홍어를 비롯한 해물 안주를 장만하고 고깃국을 끓이고…… 푸짐하게 차린 음식을 얻어먹기 위해 거지들이 잡귀신들처럼 상가로 다 몰려들었다. 마을의 놓아먹이는 개들까지도 기어들었다. 상가의 집사는 거지들을 위하여, 대문간 가까이에 멍석을 펴고 개다리소반에 간단한 음식상을 차려주게 했다. 초상집의 음식 냄새를 맡고 찾아든 개를 사람들은 '초상집 개'라고 부른다. 엉덩이를 걷어차인 트라우마가 있는 개는 두 뒷다리 사이의 급소를 꼬리로 가리고, 눈치를 살피면서 조문객들의 음식상 주변을 맴돌며 땅에 떨어진 고기 뼈나 음식 찌꺼기로 허겁지겁 배를 채우는 것이다.

조선조 말기, 대원군 이하응은 하늘을 나는 새도 떨어뜨리는 안동 김
씨들로부터 '초상집 개'로 불린 적이 있었다.

서울에서 출판기념회나 문학상 시상식에 가면, 뷔페 음식을 식장 가
장자리에 차려놓는데, 식이 끝나면 참석자들이 모두 접시 한 개와 나무
젓가락 한 쌍을 손에 들고 음식을 가져다 먹으며 오랜만에 만난 지인들
과 담소를 했다. 나는 늘 뒤늦게 행사장에 들어서곤 했으므로, 앉을 자리
를 차지하지 못하고 뒤편에 서 있곤 했는데, 나에게 다가서면서 손을 내
밀어 인사를 청하는 연상의 남자 한둘이 있게 마련이었다. 그들은 소설
가 아무개라고 자기소개를 했는데, 나는 고개를 숙여주며 못 알아봐 죄
송하다고 말했다. 그들은 나의 칠팔 년이나 십 년쯤의 선배 소설가인데,
그들의 소설을 대학생 시절에 『사상계』나 『현대문학』 『월간문학』에서 읽
었던 것이다. 그렇지만 그들은 오래전부터 작품활동을 무슨 이유로인가
접었으므로, 잡지 편집자나 독자들로부터 잊힌 사람들인 것이었다.

그들은 나한테 그랬듯, 다른 활발하게 활동하는 소설가들에게도 찾
아다니면서 자기소개를 하고 악수를 나누곤 했는데, 나는 그게 마뜩잖
았다. 그들은 식이 끝나자마자 접시 한 개와 젓가락을 집어들고 음식들
을 듬뿍 담아다가 먹어댔다. 그런 소설가들은 최소한 열대여섯 명은 될
듯싶었다.

문단에는 권력* 서열이 있다. 능력 있는 자는 이런저런 협회의 장을

---

* 문단의 팬클럽, 작가협회, 문인협회, 시인협회, 소설가협회에서는 몇 년 주기로 직접선거
를 통해 임원들을 뽑는데, 그 무렵 문단 선거에 대단한 영향력을 가진 친구 고 이문구씨가
나보고, 팬클럽 부회장 출마를 하라고 권했다. 내가 정치적인 때가 묻지 않아 신선하다고,
회원들에게 전화 한 통화 하지 않고 가만히 있어도, 정치력 있는 회장과 연대를 하면 동반
당선된다고 했지만 나는 거절했다. "팬클럽 부회장이라니, 내가 외국어를 잘하느냐, 이런저
런 자리에서 지갑을 열어 밥과 술을 살 수 있는 부자이냐, 내가 변설이 좋냐, 나는 그런 거
싫다" 하고.

맡아 하고 혹은 분과위원장을 맡고, 어떤 능력자들은 잡지사를 운영하고 제자들을 등단시켜주고, 각종 문학상의 심사를 하고, 문화부 관료들과 교류를 하여 이런저런 이권을 챙기고, 설날에는 많은 후배나 제자들이나 은혜를 입은 후배 작가들에게서 선물을 받고 세배를 받는다.

시상식이 끝났을 때 나를 챙겨주는 동료나 제자나 후배는 당연히 없었다. 혼자 쓸쓸히 집으로 돌아가면서 나는 작가들의 권력 서열이 엄존하는 서울을 버려야 한다고 마음먹었다. 돈을 많이 벌어놓은 것도 아니고, 이런저런 협회의 간부를 맡아 행세하거나, 잡지사의 편집권을 가지고 후배나 제자들에게 도움을 주고 살 처지도 아니고, 이런저런 문학상 심사를 하여 제자들에게 수혜를 주며 살 입장도 아니지 않은가. 서울바닥에서 소외되지 않으려고, 이런저런 모임에 자의 반 타의 반으로 불려나감으로써 '행사용 문인'으로 전락하고, 외롭지 않으려고 친구들을 만들고 술자리 밥자리 마련하여 어울려 사느라고 책다운 책도 읽지 못한 채 쓸쓸히 헌털뱅이로 늙어가면 내 인생이 너무 값없지 않겠느냐 싶었다.

문단의 권력이 작용하지 않는 그윽한 곳으로 내려가 노년을 조용히 보낼 꿈을 꾸기 시작했다. 한적한 고향 마을로 내려가, 그동안 서울 살림살이에 시달리느라고 슬렁슬렁 읽은 동서양 고전들을 새로이 읽고, 나중에 쓰자고 미루어놓은 소설들을 쓰면서 말년을 즐기자는 생각으로 1997년 이도한 곳이 장흥 안양이다. '안양'은 극락과 동의어이다.

나를 가두기와 풀어놓기

강진에서 십팔 년간 유배생활을 하며 분투하듯 명저들을 남긴 다산 정약용의 삶을 생각했다. 다산 선생은 타의에 의해 갇혀 살면서 독서와 저술을 통해 최고 최대의 향기로운 자유를 성취한 인물인데 나는 그분을 귀감으로 삼고 산다. 나를 어느 한 공간에 가두고 자유를 구가해야 한다. 사람은 자기를 가두고 노예처럼 부릴 줄도 알아야 하지만 자유 속으로 훨훨 날아가게 양생하고 풀어줄 줄도 알아야 한다. 싯다르타(석가모니의 왕자 시절 이름)의 자유, 칭병하고 누운 채 불가사의 해탈을 설한 유마거사와 죽음을 무릅쓴 원효의 자유를 체득해야 한다. 헤르만 헤세의『싯다르타』는 소승적인 자유 이야기이다. 나는 나만의 시각으로 석가모니의 삶과 사상을 함축한 세계를 (자유의 성취에 대하여) 대승적으로 형상화시키고 싶었다.

해산토굴

1996년 봄, 아내와 함께 집터를 보러 다니던 중 아내가 지금의 토굴 자리(장흥 안양 율산마을)를 점찍었다. "당신이 원하던 데가 저기인 듯 싶소. 뒤에 산이 있고, 앞에는 들판 건너에 바다背山臨水가 있고, 바다 멀리 섬들이 있고." 거기에 땅을 사서 집을 지었고, 가까운 산기슭에 작업실 '해산토굴海山土窟'을 마련했다. 해산은 나의 호이고 토굴은 거처할 공간(집)을 이른 것이다. 나를 토굴에 가두고, 노예처럼 부리자고 생각했다. 자기를 가두어놓고 양생한다는 것은 독서하고 창작하기이고, 풀어놓는다는 것은 자유를 획득한다는 것이고 향기로운 삶의 경계에 이른다는 것, 말하자면 구도적인 삶이다.

바다는 신의 다른 얼굴, 우주적인 자궁이다. 모든 생명체의 고향이고, 인류 미래의 블랙박스이다. 나는 바다에서 더 많은 것을 배우고 받아야 한다고 생각했다.

절망하게 한 정약용·정약전 형제의 편지

강진의 정약용과 흑산도에 유배된 그의 형 정약전 사이에 오고 간 편지(13통)를 읽다가 나는 절망했다. 편지글 속에 이해할 수 없는 부분이 수두룩했다. 그것을 확실하게 알아차리기 위해서는 사서오경을 다시 깊이 읽는 길밖에는 없었다. 『논어』『맹자』『대학』『중용』이 사람으로서의 올바른 길을 가르치는 양식이라면, 『시경』『춘추』『주역』『예기』『악기』는 자유의 세계로 나아가는 것(나를 풀어놓는 것), 초월을 가르치는 동양철학이다.

『시경』은 공자가 당대의 민요를 수집하여 정리한, 신화적이고 서민적이고 원초적인 시편들이다. 그것은 '사무사思無邪'의 정서를 가르친다. 군자가 백성의 삶으로 다가가려면 시경을 읽어야 한다.

『주역』은 철학서이다. 사서四書로 다져진 선비에게, 우주의 율동과 변수變數의 묘, 초월적인 자유를 터득하게 하는 책이다.

천자문의 "天地玄黃천지현황 宇宙洪荒우주홍황 日月星辰일월성신 辰宿진수 盈仄列張영측열장"은 『주역』을 바탕으로 만들어진 것이다. 우주의 모든 것은 차면 기울고, 관광寬廣하게 확장시킨다는 것이다. 『주역』의 팔괘는 모든 존재하는 것들이 추구하는 세계와 오묘한 우주적인 율동의 변수를 가르친다. 주역을 공부한 선인들은 그 변수에 따라 운명을 맡기고 싫어했다. 정약전은 흑산도로 유배되기 전에 '경제'라는 호를 쓰다가, 유배되고 나서는 호를 손암巽菴으로 썼다. 주역의 팔괘 속에 들어 있는 손巽은 '들어간다'는 뜻을 가진 괘인데, 그것은 '들어가면 반드시 나온다는 뜻(변수)'을 내포하고 있는 것이라고 정약전은 믿은 것이다.

다산은 형 정약전이 들어간 흑산도를 현실적인 '새까만 세상黑山'으로 읽지 않고, '현산兹山, 그윽한 세상'으로 읽었다. '兹'는 관형사 '이'로 읽을 때는 '자'이지만 형용사 '그윽하다'로 읽을 때는 '현'이다. '현산'은 넓은 의미에서 '다산'과 동의어이다. 그윽한 세상幽玄이란 무엇인가, 노자와 장자가 말한 그윽한 도道가 충만한 세상이다.

초의 스님의 자는 '중부中孚'인데 주역의 육십사괘 가운데 하나이다. 중부는, 호수 가운데 바람이 불면 파문이 일어나고 그 파문은 원심에서 사방으로 번져가는 성질을 가지고 있다. 착하고 재기 발랄한 초의의 삶에 알맞은 괘인 것이다. 『주역』의 가르침, 우주적인 변수(율동)는 민간으로 퍼져서 우리 민요에 "달도 차면 기우느니라" 등으로 나타나고 있다.

『악기』는 음악(예술의 속성)에 관한 가르침이다. 하늘에서 내려온 소리와 땅에서 치솟는 소리가 적의하게 어우러진 음악이 최고로 성스럽고 아름다운 것이라고 가르친다. 음악에는 이상과 성스러움과 우주의 섭리가 담기어 있어야 한다는 것이다. 성인은 예禮와 악樂*을 통해 백성 다스리는 법을 가르친다.

---

* 조선 말기 순조 때, 아버지에게서 대리청정을 명받은 덕인세자는 '연향'을 열고, 당악 아닌 향악을 바탕으로 제작한 '정재(呈才: 대궐 안의 잔치에 보이는 노래와 춤)'를 통해, 안동 김씨들이 주축인 권신들을 다스리려 했다는 기록이 있다.

"백성의 입을 막는 것은 강물을 막는 것보다 위험하다"고 말한 좌구명(左丘明)의 『국어』라는 책과 중국 후한(後漢)의 반고(班固)가 편찬한 경서(經書), 당대의 지식인이 대거 참여한 세미나의 결과를 정리한 『백호통의』는 나를 황홀하게 했다. 그 책들은 다산 정약용의 마음의 흐름을 추리하는 데 큰 도움을 주었다.

북학파, 조선조 후기 젊은 지성인들과의 만남

낙향 후, 북학파, 조선조 후기 최고 지성인들과의 만남은 행운이었
다. 다산 정약용과 그 형제들의 아픈 삶을 추리하려면, 조선조 후기 영
조, 정조, 순조 임금 때의 비극적인 역사를 깊이 읽지 않을 수 없었다.
그 시대의 젊은 지성들, 정조 임금, 정약용, 정약전, 이승훈, 이벽, 김정
희, 초의, 박지원, 박제가, 이덕무 등은 새로운 지식 정보를 얻고자 하는
의지가 한없이 강했다. 그들은 연경(지금의 북경)으로부터 흘러든 근대
문물을 책을 통해 받아들였다. 새 정보는 역관들과 무역업자들을 통해,
종로의 책방으로 흘러들어왔는데, 그들은 경쟁적으로 그 정보를 선점
해 활용했다.

그 근대문명(학문)과 더불어 천주교가 학문의 옷을 입고 들어왔는데,
그들은 천주학 사상과 신앙에 흠뻑 젖어버렸다. 한국의 천주교는 선교
사나 전도사에 의하지 않고 책을 통해 자생적으로 발생했다고 나는 읽
었다.

서양의 사행四行*과 동양의 오행五行

우주를 구성하고 있는 요소를 보는 동서양의 시각은 상당한 차이를 가지고 있다. 동양은 오행五行인데 서양은 사행四行이다. 오행은 '쇠金, 나무木, 물水, 불火, 흙土'인데, 사행은 '물, 불, 흙, 공기'이다.

정약용의 형 정약전이 과거시험 답안을 작성할 때 서양의 사행을 응용했다는, 그들 형제를 시기 질투한 정적들의 주장으로 인해 큰 파장이 일어났고 그것은 정약전 출세의 발목을 잡곤 했다.

유학을 공부했던 청년 정약전이 천주학과 더불어, 사행에 매료된 것은 당연한 일인지도 모른다. 그렇지만 정조 임금은 자기가 그 답안을 읽어보니 전혀 그렇지 않다고 가로막아주었다.

이벽을 비롯한 이승훈, 정약용, 정약전, 정약종 등은 천주교의 신앙에 빠져들었다. 그들이 천주학에 빠지지 않을 수 없었던 것은 이미 공자가 가르친 '하늘 세계'에 정서적으로 사상적으로 깊이 젖어 있었기 때문일 터이다. 가령, 『중용』에서 말한 '천명天命'은 '선비가 홀로 있을지라도 삼간다禮'는 것인데, 그것은 항상 하늘과 함께하는 까닭으로 성스

---

* 프랑스 비평가 바슐라르의 『불의 정신분석』『물과 꿈』『꿈꿀 권리』 등은 모두 사행을 바탕으로 예술작품을 분석 평가한 것이다. 한국의 문학청년 치고 바슐라르의 책을 읽지 않은 사람은 없을 것이다.

럽게 삼가는 삶을 산다는 것이다. 그 '하늘 세계'에 대하여 의혹을 가지고 있던 젊은 지성들은, 하느님이 냈다는 구세주의 존재(성경의 가르침)에 매혹되지 않을 수 없었을 것이다. 어린 시절의 나에게 그 하늘의 외포와 성스러움을 가르치려고 하시던 할아버지도 아마 그 조선조 후기의 지성인들과 같은 생각을 가진 듯싶다.

정약전의 삶을 소설로 형상화하기 위하여, 나는 조선조 후기의 젊은 이십대 초반의 영특하고 감수성 예민한 지성들을 취하게 한『천주실의天主實義』『칠극七極』을 읽었다. 그 책들은 한국의 신부님들과 기독교 선지자들에 의해 우리말로 반역되어 있다.

공자와 맹자, 주자는 '하늘 세계'를 가르치기는 했지만, 천국 세상을 펼쳐 가르치지는 못했다. 그 하늘 세상의 궁금증에 목말라 있던 조선조 후기 젊은 지성들에게 그 책들은 천국(극락) 세상의 신비와 외포와 동시에 '낮은 데로 임하는 자세' 혹은 '사업事業'을 가르쳐준 것이다.

사업

"언어는 존재의 집"이라고 하이데거는 말했다. 인간이 사용하는 언어는 인간의 정신세계를 지배한다.

『주역』을 통해 나는 사업事業의 진의를 알았다. 우리가 사용하는 동서양의 철학을 우리 입맛에 맞게 옮겨놓기 위해 학술용어들을 『주역』에서 가져다 쓰고 있다. "형이상形而上의 것을 道(도: 법칙)라 하고, 형이하形而下의 것을 기器라 한다. 음양이 서로 작용하여 변화하고 견제하는 것을 변變이라 하고, 음양 변화의 법칙을 추수推隨하여 진행하는 것을 통通이라 한다. 이 이치를 들어 천하 인민에게 실행하는 것을 사업이라 한다. 그러므로 상象이라 하는 것은 성인이 천하의 눈에 보이지 않는 심오한 법칙을 보고, 그 형용을 모방하여 물건에 적의하게 형상화한 것이다. 그러므로 이것을 상象이라 하는 것이다."

이것은 『주역』의 한 대목이다. 『주역』을 읽으면서 새로운 세상(우주)의 심오한 흐름에 대하여 눈을 뜨게 되었다. 나의 글쓰기의 의미와 가치를 사업이라고 생각하게 되었다. 사업은 경제적인 이익을 도모하기 위한 세속적인 말의 차원을 뛰어넘는다. '천하 인민에게 성인이 가르친 도를 실행하는 것'이 사업인 것이다. 작가의 글쓰기도 천하 인민에게 도를 실행하는 사업이어야 한다. 도는 윤리의 흐름이다.

사업을 하는 것이 어디 작가뿐이겠는가. 꽃도, 꿀벌도, 미생물도 사업을 한다. 꽃은 세상을 아름답고 향기롭게 꾸밀 뿐만 아니라 열매를 맺어 세상에 존재하는 모든 생명체들을 먹이고 증식增殖하게 한다. 꿀벌은 꽃에서 꿀과 꽃가루를 수집하여 인간을 먹일 뿐 아니라 꽃이 열매를 맺도록 중매를 하는 사업을 하는 것이다. 벌이 꽃에서 꿀을 빨아가되 꽃에게 상처를 주지 않는 것처럼, 위대한 사업은 어느 누구에게도 상처를 입히지 않는 사랑(우주적인 윤리)인 것이다.

미생물 가운데는 생명체를 죽이는 독한 것도 있지만, 곡식이나 과일을 발효시켜 향기로운 술이나 된장 등의 식품을 만들어 인간을 황홀하게 취하게 하고, 건강하게 하는 신비한 존재도 있다. 우주에는 도를 실행하는 자들로 가득차 있으므로 시인 소설가는 그들의 성스러운 사업을 예찬하는 사업을 하는 자인 것이다.

"내 눈빛이 별을 만든다"는 '유식학唯識學'의 세계, "바다에 가서 파도를 볼 뿐 물을 보지 못하면 안 된다"는 『대승기신론』의 세계도 나를 새로이 눈뜨게 했다. 보되 그냥 보지 않고 응시할 줄 알아야 한다.

선禪은 현상 저 너머의 본질 응시하기, 고정관념에서 벗어나 새롭게 거듭나기를 가르쳐주었다. 자크 데리다의 '해체'는 불교의 선을 자기 논리에 도입한 것인지도 모른다. 서양 학자들은 길이 막힐 때 늘 동양(인도나 중국) 사상에서 새 길을 찾곤 하는 듯싶다.

바람구멍, 혹은 들숨과 날숨

　어느 날 후배 백수인 교수가 찾아왔다. 조선대학교에서 문예창작학과를 신설했는데 나를 초빙하고 싶다는 것이었다. 소설 창작론과 소설 실기를 강의해달라는 것이었다. 나를 가두어놓고 살기로 작정한 나와의 약속을 어기고 싶지 않아 싫다고 했다. 다시 찾아오고 또다시 온 백 교수가 일주일에 단 하루만 출강해달라고 했고 시간 수당 아닌 연봉제 계약을 해드리겠다는 조건을 제시했다. 생각해보니, 나를 가두어놓은 시공에 구멍 하나를 뚫어놓고 살 수 있을 듯싶어, 새 젊은이들의 싱싱한 감수성을 접해보는 기회가 될 듯싶어 수락했고, 한 달에 나흘 동안 나가서 젊은이들과 만나곤 했는데, 그것은 행운이었다.

　나는 젊은 제자들에게 소설가로서의 몸만들기를 가르쳤다. 내가 김동리, 박목월, 서정주 선생에게서 배운 것에 나만의 노하우를 더하여 전해주었다. 『불의 정신분석』『아웃사이더』『황금가지』『샤머니즘』『슬픈 열대』『광기의 역사』들을 읽히고 정신분석, 신화학, 문화인류학 공부를 권했다. 그들과 함께 푸코와 라캉도 읽었다.

　그림 그리듯이 섬세하게 서술하는 법, 공작새 수컷이 화려한 자태를 뽐내려면 항문(치부)을 드러내지 않을 수 없다는 것, 나의 치부를 객관화시키고 그것을 즐길 줄 알아야 함을 가르쳤다. 나의 치부는 인류의 치부이니까. 인간의 치부는 육체적인 것만 아닌 정신적인 것, 탐욕이나 시기, 질투, 복수 의지도 다 포함된다. 내 강의실은 항상 수강생들이 넘쳐났다. 수업이 끝난 다음에는 밥과 술자리를 함께하면서 고정관념에서 벗어나는 길과 관념적인 허위의 삶에서 참삶으로 회귀하는 법을 심어주었다. 좋아하는 것보다 즐기는 것, 즐기는 것보다 미치는 것이 그것을 성취하게 한다는 것을 터득하게 했다. 소설가는 인간의 윤리의식을 가져야 하는 존재임을 가르치고 이야기의 힘, 이야기가 이룩하는 구원을 일러주었다. 그날그날 강의한 것들을 글로 써 모았고, 그것들을 『한승원의 소설 쓰는 법』『한승원의 글쓰기 비법 108가지』『나 혼자만의 시쓰기 비법』으로 출간했다. 강의실 학생들은 물론, 출판사도 판을 거듭해 팔려나간다고 좋아했다.

조선대학 출강은 내 갇혀 사는 삶에 뚫어놓은 하나의 구멍이고 들숨과 날숨이 되고 있었다.

모든 만남은 서로에게 영향을 주고받는 우주적인 섭동이다. 일주일에 하루씩을 그들과 만나면서, 그들의 혈기와 젊은 감수성을 배우며 즐기고, 그들이 소설가의 몸과 영혼 만들어가는 모습을 보며 즐겼다. 결과는 아주 빨리 왔다. 신춘문예에 당선되는 학생들이 하나씩 둘씩 나타났다.

도깨비와 춤을

공작새 수컷은 세상을 향해, 꼬리와 날개를 부챗살처럼 펴서 무지개 색깔의 홀로그램 문양을 과시할 때 항문이 노출되는 것을 두려워하지 않는다. "실패는 중요하지 않다. 당신을 웃음거리로 만드는 용기가 필요하다"는 채플린의 말에서 용기를 얻었다.

글을 쓰는 일은 자기가 읽어낸 우주의 율동, 자연의 섭리 혹은 신의 뜻을 독자들에게 누설하는 것, 천기누설이다. 다산 선생이 그랬듯 "君子 著書傳 唯求一人知之", 나는 나의 뜻을 알아주는 단 한 사람을 위하여 소설을 쓴다. 나는 살아 있는 한 글을 쓰고 글을 쓰는 한 살아 있을 것이다.

나는 내가 부리는 노예(도깨비)의 문학적 감수성과 세상사와 우주 질서에 대한 판단력을 신뢰할 수 없게 되었다. 나의 노예가 쓴 문장이 섬세하고 치밀한지, 묘사한 장면 하나하나가 건조하고 얼멍얼멍하게 직조된 것은 아닌지, 표현하고자 한 것이 제대로 형상화되었는지, 아름답고 그윽하고 향기롭게 직조되었는지를 의심하곤 한다. 나는 그것들이 내 마음에 들 때까지, 그것들이 나를 황홀하게 할 때까지 고치고 또 고치라고 나의 노예를 채근한다.

기껏 쓴 것들을 다시 이리저리 뜯어보면서 절망에 빠지곤 한다. 절망은 나를 우울하게 한다. 그럴 때마다, 그것들이 결국 내가 바라고 꿈꾸는 대로 이루어지리라는 희망을 가지고, 나의 노예를 참을성 있게 달래며 부린다. 밝은 달 아래서 스님이 문을 민다고 할지 두드린다고 할지 고민하고 또 고민한다. 그러한 나의 광기 어린 의지에 종속되어 사는 노예의 삶을 부단히 즐김으로써 나의 노인성 우울증과 소외와 고독을 극복하려고 애쓴다.

완성이란 있을 수 없다. 절대적인 신만이 완성된 존재이다. 노예인 나는 그 완성을 위해 사막을 건너가는 낙타처럼, 바위를 굴리고 정상으로 올라가는 형벌을 받은 시시포스처럼 쓰고, 다시 고쳐쓴다. 그것이 허공중에 발자국을 남기려는 무당새의 몸부림인지도 모르지만.

한 대학의 '문학과 노인' 세미나에서 주제 발표를 했는데, 그것은 내 노년의 삶을 성난 얼굴로 돌아보고 내다보는 계기가 되었다. 노인은 건조하게 살다가 막판에 고려장되듯, 어두운 곳에 유폐되었다가 폐기처분되는 죽음을 피동적으로 기다리는 존재여야 하는가. 죽음을 어떤 자세, 어떤 마음으로 받아들여야 하는가. 더 나아갈 데가 없다하며 로맹 가리, 가와바타 야스나리, 헤밍웨이처럼 스스로를 끝장내야 하는가, '바람이 분다. 살려고 몸부림쳐야 한다' 하고 소리치며 분투하듯 살아야 하는가.

'건강하게 오래 살아놓고 볼 일이다'라는 매우 미욱한 말이 있다. 그것은 생물학적으로 오래 살고 싶어하는 탐욕일 수도 있고, 미완의 삶을 늘그막에까지 부단히 완성해내려고 분투하여 보편적인 드높은 가치와 도락적인 영원성을 획득하려는 의지의 표현일 수도 있을 터이다. 좌우간, 아름답게 산 삶이 꽃이듯이, 어떤 숭고한 가치를 추구하기 위하여 버티다가 자기 돌아갈 때를 맞추어 돌아가는 순응의 죽음도 아름다운 꽃일 터이다.

사막을 건너가는 늙은 낙타는, 일렁이는 강물 같은

신기루가 눈을 어지럽히고 모래바람이 몰아치면,

바위를 산정으로 굴리고 올라가는

늙은 시시포스 노인이 된다,

눈이 침침하고 다리가 천근만근이지만

흰옷 입고 코와 입을 수건으로 가린

어리 미친 주인을 등에 태우고 가는 늙은 낙타는

당장 주저앉아 죽음처럼 깊은 잠으로 미끄러지고 싶고

한 마리 나비가 되어 허공으로 날아가고 싶지만

아직은 인내하며 더 가야 한다,

맑고 차가운 물로 목욕하고 포도주 마시고

집시들과 더불어 달과 춤과 노래와 사랑을 즐기려고

오아시스를 찾아가는 주인을 위하여 사력을 다해야 한다.

해는 지평선에 머물러 있고

희번한 듯 불그죽죽한 백야가 시작되는데.

　　　　　　　　　　　—「사막을 흐르는 홀로그램의 시간」

　　　　　　　　　　(『꽃에 씌어 산다』, 문학들, 2019) 전문

곱게 화장한 99세 어머니의 얼굴

　칠십대 중반인 우리 부부로서는 치매 기가 있는 어머니를 모시는 데 한계가 있었다. 늙은 내가 운신이 불편한 어머니를 업어다 화장실의 변기에 앉혀드리고, 다시 방으로 업어다가 드리는 일을 계속할 수 없었다.

　허리와 무릎이 아픈 늙은 며느리가 차려준 밥상을 앞에 놓고, 숟가락으로 방바닥을 쳐대면서 당신의 돈 훔쳐갔다고, 아들인 나까지를 싸잡아 꾸짖는 지청구를 연설하듯 쏟아내곤 하는, 전혀 딴사람같이 변해버린 어머니.

　그 어머니가 막내 여동생 부부를 따라 천리 저쪽 의정부로 가신 이후 나는 고아가 되었다. 오후 내내 숨이불 속에 들어가 눈을 감은 채 새우처럼 몸을 웅크리고 있곤 했다. 노인성 우울증이 모습을 드러냈다. 나의 영혼과 육체의 폐경과 보호막을 잃어버린 상실감과 허전함으로 인한 정서적 불안과 고독이었다.

　어머니가 쓰시던 방문을 열고 들어가, 음음한 찬 기운만 담겨 있는 텅 빈 공간 속에 우두커니 서 있곤 했다. 가슴 깊은 곳 어디인가가 이명耳鳴 같은 귀뚜라미 소리를 내며 아렸다. 영육 어딘가에 숨어 있던 알 수 없는 뜨거운 울음이 으스스한 전율과 함께 목구멍과 콧구멍과 눈시울로 스멀거리며 올라왔다.

우울에서 벗어나기 위해 바닷가 산책을 하거나 서재에 앉아 책을 읽거나 글을 써도 풀리지 않았다. 외풍이 심한 방에서, 찬바람을 막아주는 두꺼운 겉옷과 내의를 벗고 얇은 홑옷만 걸치고 있는 것처럼 몸이 으슬으슬 춥고 허전했다. 나는 잊으려고 이겨내려고 안간힘을 쓰며 책을 읽거나 글을 썼다. 늘 그랬듯 나를 구제하는 것은 나의 글쓰기였다.

의정부에 가서 대상포진을 앓고 계시는 어머니를 마지막으로 뵙고 장흥으로 내려온 지 사흘 째 되는 날 밤에 여동생에게서 전화가 걸려왔다.

"대상포진이 심해져서 끙끙 앓기에 근처 요양병원으로 모셨는데, 어머니가 잠꼬대하시는 것처럼 자꾸, '나, 승원이한테 가고 싶다……' 그러시네요."

속에서 뜨거운 것이 올라왔지만, 눈물 글썽이며 나는 차갑게 당부의 말을 뱉기만 했다.

"혹시라도 병원 사람들이 영양제 링거를 꽂아드리자고 하거나, 음식물을 호스를 통해 주입하자고 하거나, 산소마스크를 끼우자고 하거나 하면 모두 거부해라. 지금의 처지에서 육체적인 생명을 억지로 연명하게 해드리는 것은 어머니를 더욱 욕되게 하는 것이다. 당신의 죽음을 당신이 혼자서 소화하시고 훨훨 날아가게 해드려라. 죽음은 어찌할 수 없는 당신 혼자만의 운명적인 문제이다. 임종 잘 지켜드리고, 운명하시면 곧 모시고 장흥으로 오너라."

날이 밝자마자 장흥의 한 장례식장을 예약해두었는데, 여동생이 전화로 "어머니 짚불 사그라지듯이 숨을 거두셨어요" 하고 말했고, 해질 무렵에 매제와 더불어 어머니의 시신을 앰뷸런스로 모시고 천리 길을 달려왔다.

어머니는 깸 없는 잠에 깊이 빠져들어 있었다. 모든 형제들이 지켜보는 가운데 염을 했다. 흰 가운을 걸친 두 염부殮夫는 마포 수의를 입고 누운 어머니의 얼굴을 곱고 아름답게 화장했다. 볼에는 연지를 옅게 바르고, 눈썹을 검게 그리고, 입술에는 입술연지를 칠했다. 젊어서부터 와사증이라는 안면 근육의 마비로 인해 비틀어져 있던 입술은 원래대로 반듯하게 펴져 있었다. 죽음은 모든 것을 원형으로 돌려놓고 있었다.

다른 형제들은 소리 내어 울지 않고, 다만 흐르는 눈물을 훔칠 뿐이었는데, 나는 "우리 어머니 저세상에서 기다리시는 아버지한테 새로이 시집가신다" 하고 말하고 나서 두 눈을 손바닥으로 가리고 어헉어헉 하고 소리 내어 울었다. 살아오면서 늘 어머니의 광활한 품속으로 미끄러져 들어가곤 한 팔십의 늙은 아들인 나 혼자만 어른답지 못하게 소리 내어 운 것이었다. 왜 그랬을까. 나는 화장을 하고 있는 어머니의 얼굴, 와사증으로 비뚤어져 있던 입과 얼굴 근육이 이제야 반듯하게 펴진 얼굴을 보면서, 내가 절망하거나 방황할 때마다, 나에게 나를 잉태할 때 꾼 태몽을 이야기해주곤 하던 그 모습이 떠올랐던 것이다. 아름답고 슬프고 향기로운 기억은 나이를 먹지 않는다더니, 어머니에게 들은 그 태몽 이야기는 그 슬픈 자리에서 새롭게 살아나고 있었다.

병을 미끼로 시詩와 신神을 낚는다

밤 내내 으슬으슬 춥다가 가슴이 답답하고 숨이 가쁘면서 열이 오르고 진땀이 나고 무력증이 일어났다. 지난 석 달 동안, 독감 바이러스가 내 생체기관 모든 곳을 공격한 것인데 아마 심장과 허파 따위의 모든 근육이 많이 약해진 듯싶다. 그로 인해 죽음을 향해 가는 속도가 더 빨라지고 있는 것인지 모르고, 마음도 함께 약해진 듯싶다.

건강을 지키기 위해 늘 해오던 바닷가까지의 한 시간가량의 빨리 걷기 운동을 하지 못한다. 걷기 운동을 십 분쯤 하면 금방 지치고 몸살을 하게 된다. 그 몸살을 치유하기 위해서는 조용히 인내하며 근신해야 한다.

운동을 삼가니 몸이 활성화되지 않는다. 끼마다 반주로 마시던 한 잔씩의 와인도 어지러워 마시지 않기로 했다. 그 어지러움도 더 술을 마시면 안 된다는 몸의 자율 기능이라 해석한다. 조금만 더우면 더위를 견딜 수 없고 밥을 먹을 때면 가슴이 답답하고 진땀이 흐르고 어질어질해지고 불안해진다.

넘어지면 넘어진 김에 누워서 쉬어간다고, 병을 미끼로 침잠한 채 시와 신을 낚는다. 병을 미끼로 삼는다는 것은 칭병한다는 것이다. 칭병

하고 오래전 약속했던 강연을 취소하고 새로 해달라는 것을 거절하곤
한 지 오래되었다.

아침나절에는 유마거사의 '불가사의 해탈'에 대한 설법을 생각하며,
토굴 앞 정자에 앉아서 푸른 하늘과 바다와 산과 들과 소통한다. 풀과
꽃과 새와 야생 고양이 들과 사귄다. 꽃들의 모습을 스마트폰에 담곤
한다. 공자는 "나이 칠십이면 마음 가는 대로 살아도 법도에 어그러짐
이 없다七十而從心所欲 不踰矩"고 했는데, 나는 그것을, 이승과 저승을 넘나
들며 살게 되는 까닭이라고 해석한다. 칠십은 집착과 탐욕으로부터 벗
어난 무소유의 삶을 살기 시작하는 나이인 것이다. 말하자면 불가사의
해탈을 향해 나아가는 것이다.

병을 미끼로 사유와 시를 낚는다. 그 시 한 편,

하느님이 나를 솎아내려 하는 모양이다

토굴 앞 주차장 가장자리의 새빨간 석류꽃이 만발하고,
음험한 향기를 뿜는 밤꽃향이 뒷산에서 하얗게 내려오고 있는데,
토굴 늙은 시인이 아프다. 으슬으슬 춥다가
편도선이 아리면서 미열이 오르고 진땀이 나고 맥이 빠진다. 이웃
집 농부는
자기네 참깨밭에서 배디배게 쫑긋거리는 어린 참깨나무들 가운데
서 약한 것들을 뽑아내고
건강한 것만 담숭담숭 남겨놓는다. 팔십 넘은 누님의
장례식에 다녀왔을 때 당시 구십팔 세이시던 노모는
하느님이 병든 것들을 솎아내는 것이라고
열없는 목소리로 퉁명스럽게 중얼거리셨는데, 아아, 이제

그 하느님이 나를 솎아내려 하고 있는 모양이다.

*

병을 미끼로 낚은 시 두번째,

그러나 아직은 버팅기어야 한다

그러나 아직
그 하느님이 솎는 대로 솎아지지 않아야 한다고,
검푸른 산 숲을 보고 흰구름 떠가는 쪽색 하늘을 보고
하늘빛을 흉내 내는 바다를 본다. 산의 푸른 숲은
아픈 삶을 씹어대기[咀嚼]이고, 하늘은
그 아픔을 그윽하게 승화시키기이고 바다는
포용하기이고 푸른 우주는 빙상 선수가
얼음 지치듯 화엄을 지치고 있다. 아침에 뜨는 해는
새로 열리는 새 세상을 예고한다, 바람이
분다, 폴 발레리가 「해변의 묘지」에서 그랬듯
살려고 분투해야 한다.

*

병을 미끼로 낚은 시 세번째,

허공과의 밀고 당기기

골골 앓으면서 오래 사는 잔병에는 효자가 없다더니 나의 관리자

인 늙은 아내는

자꾸 앓는 나보고 병을 만들어가며 살고 있다고, 나의 건강염려증이나 죽음에 대한 공포증이 병을 자라게 한다고, 마음을 비우면 다 나을 것이라 예단한다.

초음파 엑스레이 시티 촬영, 피검사, 오줌 검사 할 만큼 해본 의학박사는 내 모든 기관은 깨끗하고 건강하다고 아파야 할 이유가 없다고,

의사 말을 믿고 안심하고 잘 먹고 느긋하게 기다리면 점차 회복될 거라고 확언한다.

그런데 으슬으슬 춥다가 열이 오르며 진땀이 나곤 하면서 맥이 풀리는 나의 이 증상은 무엇인가.

아파야 할 이유가 없다는데, 나의 투병은

병 없음의 병과의 싸움인가.

병 없음의 병이란 잡히지 않는 허공 아닌가, 그것은 허공으로 돌아가려는 몸짓인가, 아 허공, 허공이란 무엇인가. 얼마나 더 아프고 진땀을 흘리게 되면 허공으로 환원되는 것일까.

"한승원 선생 돌아가셨어요?"

　어느 날 인터넷에 "한승원 선생 돌아가셨어요?"라는 물음이 떠 있고, 누군가가 "아니요, 살아 있습니다" 하고 답하고 있었다. 하루 한 번씩 그 물음과 맞부딪친다.

　나는 내 무덤을 나의 작가실 '해산토굴' 앞에 만들어놓고 산다. 내가 이십오 년 전(1996) 서울을 버리고 낙향했을 때, 나의 독자라 자처하는 생면부지의 일본 교포 여인이 한 달에 이십만 엔씩을 두 해 동안이나 송금해주었었다. 치매환자 간병인 노릇을 하는데, 따뜻한 물 담긴 욕조 안에 브래지어와 팬티 바람으로 들어가 치매 노인의 알몸을 마사지하고 끌어안아주고 애무해주는 일이 행복스럽다는 그녀는 나에게 시주를 하고 싶어 보내는 것이니 부담스러워하지 말라고 했었다. 따뜻한 욕조 속에서의 포옹과 애무 같은 그녀의 시주를 아무데나 쓸 수 없어, 토굴 마당에 석탑과 석등을 하나씩 만들어 세웠다. 장흥 보림사의 보물 삼층 석탑과 실상사의 석등을 축소하고 단순화시켜서 토굴 앞마당에 설치했다. 아내와 나는, 누구든지 먼저 떠나간 사람을 다비하여 석탑 주위에 뿌려주기로 하고 그 앞에 상석 하나를 놓았다. 그 옆에 나와 아내의 자그마한 시비 하나씩을 놓았다.

　"푸른 우듬지를 하늘로 쳐들고 있는 나무의 뜻을 천축국의 왕자가 나무라고 읽으라 했는데, 나는 '나 없음의 나무我无'라고 어눌하게 소리 냅니다. 나 이르고 싶은 곳 어디인가, 푸르른 내 고향 하늘太虛입니다." 이것은 나의 시비이고, "해와 달과 별만 좇는 당신의 등만 쳐다보고 있는 듯 없고 없는 듯 있게 그림자처럼 살았지만 나 그래도 행복했네." 이것은 아내 임감오의 시비이다.

아내는 석탑과 시비 주변을 꽃들로 장식한다. 아들딸, 형제들, 찾아오는 친지들에게 그 석탑이 나와 아내의 무덤임을 말하고, 우리 외계로 떠나간 다음 찾아올 때에는 꽃 한 송이만 가져다가 이 상석에 놓으라고 말했다. 후배 소설가 임철우씨가 백합꽃 알뿌리 둘을 상석 앞에 묻어주었는데, 그것은 겨우 내내 잠들어 있다가 4월 초엔 반드시 부활하여 7월 장마 전후에는 꽃을 터뜨리고 향기로 마당 안을 가득 채운다.

나는 아내와의 이별, 세상과의 이별을 연습하는 중이다. 토굴에 나를 가두고 노예처럼 부려 얻은 소득으로, 젊어서 가지 못한 먼 나라 각처의 패키지 여행을 아내와 함께하곤 했다. 아내 손잡고 소년 소녀처럼 안내자의 뒤를 따라다니며 눈요기하고 주는 대로 맛있는 것 먹으면서 즐겼다. 아내는 황홀한 풍광을 만나면 천진난만하게 웃었다. 앞으로 살아갈 날이 얼마나 남았을까. 아들딸은 여러 의미에서 아비를 뛰어넘은 승어부의 효도를 했고, 경쟁적으로 용돈을 주곤 한다.

뺨이 까만 박새 한 마리가, 토굴 앞마당의 공작단풍나무 가지에 앉아 나를 향해 비이 울다가 날아간 다음 오랫동안 미세하게 흔들리는 그 가지에서 나는 내 우주의 흔들림을 본다. 정원의 나무 한 그루, 풀 한 포기, 철따라 피는 복수초 꽃, 민들레, 수선화, 날아드는 벌과 나비들, 거기에 내리는 햇빛 한 줄기, 지나가는 바람 한 오라기, 정원에서 해바라기를 하거나 어슬렁거리는 고양이, 토굴 마당을 방문하곤 하는 고라니와 장끼와 까투리를 고마워한다. 아침잠을 깨워주는 할미새, 계절을 느끼게 해주는 뻐꾹새, 꾀꼬리, 지빠귀, 휘파람새 들을 고마워한다. 내가 누워 자곤 하는 침대와 덮고 자는 이불과 머리에 베는 베개와 이를 닦는 칫솔과 치약을 사랑한다. 아내가 끼마다 주는 생선회와 아들딸과 제자와 후배 들이 선물한 포도주를 즐긴다. 바닷가를 거닐면서 먼바다에서 달려와 모래밭에서 재주를 넘으며 물보라를 일으키는 파도와 갈매기와 물떼새와 두루미와 황새와 은밀한 사랑을 나눈다. 그것은 이승의 삶이면서 저승의 삶이다.

늙은 나의 안부를 날마다 한 번씩 물어주는, 평생 도시에 살면서도 때묻지 않은 친구 신지 사람을 생각한다. 핸드폰을 이용해 그리운 사람들에게 꽃의 얼굴과 새벽 미명이면 벌어지는 우주 쇼를 찍어 보내고, 흰소리를 찍어 보낸다. 말로 지껄이기보다는 문자로 찍어 보내는 짧은 시 같은 흰소리의 맛이 좋다.

"바다에 나와, 갈매기보고 무얼 먹고 사느냐고 물으니, 그 갈매기가 작은 물고기를 잡아먹는다고 하고 나서 무어라 구시렁거리는 줄 아는가, 노인네 싱겁기는ㅋㅋ" 내가 찍은 그것들이 왜 그렇게 나를 슬프게 했을까. 눈에 눈물이 핑 돌았는데, 담양 사는 후배 고 시인에게서 날아온 메시지가 나를 구제한다. "그놈들도 싱거운 놈들이어요, 싱겁게 먹고 살아야 높이 날잖아요."

부록

시인 소설가는 꽃 한 송이 풀 한 포기에서 천기天氣,
신의 뜻과 우주의 비밀 작법을 읽어내는 존재이다

*

　만남은 우주의 율동이다. 역사 인물을 읽는 것은 그냥 하나의 만남일 뿐인데, 그 인물을 불러내 소설로 쓰는 일은 아주 깊은 만남이다. 왜 하필 이 지금에 와서 그 인물 이야기를 하는가 하는 당위성이 있어야 한다.

　우주 속의 한 별과 또하나의 별이 가까이 만나면 섭동攝動이 일어난다. 서로에게 영향을 주고받으므로 약간씩 진로가 변하는 것이다. 늘그막에 들어 역사 인물 소설을 쓰면서 나의 운명의 진로는 많이 바뀌었다고 생각한다.

흑산도 하늘길

조선조 후기 사람으로서 서양의 사행四行에 관심을 가지고 산, 정약전
(다산 정약용의 형)을 역사 속에서 불러냈다. 역사 속의 그 인물을 왜 하
필 오늘날 불러내려 하느냐는 당위성이 있어야 한다고 나는 생각했다.
조선 후기의 젊은 지성인 가운데서 정약전은 아주 순수한 사람이었다.
천주학을 믿었다는 이유로, 흑산섬에 유배된 서울 양반인 그가 어떻게
섬사람들 속에서 자기의 절대고독을 극복하고, 어떻게 자유를 획득했
는가를 형상화하기로 했다. 그의 저서 『玆山魚譜현산어보』*'승률僧栗조개'
에서 놀라운 상징을 발견했다.

승률조개는 성게를 닮았지만, 가시가 스님들의 머리털처럼 아주 짧
다. 그 조개 해설에는 일화가 곁들여 있다. 한 어부가 보니, '어느 날 그
조개 속으로 파랑새가 들어가는 것을 보았는데 또 어느 날 그 조개 속
에서 파랑새가 날아갔다.'

그 일화는 사리에 맞지 않지만 나는 그것을 내 소설의 중심축, 주제
를 내포한 소설적인 장치로 삼았다. 승률조개는 흑산도를 상징하고, 그

---

* 자전을 보면, '玆'는 관형사로 읽을 때는 '자'이지만 형용사로 읽을 때는 '현'인데, 교과서
에는 『자산어보』라 잘못 읽고 있고, 그게 일반화되어버렸다. 그것은 그 책을 최초로 번역한,
선구적인 생물학자 정문기(鄭文基, 1898~1995) 선생의 잘못이다.

속으로 들어간 파랑새는 정약전을 상징한다. 어느 날 그 조개에서 파랑새가 날아갔다는 것은 정약전이 흑산도를 벗어나 자유인이 되어 날아가는 것超越을 상징한다. 정약전은 처음에 우이도(소흑산)에서 칠 년을 살았는데, 더 깊은 바다에 있는 흑산도로 들어가 칠 년을 살다가 다시 우이도로 나와 이 년을 더 살며 해배되기를 기다리다가, 거기에서 세상을 하직했다. 더 깊이 들어가는 것은 더 빨리 나가고 싶은(변수를 바라는) 눈물겨운 소망이었는지 모른다. 나는 정약전이 섬에 갇힌 채 무지렁이들과 어울려 사는 절대 고독의 삶과, 그 섬을 벗어나 자유인이 되는 것을 꿈꾸며 사는 이야기를 쓰고 싶었다.

그 작품을 쓰고 났을 때 출판사 김영사에서 초의艸衣 스님 이야기를 써달라고 했다.

초의

산다는 것은 자기가 진 빚을 갚으려는 것 아닐까. 그 원초적인 부채의 식에 대하여 골똘해 있을 때 초의 스님을 만났는데, 그것은 행운이었다.

초의를 알기 위해서, 초의와 깊이 사귄 인물들을 찾아 읽었다. 추사 김정희, 자하 신위, 다산 정약용, 다산의 두 아들 학연과 학유를 읽고, 초의가 젊어서 찾아다닌 선지식들(당대 최고의 선지식으로 알려진 백파 스님과 해붕 스님)을 읽고, 그가 존경하고 사숙한 조사 스님들을 읽었다. (초의는 선승인 진묵 스님의 일대기를 저술했다.) 그들의 삶 속에 투영되어 있는 초의의 그림자와 편린들을 한데 모아 초의라는 실체를 머리에 그리고 그것들을 한 오라기씩 서술해갔다.

초의는 이십대에 접어들면서 도道를 통한 삶의 참된 구경을 궁구窮究하면서 생긴 의혹들을, 당시 선지식이라고 소문난 인물들을 찾아다니며 시쳇말로 '개기면서' 해소하려고 들었다. 그는 평생 치열하게, 상구보리 하화중생을 실천한 인물이다. 초의라는 인간의 오롯한 형상화를 위하여, 집필 전에 불교 경전들을 새로이 깊이 읽었다. 『금강경』『법화경』『유마경』『화엄경』『섭대승론』『대승기신론』, 초기 경전인 『숫타니파타』『미란다』『백유경』…… 그리고 『간화선』에 대한 공부를 했다.

한국 불교는 교종敎宗과 선종禪宗을 아우른 '통합 불교'이다. 교종은 경전 공부와 계율을 지키며 하는 수행을 통해 점차적으로 깨달아가는 점수漸修의 종파이고, 선종은 참선을 통해 단박에 깨닫는 돈오頓悟의 종파이다. 교종은 경전 공부와 예불을 하고, 탱화를 그리고, 바라춤을 추고, 재齋를 지내고, 절의 살림살이를 하고 신도 관리를 하는 사판승들의 집합체이다. 선종은 참선을 일삼는 이판승들인데 그들은 사판승의 도움을 받는다. 한국 불교 안에서 그 둘은 섞여 있다. 점수와 돈오는 둘이 아니다. 이름을 떨친 스님들은 어느 한쪽에 치우치지 않고, 그 둘을 아울러 품고 살았다.

초의는 경전 공부와 예불뿐 아니라 참선參禪에도 능하고 탱화나 바라춤에도 능하고 사서삼경도 공부하고, 시에도 글씨에도 그림에도 능한 삼절三絶이고, 차茶에도 능한, 그야말로 팔방미인인 스님이었다. 놀라운 것은 그가 대단한 학승이고 논리가論理家라는 사실이다. 당대의 대단한 율사라고 소문난 백파 스님과 논전*을 하여 끝장을 봄으로써 당시는 물론 후학들을 놀라게 했다. 논전을 위해 쓴 글은 저서『선문사변만어禪門四辨漫語』로 전해온다. 초의는 양반 대중들을 교화하기 위해 차茶생활을 권장했는데, 그러기 위해 중국의 다경茶經을 초록한 책『다신전茶神傳』과 한국의 차를 칭송한『동다송東茶頌』을 저술했다.『일지암시고』『일지암문집』『초의선과』『진묵조사 유적고』를 펴냈는데 명저들이다.

초의를 이해하기 위해서는, 그의 저서들은 물론『무문관』『벽암록』등을 깊이 읽고, 조사들의 삶을 깊이 공부하지 않으면 안 되었다.

당대의 벼슬아치들은 초의의 시와 글씨를 받으려고 줄을 섰고, 유학자들은 자기 문집을 낼 때 초의에게서 발문을 받으려고 공을 들였다.

---

* 처음에는 백파 스님과 추사 김정희가 논전을 했는데, 추사가 불리한 듯하자, 초의가 친구인 추사를 대신해서 논전에 뛰어든 것이다.『선문사변만어』는 백파 스님과의 논전의 결과물이다.

당시의 승려들은 양반들에게서 하시와 천시받던 천민이었다. 조선조 후기 정부는 승려들의 서울 출입을 금했다. 양반 부인들이 절엘 갈 때는 젊은 스님들이 가마로 모셨다. 양반들이 금강산 구경을 가면 절집의 젊은 스님들이 가마에 태우고 비로봉을 올랐다. 그러한 시대의 초의가 권문귀족 벼슬아치들에게서 받은 대우는 놀랍지 않을 수 없다.

초의의 특별한 점은, 조선조 후기 최고 지성인인 다산 정약용에게 가르침을 받은 실학實學 선승이라는 사실이다. 초의 스님의 삶을 공부하여 소설로 형상화하는 작업은 가슴 벅찬 일이었다. '초의' 소설화 작업 자체가 그윽한 새 세상으로 나아가기, 나의 개안이었다. 초의는 우주와 소통하는, 향기로운 인품이 무엇인가를 알아차리게 해준 실학 선승이다. 초의의 평생 지기였던 추사 김정희가 초의의 인품을 찬미하기 위해 써준 시가 있다. 송나라 송곡松谷 황정견의 시인데 차의 향에 빗대어 쓴 것이다.

고요한 곳에 앉아 있으면 차를 반쯤 우렸을 때의 향기요,
무슨 일인가를 도모할 때는 물 흐르듯 꽃 피듯*

초의를 소설로 쓰는 일은 나의 원초적인 부채를 조금이나마 갚는 일이기도 했다.

원효와의 만남

　소설 『초의』가 판을 거듭해 팔리자 '원효'를 형상화하고 싶었는데 김영사가 아주 후한 조건으로 청탁을 했다. '다산학茶山學'이란 말이 생겼듯, '원효학元曉學'이라는 말은 오래전부터 생겨 있었다. 원효를 연구하는 학자들이 헤아릴 수 없이 많다. 원효는 그야말로 장엄한 산이다.

　이광수의 소설 『원효대사』는 그가 원효를 크게 오독했음을 증명해준다. 이광수는 원효에 대한 연구가 제대로 이루어지지 않은 때에 살았고, 원효의 저술들을 제대로 읽지 못하고 그 소설을 썼기 때문에 발상이 유치하다. 이광수의 『원효대사』는 문장과 구성만 근대적일 뿐, 내용은 신소설의 범주를 벗어나지 못하고 있다. 원효를 도술하는 스님으로 그린 판타지적인 것부터가 그렇다.

　……신라의 도승 원효는 세상을 괴롭히는 산적을 제압하기 위해 산채로 찾아가는데, 산적의 괴수 바람은 설설 끓는 가마솥의 물에 원효를 올려 앉히려 한다. 원효가 지팡이로 가마솥을 내려치자 끓던 물이 일시에 차갑게 식어버렸다. 원효의 도술에 놀란 바람이 무릎을 꿇고 항복했다. 결말부에서, 산적의 괴수 바람의 부하들이 삼국 전쟁을 승리로 이끄는 데에 많은 기여를 했다고 서술되어 있다.

　일제의 한반도 식민지 정책의 총본산 조선총독부(광화문에 있었는데 김영삼 정부가 철거함)의 기관지가 매일신보인데, 그 신문은 이광수에게 "조선 청년들이 대동아전쟁(제2차세계대전)에 참여하도록 선동하는 소설을 쓰라"고 했고, 그는 그 신문에 『원효대사』를 연재했다. 겉으로는 민족적인 자부심을 표현하는 듯싶지만, 사실은 제2차세계대전을 성전으로 합리화시키고 젊은이들에게 그 전쟁에 나가라고 선동할 목적 소설이었다. 이광수는 칼럼과 강연을 통해 일본과 조선은 한 몸뚱이임內鮮一體을 합리화하고, 제2차세계대전을 대동아 공영을 위한 성스러운 전쟁이라고 하며, 한반도의 청년들에게 전쟁터로 나가라고 역설했다.

원효에 대한 오독

　원효를 처음 오독한 것은 『삼국유사』의 저자 일연이었다. 우리말로 번역된 원효의 모든 저술들과 연구논문들을 깊이 읽으면 일연의 원효에 대한 오독을 어렵지 않게 짚어낼 수 있다. 일연은 원효보다 약 오백 년 뒤에 태어난 사람이다. 그는 당시의 세상에 설화나 전설처럼 흘러다니는 원효에 대한 이야기를 수집하여 『삼국유사』 속에 수록한 것이다.

　『삼국유사』 한곳에, 원효가 김춘추와 김유신 등이 일으킨 삼국 전쟁을 뒤에서 도운 것으로 기록되어 있는데 그것은 사리에 맞지 않다. 원효는 반전시위를 한 승려였다.

　결론부터 말한다면, 원효는 많은 저술을 남긴 승려이자 불교학자이고, 경전 저술가이자 해설가이고, 탁월한 논리학자였고 당시의 신라뿐 아니라 백제와 고구려에까지 알려진 반전주의자였다. 전쟁을 통한 삼국통일에 반대하고, 불국토佛國土 통일을 주장한 인물이었다. 그의 행적은 한반도뿐 아니라 중국과 일본에 두루 퍼져 있다. 그의 『판비량론』이라는 논리학적인 저서는 일본에서 발견되었다.

　신라의 김춘추 김유신이 일으킨 삼국 전쟁이 한창이던 때, 원효는 시장에서 많은 민중들과 함께 반전시위를 했다고 『삼국유사』에 기록되어 있다. 민중이라 해보아야 전쟁터에 끌려나가지 못한 늙은 남자, 장애자, 부랑아, 여자들이었다. 전쟁 주도자 김춘추 김유신은 원효를 놓아 두고는 전쟁을 치를 수 없어 군사들을 이용해서 붙잡아 요석 공주의 궁에 가두었다. 요석 공주는 김춘추의 딸인데 남편이 전쟁터에서 전사한 과부였다. 원효를 요석궁에 가둔 데에는 두 가지의 큰 목적이 있었다. 원효를 전사자의 아내와 동침한 파렴치한 스님으로 전락시키고자 한 것이고, 딸 요석을 이용하여 원효를 포섭하려는 것이었다. 신라 정부는 전쟁이 끝날 때까지 그를 요석궁에 연금했다.

'자루 빠진 도끼'에 대한 오해

"하늘이 무너지려 한다. 나에게 자루 빠져버린 도끼를 주면 무너지는 하늘을 떠받치는 기둥을 만들겠다." 이것은 원효가 시장바닥에서 민중들과 시위를 하며 부르짖은 말이라고 『삼국유사』는 기록하고 있는데, 일연은 그 말을 성적性的으로 해석하도록 오도하고 있다. "자루 빠진 도끼"는 과부인 요석 공주의 몸을 상징하고, "그 도끼(과부인 요석 공주)를 주면 하늘을 받치는 기둥을 만들겠다"는 것은 성적인 교접을 통해 "설총"이라는 아들을 낳겠다는 예언으로 읽히도록 한 것이다. 당시의 역사를 깊이 읽으면, 그 어처구니없는 오독誤讀으로부터 오독悟讀에 이를 수 있다. 원효가 시장에서 부르짖은 '자루 빠진 도끼'는 과부 요석 공주를 말하는 것이 아니고, "삼국 전쟁으로 피폐해진(과부들만 득시글거리고 모든 물자들이 전쟁터로 흘러들어가고 있는) 무너지기 직전인 신라의 형편"을 말한 것이다. '무너지려 하는 하늘을 떠받치는 기둥을 만들겠다는 것'은 전쟁으로 인해 무너지려 하는 나라를 불국토로서의 통일로써 구제하겠다는 것이다.

『판비량론』

　그 전쟁이 끝난 뒤의 통일신라 때, 원효는 『금강삼매경』과 『판비량론』을 저술했다. 『판비량론』은 논리학 책이다. 이 책을 보면 원효가 대단한 논리학자임을 알 수 있다. "이것을 부처님이 말했느냐 아니냐를 따질 게 아니라 그것이 진리이냐 아니냐를 떠져야 한다"는 대목은 교조주의를 철저하게 배제해야 한다는 것이다.

　화쟁和諍에 대해서 이렇게 말했다. "너도 옳고 그대도 옳고 모두가 옳다는 투의 화쟁이 아니고, 그것이 진리이냐 아니냐를 따지고 가려 쟁론을 멈추게 해야 한다." 사람 살아가는 세상에는 쟁론이 끊이지 않는데, 그 쟁론을 이끌어가는 것은 이념이다. 이념을 앞세우는 자들은 자기 이념을 정의라고 하고 그 정의를 위해 목숨을 건다. 이럴 때 그 정의의 반대쪽의 '불의不義'는 적이 되는 것이다. 상대를 적이라고 생각하는 한 화쟁은 이룩될 수 없다.

　원효는 정의를 이기는 것은 진리라고 말한다. "그것을 부처님이 말했느냐 아니냐를 따지는 버릇은 교조주의를 부추기는 것이다." 모든 교조주의는 적을 만들고 싸움을 조장한다.

　원효는 열 살 연하인 의상과 함께 당나라 유학을 가려다가 서해의 바닷가 토굴에서 하룻밤을 자며 체험한 일로 인해 '모든 것은 마음먹기에

달렸다—切唯心造'는 큰 진리를 깨닫고, 당나라로의 유학을 접고 신라로 되돌아왔다. 큰 진리를 이미 깨달았는데, 구태여 유학해야 할 이유가 없다 하고, 전쟁으로 인해 도탄에 빠진 모국 신라를 구하려고 했던 것이다. 그리고 반전시위를 하다가 요석궁에 연금된 것이다.

통일신라 지도자들은 당나라 유학승들을 중심으로 '백고좌법회'(100인의 승려가 참여)를 구성하여 내우외환에 대처하기 위한 법회를 열곤 했는데, 당나라 유학승이 아닌 원효는 거기 들지 못했다. 원효는 정부를 비판하는 반골 승려들(삼국유사 속에 다른 반골 승려들의 행적이 기술되어 있다)과 더불어 신라를 구하고자 했다. 그가 통일신라 후기에 저술한 『금강삼매경』은 내부의 권력다툼이 극심한 시기에 민심을 다스리고, 정국 혼란을 잠재운 약藥으로서의 경전이었다.

원효와 의상

원효와 의상은 상대적이다. 의상이 당나라 유학승으로서 정부 정책에 협력을 한 반면, 원효는 현실 참여를 한 승려였다. 의상은 정부로부터 큰 대접을 받았지만, 원효는 푸대접을 받은 것이다. 통일신라 후기에는 백제 유민들의 저항이 심해지고, 권력 다툼으로 인해 난제들이 많아지고, 백고좌법회가 무력해지자 정부의 고위층은 원효의 힘을 얻으려고 들었다. 신라 민중들과 백제 유민들로부터 전폭적인 지지를 받고 있는 원효를 불러들여 회복시키고자 했고, 백고좌법회에서 설법을 해달라고 청하기에 이르렀다.

유학을 마치고 돌아온 의상은 영주 부석사를 창건했다. 기존 토속신앙(천지신명을 모시는 기존 신앙)을 가진 그 지역 민중들의 저항을 받았는데, 의상을 따르는 선묘善妙가 날아다니는 바위浮石로 현신하여 민중들을 제압했다고 삼국유사는 신화적으로 기록하고 있다. (실제로는 정부가 군사들을 동원하여 진압을 했던 것이다.)

의상은 저서를 남기지 않는데, 시적詩的인 '화엄일승법계도' 하나를 남겼을 뿐이다. 반면에, 원효는 수많은 경전과 해설서를 남겼다. 그럼에도 불구하고, 『삼국유사』 도처에는 의상을 우위에 놓는 듯싶은 설화와 전설적인 기록들이 많다. 원효가 동해변의 낙산사와 홍련암을 찾아가는 대목(들판)에서는 벼를 베는 여인으로 현신한 관세음보살이 그를 조롱하는데, 그 보살은 의상이 이미 접견한 바 있는 관세음보살인 것이다. 목이 마른 원효가 우물가에서 생리대를 빠는 여인에게 물을 청하자 그 여인은 핏물을 떠주는데, 원효가 그것을 마시지 않고 버린다. 석가모니가 득도하고 나서 마신 우유죽을 버린 거라고 비아냥거리는데 그것은 현신한 관음보살인 것이다.

의상에게는 신화적인 여인 선묘가 있고, 원효에게는 현실적인 여인 요석이 있었다. 선묘는 의상이 당나라 유학을 갈 때 만나 짝사랑한 여인이다. 의상이 귀국하자 죽어 여신이 되어 따라다니며 그를 돕는다. 반면에 요석은 원효를 파계하게 하고, 도 닦는 원효를 평생 뒷바라지하고 나중에 설총을 낳는다. 선묘는 신으로 그려지고 요석은 인간으로 그려졌다. 이러한 기록은 당시에 떠돌던 전설인 것이다.

원효의 문장

원효의 문장은 장엄하면서도 섬세하다. 거연하고 대범하되 교만하지 않고 자기를 낮추는 마음下心과 욕됨을 참아내는忍辱 자세로 중생을 대하고, 검소하되 인색하지 않고, 섬세하되 조잡하거나 옹졸하지 않고, 소탈하되 천박하지 않고, 유창하되 떠벌리거나 너스레를 떨지 않고, 걸림 없이 말하되 호들갑을 떨지 않고, 화쟁을 말하되 두루뭉수리하지 않고 반드시 진리를 도출한다.

원효의 삶은, 거대한 산봉우리처럼 장엄하되 웅숭깊은 숲과 골짜기를 지니고, 골짜기에서 흘러 강물 되어 흘러가되 스스로가 한 방울 한 방울의 샘물로 된 것임을 잊지 않는다.

나는 에멜무지로 그를 본받으려고 애썼다. 해바라기처럼 활짝 피어 해를 품에 안았으되 자기가 지난해의 한 알맹이의 꽃씨였음을 잊지 않고, 어머니의 자궁 밖으로 나오듯 고향을 벗어나되 고향의 개천과 어머니의 자궁을 잊지 않고, 고향으로 되돌아와 자기를 깊이 가두되 고향의 울타리에 갇히고 얽매이지 않고 우주를 염두에 두고, 한 이성을 사랑하되 그 이성의 품속에 갇히거나 달콤한 맨살만을 탐하지 않아야 한다. 음악에 있어서 산조散調는 자유로운 가락이고, 산인散人은 자유자재한 사람이고, 산문散文은 시詩처럼 운율에 얽매이지 않은 자유로운 글이므로, 시에 비하여 산문은 말이 푸져야 하지만, 헤프지 않아야 하고, 철저하게 말 아끼기를 염두에 두고 있지 않으면 안 된다.

추사와의 만남

『추사집秋史集』에 실린 수필 「인재설人才說」을 읽고 깜짝 놀랐다. 세상의 모든 아이들이 다 천재로 태어났는데, 그들을 망쳐놓은 것이 그들의 선생이나 아버지 어머니이다. 대개의 부모들은 잘 가르친다고 소문난 독선생(요즘으로 치면 족집게 선생)을 집에 들여 자식을 맡기는데, 그 독선생은 과거시험에 잘 나오는 부분만 달달 외우라고 가르친다. 그의 가르침으로 인하여 아이는 관광寬廣하게 독서하지 않는다. 사서삼경, 혹은 사서오경, 육경을 읽는데, 모든 부분을 다 읽는 것이 아니고 시험에 잘 출제되는 부분만 읽는 것이다.

과거시험 지상주의는 벼슬이 인생 목표이므로, 윤리의식이 제대로 확립될 리 없다. 윤리란 하늘의 뜻과 땅의 질서가 융합되는 대로 사는 것이다.

추사는 초의와 동갑인데, 삼십 세에 만난 이후 평생의 지기가 되었다. 그는 정치적인 파는 다르지만 다산 정약용의 아들 학연 학유와 친구이다. 학연 학유는 강진의 아버지 다산을 뵈러 갔다가 아버지의 밥을 짓기도 하고 고깃국을 끓여주기도 하는 초의와 사귀었는데, 학유, 학연은 서울로 돌아가, 대흥사에 기막히게 멋진 중(초의) 하나가 있다고 추사에게 말했고, 추사는 초의를 만나고 싶어했다. 어느 날 초의가 경기도의 두물머리를 한눈에 내려다보는 수종사의 방장인 해붕海鵬(당시 최고의 선지식)을 찾아와 있다는 소식을 접한 추사는 달려가 그를 만났고, 말 한두 마디를 나누고 나서 평생의 지기가 되었다.

초의는, 일지암에 드나들며 사숙하는 그림에 미친 떠꺼머리를 김정희에게 보냈고, 그는 서울의 추사에게 찾아가 배웠는데 그가 소치 허련이다. 추사는 그에게 중국의 대치大癡처럼 대성하라고 '소치小癡'라는 호를 내려주었다.

추사 김정희는 동양 최고의 유학자이고 시서화詩書畵의 삼절이었는데, 불교에도 달통한 사람이었다. 충남 예산의 추사 생가 옆에는 화암사華巖寺라는 절이 있다. 영조 임금이 일찍 죽은 딸과 사위를 위해 지어준 절이다. 추사는 영조 임금의 사위 밑으로 양자를 간 김노경의 아들이다. 추사는 다섯 살 때 할머니 치마꼬리를 잡고 그 절엘 다녔다. 그 절 뒤편 나지막한 언덕의 암벽에는 '詩境시경'이라는 글자가 새겨져 있는데, 추사의 글씨이다.

『완당 전집』에 금강산 여행중에 쓴, '한 처사의 나타나심과 사라짐을 기리기 위한 시'가 나를 전율하게 했다.

꽃 지면 열매 있고花落有實

달 지면 흔적 없어라月去無痕

이 꽃의 있음을 들어誰以花有

저 달의 없음을 증명하리證此月無

있음이면서 없음인 그 무렵의有無之際

그것이 실제 그 율사의 참모습이네實師之眞

탐욕과 미망 속에 허덕이는 자는彼塵妄者

자취에만 집착하는 걸執跡以求

내가 만약 그 율사의 자취라면我若有跡

왜 세간에 남아 있겠는가豈有世間

오묘하고 상서로운 모습이 휘날리면서妙吉祥屹

진리의 광명이 일어나고 봉우리 짙푸르네法起峯靑

　왕세자를 맡아 가르친 세자시강원의 벼슬아치이던 추사는 세상을 개
혁하려는 의지의 인간이었다. 그가 하려 한 정치가 그러하고, 그가 새
로이 창작한 추사체와 예술의 세계가 그러했다. 조선의 유마거사로 불
릴 정도로 걸림 없는 영혼의 자유인이었다. 그가 늘그막에 과천에서 살
면서 그린 수묵 자화상(가천대학 박물관에 있다)에 붙인 화제畫題는 시인
이자 서예가이고 화가이고, 조선왕조 후기의 유학 사상가다운 깊은 성
찰을 담고 있다.

　"나라고 해도 좋고 내가 아니라고 해도 좋다/나라고 해도 나이고 내
가 아니라고 해도 나이다/나이건 나 아니건 나라고 새삼스럽게 말할
것은 없다/조화세계의 구슬이 겹겹이 쌓였거늘/누가 큰 여의주 속에
서 참모습을 찾아낼 수 있겠는가 하하! 과천 늙은이가 쓰다謂是我亦可 謂非
我亦可 是我亦我 非我亦我 是非之間 無以謂我 帝珠重重 誰能執相於大摩尼中 呵呵 果老自題."

다산과의 만남

강진 만덕산의 백련사에서 다산초당으로 내려가는 이 킬로쯤의 자드락길은 예사 길이 아니다. 이백이십 년 전 그 길 아래쪽 다산초당에는 실학의 큰 산인 다산 정약용이 살았고, 길 위쪽 백련사에는 아암 혜장 스님이 살았다. 그 길은 세속에 묶여 있는 삶과 그 삶의 승화와 자유, 혹은 자기에게로의 회귀를 생각하게 한다.

서울을 버리고 고향 장흥 안양으로 내려오면서 「겨울새」라는 시를 쓴 바 있다.

추워 몸 웅크리고 떨던 겨울새 한 마리/푸르르 날아가다가/마른 나뭇가지 끝에서/오랫동안/한 점 쉼표를 찍더니/검푸른 하늘 저쪽으로 한 점/마침표로 멀어져간다./그 한 점에서 나의 세상은 끝이 난다, 아니/그 한 점에서 나의 세상은 다시 시작된다.

고향으로 낙향하면서 다산 정약용 선생처럼 갇혀 살자고 생각했고, 참 자유의 성취를 꿈꾸었다. 다산은 타의에 의해 갇혀 살았지만 나는 나의 자의로 나를 가두기로 작정했다. 가끔 다산초당에서 백련사로 통하는 길을 걸으며 '사람은 자기를 가두어놓고 노예처럼 부릴 줄도 알아야 하지만 자기를 풀어 자유인으로 양생할 줄도 알아야 한다'는 나만의 삶의 방식을 만들어 실행하려고 들었다.

내가 옆구리에 끼고 사는 도깨비

우화적으로 이야기한다면, 나는 장흥 안양 바닷가 언덕에 토굴을 짓고, 미네르바의 부엉이의 넋을 가진 도깨비 한 놈을 옆구리에 끼고 살고 있었는데, 거기에 입주한 첫날밤에 어떤 시공인가를 휭 다녀온 나의 도깨비가 "야, 우리 거래를 하자" 하고 말했다.

"무슨 거래?" 나의 물음에 그놈이 말했다. "파우스트도 말년에 악마하고 거래를 했지 않으냐? 죽은 다음에 영혼을 악마에게 주기로 하고, 젊음을 새로이 받는…… 너도 파우스트 영감처럼 우리 도깨비 나라의 은행에 네 영혼을 저당하고, 네 머리로는 계산할 수 없는 천문학적인 액수의 돈을 대출해다가 토굴에서 바라보이는 바다의 모든 것, 그 너머로 가로지른 육지, 떠오르는 달과 해, 가을 풀밭의 들꽃 같은 밤하늘의 초롱초롱한 별들, 안개, 구름, 바람, 초혼된 넋처럼 내리는 하얀 눈송이들, 물새들, 고기들, 농토를 일구고 사는 농부들, 바다의 어부들, 검은 댕기 두루미, 해오라기, 먹황새, 도요새, 물떼새, 갈대숲에 둥지를 틀고 사는 개개비, 앞산 뒷산에 사는 꿩, 밤에 우는 수리부엉이…… 그것들을 다 사가지고 주인 노릇을 하며 살거라…… 물론 네가 죽은 다음에는 우리 도깨비 나라로 네 영혼을 수습해 간다는 조건이다." 그 제안이 맘에 들어 "그래 좋다" 하고 말했는데, 그놈이 "조건이 하나 더 있다, 이제부터는 그 어떤 것에도 한눈팔지 않고, 이 토굴 안에 깊이 너를 가둔 채 이때껏 읽지 못한 책 읽어내기, 시와 소설 쓰는 일에 꽉 미쳐버리겠다는 조건이다" 하고 나서 콧노래를 흥얼거렸다. 내가 그 조건대로 하겠다고 했으므로, 흥정은 곧바로 이루어졌고, 그놈이 가져다준 돈으로 토굴에서 보이는 남쪽바다 주변의 모든 우주를 다 사버렸고, 나는 일약 그 남쪽 바다 일대의 우주 주인이 되었다.

다산의 구도적인 삶

　다산은 그의 저서 『대학공의』에서, 불교인은 마음 다스리는 것(참선)을 사업으로 삼지만, 유학자는 성인의 가르침을 실행하는 사업으로써 마음을 다스린다고 말했다. 그 사업은 저술하기였고, 그것을 통해 정심正心을 얻는 것이었다. 정심은 불교에서 말하는 깨달음覺醒인데 그것은 '깨달음의 실행'이다.

　1801년 신유사옥(정조 임금 사후 벽파가 천주교 신앙을 내세워 정적을 숙청한 사건)으로 말미암아 죽을 고비를 간신히 넘기고, 경상도 장기와 전라도 강진에서 귀양살이를 하게 된 다산이 자기의 신산한 운명과 절대 고독을 어떻게 무엇으로 이겨냈을까 하는 데에 폿대를 맞추어 나는 장편소설 『다산』을 썼다.

　다산은 비유하자면, 수많은 준봉들을 푸른 하늘 속에 깊이 묻고 있는 보랏빛의 영검하고 웅대한 산이다. 그 산에 잘못 들어가면 길을 잃고 조난을 당할 수도 있다. 다산과 깊이 사귀다가, 술병으로 인해 사십 세에 요절한 아암 혜장(백련사 스님)은 그 산속에서 길을 잃고 조난을 당한 사람일 듯싶고, 다산이라는 최고의 선지식을 따름으로써 삶이 더욱 웅숭깊어지고 영혼이 드높고 향기로워지고 자유자재의 실사구시적인 선승으로 이름을 드날리게 된 초의 스님은 다산이란 산을 잘 탄 사람일 터이다. 나는 초의 스님처럼 다산을 잘 타려고 들었다.

다산은, 정적들의 공격으로 말미암아 강진에서 십팔 년 동안의 귀양살이를 한 다음, 두물머리 인근의 고향으로 돌아가서 생을 마감했다. 다산의 귀양살이 이전의, 정직하고 청렴하고 치열한 젊은 시절의, 늘 깨어 있는 자로서의 삶을 읽으면서 나는 자기성찰에 투철한 참 선비(천명天命을 참되게 실천한 실학자)의 꿋꿋한 모습을 귀감 삼았고, 1801년 이후 십팔 년 동안의 갇혀 산 삶과 해배 이후의 노년의 삶을 읽으면서는 갇혀 사는 사람의 아프고 슬픈 절대 고독과, 그 고독을 이겨내려는 고요하면서도 고귀한 분투와 자유 꿈꾸기와 도학자의 여유를 본받으려고 애썼다.

성인의 눈으로 볼 때 가엾을 수밖에 없는, 나그네새처럼 서울살이를 하던 나를 전라도 장흥 바닷가의 토굴로 끌고 내려와서 양생하며, 선생의 사업을 흠모하고 본받으며 살아온 것이다. 장편소설 『다산』은 그 결과물일 터이다. 다산의 삶을 읽어내는 일은 또다른 구도 행각이었다.

다산의 둘째 형인 손암 정약전의 삶을 그린 『흑산도 하늘길』, 다산의 제자인 『초의』, 후학인 『추사』를 쓰면서 미리 읽어온 다산 정약용 선생을 이번에는 정면으로 깊이 탐색해야 했다. 그 과정에서 나는 다산의 높고 넓은 세계 속에서, 한동안 길을 잃고 절망하며 헤매기도 했다.

많은 천착과 탐구 끝에 다산의 삶과 사상과 철학을 관통하고 있는 아킬레스건 같은 서사의 얼거리를 나 나름으로 찾아냈다. 다산은 어린 시절부터 주자학을 읽다가 성년에 이르러 새로운 세계인 천주학의 여러 저서들을 읽고 환희했고 잠깐 하느님을 깊이 신앙하기까지 했다. 그러나 나라에서 엄히 금할 뿐만 아니라 천주교가 조상의 제사를 지내지 못하게 한다는 이유로 천주학을 버렸고, 유학자의 길로 되돌아섰다.

유학이란 공자·맹자·주자 등의 성인들의 가르침을 실행하는 실사

480

구시의 학문이다. 그런데 놀라운 것은 다산이 그 주자학을 비판하기도 한다는 것이다. 주자학을 비판하면, 정적들이 사문난적이라 하여 죽이려고 들 만큼 절대적인 것이었음에도 불구하고 다산은 비판한 것이다. 그 비판의 밑바탕에 천주학 사상이 깔려 있음을 발견했다.

다산의 사상과 철학 속에는 주자학과 천주학이 묘하게 공존공생하고 있다. 다산은 주자학을 비판하긴 하지만 성인이 추구하는 진리를 외면하지 않고, 천주학을 버렸다고 했지만 그 하늘(천주학)의 진리를 가슴에 새겨 담고 있다. 다산의 사상과 철학은, 옷감을 재단하는 가위에 비유한다면, 주자학(실사구시의 유학)이라는 한쪽 날 위에 천주학이라는 다른 한쪽 날을 가새질러 포개고, 그 한가운데 사북으로 박혀 있다. 다산은 주자학과 천주학이라는 양날의 거대한 가위로써 세상살이(우주의 모든 현상)를 재단하고 새로이 디자인하곤 한다. 그것이 다산의 삶의 모양새이고 저서들이다. 다산에게 '하늘'은 중용에서 말한 '천명'인데, 그것을 '성심'으로 바꾸어놓을 수 있다고 나는 생각한다.

조선조 후기, '실사구시'의 삶을 살았던 다산은, 어둠 속에서 깊이 잠들어 있거나 길을 잃고 헤매는 인민의 영혼을 일깨워주는 꼭두새벽의 쇠북 소리이고, 잘못 흘러가고 있는 역사의 물줄기를 바로잡아주는 관개灌漑사업이고 채찍이고 찬연한 빛이다. 다산의 『경세유표』는 금서였는데, 뜻있는 젊은 유학자들은 그것을 필사하여 돌려보았던 것이고, 그들 중 전봉준, 이방헌 등이 장차 동학혁명을 주도했다. 동학혁명은 인류 최고의 윤리를 실천하려는 것이었다.

석가모니의 맨발

인류 최고의 구도자 석가모니의 삶을 형상화시키는 것으로 나의 역사 인물 소설쓰기를 마감하자고 생각했다.

길 위에서 태어나 왕자로서의 길을 버리고 출가하여 맨발로 험한 세속의 길을 걸어 다니며, 사람들에게 인생의 참된 길을 가르치다가 그 길 위에서 열반에 든 인간 석가모니는 무소유의 맨발로 한 생을 살았던 것이다. 그 아프면서도 숭엄한 삶을 형상화하고 싶었다.

나는 석가모니가 말했다는 천상천하유아독존天上天下唯我獨尊이란 말을 가슴에 안고 살아왔다. 흔히 그 말을, '모든 진리를 깨달았다고 오만해 있는 우뚝 선 존재'라고 오해하는데 그것은 잘못이다. '천상천하유아독존'은 석가모니가 열반에 들면서 남긴 마지막 말씀에서 그 정체(진리)가 확실하게 드러난다.

"우리들은 하나하나의 섬이다. 신에게도, 악마에게도 의탁하지 말고, 내 등불 내가 켜들고 정진하라." 절대 고독자인 인간은 하늘의 신과 지하의 악마를 거부하고, 스스로의 삶의 길을 스스로 밝히고 헤쳐나아가야 한다는 절대 진리를 유언한 것이다. 그 길은 인간의 윤리이다. 내 영혼의 스승인 석가모니의 삶을 소설로 써보는 것이 나의 오랜 소망이었는데, 감히 용기를 내어 도전했다. 용기를 내게 한 매개물은 '누운 채 열반에 든 불상'의 '맨발'이다. 이곳저곳 여행중에 누워 있는 와불_{臥佛}의 맨발을 보곤 했다. 그 맨발의 참뜻은 무엇인가. 한 왕국의 왕자였던 싯다르타는 왜 화려한 삶을 버리고 출가를 했을까. 내가 공부해본 바, 그것은 혁명적인 결단으로 이룩한 것이었다. 첫째는 신의 거부이고, 둘째는 '카스트'라는 계급사회로 인해 핍박받는 인간과 탐욕(탐진치)으로 인해 지옥 같은 속박의 삶을 사는 사람들을 구제하기 위해서였다.

글로벌 자본주의라는 정글 속에서 사는 인간은 한사코 스스로 절대자인 신에게 매달린다. 악을 저질러놓고도 그것을 신의 뜻이라고 핑계한다. 이러한 신이라면 인간을 구원하기보다는 구속하고 괴롭히는 존재이지 않은가. 석가모니는 그 인간을 구제하려고 신을 거부하고 출가한 것이다. 그것은 어찌할 수 없는 신에 대한 저항이자 극복 행위이다. 천상천하유아독존은 인간의 오만을 말하는 것이 아니고, 인간이 절대 고독자임(실존)을 뜻한다. 십자가에 못박힌 그리스도가 "아버지 왜 저를 버리시나이까" 하고 말하는 대목을 나는 그가 인간으로서의 절대 고독을 절감하는 순간이라 생각한다. 인간은 자기 절대 고독을 느껴야 참다운 자기 길을 갈 수 있고, 구원에 이를 수 있다.

출가 정신은 맨발의 정신

　왕자의 호화로움과 영광을 버리고 집을 나서서, 거지로서 헐벗고 맨발로 살아가는 마음, 그 무소유의 정신이 출가 정신이다. 나는 석가모니의 성불(부처님이 되는 것)에 초점을 맞추지 아니하고, 싯다르타의 '출가'에 맞추어 그의 삶을 형상화하기로 했다.

　예나 이제나 세상은 계급사회이다. 지금은 글로벌 자본주의 정글 속에서의, 혹독한 자본 권력 속에서의 계급사회이다. 강자가 약자를 잡아먹는 이 부도덕한 사회 속에서 지금 인류는 맨발의 정신을 거울삼아야 한다. 싯다르타의 '맨발'은 슬프면서도 장엄한 무소유 정신의 표상이다. 글로벌 자본주의 세상에서 사는 우리들이, 싯다르타에게서 배워야 하는 것은 맨발, 혹은 무소유 정신이다. '철군화'처럼 영원히 닳아지지 않는 권력 신발, 영원히 닳아지지 않는 '철밥통'을 버리고 떠나는 걸림 없는, 그물에 걸리지 않는 바람 같은 자유가 출가 정신이다.

*

내가 장흥 바닷가로 와서 말년을 보내는 것은 자연친화적으로 살려는 것이었다. 신의 또다른 모습을 하고 있는 바다는 나의 운명을 한번 더 바꾸어주었다고 생각한다.

요즘 나는 딸의 권유로 자연친화적인 작가나 시인들의 책을 읽는다. 가령 미국 인디언 후예인 여성 식물학자가 쓴 『이끼와 함께』 『향모를 땋으며』를 읽었다. 그는 문학적인 감수성을 가진 원형적인 인물이다 싶었다. 시인 메리 올리버의 『완벽한 날들』 『긴 호흡』을 읽었다. 불교 안반수의ana pana sati(호흡을 통한 수행법)를 생각하게 하는 경지의 글이다. 욕조 뜨거운 물에 몸을 담글 때 베토벤의 〈전원교향곡〉을 듣곤 한다. 자연으로 돌아갈 준비를 하면서 내 인생 늦가을의 이삭줍기를 한다.

길 굽이굽이에 솔잎을 뿌려놓는다

우리의 눈이 별빛을 만든다. 나는 건강할 때면 보이지 않던 것이 앓을 때면 보인다. 슬픈 눈으로 보기 때문일 터이다. 기쁜 눈은 가슴을 달뜨게 하지만, 슬픈 눈은 냉엄해지게 한다. 이천오백 년 전 인도의 유마힐은 칭병하고 누운 채 문병하러 온 사람들에게 불가사의 해탈不可思議 解脫을 설했다. '유식학唯識學'에서, 우리의 눈이 별빛을 만든다고 했다. 너희들 자신만의 독특한 슬픈 눈을 지니도록 하여라. 그 눈으로 너희들의 눈에 투영된 풍경을 증언하도록 하여라.

*

촛불에게서 배워라. 제 몸을 태워 일으킨 불로 어둠을 살라먹는 정신과 의지. 촛불은 몽상의 시학이고, 순수한 저항의 몸짓이다. 소설가나 시인은 몸을 불태워서 시와 소설을 써야 한다. 그것은 빛을 일으키는 일이다. 소설가가 어둠을 그리는 것은, 검은 연필로 데생을 하여 반짝하는 빛을 형상화시키고자 함인데, 그것은 촛불의 혼령 같은 시와 음악이다. 고통을 비틀어 짜면 빛이 흘러나오는데, 그 빛은 새가 되어 창공으로 날아간다.

486

손은 천사의 손인데 다리는 왜 나귀의 다리인가.* 촛불은 이념을 뛰어넘는 진리 그 자체이다. 세상의 모든 깃발은 정의라는 얼굴을 가진 이념의 몸짓(표상)이다. 이념을 기치로 앞세울 때 어둠이 기승을 부린다. 가령 국가는 두 얼굴을 가지고 있다. 하나는 정의이고 다른 하나는 정의를 합리화시키는 전체주의적인 어둠이다. 시인과 소설가를 비롯한 예술가들은 그 어둠을 살라먹고, 빛(진리)으로 승화시켜야 하는 것이다.

히포크라테스 선서는 의료인의 인류 최고 최선의 윤리 실천 의지이다. 의사가 그 선서를 엄중히 하듯 예술가도 법조인도 종교인도 정치가도 기업인도 노동자도 그러한 선서를 하고 자기의 삶에서 실천해야 한다. 그게 성인이 가르친 사업(『주역』의 '계사전' 참조)이다. 히포크라테스 선서는 얼마나 성스럽고 위대한 약속(사업)인가. 이 세상에서 돈이 없어 병에 걸려 죽는 사람이 한 사람도 없는 세상을 만들겠다는 요지의 선서. 방호복 속에 갇힌 채 코로나와 싸우며 환자들을 구제하는 의료인들을 나는 사랑한다.

우리는 그들처럼 실천해야 한다. 가령 법조인, 정치인들은 돈이 없어서 억울하게 죄를 뒤집어쓰고 교도소에 가는 사람이 한 사람도 없는 복

---

* 불수여각(佛手驪脚), '너의 손은 부처님 손인데 다리는 왜 나귀 다리인가'라는 화두를 비틀어놓은 것이다. 요즘 나는 이 화두를 들고 산다. 부처님 손과 나귀 다리는 둘이 아니고 하나이다. 그 둘은 다른 듯싶지만 다르지 않고 같은 듯싶지만 같지 않다. 가령 하얀 눈밭에 해오라기 서 있는 것과 같다. 노동자가 일을 하면 급료를 받는데, 노동의 성스러운 결과가 부처님 손이라면 급료는 나귀 다리이다. 일도 밥도 성스러운 것이다. 인간의 삶은 그 나귀 다리를 앞세우고 살지 말고 부처님 손으로 살아야 가치가 있는 것이다.

지 세상을 만들겠다는 선서를 하고 실천해야 하고, 기업인은 그 사회를 통해 번 돈을 그 사회에 돌려주어야 한다는 선서를 하고 실천해야 하고, 종교인은 그 종교를 통해 얻은 깨달음의 삶을 온전히 인류 사회에 돌려주겠다는 선서를 하고 실천해야 하는데, 시인 소설가라는 노동자는 어떤 선서를 하고 어떻게 실천해야 하는가.

사랑하는 아들딸아, 인간 삶의 종착점은 밥과 돈과 권력 저 너머의 윤리 실천과 구제(구원)에 있다.

*

이념이나 정의를 위해 글을 쓰지 말고 진리를 위해 써야 한다. 정의는 불의를 이기지만 반드시 적을 만든다. 백 사람 천 사람의 친구보다 한 사람의 적이 더 무서운 것이다. 그 어떠한 정의도 진리를 이길 수 없다. 정의는 진정한 평화를 만들지 못한다. 참된 평화를 만드는 것은 진리이다.

모든 정의는 이념에 의해 만들어진다. 그 이념은 편 가르기를 하고 파당을 짓는 씨앗이 되고, 파당은 죽기 살기를 무릅쓰고 싸움을 하게 된다. 시인 소설가는 이념과 정의를 소재로 활용하기는 하지만 그것을 주제로 삼아서는 안 된다.

『심청전』의 주제를 '효孝'라고 말하는 것은 그 소설을 이념화한 것이다. 효는 성인들의 최고의 가르침일지라도, 거기에서는 다만 소재로써 쓰였을 뿐이다. 아버지 심학규가 눈을 뜨고 싶어 봉은사에 삼백 석을 시주하겠다고 화주승과 약속한 것은 이기적인 집착이고 탐욕이다. 딸을 인당수 제물로 팔아먹은 심봉사는 양반 퇴물로서 가난한 자기의 주제파악을 하지 못한 속물이다. 그는 집착과 탐욕으로 인해 딸을 잃은 다음 혹독한 시련을 겪는다. 용궁을 다녀온 딸 청이 황후가 되어 벌인

맹인 잔치에 불려간 심학규가 살아 돌아온 딸을 보고 눈을 뜨게 된다는 설정은 집착과 탐욕을 버리고 참회한 결과를 표현하려는 것이다. 눈을 뜨고 광명을 찾았다는 것은 참회하고 깨달음을 얻는다는 것이다. 『심청전』의 주제는 표면적으로 효이지만, 속에 감추어진 주제는 참회를 통한 '깨달음_{覺醒}'이다.

*

인간은 '원초적인 빚쟁이'이다. 예술에는 국경이 없지만 작가에게는 국경이 있다. 예술은 영원한 것이어서, 국경을 초월하여 자유자재로 전 지구의 동서고금을 넘나들지만, 작가는 자기 나라 안의 규제를 받아야 하는 생물학적인 유한한 존재이다. 작가는 국민으로서 시민으로서 민족으로서의 의무를 다해야 하고, 적정한 세금을 내야 하고 병역의무를 다해야 한다. 그것은 고향과 선조와 조국으로부터 받은 것을 온 세상과 후세들에게 되돌려주어야 한다는 것이다. 그것은 빚을 갚아가는 일이다. 우주적인 원초적인 빚쟁이인 인간은 어머니 아버지로부터, 선인들로부터 물려받은 전통과 자산을 새 삶 창조하는 동력으로 활용하고, 이 땅의 주인인 국민과 시민으로서 민족으로서 자부심을 가져야 한다.

*

처지와 입장을 바꾸어 생각하기, 상대편을 이해하고 존중하는 것이 상생이다. 종교가 상대편 종교를 인정하거나 존중하지 않고 오직 자기의 신만이 구원을 한다고 주장할 때 자기편을 정의라고 말하고, 다른 신을 믿는 자들을 불의한 자들로 여기고, 진리보다는 정의를 위해 싸우고, 세상을 전쟁터로 만든다.

*

원효에게서 배운다. 원효는 그의 저서 『판비량론』에서 말했다.

"그것을 부처님이 말했느냐 그렇지 않았느냐 하고 따지고 가리지 말고 그것이 진리냐 아니냐를 따지고 가려라."

'그것을 부처님이 말했느냐 그렇지 않았느냐를 따지고 가리는 것'은 삶을 이념적으로 펼쳐가게 하고 교조주의적으로 흘러가게 하고 편 가르기를 하게 하고, 반대론자를 공격하고, 그 결과 상대(적)의 공격을 받게 되는 것이다.

*

화쟁和諍은 너도 옳고 나도 옳다고 하는 식의 두루뭉술한 타협이 아니고 진리를 통한 화해와 화합인 것이라고 원효는 말했다.

*

소설가는 우주적인 감각 안테나를 통해 소설이라는 총체적인 작품을 창조하는 자인데, 그 소설이란 것은 시를 향해 날아가고, 시는 신성神性을 내포하는 음악을 향해 날아가고, 음악은 무용을 향해 날아가고 무용은 우주의 율동(신의 춤사위)을 향해 날아간다.

*

가장 성스럽고 아름다운 음악은 하늘에서 내려오는 신성(신명)과 땅에서 올라가는 지기地靈音가 잘 어우러진 것이어야 하는데, 그것은 우주의 율동과 다르지 않다. 그것을 어떤 성인은 자비라고 표현했고, 또 어떤 성인은 사랑이라 말했고, 그 어떤 성인은 어짊仁이라 말했고, 다시 어떤 성인은 도道 혹은 그윽함玄이라 말했다. 그 우주적인 율동은 신의 신성한 몸짓인 것이고, 그것은 진리라는 공통분모를 가지고 있는 것이다.

*

합리주의와 인간주의와 리얼리즘을 맹신하지 말아야 한다. (아비가 살아온 젊은 시절의 문학판에서는 휴머니즘과 리얼리즘이 대세였다. 그 세상에는 리얼리스트와 합리주의자와 인간주의자들로 가득차 있었다. 그들은 모두 역사 속으로 사라졌다.) 시인 소설가를 비롯한 모든 예술가, 혹은 지성인들은 자유자재한 우주주의자여야 하고, 환상적인 리얼리스트여야 하고, 식물성 아나키스트여야 한다고 생각한다.

*

신비라는 말을 좋아한다. 나는 작가의 영혼에는 합리와 비합리가 공존해야 한다고 믿는데, 그 비합리를 신비神祕라는 말로 푼다. 신화학자들은 말한다. 신화는 진리 그 자체는 아니지만 적어도 진리를 낳는 자궁은 된다고.

오래전에 교육연구가인 한 친구가 무슨 세미나인가를 앞두고, 나에게 물었다. 그 행사 모두에 기조연설을 해야 하는데, 무엇을 이야기했으면 좋겠느냐고…… 그가 애매모호한 질문을 했으므로 나도 애매모호하게 말했다. "세상에는 시간의 흐름에 따라 변하는 것이 있고, 변하지 않은 것이 있는데, 변하지 않는 것에 대한 이야기를 하소."

*

변하지 않는 것이란 무엇인가. 사람들은 바다에 가서 파도만 보고 물을 보지 못한다. 파도는 현상이고 물은 본질이다. 현상 뒤편의 본질을 찾아내려면 '응시'할 줄 알아야 한다. 파도는 시시때때로 모양과 색깔이 변하지만 물은 변하지 않는다. 바닷물은 무진장하고 절대적으로 영원히 짠데, 세상의 모든 강으로부터 흘러든 물을 짜게 변질시킨다. 바다는 신의 언어, 죽음이 없는 하늘처럼 신神의 또다른 얼굴이다.

세월이 흐름에 따라 변하는 것은 현상이고 변하지 않은 것들은 본질인데 그 본질 속에 진리가 들어 있다. 세상이 현기증 나게 변하는데 나 홀로 변하지 않으려 하는 것은 적응하지 않으려 하는 것이다. 그러나 적응하기 위해 변하기는 하되 변해서는 안 되는 것을 찾아, 그것을 지키고 즐길 줄 알아야 한다. 그게 무엇일까.

신은 영원을 사는 존재이고, 아름답고 성스럽게 완성된 자이다. 영원은 죽음이 없는 신에게서 그 참모습을 발견할 수 있다.

*

나에게는 시간이 있다는 말을 사랑한다. 시간이란 무엇인가, 시간은 '미래가 없는 것을 소멸시키는 신'이다. 그 시간 앞에서 소멸되지 않고 영원한 얼굴을 하고 있는 것은 바다나 산이나 하늘이나 해나 달이나 별이다. 영원한 얼굴을 하고 있는 것들은 자연친화적인 것들인데 모두 신성을 가지고 있다.

나는 늘 스스로에게 '나에게는 시간이 있다' 하고 다짐하며 살아간다. 시간은 과거, 현재, 미래로 짜여 있다. 시간은 미래를 창조하지 못하는 존재들을 파괴하는 신이다. 시간은 자기를 완성시키려 하는 자, 자기의 영원한 미래를 창조하려 하는 자의 것이다.

인간은 거대한 우주 속에서 이슬처럼 촛불처럼 연약하고 유한한 존재이지만 자기의 눈으로 영원의 빛을 창안해내는 묘법을 터득한 존재이다. 참으로 좋은 시인 소설가는 꽃 한 송이 풀 한 포기에서 천기天氣, 혹은 신의 뜻과 우주의 비밀 작법을 읽어내는 존재이다. 시인 소설가는 자기가 알아챈 천기, 혹은 신의 뜻, 우주의 율동과 비밀 작법을 독자에게 누설하는 자, 영원의 빛을 읽어내서, 그것을 미처 알지 못하는 독자에게, 불을 훔쳐 인간에게 건네고 독수리에게 간을 뜯어 먹히는 프로메테우스처럼, 그래도 지구는 돈다고 말한 갈릴레오처럼 누설(발설)하는 자이다. 영원의 빛은 진리 그 자체이다.

사랑하는 아들딸들아, 너희의 눈이 가지고 있는 빛으로 인해 비로소 해와 달과 별의 빛이 의미를 가지게 되는 것이란 점을 명심하여라. 그러려면 너희의 눈은 어떤 빛을 가져야 하는가를 생각하여야 한다. 그것은 성인들이 말한 자비이고 사랑이고 어짊이고 도이고 그윽함이다.

반짝이는 유리 기둥 사이에서

한강(소설가)

ⓒ 한강인

2019년부터 2020년까지 아버지가 이 책을 쓰시던 것을 나는 알고 있었다. 가볍게 생각했던 감기가 폐렴이 되어 한 달 넘게 입원과 재입원을 거듭한 뒤 길고 더딘 회복기를 통과하는 동안 아버지는 눈에 띄게 기력이 쇠하고 우울해지셨는데, 글쓰기와 함께 힘차게 되살아나셨다. 이 책의 원고를 읽으면서야 나는 그 되살아남이 어떻게 가능했는지 알게 되었다. 아버지는 다시 태어났고 자랐고 살았던 것이다, 이 페이지들 사이에서.

*

1983년, 전쟁중에 흩어진 이산가족을 찾고 만나는 장면들이 날마다 TV로 방송되던 즈음을 기억한다. 방송국 앞에서 종일 플래카드를 들고 서 있던 수많은 사람들, 피난길에 헤어져 생사를 모르던 부모 형제를 삼십여 년 만에 만나 끌어안고 울부짖는 사람들을 지켜보던 우리 남매에게 아버지가 제안했다.

만약에 전쟁이 나서 우리가 흩어지게 되면, 매년 1월 1일 정오에 덕수궁 앞에서 만나기로 하자.

모두 그 말에 동의했다. 설령 누군가에게 피치 못할 사정이 생겨 한 해를 놓친다 해도, 남은 사람들이 포기하지 않고 해마다 약속을 지킨다면 최소한 저 가족들처럼 수십 년 동안 못 만나는 일은 없을 테니까.

폭격으로 덕수궁이 없어지면 어떻게 해요?

남매 중의 누군가가 걱정하자 어머니가 대답했다.

궁궐이 없어져도 터는 남아 있겠지.

그때 아버지가 갑자기 다른 이야기를 했다.

내가 군대 있을 때, 정말 잘해주던 선임이 있었는데…… 클래식 음악을 아주 좋아하는 사람이었어. 먼저 전역하면서, 내가 제대하는 해 11월 11일 11시 11분에 덕수궁에서 만나기로 약속했어.

이야기를 꺼내놓고는 한동안 다음 말을 잇지 않으시기에 내가 물었다.

거기서 만나셨어요?

아니, 안 나갔어.

나는 조금 실망했다.

그 사람은 나와서 기다렸으면 어떡해요?

아니.

이상하게 쓸쓸한 목소리로 아버지가 말했다.

……그 사람도 안 나왔을 거야.

만 열두 살이었던 나는 그때 아버지를 오해했다. 군대라는 특수한 공간에서의 우정이 막상 사회로 나오자 의미를 잃은 것이리라고, 아마 그런 게 어른들의 약속인 모양이라고 어림짐작했던 것이다. 초겨울 오전 덕수궁 앞에서 서성이며 아버지를 기다렸을지 모를 남자의 어렴풋한 이미지가 그 저녁 대화의 마지막 인상으로 남았다. 이상한 슬픔이 느껴졌던 아버지의 목소리가, 실은 말해지지 않았던 다른 일 때문이었음을 뒤늦게 알게 된 것은 수십 년을 건너 이 책을 읽으면서였다.[1]

*

그와 비슷하게, 이 책을 읽기 전까지는 몰랐다. 1980년 5월 당시 나의 기억에는 왜 어머니가 불통의 전화기를 붙들고 있던 모습만 남아 있었는지. 그때 아버지는 날마다 고속 터미널에 가서 남쪽에서 올라오는 버스들을 기다리고 있었던 것이다. 사람들을 붙잡고 거기서 무슨 일이 일어나고 있는지 물으려고.

아버지가 당신의 아버지에게 얼마나 복잡한 감정을 품고 있었는지도 정확히 알지 못했다. 내가 젖먹이였을 때 할아버지가 돌아가셨다는 말을 처음 들은 예닐곱 살 무렵, 내 질문에 아버지가 지었던 표정의 의미도.

할아버지가 돌아가셔서 아빠가 울었어요?

한참 만에 아버지는 나에게 되물었다.

너는, 네 아빠가 죽으면 안 울겠니?

*

이 책을 읽는 일은 그렇게 지극히 사적인 경험이었다. 가족으로서 내가 함께 겪었거나 지켜보았거나 알고 있는 일들은 아버지라는 한 사람이 팔십여 년 동안 살았던 삶의 일부이자 단면일 뿐이라는 당연한 사실을 매 순간 느꼈다. 한 길 사람의 속은 얼마나 깊고 아득한 것인지를.

동시에, 아버지의 어떤 기억이 글로 살아남았는지, 나도 알고 있는 어떤 고통의 기억들은 왜 끝내 말해지지 않은 어둠으로 남았는지 헤아려 생각하지 않을 수 없었다. 출렁이는 한 권의 책으로서 내가 느껴온 아버지의 삶이 존재한다면, 그 출렁임 속에서 그가 섬세하게 추려낸 기억들로 세운 이 책은 유년 시절 아버지가 꿈속에서 키웠다는 산돌의 유리 기둥들을 닮았다는 것을.[2)]

*

그리고 이 책 속에는, 어릴 때부터 들어왔으므로 이미 나의 일부가 되어 내가 소설로 썼거나, 쓰는 중이거나, 앞으로 쓰려고 계획해온 이야기들도 들어 있다. 목소리가 작고 말이 없었으며 실족하여 물에 빠져 돌아가셨다는, 할머니가 입버릇처럼 나에게 "너는 참 상할머니를 닮았다"고 말씀하셨던 증조할머니의 이미지. 점퍼 속에 아버지가 넣어 품고 다녔다던 스무 살 터울의 갓난 여동생. 1박 2일 기차를 타고 찾아가 두 시간 함께 걷곤 헤어졌다는 아버지와 어머니의 원거리 연애 이야기. 어둠 속에 모로 누워 눈물 흘리던 젊은 엄마의 고난. 그리고 우리들의 개 '바다'.

*

이 책을 읽다 말고 창밖을 보며 생각할 때가 있었다. 어떤 인연으로 아버지와 나는 이번 생에서 만나게 된 걸까? 우리는 서로를 얼마나 알았고 어떤 것을 끝내 몰랐을까? 그럴 때면 수년 전 아픈 아버지를 만나고 서울로 돌아오던 날이 생각났다. 휴게소에서 고속버스가 잠시 쉬어 갈 때 나는 편의점에 들어갔고, 생수와 약간의 간식을 골랐다. 유난히

음량이 큰 스피커에서 오래된 노래가 흘러나왔다.

서로가 원한다 해도 영원할 순 없어요
저 흘러가는 시간 앞에서는

별안간 눈물이 쏟아져 앞을 볼 수 없는 채 나는 계산을 했다.

*

그 노랫말처럼 '저 흘러가는 시간 앞에서' 우리는 함께 먹고 걷고 웃었다. 앓고 회복하고 걱정하고 서로를 위해 기도했다. 전쟁이 나서 흩어지더라도 반드시 재회할 계획을 가슴에 품고서.

그렇게 지극히 사적인 가족사의 세부는 이 책에 담겨 있지 않다. 대신 아버지 자신의 삶이 여기 있다. 그가 직접 추려내고 힘을 다해 윤을 낸 유리 기둥들이 있다. 오직 글쓰기라는 외통수의 열의-해법-구원으로 삶의 모든 순간들이 수렴되었던 한 생애가 있다.

고백하자면 어린 시절 나는 아버지처럼 살지 않겠다는 다짐을 했었다. 어떤 경우에도 문학을 삶 앞에 두지 않겠다고. 지금도 그 생각에는 변함이 없다. 다만 반짝이는 석영 같은 이 페이지들 사이를 서성이고 미끄러지며 비로소 아버지를 이해하게 되었다. 얼마나 척박한 흙을 밀고 그가 기어이 꽃피었는지. 그걸 가능하게 한 글쓰기가 그의 종교였음을. 그토록 작고 부드러운 이해의 순간이 나에게는 중요한 것이었다.

*

아버지가 다음 책을, 다시 그다음 책들을 이어 써주시기를 빌어본다.

1) 「클래식 음악」, 319쪽.
2) 「산돌 키우기」, 72쪽.